Zu diesem Buch

Arthur Rowe gerät im London des Zweiten Weltkriegs schuldlos in den Bannkreis eines Spionageringes. Er wird durch alle Stadien des Schreckens getrieben, ehe ihn die Liebe erlöst und aus tiefster Verlorenheit durch das «Zentrum des Schreckens» zur Läuterung emporträgt. Spionageabwehr, Polizei, abenteuerliche Ereignisse, ein geheimnisvoller Giftanschlag, ein fingierter Mord, eine okkultische Séance sowie die Explosion einer Höllenmaschine ziehen die Schicksale zweier Menschen in ihren verhängnisvollen Bann, ehe sie zu sich selbst und damit den Frieden finden.

Graham Greene, dessen Ruhm als fesselnder und hintergründiger Erzähler von Werk zu Werk gewachsen ist, muß als der führende Schriftsteller des heutigen England angesehen werden. In Deutschland ist er vor allem als Drehbuchautor des Films «Der dritte Mann» (rororo Nr. 211) und durch seine weitverbreiteten und ebenfalls erfolgreich verfilmten Romane «Das Ende einer Affäre» (rororo Nr. 1787), «Heirate nie in Monte Carlo» (rororo Nr. 320), «Unser Mann in Havanna» (rororo Nr. 442) und «Die Kraft und die Herrlichkeit» (rororo Nr. 91) bekannt geworden. Geistig wurde sein Werk von den großen Erzählern Frankreichs, Bernanos, Mauriac und dem Halbfranzosen Julien Green, beeinflußt. Die brutale und illusionslose Sachlichkeit der Darstellung sowie Abscheu und Ekel vor der Sinnlosigkeit des äußeren Lebens verbinden ihn sowohl dem Existentialismus Sartres wie dem Realismus eines Ernest Hemingway. Weltliche Macht und göttliche Gnade, Gut und Böse, Verbrechen und Strafe sind die polaren Gegensätze, die Greenes Schaffen mit dem Hauptmotiv des Menschen auf der Flucht vor äußeren Gewalten oder dem eigenen Ich Dynamik verleihen.

Graham Greene wurde am 2. Oktober 1904 in Berkhampstead/Hertfordshire als Sohn eines Schulleiters und als Großneffe Robert Louis Stevensons geboren. Nach Studienjahren in Oxford arbeitete er zunächst im Redaktionsstab der «Times», dann als literarischer Herausgeber des «Spectator». 1927 trat er zur katholischen Kirche über. Lange Reisen führten ihn durch ganz Amerika und Mexiko. In den Jahren 1942 und 1943 ging er in Sondermission des britischen Außenamtes nach Westafrika. Als Korrespondent der «Sunday Times» besuchte er mehrfach Indochina: Sein aufsehenerregender Roman «Der stille Amerikaner» (rororo Nr. 284) entfaltet vor dem tragischen Hintergrund des Krieges in Vietnam eine problematische Liebesbeziehung zwischen einem englischen Reporter und einer Eingeborenen.

In der Reihe der rororo-Taschenbücher liegen außer dem Erzählungsband «Leihen Sie uns Ihren Mann?» (Nr. 1287) die Romane «Das Herz aller Dinge» (Nr. 109), «Die Stunde der Komödianten» (Nr. 1189), «Die Reisen mit meiner Tante» (Nr. 1577), «Schlachtfeld des Lebens» (Nr. 1806) und «Ein Sohn Englands» (Nr. 1838) vor sowie seine Autobiographie «Eine Art Leben» (Nr. 1671).

Graham Greene

Zentrum des Schreckens

Roman

rororo

Rowohlt

Titel der englischen Originalausgabe «The Ministry of Fear»
Aus dem Englischen übertragen von WALTHER PUCHWEIN
Umschlagentwurf Werner Rebhuhn

1.–50. Tausend	Mai 1956
51.–63. Tausend	April 1959
64.–73. Tausend	März 1961
74.–93. Tausend	Oktober 1975

Veröffentlicht im Rowohlt Taschenbuch Verlag GmbH,
Hamburg, Mai 1956

Gesetzt aus der Linotype-Aldus-Buchschrift (D. Stempel AG)
Gesamtherstellung Clausen & Bosse, Leck/Schleswig
Printed in Germany
480-ISBN 3 499 11869 6

‹Haben Sie die Beute heimgebracht?›
CHARLOTTE M. YONGE:
DER KLEINE HERZOG

Der Unglückliche

1. Die freien Mütter

‹Keiner passiert ohne Befugnis.›
DER KLEINE HERZOG

1

Ein Wohltätigkeitsfest lockte Arthur Rowe stets mit unwiderstehlicher Anziehungskraft; das ferne Geschmetter der Blechmusik und der dumpfe Aufprall von Holzkugeln auf Kokosnüssen, die von Stöcken herunterzuschießen waren, schlugen ihn als wehrloses Opfer in ihren Bann. Heuer freilich gab es keine Kokosnüsse, weil Krieg herrschte; das konnte man auch an den unordentlichen Lücken erkennen, die in den Häuserzeilen von Bloomsbury klafften – hier hing in halber Höhe der Hauswand eine flache Feuerstätte, ähnlich dem aufgemalten Kamin in einem billigen Puppenhaus, dort gab es eine Unzahl von Spiegeln und grünen Tapeten; und um die Straßenecke herum drang an diesem sonnigen Nachmittag ein Geräusch, vergleichbar dem trägen Flüstern der Meereswellen auf einem kiesübersäten Strand: zerbrochenes Glas wurde zusammengefegt. Ansonsten gab sich der Platz redliche Mühe, mit den Flaggen der freien Nationen und einer Vielfalt bunter Fähnchen, die jemand offensichtlich seit dem silbernen Regierungsjubiläum König Georgs V. aufbewahrt hatte, einen festlichen Eindruck zu machen.

Arthur Rowe blickte sehnsüchtig über das eiserne Gitter – hier stand noch ein Gitter. Die Wohltätigkeitsveranstaltung wirkte auf ihn wie ein Hauch der Unschuld; unentwirrbar schien sie mit der Kindheit verstrickt, mit Pfarrhofsgärten und Mädchen in weißen Sommerkleidchen, mit dem Duft von Blumenrabatten und dem Gefühl der Geborgenheit. Er empfand nicht das geringste Verlangen, über die kunstvoll naive Art zu spotten, wie man hier für eine gute Sache Geld zusammenbrachte. Da war der unvermeidliche Geistliche, der ein reichlich harmloses Glücksspiel beaufsichtigte; eine alte Dame in einem bedruckten Kleid, das ihr bis zu den Knöcheln reichte, und mit einem schlappen Gartenhut auf dem Kopf flatterte mit offizieller Miene, aber höchst aufgeregt, bei einer Schatzsuche hin und her (in einem kleinen Stück Grund, nicht größer als ein von Kinderhand angelegter Garten, waren die einzelnen Parzellen ausgesteckt worden); bei Einbruch der Dämmerung – wegen der Verdunkelung mußte das Fest frühzeitig geschlossen werden – würde dann ein tatkräftiges Mauerbauen um die Wette losgehen. Und in einer Ecke, im Schutz einer Platane, stand das Zelt der Wahrsagerin – wenn es sich nicht um ein improvisiertes Klosett handelte. An dem späten Nachmittag dieses Sonntags erschien Arthur Rowe alles schlechthin vollendet. «Frieden hinterlasse ich euch, meinen Frieden gebe ich euch, nicht wie die Welt gibt . . .» Seine Augen füllten sich mit Tränen, als die kleine Militärmusik, die die Veranstalter irgendwie hatten auftreiben können, ein verblaßtes Lied aus dem Ersten Weltkrieg anstimmte.

Während er am Eisengitter entlang den Platz umschritt, kam er seinem unausweichlichen Schicksal immer näher: Pennymünzen ratterten über eine gekrümmte Gleitbahn hinab und landeten auf einem Schachbrett – nicht sehr viele Münzen, denn der Besuch des Festes ließ zu wünschen übrig. Es gab auch nur drei Verkaufsbuden, und selbst diese mieden die Leute. Wenn sie schon Geld ausgeben mußten, dann versuchten sie damit wenigstens eine kleine Dividende einzuheimsen, bestehend aus Pennies vom Schachbrett oder aus Sparmarken von der Schatzsuche. Mit zögernden Schritten folgte Arthur Rowe der Einfriedung – wie ein Eindringling oder ein Verbannter, der nach vielen Jahren in die Heimat zurückgekehrt ist und nicht weiß, was für ein Empfang seiner harrt.

Er war ein hochgewachsener, hagerer Mann, der sich leicht gebückt hielt; in sein schwarzes Haar mischte sich das erste Grau; die Nase in dem schmalen, scharf profilierten Gesicht war ein wenig schief, und der Mund verriet allzu große Empfindsamkeit. Er trug einen guten Anzug, der aber einen recht ungepflegten Eindruck machte; unwillkürlich hätte man gesagt: «Ein Junggeselle!» – wenn er nicht etwas undefinierbar Verheiratetes an sich gehabt hätte . . .

«Der Eintrittspreis beträgt einen Shilling», sagte die nicht mehr ganz junge Dame am Eingang. «Aber das kommt mir nicht sehr fair vor; denn wenn Sie nur noch fünf Minuten warten, dann können Sie zum verbilligten Preis hereinkommen. Ich halte es nur für recht und billig, die Besucher zu warnen, wenn es einmal so spät wird», sprudelte sie hervor.

«Vielen Dank. Das ist sehr rücksichtsvoll von Ihnen.»

«Ja, wir wollen nicht, daß sich die Besucher betrogen vorkommen, selbst wenn es im Interesse einer guten Sache geschähe.»

«Trotzdem werde ich nicht warten, sondern gehe gleich hinein. Wofür ist eigentlich die Veranstaltung?»

«Zur Unterstützung freier Mütter – ich meine, der Mütter der freien Nationen.»

Arthur Rowe trat freudigen Muts den Schritt zurück in die Jugend, in die Tage der Kindheit. Um diese Jahreszeit hatte es immer ein Wohltätigkeitsfest gegeben; es fand im Garten des Pfarrhofs statt, ein wenig abseits der Trumpington Road; hinter dem vorübergehend aufgestellten Musikpodium dehnten sich die flachen Felder von Cambridgeshire, und an ihrem Ende säumten Kopfweiden den Bach, in dem sich die Stichlinge tummelten; dahinter schimmerte der Kreidebruch in der Flanke einer Bodenerhebung, die man in Cambridgeshire schon als Hügel bezeichnet. Jedes Jahr hatte sich Arthur Rowe in seltsamer Erregung zu diesen Wohltätigkeitsfesten begeben – als ob sich dort etwas Unglaubliches ereignen, als ob die vertraute Lebensordnung gerade an diesem Nachmittag für alle Zeiten verändert werden könnte. Im warmen Sonnenschein des späten Sommertags spielte die Musikkapelle, das Messing ihrer Instrumente flirrte gleich dem Hitzedunst, und die Gesichter unbekannter junger Frauen vermengten sich mit denen von Mrs. Troup, die die Krämerei betrieb und daneben auch das Postamt leitete, von Miss Savage, der Lehrerin an der Sonntagsschule, und den Zügen der Wirtin und der Pfarrersfrau. Als Kind pflegte er seiner Mutter von einem Stand zum andern zu folgen – zu den Babykleidchen, den rosa Wollsachen, den Kunstkeramiken, und schließlich zum Allerbesten, zur Verkaufsbude für ‹weiße Elefanten›, für kostspieligen, aber nutzlosen Kram. Dort meinte er jedesmal einen Zauberring entdecken zu können, der ihm drei Herzenswünsche erfüllen würde. Aber das Seltsame war dies: wenn er abends seine Schritte heimwärts lenkte und nur ein antiquarisches Exemplar des Romans ‹Der kleine Herzog› von Charlotte M. Yonge oder einen veralteten Atlas, der für Mazawat-Tee Reklame machte, in der Hand hielt, dann fühlte er keine Enttäuschung; er nahm ja den Klang der Blechmusik, die Vorstellung eines glanzvollen Festes und die Überzeugung mit, daß ihm eine Zukunft bevorstehe, die weit herrlicher sein würde als die Gegenwart. In seinen Reifejahren hatte die freudige Erregung eine andere Ursache; da bildete er sich ein, er werde im Garten des Pfarrhofs ein Mädchen entdecken, das er nie zuvor gesehen hatte, seine Zunge werde den Mut zu kühnen Worten finden, und am Abend werde im Duft der Levkojen die Dorfjugend auf dem grünen Rasen tanzen. Doch weil diese Träume niemals Wirklichkeit geworden waren, war ihm auch das Gefühl der Unschuld geblieben . . .

Und auch die freudige Erregung. Er konnte einfach nicht glauben, daß sich nichts ereignen werde, wenn er einmal durch das Gittertor eingetreten sein und den Rasen unter den Platanen erreicht haben werde, obgleich er sich jetzt nicht nach einem Mädchen oder dem Zauberring sehnte, sondern nach etwas viel Unwahrscheinlicherem: nach der Fähigkeit, die Erlebnisse von zwanzig Jahren vergessen zu können. Sein Herz pochte, die Musik spielte, und in seinem schmalen, hageren Kopf voll Lebenserfahrung war die Kindheit neu erstanden.

«Wollen Sie nicht Ihr Glück versuchen?» fragte ihn der Geistliche mit einer Baritonstimme, die offensichtlich für die geselligen Zusammenkünfte im Pfarrhof bestimmt war.

«Wenn ich ein paar Pennies haben könnte . . .»

«Dreizehn für einen Shilling, mein Herr.»

Der Reihe nach ließ Rowe die Münzen die kleine, geneigte Rinne hinabgleiten und sah ihnen zu, wie sie sich torkelnd auf dem Schachbrett einen Platz suchten.

«Heute scheint leider nicht Ihr Glückstag zu sein. Wollen Sie nicht noch einmal eine Serie zu einem Shilling versuchen? Noch ein bißchen für die gute Sache riskieren?»

«Nein, danke, ich glaube, ich werde woanders mein Geld aufs Spiel setzen.» Seine Mutter – das fiel ihm nun wieder ein – hatte auch immer noch «woanders ihr Geld aufs Spiel gesetzt», hatte ihre Gunst mit größter Sorgfalt so gleichmäßig wie möglich verteilt, wenngleich sie die Kokosnüsse und das Glücksspiel den Kindern überlassen hatte. An manchen Ständen war es ihr sehr schwer gefallen, überhaupt etwas Passendes zu finden, selbst wenn die Dinge bloß Geschenke für die Dienstboten sein sollten . . .

Unter einem kleinen Sonnensegel lag auf einem Ständer ein Kuchen, umringt von einer kleinen Schar begeisterter Zuseher, und eine Dame erklärte gerade: «Wir haben alle unsere Butterrationen zusammengetan, und Mrs. Tatham gelang es, die Rosinen aufzutreiben.»

Dann wandte sie sich an Rowe und sagte: «Wollen Sie nicht eine Karte nehmen und raten, wieviel er wiegt?»

Er hob den Kuchen auf und antwortete aufs Geratewohl: «Drei Pfund fünf Unzen.»

«Sehr gut geraten, muß ich schon sagen. Das muß Ihnen Ihre Frau beigebracht haben.»

Er zuckte zusammen und wandte sich von der Gruppe ab. Dabei sagte er: «Ach nein, ich bin gar nicht verheiratet.»

Der Krieg hatte den Verkäufern in den Ständen ihre Aufgabe außerordentlich erschwert: antiquarische Penguinbücher für die Wehrmacht nahmen den größten Teil des Raums in einer Bude ein, während eine zweite mit den wunderlichsten getragenen Kleidern – den Abfällen des Alters – eher schütter besät als gefüllt war: da gab es lange Frauenunterröcke, hohe Spitzenkragen mit Versteifungen aus Fischbein, quietschende Korsetts – alles stammte aus Großmamas Schubladen und sollte jetzt zur Unterstützung der freien Mütter verkauft werden. Kinderkleider spielten nun, da die Schafwolle rationiert war, eine sehr untergeordnete Rolle; sie waren, selbst wenn sie aus zweiter Hand stammten, unter Bekannten noch sehr begehrt. Der dritte Stand entsprach der Tradition; da gab es die «weißen Elefanten», den teuren Kram – obschon man den Stand eher als Laden für schwarze Elefanten hätte bezeichnen müssen, weil zahlreiche angloindische Familien ihre Sammlung von Elefanten aus Ebenholz zur Verfügung gestellt hatten. Da fanden sich ferner die Aschenbecher aus Messing, die gestickten Hüllen für Streichholzschachteln, die seit langer Zeit keine Streichhölzer mehr enthalten hatten, die Bücher, die zu schäbig waren, um in die Antiquariate zu wandern, zwei Postkartenalben, ein kompletter Satz von Zigarettenbildchen mit Szenen aus den Romanen von Dickens, ein galvanisch versilberter Eierkocher, eine lange rosafarbene Zigarettenspitze, mehrere Nadeldöschen in getriebener Arbeit aus Benares, eine von Mrs. Churchill unterzeichnete Ansichtskarte und schließlich ein Teller voll buntgemischter ausländischer Münzen ... Arthur Rowe kramte in den Büchern und entdeckte plötzlich mit einem kleinen Stich im Herzen ein abgegriffenes Exemplar des «Kleinen Herzogs». Er bezahlte Sixpence dafür und ging weiter. Dabei hatte er das Gefühl, daß in der vollendeten Schönheit dieses Nachmittags etwas Drohendes lag. Zwischen den Platanen hindurch, die den Grund der Schatzsucher beschatteten, konnte er die zerstörte Seite des Platzes sehen. Es war ihm, als habe ihn die Vorsehung gerade an diesen Punkt geführt, um ihm den Unterschied zwischen einst und jetzt zu zeigen. Alle diese Menschen hätten nur bestimmte Rollen in einer mittelalterlichen Moralität spielen können, die einzig und allein zu seinem Nutz und Frommen aufgeführt wurde ...

Er konnte natürlich nicht anders, als sich an der Schatzsuche beteiligen, obwohl er ziemlich ernüchtert war, als er erfuhr, welchen Preis es da zu gewinnen gab; und hernach blieb nichts von Bedeutung übrig, ausgenommen das Zelt der Wahrsagerin – denn es handelte sich um ein solches und nicht um eine Bedürfnisanstalt. Ein Tuch, das irgend jemand aus Algier heimgebracht hatte, verschloß den Eingang. Eine Dame faßte ihn am Arm und sagte: «Sie müssen! Sie müssen unbedingt! Mrs. Bellairs ist ganz wundervoll. Meinem Sohn hat sie geweissagt ...» Im Vorbeigehen packte sie eine andere grauhaarige Dame am Arm und fuhr atemlos fort: «Eben habe ich diesem Herrn erzählt, wie wundervoll Mrs. Bellairs ist, und was sie meinem Sohn gesagt hat.»

«Ihrem jüngeren Sohn?»

«Ja, Jack.»

Die Unterbrechung bot Arthur Rowe Gelegenheit zur Flucht. Die Sonne war im Sinken; der rechteckige kleine Park inmitten des Platzes leerte sich allmählich, es war an der Zeit, endlich den Schatz auszugraben und dann das Weite zu suchen, ehe die Finsternis hereinbrach und mit ihr die Verdunklung kam und das Aufheulen der Sirenen. So oft hatte man sich wahrsagen lassen – hinter einer Hecke auf dem Land, über den Spielkarten im Salon eines Überseedampfers; aber der faszinierende Reiz war geblieben, auch wenn einem ein Amateur bei einem Gartenfest das Schicksal verkünden wollte. Immer brachte man es fertig, halb und halb an die Reise in ferne Länder, an die fremde, dunkle Frau und an den Brief mit den günstigen Nachrichten zu glauben. Einmal hatte sich jemand rundweg geweigert, ihm wahrzusagen – das war natürlich nur eine Pose gewesen, um auf ihn Eindruck zu machen, und doch war jenes Schweigen der Wahrheit nähergekommen als alle anderen Prophezeiungen.

Jetzt hob er den Vorhang und tastete sich ins Innere. Im Zelt war es sehr finster, so daß er Mrs. Bellairs kaum ausnehmen konnte. Sie war eine umfangreiche Person, gehüllt in Gewänder, die wie abgelegte Witwenkleider aussahen; oder vielleicht handelte es sich um eine bäuerliche Tracht. Auf Mrs. Bellairs' tiefe, kräftige Stimme war Arthur Rowe freilich nicht vorbereitet gewesen. Es war eine überzeugende Stimme – und er hatte die zittrigen Töne einer Dame erwartet, deren zweites Stekkenpferd das Malen blasser Aquarelle ist.

«Bitte, nehmen Sie Platz und bekreuzigen Sie meine Hand mit Silber.»

«Es ist hier so dunkel.»

Doch nun gelang es ihm, die Frau einigermaßen klar zu erkennen; es war eine bäuerliche Tracht mit einer mächtigen Kopfbedeckung und einer Art Schleier, den sie über die Schultern zurückgeschlagen hatte. In seiner Tasche fand er ein silbernes Halbkronenstück und machte damit über ihre Handfläche ein flüchtiges Kreuz.

«Geben Sie mir Ihre Hand!»

Er streckte sie aus und verspürte, wie sie mit festem Griff gepackt wurde, als wollte die Frau damit sagen: «Erwarten Sie von mir keine Schonung!» Ein winziges elektrisches Lämpchen fuhr die Liebeslinie entlang, wandte sich den kleinen Kreuzen zu, die angeblich Kindersegen bedeuten, um dann die lange, lange Lebenslinie hinabzugleiten.

«Sie sind ganz auf der Höhe. Ich meine, daß Sie eine elektrische Lampe haben», sagte er.

Sie überging seine frivole Bemerkung und sprach: «Zuerst Ihren Charakter, dann die Vergangenheit. Ihnen die Zukunft vorauszusagen bin ich von Rechts wegen nicht befugt. Sie sind ein Mann von entschlossenem Charakter und mit Phantasie begabt; und Sie sind auch sehr feinfühlig – Schmerz empfinden Sie sehr stark; bisweilen haben Sie das Gefühl, daß Ihre Begabung nicht die richtige Entfaltungsmöglichkeit bekommen hat. Sie wollen große Taten vollbringen, nicht bloß den ganzen Tag davon träumen. Aber das tut nichts. *Eine* Frau haben Sie doch glücklich gemacht.»

Er versuchte seine Hand wegzuziehen, sie aber hielt sie in einem festen Griff; fast wäre es zu einem regelrechten Tauziehen gekommen. «Sie haben in einer glücklichen Ehe wahre Zufriedenheit gefunden. Aber versuchen Sie etwas geduldiger zu sein. So, und jetzt will ich Ihnen von Ihrer Vergangenheit erzählen.»

«Erzählen Sie mir nicht von meiner Vergangenheit. Sagen Sie mir lieber etwas über meine Zukunft.»

Als er diese Worte gesprochen hatte, war ihm plötzlich, als habe er auf einen Schaltknopf gedrückt und eine Maschine zum Stillstand gebracht. Das Schweigen war seltsam, fast unheimlich. Er hatte nicht gehofft, daß es ihm gelingen werde, die Frau zum Verstummen zu bringen, wenngleich ihm vor dem bangte, was sie möglicherweise sagen werde; denn ungenaue Andeutungen über Dinge, die tot sind, die der Vergangenheit angehören, können genauso schmerzhaft sein wie die Wahrheit. Wieder zog er an seiner Hand, und diesmal ließ Mrs. Bellairs los. Er saß verlegen da, weil seine Hand plötzlich wieder ihm gehörte.

«Meine Instruktionen lauten folgendermaßen: was Sie haben wollen, ist der Kuchen. Sie müssen sein Gewicht mit vier Pfund achteinhalb Unzen angeben.»

«Ist das das richtige Gewicht?»

«Das ist unwesentlich.»

Während er angestrengt nachdachte, starrte er unverwandt auf die linke Hand der Wahrsagerin; auf diese fiel jetzt der Lichtschein: er sah einen häßlichen, viereckigen Handteller mit kurzen, stumpfen Fingern, die von mächtigen Silberringen in kunstgewerblicher Arbeit, verziert mit wahren Steinklumpen, geradezu strotzten. Wer hatte ihr Instruktionen gegeben? Sprach sie vielleicht von den ihr so vertrauten Geistern? Und wenn sie es tat, warum hatte sie gerade ihn als Gewinner des Kuchens ausgewählt? Oder war das Ganze nur ihre eigene Vermutung? Vielleicht tippte sie auf eine größere Anzahl von Gewichtsangaben, dachte er und lächelte in der Dunkelheit, und erhoffte sich vom Gewinner wenigstens ein Stück Kuchen. Denn Kuchen, guter Kuchen, war in diesen Zeiten eine Seltenheit.

«Sie können jetzt gehen», erklärte Mrs. Bellairs.

«Danke vielmals.»

«Es kann auf keinen Fall schaden, ihren Wink auf die Probe zu stellen», sagte sich Arthur Rowe; «vielleicht stützt sie sich auf verläßliche Informationen!» Und so kehrte er zum Kuchenstand zurück. Obwohl sich der Garten bis auf die freiwilligen Helfer beinahe geleert hatte, umstand immer noch eine kleine Menschengruppe den Kuchen, der in der Tat ein ganz prächtiges Erzeugnis war. Rowe hatte schon immer eine Vorliebe für Kuchen gehabt, vor allem für saftiges Früchtebrot und für dunkelbraune, hausgemachte Obstkuchen, die einen ganz flüchtigen Beigeschmack von irischem Starkbier hatten. Jetzt wandte er sich an die Dame in dem Stand und sagte: «Werden Sie mich nicht für sehr gefräßig halten, wenn ich noch einmal einen Sixpence riskiere?»

«Aber keineswegs! Bitte!»

«Dann würde ich sagen, daß er vier Pfund achteinhalb Unzen wiegt.»

Er wurde sich eines seltsamen Schweigens bewußt, als ob die Umstehenden den ganzen Nachmittag gerade auf diese Worte gewartet, sie aber nicht von ihm erhofft hätten. Dann lachte eine dicke Frau, die sich am Rande der kleinen Gruppe herumgetrieben hatte, laut und herzhaft auf. «Herrje!» rief sie. «Da merkt man gleich, daß Sie ein Junggeselle sind.»

Die Dame im Stand wies sie scharf zurecht, indem sie sagte: «Der Herr hat tatsächlich den Kuchen gewonnen. Er hat nur um den Bruchteil einer Unze danebengeraten. Das gilt als Volltreffer», schloß sie mit nervöser Spaßhaftigkeit.

«Vier Pfund acht Unzen!» wiederholte die Dicke. «Na, dann geben Sie nur acht. Der wird Ihnen so schwer wie Blei im Magen liegen.»

«Im Gegenteil, er ist mit echten Eiern gebacken.»

Die dicke Frau entfernte sich mit einem ironischen Lachen und wandte sich zur Bude für alte Kleider.

Als man Arthur Rowe den Kuchen überreichte, wurde er aufs neue der sonderbaren Stille gewahr. Alle umdrängten und beobachteten ihn: drei Damen in mittleren Jahren; der Geistliche, der sein Schachbrett im Stich gelassen hatte; und als Rowe aufsah, bemerkte er, daß sich auch der Vorhang vor dem Zigeunerzelt gehoben hatte und Mrs. Bellairs nach ihm herausspähte. In diesem Augenblick wäre ihm das Gelächter der ordinären dicken Außenseiterin als etwas Normales, Gemütvolles willkommen gewesen. Mit gespannter Aufmerksamkeit umdrängten ihn die Leute, wie wenn sie an der wichtigsten Zeremonie des Nachmittags teilnähmen, und Arthur Rowe hatte das Gefühl, daß sich sein Kindheitserlebnis zwar wiederholt, plötzlich aber eine seltsame Wendung fort von der Unschuld genommen habe. So etwas wäre im heimatlichen Cambridgeshire niemals vorgekommen. Inzwischen war es dämmerig geworden, und die Verkäuferinnen in den Ständen begannen bereits einzupacken. Die dicke Frau segelte dem Ausgang zu, in der Hand ein Mieder – die Verwendung von Papier für Verpackungszwecke war nicht gestattet. «Vielen Dank, vielen Dank», stammelte Arthur Rowe. Er hatte so deutlich das Gefühl, von allen Seiten umringt zu sein, daß er sich fragte, ob einer der Anwesenden beiseite treten und ihn hinauslassen werde. Natürlich tat dies der Geistliche, wobei er ihm die Hand auf den Oberarm legte und ihn zärtlich drückte. «Sie sind ein tüchtiger Kerl!» sagte er anerkennend, «ein tüchtiger Kerl!»

Nun wurde in aller Eile die Schatzsuche beendet; diesmal gab es freilich für Arthur Rowe nichts zu gewinnen. Mit seinem Kuchen und dem «Kleinen Herzog» stand er daneben und sah zu. «Wir haben das zu lange hinausgeschoben», wehklagte die Dame unter ihrer wippenden Hutkrempe.

Obwohl es schon so spät war, hatte es dennoch jemand der Mühe wert gefunden, das Eintrittsgeld zu bezahlen. Denn eben war ein Taxi vorgefahren, und nun eilte ein Mann mit raschen Schritten auf das Zelt der Wahrsagerin los, so wie ein schwerer Sünder in plötzlicher Todesangst auf den Beichtstuhl zustürzen mag. War das auch einer, der in die Wunderkräfte einer Mrs. Bellairs sein ganzes Vertrauen setzte, oder handelte es sich nur um den Gatten der Dame, der gekommen war, um sie ganz prosaisch von ihrem unheiligen Treiben abzuholen und nach Hause zu bringen?

Diese Überlegungen nahmen Arthur Rowe völlig in Anspruch, und so entging es ihm, daß der letzte der Schatzsucher bereits dem Gartentor zustrebte und er sich mit den Verkäuferinnen des Basars unter den Platanen allein befand. Als ihm diese Erkenntnis aufdämmerte, da empfand er die peinliche Verlegenheit des letzten Gastes in einem Restaurant, der mit einemmal bemerkt, daß er sich im Brennpunkt der Blicke sämtlicher Kellner befindet.

Doch ehe er den Ausgang erreichen konnte, hatte ihm schon der Geistliche mit einer scherzhaften Bemerkung den Weg abgeschnitten. «Sie wollen Ihren Preis doch nicht schon davontragen?» fragte er.

«Ist es nicht schon Zeit, zu gehen?»

«Ach nein. Hätten Sie nicht Lust, den Kuchen im Interesse der guten Sache wieder zu versteigern, wie es bei einem Wohltätigkeitsfest dieser Art im allgemeinen üblich ist?»

Etwas an seinem Gehaben – eine kaum spürbare Gönnerhaftigkeit, vergleichbar der eines freundlichen Präfekten, der einem neu eingetretenen Schüler die geheiligten Bräuche eines Colleges erläutert – verdroß Rowe. «Sie haben doch gar keine Besucher mehr hier!»

«Ich meinte, daß Sie ihn unter uns, die wir noch übrig sind, versteigern.» Dabei faßte er Rowe mit sanftem Druck am Arm. «Darf ich mich vorstellen? Mein Name ist Sinclair. Es heißt, ich besitze eine gewisse Gabe, die Leute zum Geben zu bringen», sagte er und kicherte leise über sein Wortspiel. «Sehen Sie die Dame dort drüben? Das ist Mrs. Fraser – *die* Mrs. Fraser. Eine kleine, harmlose Auktion dieser Art bietet ihr Gelegenheit, für die gute Sache eine Banknote hinzulegen – ganz unauffällig, versteht sich.»

«Hm, mir kommt das aber höchst auffällig vor.»

«Es ist hier eine ausgesprochen nette Gesellschaft versammelt, und es würde mich freuen, wenn Sie sie alle kennenlernten, Mr. . . .»

Darauf entgegnete Rowe starrsinnig: «So kann man einen Wohltätigkeitsbasar nicht betreiben – daß man die Leute daran hindert, ihre Gewinne mit nach Hause zu nehmen!»

«Na, man kommt doch nicht zu einer solchen Unterhaltung, um einen Profit zu machen, oder doch?» In Mr. Sinclair steckten Fähigkeiten, unangenehm zu werden, die man ihm bei oberflächlicher Betrachtung gar nicht zugetraut hätte.

«Ich will gar keinen Profit machen. Da haben Sie eine Pfundnote; aber auf den Kuchen bin ich nun einmal versessen!»

Mr. Sinclair machte zu den andern hin ganz unverhohlen und höchst taktlos eine verzweifelte Geste.

«Möchten Sie vielleicht das Buch zurückhaben?» fragte jetzt Rowe. «Vielleicht gibt Ihnen Mrs. Fraser dafür ganz unauffällig einen Geldschein.»

«Mein Herr, Sie haben keinen Grund, einen solchen Ton anzuschlagen», erwiderte der Geistliche.

Der Nachmittag war ohne Zweifel gründlichst verdorben. In dieser häßlichen kleinen Auseinandersetzung büßten Militärmusikkapellen rasch ihre süßen Erinnerungen ein. «Guten Abend», sagte Rowe und wandte sich zum Gehen.

Aber man ließ ihn noch nicht fort; zu Mr. Sinclairs Unterstützung kam jetzt eine Art Deputation auf ihn zu – die Dame von der Schatzsuche bildete mit flatternder Hutkrempe die Vorhut. «Ich bin leider die Überbringerin einer unangenehmen Nachricht», sagte sie mit einem schüchternen Lächeln.

«Sie wollen auch den Kuchen haben», stellte Rowe kaltblütig fest.

Daraufhin lächelte sie immer noch, sagte aber mit dem Ungestüm einer aufgeregten älteren Dame: «Ich *muß* den Kuchen haben. Denn sehen Sie – es gab da einen Irrtum, mit dem Gewicht; es entsprach nicht Ihren Angaben.» Sie zog einen Zettel zu Rate. «Dieses ordinäre Frauenzimmer hatte recht. Das richtige Gewicht beträgt drei Pfund sieben Unzen, und der Herr dort drüben –» dabei wies sie gegen das Zelt – «hat ihn gewonnen.»

Das war der Mann, der im letzten Augenblick im Taxi vorgefahren und sogleich auf Mrs. Bellairs' Zelt zugeeilt war. Jetzt hielt er sich im Hintergrund und überließ es den Damen, den Kampf um seinen Kuchen auszutragen. Hatte Mrs. Bellairs ihm vielleicht einen besseren Tip gegeben?

«Sehr merkwürdig!» urteilte Rowe. «Er hat das Gewicht genau erraten?»

Die Dame zögerte eine Sekunde, ehe sie ihm ihre Antwort gab – als ob sie eine Zeugin wäre, die durch eine Frage, auf die sie nicht vorbereitet war, in die Enge getrieben worden ist. «Also – ganz genau hat er es nicht erraten. Aber die Differenz betrug weniger als drei Unzen.» Mit einemmal schien sie ihre Selbstsicherheit zurückzugewinnen. «Er riet auf drei Pfund zehn Unzen.»

«So! Dann behalte ich den Kuchen», erklärte Rowe, «weil ich ihn beim erstenmal auf drei Pfund fünf Unzen geschätzt hatte.»

Diesmal hatte er die andern wirklich aus der Fassung gebracht; sie waren einfach sprachlos, dankten ihm nicht einmal für die Pfundnote. Er ging hinaus, und als er sich draußen auf dem Gehsteig noch einmal umwandte, sah er, wie die kleine Gruppe vom Kuchenstand vorwärtswogte, um sich zu den übrigen zu gesellen, und winkte fröhlich zurück. Ein Plakat am Gitter besagte: «Unterstützungsfonds für die Mütter der freien Nationen. Am . . . findet ein Wohltätigkeitsfest unter dem Protektorat eines Mitglieds der königlichen Familie statt.»

2

Arthur Rowe wohnte in der Guilford Street. Bei einem der ersten Luftangriffe auf London hatte eine Bombe mitten in der Straße eingeschlagen und beide Seiten durch den Luftdruck schwer beschädigt. Aber Rowe war nicht ausgezogen. Häuser verschwanden über Nacht, er aber blieb. Alle Fenster waren bereits durch Bretter ersetzt; die Türen paßten nicht mehr in ihre Rahmen, und des Nachts mußte man einen Stuhl dagegen schieben. Rowe hatte ein Wohnzimmer und ein Schlafzimmer im ersten Stock, und Mrs. Purvis räumte ihm auf. Sie blieb auch, weil es ihr Haus war. Seine Wohnung hatte er vor einiger Zeit möbliert gemietet und sich nicht die Mühe genommen, irgendwelche Änderungen an der Einrichtung vorzunehmen. Er war wie ein Mann, der in der Wüste kampiert. Die Bücher, die sich in seinen Zimmern befanden, stammten entweder aus einer billigen Leihbibliothek oder aus der städtischen Volksbücherei; ausgenommen waren nur Dickens' Romane ‹Der Raritätenladen› und ‹David Copperfield›, die er las, wie andere Leute die Bibel lesen, immer wieder von vorn, bis er ganze Kapitel hätte auswendig hersagen können; dies tat er nicht so sehr, weil ihm die Bücher besonders gefielen, sondern weil er sie als Kind gelesen hatte und sie ihn durch nichts an die Erlebniswelt des Erwachsenen erinnerten. Die Bilder gehörten Mrs. Purvis – ein farbenglühendes Aquarell der Bucht von Neapel bei Sonnenuntergang, etliche Stahlstiche und eine Fotografie ihres verblichenen Gatten in der absonderlichen, veralteten Uniform von 1914. Der unschöne Lehnstuhl, der Tisch mit seiner dicken Wolldecke, das Farnkraut im Fenster – all das war Mrs. Purvis' Besitz, und den Radioapparat hatte er gemietet. Nur das Päckchen Zigaretten auf dem Kaminsims, die Zahnbürste und das Rasierzeug im Schlafzimmer gehörten Rowe – die Seife hingegen war schon wieder von Mrs. Purvis beigestellt worden –, und auch die Pappschachtel mit den Bromtabletten war sein Besitz. Im Wohnzimmer befand sich nicht einmal eine Tintenflasche oder ein Pack Briefpapier; Rowe schrieb keine Briefe, und die Einkommensteuer zahlte er im Postamt ein.

So hätte man sagen können, daß ein Kuchen und ein Buch sein Besitztum ganz wesentlich vergrößerten.

Als er seine Wohnung erreichte, läutete er nach seiner Hauswirtin. «Mrs. Purvis», sagte er, «ich habe diesen herrlichen Kuchen beim Wohltätigkeitsfest unten auf dem Platz gewonnen. Haben Sie zufällig eine Dose, die für ihn groß genug ist?»

«Für die heutige Zeit ist das ein ganz schöner Kuchen», meinte Mrs. Purvis begierig. Es war nicht der Krieg, der sie so hungrig gemacht hatte; sie sei schon immer ein Leckermaul gewesen, schon als kleines Mädchen, gestand sie ihm von Zeit zu Zeit. Klein gewachsen, mager und schmierig, wie sie war, hatte sie sich nach dem Tode ihres Mannes vollkommen gehenlassen; zu jeder Tageszeit konnte man sie beim Naschen ertappen; auf der Stiege roch es wie in einem Zuckerwarenladen; klebrige kleine Papiertüten, die sie verlegt hatte, fanden sich in jeder Ecke, und wenn sie im Haus nicht anzutreffen war, dann konnte man sicher sein, daß sie irgendwo um Gummibonbons mit Fruchtgeschmack Schlange stand. «Der wiegt höchstens zweieinhalb Pfund», urteilte Mrs. Purvis.

«Er wiegt beinahe dreieinhalb», entgegnete Rowe.

«Soviel bestimmt nicht.»

«Na, wiegen Sie ihn nur ab!»

Als sie aus dem Zimmer gegangen war, ließ er sich in den Lehnstuhl sinken und schloß die Augen. Das Fest war vorüber; in unendlicher Öde streckten sich die Wochen vor ihm aus. Er war Journalist gewesen, hatte aber diese Beschäftigung vor zwei Jahren aufgegeben. Vierhundert Pfund im Jahr warf sein Privatvermögen ab, so daß er, wie die Leute sagten, keine finanziellen Sorgen hatte. Die Wehrmacht nahm ihn nicht, und durch seine kurze Erfahrung mit der zivilen Landesverteidigung war er ein einsamerer Mensch geworden denn je; auch dort wollte man ihn nicht haben. Da blieben nur noch die Rüstungsfabriken; er aber fühlte sich an London gekettet. Wenn jede Straße, mit der ihn irgendwelche Erinnerungen verbanden, zerstört werden sollte, dann würde er sich vielleicht frei fühlen und die Stadt verlassen können. Er würde sich eine Fabrik in der Nähe von Trumpington zur Arbeit aussuchen. Nach jedem Luftangriff pflegte er auszugehen und mit einem gewissen Gefühl der Hoffnung festzustellen, daß dieses Restaurant oder jenes Geschäft zu bestehen aufgehört hatte; und jedesmal war es ihm, wie wenn wieder ein Gitterstab seiner Gefängniszelle gelockert worden wäre.

Nun brachte Mrs. Purvis den Kuchen in einer großen Keksdose zurück. «Dreieinhalb!» stieß sie geringschätzig hervor. «Diesen Wohltätigkeitsvereinen kann man nicht über den Weg trauen. Knappe drei Pfund wiegt er!»

Rowe machte große Augen. «Das ist aber merkwürdig», urteilte er, «höchst merkwürdig!» Dann dachte er eine Weile angestrengt nach. «Geben Sie mir ein Stück», sagte er, und Mrs. Purvis kam seinem Wunsch mit einem begehrlichen Blick nach. Der Kuchen schmeckte gut. «So, und jetzt stellen Sie ihn samt der Dose weg. Es ist ein Kuchen, der durch Abliegen nur besser wird.»

«Da wird er höchstens altbacken werden», wandte Mrs. Purvis dagegen ein.

«Nein, nein, er ist mit echten Eiern gemacht.» Doch er konnte ihr unverhohlenes Verlangen nicht länger ansehen und sagte deshalb: «Sie können sich ein Stück nehmen.» Die Mitmenschen konnten ihm stets alles abringen, sofern sie es nur heiß genug begehrten. Der Anblick fremden Leids raubte ihm seine unsichere Gemütsruhe. Dann war er bereit, alles für sie zu tun, einfach alles.

3

Es geschah am folgenden Tag, daß sich der Fremde in Mrs. Purvis' Hinterzimmer im dritten Stock einmietete. Rowe begegnete ihm am Abend des zweiten Tages im dämmerigen Stiegenhaus; der Mann unterhielt sich gerade mit Mrs. Purvis. Seine Stimme hatte einen drohenden Unterton, und die Vermieterin stand da, den Rücken gegen die Wand gepreßt und im Gesicht einen Ausdruck von Ratlosigkeit und Angst. «Eines Tages werden Sie schon sehen . . .» erklärte der Fremde in diesem Augenblick. Er war zwergenhaft klein, dunkel und verwachsen: seine Schultern wölbten sich zu einem riesigen Höcker empor.

«Ach, gnädiger Herr», wandte sich Mrs. Purvis mit sichtlicher Erleichterung an Rowe, «dieser Herr möchte gerne die Nachrichten hören. Ich sagte ihm, daß Sie ihn vielleicht an Ihrem Apparat hören lassen werden . . .»

«Bitte, kommen Sie herein!» forderte Rowe den Fremden, seinen ersten Besucher, auf und öffnete mit einer einladenden Geste die Tür zu seinem Zimmer, das um diese Abendstunde sehr düster war. Holzfaserplatten in den Fenstern hielten den letzten Schimmer des schwindenden Tageslichts ab, und die einzige Glühbirne war abgeschirmt, damit ihr Schein nicht durch Ritzen nach außen dringen könne. Die ‹Bucht von Neapel› verschwamm mit der Tapete; da wirkte das schwache Licht, das hinter der Stationsskala des Radioapparates aufglomm, so anheimelnd wie das Nachtlämpchen im Schlafzimmer eines Kindes – eines Kindes, das sich vor der Finsternis fürchtet. Eben verkündete eine Stimme mit hohl tönender Heiterkeit: «Gute Nacht, meine lieben Kinder, gute Nacht.»

Der Fremde kauerte im zweiten Lehnstuhl und begann mit den Fingern sein Haar nach Schuppen zu durchkämmen. Rowe gewann unwillkürlich den Eindruck, daß das Sitzen seine gewohnte Körperhaltung war; so wirkte er plötzlich kraftvoll, weil seine übermächtigen Schultern deutlich zu sehen waren und er seine wahre Körpergröße verbergen konnte. «Gerade im rechten Augenblick», meinte er, und ohne Rowe sein Etui hinzustrecken, zündete er sich selbst eine Zigarette an. Der bittere, schwarze Geruch einer Caporal verbreitete sich im Zimmer.

«Wollen Sie ein paar Keks haben?» fragte Rowe, indessen er die Tür seines Schranks öffnete. Wie die meisten allein lebenden Männer glaubte er, die übrige Welt müsse seine Gewohnheiten teilen. Nie wäre er auf den Gedanken gekommen, daß andere Leute vielleicht keinen

Wert darauf legten, um sechs Uhr abends Keks zu knabbern.

«Soll ich nicht den Kuchen bringen?» fragte Mrs. Purvis, die neugierig auf der Schwelle stehengeblieben war.

«Nein, ich glaube, wir essen zuerst die Keks auf.»

«Heutzutage sind Kuchen kaum noch genießbar», äußerte sich der Fremde.

«Da haben Sie recht. Aber dieser ist mit echten Eiern gemacht», erklärte Mrs. Purvis mit dem Stolz einer stellvertretenden Hausfrau. «Mr. Rowe hat ihn bei einer Verlosung gewonnen.» In diesem Augenblick begann die Nachrichtensendung im Radio. Der Fremde duckte sich in seinem Stuhl und lauschte mit gespannter Aufmerksamkeit; dabei sprach aus seinem ganzen Gehaben deutlich die Geringschätzung, als ob er sich Lügengeschichten anhörte, zu denen er allein den wahren Sachverhalt wußte.

«Heute klingen die Meldungen ein bißchen hoffnungsvoller», meinte Rowe.

«Ach, man speist uns ja nur mit Lügen ab», entgegnete der Fremde.

«Sie brauchen den Kuchen also nicht?» fragte Mrs. Purvis dazwischen.

«Der Herr möchte vielleicht lieber ein paar Keks . . .»

«Oh, ich habe Kuchen sehr gern – vorausgesetzt, daß er gut ist», erklärte der Fremde mit Schärfe, wie wenn sein Geschmack das einzig Entscheidende wäre, und zertrat den Stummel seiner Caporal auf dem Fußboden.

«Dann holen Sie ihn doch, Mrs. Purvis, und eine Kanne Tee dazu.»

Der Fremde drehte seine verwachsene Gestalt umständlich im Stuhl herum, um zu sehen, wie der Kuchen hereingebracht wurde; es bestand kein Zweifel, daß er eine Vorliebe für Kuchen hatte: er konnte seinen Blick nicht mehr davon losreißen und schien förmlich den Atem anzuhalten, bis der Kuchen endlich sicher auf dem Tisch stand. Dann rückte er ungeduldig an die Vorderkante seines Stuhls.

«Und das Messer, Mrs. Purvis?»

«O Gott, o Gott! Um diese Zeit am Abend werde ich immer so vergeßlich», entschuldigte sich die Frau. «Die Sirenen sind schuld daran.»

«Macht nichts! Ich nehme mein eigenes», erwiderte Rowe und zog mit einer zärtlichen Handbewegung den letzten Schatz, der ihm geblieben, aus der Tasche – ein großes Taschenmesser. Er konnte es sich nicht versagen, dem Fremden seine wunderbaren Besonderheiten vorzuführen – den Korkenzieher, die Pinzette, die Klinge, die von selbst aufsprang und sich sperrte, sobald man auf einen Schnapper drückte. «Heutzutage gibt es nur mehr einen Laden, wo man diese Messer bekommt, in einer kleinen Seitenstraße des Haymarket», erklärte er. Doch der Fremde beachtete seine Worte nicht, sondern wartete ungeduldig darauf, daß dieses Messer in den Kuchen hineinschneide. Weit draußen am Stadtrand Londons begannen jetzt die Sirenen ihr allnächtliches Geheul.

Da sagte der Fremde: «Sie und ich, wir sind doch intelligente Leute. Wir brauchen uns kein Blatt vor den Mund zu nehmen ...» Rowe hatte keine Ahnung, was er damit meinte. Irgendwo, dreitausend Meter über ihnen, kam ein feindliches Bombenflugzeug von der Themsemündung heraufgebraust. «Wo wohnt ihr? Wo wohnt ihr?» schien das Wummern seiner Motoren immer wieder zu fragen. Mrs. Purvis hatte die beiden im Zimmer alleingelassen; sie vernahmen das Schlurfen ihrer Schritte auf der Treppe, als sie ihr Bettzeug hinabtrug, und dann das Knallen der Haustür: sie war unterwegs nach ihrem Lieblingsschutzraum am unteren Ende der Straße. «Leute wie Sie und ich brauchen sich doch nicht zu ereifern», fuhr mittlerweile der Fremde fort.

Er rückte seine mächtigen buckligen Schultern ins Lampenlicht, schob sich näher an Rowe heran und hob dabei seinen Körper seitlich aus dem Lehnstuhl heraus. «Der Wahnsinn dieses Krieges!» begann er. «Warum sollten Leute wie Sie und ich ... zwei intelligente Menschen ...? Da reden sie von Demokratie, nicht wahr? Aber wir zwei, wir fressen solchen Blödsinn nicht! Wenn Sie Demokratie finden wollen – ich behaupte ja nicht, daß Sie es tun –, aber wenn Sie sie finden wollen, dann müssen Sie nach Deutschland gehen. Was wollen Sie eigentlich?» fragte er dann ganz unvermittelt.

«Den Frieden», antwortete Rowe.

«Ganz richtig! Das tun wir auch.»

«Aber ich glaube nicht, daß ich denselben Frieden meine wie Sie.»

Doch der Fremde hörte nur sich selbst. «Wir können Ihnen den Frieden geben, wir arbeiten für den Frieden», verkündete er.

«Wen meinen Sie denn mit ‹wir›?»

«Meine Freunde und mich.»

«Sind Sie vielleicht Kriegsdienstverweigerer aus Gewissensgründen?»

Die höckerigen Schultern zuckten ungehalten, und ihr Besitzer sagte: «Man kann auch zuviel Rücksicht auf sein Gewissen nehmen.»

«Was hätten wir denn anderes tun können? Hätten wir den Deutschen ohne Protest gestatten sollen, ganz Polen einzustecken?»

«Ach, wir beide sind doch Männer, die die Welt kennen.» Jedesmal, wenn sich der Fremde aufs neue vorbeugte, glitt sein Stuhl mit ihm ein kleines Stück vorwärts, so daß er mit der Gleichmäßigkeit einer Maschine immer näher an Rowe heranrückte. «Wir wissen doch, daß Polen einer der korruptesten Staaten Europas war.»

«Wer sind wir schon, daß wir uns ein Urteil darüber anmaßen dürfen?»

Wieder rückte der Stuhl ächzend ein Stück näher. «Ganz richtig! Eine Regierung wie die, die wir damals hatten ... und wie wir sie jetzt haben ...»

Darauf erwiderte Rowe langsam: «Es ist so wie bei jedem anderen Verbrechen: Unschuldige werden mit hineingezogen. Und wenn das Hauptopfer – unanständig war, oder wenn der Richter, der darüber zu urteilen hat, ein Säufer ist, so ist das doch keine Entschuldigung . . .»

An diesem Punkt hakte der Fremde sofort ein: was immer er sagte, verriet eine schier unerträgliche Selbstsicherheit. «Da sind Sie aber auf dem Holzweg! Sogar für einen Mord gibt es unter gewissen Umständen eine Entschuldigung. Wir kennen doch Fälle, wo . . .»

«Mord . . .» murmelte Rowe nachdenklich und zugleich schmerzerfüllt. Er hatte nie das sichere Selbstvertrauen dieses Menschen besessen. Dann fuhr er fort: «Es heißt aber – nicht wahr? –, daß man nicht Böses tun soll, um damit Gutes zu erreichen.»

«Ach, Unsinn!» stieß der Bucklige in wegwerfendem Ton hervor. «Die christliche Ethik! Sie sind doch ein gescheiter Mensch, und ich stelle Sie jetzt auf die Probe: haben Sie selbst immer nach diesem Grundsatz gehandelt?»

«Nein . . . nein», gestand Rowe.

«Natürlich nicht!» rief der andere aus. «Sagen Sie: haben wir uns nicht genau über Sie informiert? Aber auch davon abgesehen, hätte ich Ihnen sagen können . . . daß Sie intelligent sind . . .» Rowe hatte das Empfinden, daß Intelligenz geradezu das Losungswort war, das ihm Zutritt zu einer kleinen, exklusiven Gesellschaft verschaffte. «In dem Augenblick, wo ich Sie sah, wußte ich auch schon, daß Sie nicht eines der – Schafe sind.» Kaum hatte er diese Worte gesprochen, da fuhr er heftig zusammen, weil ganz in der Nähe ein Geschütz losknallte, daß das Haus in allen Fugen bebte. In der Stille, die hernach eintrat, vernahmen sie von der Küste herauf ganz schwach das Motorengeräusch eines zweiten Bombers. Immer näher kam das Krachen der Abwehrgeschütze, die nach und nach das Feuer eröffneten. Aber das Flugzeug setzte mit tödlicher Unbeirrbarkeit seinen Weg fort, bis die beiden über sich wiederum das «Wo wohnt ihr? Wo wohnt ihr?» vernahmen und das Haus von neuem unter dem Knall des nahen Geschützes erzitterte. Dann setzte in der Luft ein Heulen ein, das immer näher auf sie herabkam, als ob es ausgerechnet auf dieses eine unbedeutende Haus zielte. Die Bombe aber explodierte achthundert Meter weiter; man fühlte förmlich, wie sie den Boden aufwühlte. «Ich wollte eben sagen . . .» begann der Fremde; doch er hatte den Zusammenhang verloren, sein Selbstvertrauen eingebüßt; jetzt war er nichts weiter als ein Krüppel, der seine Todesangst zu unterdrücken suchte. «Heute nacht kriegen wir etwas Ordentliches ab», sagte er. «Und ich hoffte, sie würden über uns hinwegfliegen.»

Wieder begann das Heulen in der Luft.

«Wollen Sie noch ein Stück Kuchen?» fragte Rowe seinen Gast. Er konnte nicht umhin, mit dem Mann Mitleid zu empfinden. Bei ihm selbst war es nicht so sehr persönlicher Mut, der ihm die Angst nahm, als vielmehr das Gefühl der Einsamkeit. «Vielleicht wird es –» er wartete, bis das Heulen, das sich zu einem schrillen Kreischen gesteigert hatte, aufhörte und die Bombe explodierte, diesmal in nächster Nähe, vermutlich am Ende der Parallelstraße; «Der kleine Herzog» war umgekippt – «heute nicht so arg werden.» Beide rechneten damit, daß eine ganze Bombenreihe fallen, daß sie den Weg der Vernichtung genau auf sie zu nehmen werde; aber es kamen keine mehr.

«Nein, danke schön – das heißt, ja, bitte doch.» Der Fremde hatte eine seltsame Art, den Kuchen zu zerkrümeln, sooft er ein Stück in die Hand nahm. Vielleicht waren es bloß seine Nerven. «Im Krieg auch noch ein Krüppel zu sein, ist etwas Furchtbares», überlegte Rowe; wieder fühlte er, wie sich in seinem Herzen das gefährliche Mitleid regte. «Sie behaupten, Sie hätten sich über mich informiert. Aber wer sind Sie denn?» Er schnitt sich ein Stück Kuchen ab und verspürte dabei, daß die Augen des Fremden unablässig auf ihm ruhten – wie die eines Verhungernden, der durch die dicke Spiegelglasscheibe eines Restaurants einem Schlemmer beim Schmausen zusieht. Draußen raste mit heulendem Hupenton ein Rettungsauto vorüber, und wieder kam ein Flugzeug über die Stadt. Nun waren die Schrecken der Nacht – Lärm, Brand und Tod – in vollem Gang, und sie würden bis drei oder vier Uhr morgens fortdauern; so ging es jede Nacht zu; es war der Achtstundentag eines Bomberpiloten. Rowe begann: «Ich wollte Ihnen doch von meinem Messer erzählen . . .» Während der ungeheuren Nervenanspannung, die ein Luftangriff zur Folge hatte, fiel es ihm schwer, einen Gedanken zu Ende zu denken. Aber auch der Fremde unterbrach ihn, indem er ihm seine Hand – eine nervöse, knochige Hand, die an einem überlangen Arm hing – auf die Schulter legte. «Sie wissen doch, daß eine Verwechslung vorlag. Dieser Kuchen war niemals für Sie bestimmt.»

«Was soll das heißen? Ich habe ihn gewonnen.»

«Es war aber nicht beabsichtigt, daß Sie ihn gewinnen sollten. Das war ein Irrtum mit den Zahlen.»

«Finden Sie nicht, daß es jetzt ein bißchen spät ist, sich darüber den Kopf zu zerbrechen?» fragte Rowe. «Wir haben fast die Hälfte davon gegessen.»

Auf diese Äußerung ging der Bucklige gar nicht ein, sondern entgegnete: «Sie haben mich hergeschickt, ihn zurückzubekommen. Und wir werden dafür bezahlen, wenn sich Ihre Forderung in vernünftigen Grenzen hält.»

«Wer sind diese ‹sie›?»

Doch er wußte schon, wer sie waren. Es war geradezu komisch, denn vor seinem inneren Auge konnte er deutlich die ganze hilflose Bande sehen, die über den Rasen auf ihn zukam: die ältliche Frau mit dem schlappen Hut, von der er fast mit Sicherheit annahm, daß sie Aquarelle malte, die spaßhafte und ungestüme Dame, die die Verlosung geleitet hatte, und die wundervolle Mrs. Bellairs. Lachend entzog er sich dem Griff des andern. «Was wird denn eigentlich von Ihnen und Ihren Freunden gespielt?» wollte er wissen. Noch nie hatte er es erlebt, daß jemand eine Lotterie so ernst nahm. «Und welchen Wert besitzt der Kuchen für Sie jetzt noch?»

Der andere betrachtete ihn mit finsterer Miene, und Rowe versuchte, die Wolke seiner Düsterkeit zu zerstreuen, indem er sagte: «Offenbar handelt es sich nur ums Prinzip. Schwamm drüber! Kommen Sie, trinken Sie lieber noch eine Tasse Tee mit mir. Ich hole den Kessel.»

«Bitte, sparen Sie sich die Mühe; ich möchte nämlich etwas anderes erörtern.»

«Ich glaube, es gibt da kaum noch etwas zu erörtern, und Mühe ist es auch keine.»

Der Fremde zupfte an den Schuppen, die sich unter seinen Fingernägeln angesammelt hatten. «Dann ist also nichts mehr zu sagen?» fragte er.

«Nein, gar nichts.»

«In diesem Falle ...» begann er und lauschte dann dem Motorengeräusch des nächsten Bombers, der sich näherte. Er rückte unruhig hin und her, als die ersten Geschütze weit draußen im Osten Londons das Feuer eröffneten. «Ich möchte doch noch eine Tasse Tee, bitte.»

Als Rowe zurückkehrte, goß der Fremde gerade die Milch in die Tassen, und ein weiteres Stück Kuchen hatte er sich auch abgeschnitten. Sein Lehnstuhl stand jetzt noch näher am Feuer im Gaskamin, und er gab deutlich zu erkennen, daß er sich hier wie zu Hause fühlte. Mit einer schwungvollen Handbewegung deutete er auf Rowes Stuhl, als ob er der Hausherr wäre, und den kleinen Zwist von vorhin schien er völlig vergessen zu haben. «Während Sie draußen waren, dachte ich mir, daß Intellektuelle wie wir zwei die einzigen freien Menschen sind. Wir sind nicht durch Konventionen, patriotische Empfindungen, Gefühlsduselei gebunden ... Wir haben kein materielles Interesse am Wohlergehen der Gesamtheit, wir sind – so könnte man sagen – keine Aktionäre des Staates, und es kann uns gleichgültig sein, ob die Gesellschaft Bankrott macht oder nicht. Das ist ein guter Vergleich, finden Sie nicht?»

«Warum sagen Sie immer ‹wir›?»

«Nun, ich sehe kein Anzeichen dafür, daß Sie aktiv mitmachen», antwortete der Krüppel. «Und wir wissen auch den Grund, nicht wahr?» Plötzlich zwinkerte er ganz unverschämt.

Rowe nippte an seinem Tee – zum Schlucken war er zu heiß –, und ein sonderbarer Beigeschmack drängte sich ihm auf – wie eine ferne Erinnerung, eine unglückliche Erinnerung. Er nahm ein Stück Kuchen, um den Geschmack loszuwerden, und als er aufsah, bemerkte er, daß der Bucklige ihn mit einem gespannten, lauernden Blick unverwandt anstarrte. Noch einmal nippte er bedächtig an dem heißen Getränk, und jetzt fiel ihm mit einemmal alles wieder ein. Gleich einem Skorpion, der über den eigenen Rücken sticht, schlug das Leben nach ihm aus. Die Gefühle, die ihn in diesem Augenblick beherrschten, waren Staunen und Zorn darüber, daß jemand dies gerade *ihm* antun wollte. Er ließ die Tasse zu Boden fallen und erhob sich; der Bucklige wich vor ihm zurück, wie wenn er in einem Rollstuhl gesessen hätte; der mächtige Höcker und die langen, kräftigen Arme machten sich zum Kampf bereit . . . Da krachte die Bombe.

Diesmal hatten sie das Flugzeug überhört; lautlos, wie an Seidenschnüren, war die Vernichtung auf sie herabgeschwebt; plötzlich wichen die Wände zurück, und die beiden vernahmen nicht einmal ihr Bersten.

Der Luftdruck ist etwas Wunderliches: seine Wucht kann ebensogut die grotesken Vorstellungen eines peinlichen Traums Wirklichkeit werden lassen wie den ernsthaften Vernichtungswillen eines Menschen gegen einen andern. Er kann sein Opfer splitternackt auf die Straße schleudern oder es im Bett oder auf dem Klosettsitz dem neugierigen Blick seiner Nachbarn preisgeben. In Rowes Kopf war ein singendes Brausen; er hatte das Gefühl, daß er im Schlaf gewandelt war; jetzt lag er in einer sonderbaren Stellung an einem unbekannten Ort. Er erhob sich und sah eine Unzahl von kleinen Tellern im Umkreis auf dem Fußboden verstreut; ein Gegenstand, der dem verbeulten Motor eines alten Autos ähnelte, erwies sich als Kühlschrank; dann blickte er nach oben und sah, wie am nächtlichen Himmel das Sternbild des Großen Bären über einem Armsessel schwebte, der zehn Meter über ihm in der Luft hing. Er blickte zu Boden und sah «Die Bucht von Neapel» unversehrt zu seinen Füßen liegen. Er kam sich vor wie ein Reisender in einem fremden Erdteil, in dem er sich mit Hilfe der Sterne zu orientieren versucht, weil er keine Landkarten besitzt.

Drei Leuchtkugeln kamen langsam und mit prächtigem Glanz herabgeschwebt, wie blitzender Christbaumschmuck; mit einemmal schoß unter ihm sein eigener Schatten hervor, und er fühlte sich entdeckt wie ein entflohener Sträfling, den unvermittelt der Strahl eines Scheinwerfers erfaßt hat. Das Furchtbarste an einem Luftangriff ist die Tatsache, daß er weitergeht; den einzelnen mag sein persönliches Unglück gleich zu Anfang treffen, der Angriff aber dauert fort. Jetzt schoß die Fliegerabwehr mit Maschinengewehren nach den Leuchtkugeln. Zwei explodierten mit dem Krachen zerbrechenden Geschirrs, die dritte landete unversehrt auf dem Russell Square. Kalt und doch tröstlich kehrte die Finsternis zurück.

Aber im Schein der Leuchtkugeln hatte Rowe verschiedenes gesehen; vor allem hatte er entdeckt, wo er sich befand: in einer Küche im Kellergeschoß des Hauses; der Lehnstuhl über ihm befand sich in seiner eigenen Wohnung im ersten Stock; die Vorderwand des Gebäudes und das ganze Dach waren verschwunden; und der Bucklige lag oben neben dem Lehnstuhl; einer seiner Arme hing schlaff über den Rand des Fußbodens zu ihm herab; und haargenau vor Rowes Füße hatte er ein Stück Kuchen fallen lassen, das nicht einmal zerbröselt war. Von der Straße herein schrie ein Luftschutzwart: «Ist dort drinnen jemand verletzt?» Und Rowe, in dem plötzlich sein früherer Zorn aufs neue aufgewallt war, antwortete ihm: «Das ist schon kein Spaß mehr!»

«Wem sagen Sie das?» rief der Luftschutzwart von der trümmerübersäten Straße zu ihm zurück, während schon wieder ein Flugzeug aus Südwesten angeflogen kam und gleich der bösen Hexe im Traum eines Kindes unablässig vor sich hinmurmelte: «Wo wohnt ihr? Wo wohnt ihr?»

2. Private Nachforschungen

‹Es blieb eine tiefe Narbe zurück, lange nachdem der Schmerz aufgehört hatte.›

DER KLEINE HERZOG

1

«Orthotex, das älteste, besteingeführte Detektivbüro in Groß-London», fristete immer noch sein Dasein – am unzerstörten Ende eines engen Gäßchens namens Chancery Lane, in der Nähe einer Auktionshalle für alte Bücher und zwischen einer Gaststätte, die in Friedenszeiten wegen ihres Büfetts berühmt gewesen war, und einer Buchhandlung für juristische Fachliteratur. Die Auskunftei befand sich im vierten Stock; Lift gab es keinen. In der ersten Etage hatte ein Notar seine Kanzlei, in der zweiten war die Redaktion einer Monatsschrift, die sich «Kraft und Freiheit» betitelte, und in der dritten eine Privatwohnung, die augenblicklich leerstand.

Arthur Rowe stieß die Tür auf, auf der das Wort «Auskunft» stand; der Raum dahinter war leer. Neben einem aufgeschlagenen Telefonbuch stand eine Untertasse, und auf dieser lag eine halbverzehrte Wurstsemmel. Sie hätte ohne weiteres seit Wochen dort liegen können. Das alles gab dem Büro den Anschein, als ob es plötzlich im Stich gelassen worden wäre, ähnlich den Palästen von Königen, die sich im Exil befinden, wo auch den Reisenden Zeitschriften gezeigt werden, die noch an der Seite geöffnet sind, die Seine Majestät vor Jahren aufgeschlagen hatte, ehe sie die Flucht ergreifen mußte. Rowe wartete eine Minute, dann setzte er seine Suche fort und stieß eine zweite Tür auf. Dahinter erblickte er einen glatzköpfigen Herrn, der schleunigst eine Flasche in einem Karteikasten verschwinden ließ.

«Entschuldigen Sie», sprach Rowe ihn an. «Es schien kein Mensch da zu sein. Ich suche Mr. Rennit.»

«Der bin ich.»

«Gut! Ich komme auf Empfehlung eines Bekannten.»

Der Kahlköpfige musterte Rowe argwöhnisch; seine Hand ruhte immer noch auf dem Karteikasten. «Wer war das, wenn ich fragen darf?»

«Ein gewisser Keyser. Aber das war schon vor Jahren.»

«Kann mich nicht an den Herrn erinnern.»

«Ich erinnere mich auch kaum noch an ihn. Er war kein persönlicher Bekannter von mir. Ich lernte ihn auf einer Bahnfahrt kennen, und er erzählte mir, er habe einmal eine unangenehme Geschichte mit ein paar Briefen gehabt . . .»

«Sie hätten vorher mit mir eine Verabredung treffen sollen.»

«Oh, verzeihen Sie», erwiderte Rowe. «Sie legen anscheinend keinen Wert auf Klienten. Dann werde ich mich eben wieder empfehlen.»

«Na, na», sagte Mr. Rennit beschwichtigend, «Sie brauchen doch nicht gleich wild zu werden. Ich bin ein vielbeschäftigter Mann; aber wenn Sie sich kurz fassen . . .» Wie ein Mann, der unsaubere Geschäfte macht – mit pornographischer Literatur oder verbotenen Eingriffen –, behandelte er seine Kunden geringschätzig und von oben herab, als ob er nicht etwas verkaufen wollte, sondern bloß der andere darauf erpicht wäre, von ihm zu kaufen. Er ließ sich an seinem Schreibtisch nieder und sagte, wie wenn ihm dies erst nachträglich eingefallen wäre, zu Rowe: «Setzen Sie sich!» Dann kramte er in einer Lade und schob den Gegenstand, den er darin fand, hastig ganz nach hinten. Endlich entdeckte er einen Notizblock und einen Bleistift. «Wann haben Sie die ersten Anzeichen dafür bemerkt, daß irgend etwas nicht stimmt?» fragte er. Dabei lehnte er sich in seinem Stuhl zurück und stocherte mit der Bleistiftspitze zwischen seinen Zähnen herum, wobei sein Atem mit einem deutlichen Pfeifen durch die unregelmäßigen Zahnreihen drang. Er sah genauso vernachlässigt aus wie sein Vorzimmer: der Kragen war leicht ausgefranst und das Hemd nicht mehr ganz sauber. Doch Rowe sagte sich: «Bettler dürfen nicht wählerisch sein.»

«Ihr Name?» fuhr Mr. Rennit fort, als wäre ihm auch diese Frage erst nachträglich eingefallen. «Ihre gegenwärtige Adresse?» Während er die Antworten niederschrieb, stach er grimmig auf das Papier los. Als Rowe den Namen eines Hotels angab, blickte er auf und sagte düster: «In Ihrer Lage können Sie nicht vorsichtig genug sein.»

«Ich glaube, ich sollte doch lieber ganz am Anfang beginnen», meinte Rowe.

«Mein lieber Herr», erwiderte Mr. Rennit. «Sie dürfen mir ruhig glauben, wenn ich Ihnen sage, daß mir die Anfänge alle bekannt sind. Ich bin seit dreißig Jahren in dieser Branche tätig. Seit dreißig Jahren! Jeder Klient glaubt, sein Fall steht einzig da. Keine Rede davon! Er ist bloß eine Wiederholung. Ich brauche also von Ihnen nichts weiter als die Beantwortung bestimmter Fragen. Alles Übrige mache ich dann ohne Sie. Also bitte: wann ist Ihnen zuerst aufgefallen, daß etwas nicht ganz in Ordnung ist, wann haben Sie bei Ihrer Frau eine gewisse Abkühlung der Gefühle bemerkt?»

«Ich bin ja nicht verheiratet», antwortete Rowe.

Mr. Rennit warf ihm einen Blick zu, aus dem unverkennbarer Ekel sprach, und Rowe kam sich schuldbewußt vor, wie wenn er Ausflüchte gebraucht hätte. «Dann handelt es sich vielleicht um ein gebrochenes Eheversprechen, he?» fragte Rennit weiter. «Haben Sie irgendwelche verfänglichen Briefe geschrieben?»

«Es handelt sich auch nicht um ein gebrochenes Eheversprechen.»

«Erpressung?»

«Nein, auch das nicht.»

«Weshalb kommen Sie dann zu mir?» fragte Mr. Rennit erbost und fügte gleich wieder die stehende Wendung hinzu: «Ich bin ein vielbeschäftigter Mann.» Aber noch niemals war jemand so eindeutig unbeschäftigt gewesen wie er. Auf seinem Schreibtisch standen zwei Briefkörbe, die mit «Ein» und «Aus» bezeichnet waren. Aber der Korb für die eingehende Post war überhaupt leer, und der andere enthielt ein Exemplar eines bekannten Magazins für Herren. Vielleicht hätte sich Rowe auch wieder verabschiedet, wenn er die Adresse eines anderen Detektivbüros gewußt und wenn er nicht Mitleid empfunden hätte, jenes Gefühl, das noch weit wahlloser ist als die sinnliche Begierde. Mr. Rennit war sichtlich erzürnt, weil er ihm keine Zeit gelassen hatte, sich richtig in Szene zu setzen, und es war ebenso deutlich zu erkennen, daß er sich seinen Zorn nicht leisten konnte. Die Selbstaufopferung seiner Wut hatte etwas vom noblen Verzicht eines hungernden Adeligen an sich.

«Befaßt sich denn ein Privatdetektiv ausschließlich mit Scheidungen und gebrochenen Eheversprechen?»

Darauf erwiderte Rennit: «Mein Geschäft ist ein anständiges Unternehmen mit einer großen Tradition. Ich bin kein Sherlock Holmes. Sie werden doch nicht annehmen, daß ein Mann in meiner Stellung mit dem Vergrößerungsglas auf dem Fußboden herumkriecht und nach Blutflecken sucht? Wenn Sie solche Schwierigkeiten haben, dann rate ich Ihnen, sich an die Polizei zu wenden», schloß er mit steifer Würde.

«Hören Sie mich an!» entgegnete Rowe. «Und seien Sie vernünftig. Sie wissen, daß Sie einen Klienten brauchen können, genauso wie ich Sie brauchen kann. Und ich kann zahlen, kann gut zahlen. Also, seien Sie gescheit, sperren Sie Ihren Kasten wieder auf und trinken wir eins

Und ich kann zahlen . . .

. . . sagte Arthur Rowe, kann gut zahlen. Es gibt Leute, die gut zahlen, Leute, die schlecht zahlen, Leute, die prompt zahlen, die nie zahlen, die schleppend zahlen, bar zahlen, abzahlen, draufzahlen, heimzahlen, nur Leute, die gern zahlen, die gibt es kaum.

Auch der spruchweise Lichtenberg wußte es: Selbst den weisesten unter den Menschen sind die Leute, die Geld bringen, mehr willkommen als die, die welches holen.

auf unser Geschäft! Diese Luftangriffe sind sehr schlecht für die Nerven. Da muß man sich gelegentlich ein Glas genehmigen.»

Während Rennit an den Schrank trat und einen vorsichtigen Blick auf Rowe zurückwarf, wurde seine Haltung allmählich weniger steif. Er strich sich über die Glatze und sagte: «Sie werden wohl recht haben. Man verliert wirklich die Nerven. Und ich habe gegen anregende Mittel als solche nie etwas einzuwenden gehabt.»

«Heutzutage braucht sie ein jeder.»

«Freilich. Gestern abend war es bei uns draußen in Purley wieder besonders schlimm. Nicht viele Bomben, aber dieses Warten! Übrigens haben wir auch unser Teil abbekommen, vor allem Luftminen . . .»

«Das Haus, wo ich wohnte, hat vorige Nacht dran glauben müssen.»

«Was Sie nicht sagen!» erwiderte Rennit ohne Anteilnahme, indessen er seinen Karteikasten öffnete und nach der Whiskyflasche langte. «Also vorige Woche . . . in Purley . . . keine hundert Meter von uns . . .» Er war wie ein Mensch, der unablässig von den Operationen redet, die er schon durchgemacht hat.

«Ja, ich glaube, wir verdienen beide einen Drink», sagte Rowe.

Nun, da das Eis gebrochen war, wurde Rennit mit einemmal vertraulich. «Ich habe das Gefühl, ich war vorhin etwas zu scharf zu Ihnen. Aber wissen Sie, man verliert wirklich die Nerven. Der Krieg ist für ein Geschäft wie das meine der Ruin.» Er gab auch gleich eine Erklärung für diese Behauptung. «Die Versöhnungen – Sie würden gar nicht glauben, daß der menschliche Charakter so widerspruchsvoll sein kann. Und dann natürlich auch die genaue Registrierung, die die Sache viel schwieriger macht. Heute trauen sich die Leute nicht mehr, ins Hotel zu gehen, so wie früher einmal. Und wenn sie es im Auto tun, dann läßt sich nichts nachweisen.»

«Es muß für Sie wirklich schwer sein.»

«Ja, und es handelt sich jetzt darum, daß man durchhält», meinte Rennit, «daß man sich nicht unterkriegen läßt, bis der Friede kommt. Dann wird es einen solchen Berg von Scheidungsklagen und gebrochenen Heiratsversprechen geben . . .» Über die Flasche hinweg betrachtete er die künftige Situation mit gedämpftem Optimismus. «Sie entschuldigen, wenn ich Ihnen eine Tasse gebe?» sagte er und fuhr dann fort: «Wenn der Krieg vorüber ist, dann wird ein alteingeführtes Unternehmen wie das meine – mit guten Verbindungen – eine wahre Goldgrube sein. Das sage ich mir zumindest immer wieder», schloß er in düsterem Ton.

Während Rowe ihm zuhörte, dachte er, wie er es so oft tat, daß man eine so absonderliche Welt nicht ernst nehmen könne. Dennoch hatte er sie in Wirklichkeit immer ernst, tödlich ernst genommen. Erhabene Begriffe wie Gerechtigkeit und Sühne standen gleich Statuen vor seinem geistigen Auge; doch wenn man sie näher betrachtete, dann wurde daraus der kleine Mr. Rennit, wurden daraus Hunderte von kleinen Rennits. Freilich, wenn man an Gott – und an den Teufel – glaubte, dann war die Sache schon weniger komisch; denn der Teufel – und auch Gott – hatten sich für ihre Zwecke immer komischer, nichtssagender Menschen bedient, der kleinen Leute aus der Vorstadt, der Verkrüppelten und der Verschrobenen. Wenn Gott sich ihrer bediente, dann redete man gedankenlos von Edelmut, und wenn es der Teufel tat, von Schlechtigkeit; in beiden Fällen aber war das Material dazu die öde, schäbige menschliche Mittelmäßigkeit.

«. . . neue Ordnung. Aber trotzdem wird es hoffentlich immer die alte Welt bleiben», sagte Rennit gerade.

«Dennoch geschehen die seltsamsten Dinge in dieser Welt», erwiderte Rowe. «Und deshalb bin ich hier.»

«Ach ja! Füllen wir rasch unsere Tassen, und dann an die Arbeit. Entschuldigen Sie, daß ich kein Sodawasser dazu habe. So, und jetzt erzählen Sie mir, wo der Schuh drückt – so, als ob ich Ihr bester Freund wäre.»

«Jemand hat den Versuch gemacht, mich zu töten. Das klingt nicht so wichtig, wo doch jede Nacht so viele Menschen getötet werden – aber es hat mich doch in Wut versetzt.»

Über den Rand seiner Teetasse voll Whisky hinweg betrachtete ihn Rennit mit unerschütterlicher Ruhe. «Sagten Sie nicht vorhin, Sie seien nicht verheiratet?» fragte er.

«Es steckt keine Frau dahinter. Die ganze Geschichte begann mit einem Kuchen», antwortete Rowe und erzählte dem Detektiv vom Wohltätigkeitsfest, von dem Eifer, mit dem sich die Veranstalter bemüht hatten, den Kuchen wieder zurückzubekommen, vom Besuch des Buckligen und schließlich von der Bombe. «Ich hätte mir gar keine Gedanken gemacht», fuhr er fort, «wenn der Tee nicht so merkwürdig geschmeckt hätte.»

«Das war vermutlich nur Einbildung.»

«Nein, nein, ich kannte den Geschmack doch», gestand er widerstrebend ein. «Es war Hyoszyamin.»

«Und kam der Mann bei dem Angriff ums Leben?»

«Nein. Er wurde ins Spital gebracht. Aber als ich heute dort vorsprach, hatte man ihn bereits abgeholt. Er hatte nur eine leichte Gehirnerschütterung erlitten, und seine Freunde wollten ihn bei sich haben.»

«Das Spital müßte aber Namen und Adresse haben.»

«Sie hatten einen Namen und auch eine Adresse, doch diese Adresse gibt es gar nicht. Ich habe sie im Londoner Adreßbuch vergebens gesucht.» Über den Schreibtisch hinweg blickte er jetzt Rennit voll ins Gesicht und erwartete, dort ein Zeichen der Überraschung zu entdecken – selbst in einer absonderlichen Welt war dies eine absonderliche Geschichte. Aber Rennit sagte nur gelassen: «Dafür gibt es natürlich ein ganzes Dutzend Erklärungen.» Er steckte die Daumen in die Achsellöcher seiner Weste und überlegte. «Es könnte sich zum Beispiel um eine neue Art von Bauernfängerei handeln. Diese Kerle erfinden ja immer neue Drehs. Vielleicht hätte er Ihnen das Angebot gemacht, den Kuchen zu kaufen – um eine hohe Summe. Dann würde er Ihnen erzählt haben, daß etwas Wertvolles drin versteckt ist.»

«Etwas drin versteckt ist?»

«Ja, etwa ein Plan mit Angaben, wo vor der irischen Küste ein spanisches Goldschiff auf dem Meeresgrund liegt. Und dann hätte er von Ihnen ein Pfand verlangt, eine ansehnliche Summe – sagen wir, zwanzig Pfund –, während er auf die Bank ginge und den Kuchen bei Ihnen zurückließe, versteht sich.»

«Hm, das gibt allerdings zu denken.»

«Oh, so was wäre schon zu machen», behauptete Rennit. Es war unglaublich, wie leicht er es fertigbrachte, die seltsamsten Vorkommnisse als alltäglich erscheinen zu lassen. Sogar die Luftangriffe waren Ereignisse, die sich nur in Purley abspielten.

«Oder denken Sie an eine andere Möglichkeit», fuhr Rennit fort. «Falls Sie mit dem Tee recht haben – ich glaube ja, nicht. Vielleicht ist er zu Ihnen gekommen in der Absicht, Sie auszurauben. Vielleicht war er Ihnen vom Wohltätigkeitsfest gefolgt. Haben Sie dort etwa mit Geld um sich geworfen?»

«Ich gab den Leuten ein Pfund, als sie den Kuchen zurückhaben wollten.»

Aus Rennits Stimme klang deutlich die Erleichterung, als er darauf erwiderte: «Ein Mann, der für einen Kuchen ein Pfund hinlegt, ist ein Mann mit Geld. Im allgemeinen tragen Diebe ja keine Betäubungsmittel bei sich, aber dieser Mensch scheint mir ein neurotischer Typ zu sein.»

«Aber die Sache mit dem Kuchen?»

«Reines Geschwätz. In Wirklichkeit war er gar nicht wegen des Kuchens gekommen.»

«Und wie lautet Ihre nächste Erklärung? Sie sagten, es gäbe ein Dutzend.»

«Ich ziehe im allgemeinen die klare, einfache Erklärung vor», antwortete Rennit, während er seine Finger an der Whiskyflasche auf und ab gleiten ließ. «Vielleicht lag bei dem Kuchen wirklich ein Irrtum vor, und er war gekommen, um ihn abzuholen. Vielleicht enthielt er tatsächlich einen wertvollen Gewinn . . .»

«Und das Betäubungsmittel wäre dann wieder reine Einbildung gewesen?»

«Ja, das wäre die klare, einfache Erklärung.»

Rennits gelassene Ungläubigkeit brachte Rowe aus der Ruhe. Verärgert sagte er: «Ist Ihnen in Ihrer ganzen langen Laufbahn als Detektiv noch nie ein Fall begegnet, den man als Mord bezeichnet – oder gar ein Mörder?»

Rennit rümpfte die Nase. «Offen gestanden: nein, niemals», gab er zur Antwort. «Wissen Sie, das Leben hat eben keine Ähnlichkeit mit Detektivgeschichten. Mördern begegnet man sehr selten. Die gehören einer Klasse für sich an.»

«Das interessiert mich aber sehr.»

«Äußerst selten sind sie das, was man als Gentleman bezeichnet», erklärte Rennit, «außer in Kriminalromanen. Man könnte fast behaupten, daß sie den niedrigsten Gesellschaftsschichten angehören.»

Darauf entgegnete Rowe: «Hm, dann muß ich Ihnen vielleicht doch sagen, daß ich selbst ein Mörder bin.»

2

«Haha», rief Rennit mit einem wenig frohen Lachen aus.

«Das brachte mich ja so in Wut», fuhr Rowe fort, «daß sie sich ausgerechnet mich als Opfer ausgesucht hatten, diese Anfänger!»

«Sie sind wohl ein berufsmäßiger . . .?» fragte Rennit mit einem düsteren, unglücklichen Lächeln.

«Ja, das bin ich», antwortete Rowe. «Wenn man dadurch zum berufsmäßigen Mörder wird, daß man zwei Jahre darüber nachdenkt, ehe man es tut, daß man fast jede Nacht davon träumt, bis man endlich die Schublade aufsperrt und das Gift hervorholt . . . Und wenn man hinterher auf der Anklagebank sitzt und herauszukriegen versucht, was die Richter wirklich denken, wenn man jeden einzelnen der Geschworenen scharf beobachtet und überlegt, was *der* wirklich denkt – einer der Geschworenen war übrigens eine Frau mit einem Zwicker auf der Nase, die sich von ihrem Regenschirm nicht trennen wollte. Und dann wird man aus dem Saal geführt und wartet Stunde um Stunde, bis die Geschworenen von ihrer Beratung zurückkommen; und der Gefangenenwärter versucht, einem Mut zuzusprechen, und doch weiß man die ganze Zeit: wenn es auf Erden noch eine Spur von Gerechtigkeit gibt, dann können sie nur *einen* Wahlspruch fällen.»

«Würden Sie mich für einen Augenblick entschuldigen?» fragte da Rennit. «Ich glaube, mein Angestellter ist zurückgekommen . . .» Er kam hinter seinem Schreibtisch hervor und wischte dann mit unglaublicher Behendigkeit hinter Rowes Stuhl vorüber und zur Tür hinaus. Rowe saß da, die Hände zwischen die Knie gepreßt, und trachtete sein Hirn und seine Zunge wieder in die Gewalt zu bekommen: «Herr, behüte meinen Mund und bewahre meine Lippen . . .» Aus dem Nebenzimmer vernahm er leises Klingeln, gefolgt von einem schnarrenden Geräusch: Rennit telefonierte. Er warf einen erbarmungswürdigen Blick auf Rowe zurück und dann auf die halbe Wurstsemmel, als wäre diese die einzige Waffe in seiner Reichweite.

«Rufen Sie am Ende gar die Polizei an?» fragte Rowe. «Oder einen Arzt?»

«Nein, ein Theater», war Rennits verzweifelte Antwort. «Es ist mir eben eingefallen, daß meine Frau heute abend gerne . . .»

«Dann sind Sie also trotz Ihrer reichen Erfahrung doch verheiratet?»

«Ja.» Als eine leise Stimme aus dem Telefon drang, verzog Rennit sein Gesicht zu einer Grimasse, weil er mit einemmal nichts mehr sagen wollte. Er rief in den Apparat: «Zwei Plätze – Orchestersitze, bitte», und legte den Hörer auf.

«War das das Theater?»

«Ja, das Theater.»

«Und die Kassiererin wollte nicht einmal Ihren Namen wissen?» fragte Rowe. «Seien Sie doch vernünftig! Ich mußte es Ihnen ja sagen; Sie müssen doch alle Tatsachen zur Hand haben. Anders wäre es nicht fair. Denn vielleicht muß mein früherer Fall in Betracht gezogen werden, wenn Sie jetzt für mich arbeiten.»

«Wozu das?»

«Ich meine – die Sache könnte vielleicht von Bedeutung sein. Das ist etwas, was ich während meines Prozesses lernte: alles kann von Bedeutung sein. Zum Beispiel die Tatsache, daß ich an einem bestimmten Tag allein in einem Restaurant in Holborn meinen Lunch einnahm. Warum ich allein dort war, fragten sie mich. Ich antwortete darauf, daß ich ab und zu ganz gern allein sei; Sie hätten sehen sollen, wie sie alle den Geschworenen zunickten. Und richtig: es war von Bedeutung.» Seine Hände begannen zu zittern. «Als ob ich wirklich mein ganzes Leben lang allein sein möchte . . .»

Rennit räusperte sich. Seine Kehle war ganz trocken geworden.

«Selbst die Tatsache, daß meine Frau Wellensittiche hielt . . .»

«Ja, sind Sie doch verheiratet?»

«Der Mensch, den ich umgebracht habe, war meine Frau.» Es fiel ihm schwer, die Ereignisse in der richtigen Reihenfolge zu schildern. Die Leute sollten ihn doch nicht mit unnötigen Fragen quälen. Er hatte wirklich nicht die Absicht gehabt, Rennit neuerlich einen Schrecken einzujagen. «Sie brauchen sich deshalb nicht aufzuregen», sagte er beschwichtigend zum Detektiv. «Die Polizei weiß alles über meinen Fall.»

«Sie wurden freigesprochen?»

«Ich wurde für unzurechnungsfähig erklärt und kam in eine Anstalt. Dort blieb ich allerdings nicht lange; ich war ja nicht verrückt. Das Gericht mußte nur einen Ausweg finden, denn es hatte Mitleid mit mir, und deshalb lebe ich noch», sagte er voll Haß. «Die Zeitungen nannten es Tötung aus Mitleid.» Er fuhr sich mit der Hand über das Gesicht, als wolle er eine Spinnwebe fortwischen. «Ob Mitleid mit ihr oder Mitleid mit mir – das sagten sie allerdings nicht. Und ich weiß es auch heute noch nicht.»

«Ich weiß wirklich nicht, ob ich . . . Ihren Auftrag übernehmen kann», sagte Rennit, der mitten im Satz tief Atem holen mußte und es so einrichtete, daß zwischen ihm und seinem Besucher ständig ein Lehnstuhl war. «Denn eigentlich schlägt er nicht in mein Fach.»

«Dann zahle ich eben mehr», entgegnete Rowe. «Letzten Endes läuft es doch immer darauf hinaus, nicht wahr?» Sowie er merkte, daß sich in dem kleinen staubigen Zimmer, über der halbverspeisten Wurstsemmel in der Untertasse und dem abgegriffenen Telefonbuch die Begehrlichkeit regte, wußte er auch, daß er das Spiel gewonnen hatte. Rennit konnte es sich einfach nicht leisten, zimperlich zu sein, und so sagte Rowe zu ihm: «Ein Mörder ist wie ein Lord; er zahlt mehr wegen seines Titels. Man trachtet ja inkognito zu reisen, aber gewöhnlich kommt die Sache doch heraus . . .»

3. Frontaler Angriff

‹Es wäre doch schlimm, wenn er nicht einen treuen Freund und Kameraden an seiner Seite hätte.›

Der kleine Herzog

1

Vom Detektivbüro «Orthotex» begab sich Rowe geradewegs zu den «Freien Müttern». Er hatte mit Rennit einen Vertrag unterzeichnet, durch den er sich verpflichtete, ihm für seine Erhebungen durch vier Wochen je fünfzig Pfund zu zahlen. Rennit hatte erklärt, die Ausgaben würden hoch sein – «Orthotex» beschäftigte nur die erfahrensten Agenten; und der einzige Agent, den er vor seinem Gehen zu Gesicht bekommen hatte, war sicherlich ein erfahrener Mann. (Rennit stellte ihn als «2 A» vor, aber binnen kurzem sprach er ihn in seiner Zerstreutheit nur noch mit «Jones» an.) Jones war ein kleiner und auf den ersten Blick unscheinbarer Mann – mit seiner dünnen, spitzen Nase, einem braunen Filzhut mit fleckigem Band und einem grauen Anzug, der vor Jahren eine ganz andere Farbe besessen haben mochte und in dessen Brusttasche Drehbleistift und Füllfeder mit Klipsen befestigt waren. Beim zweiten Blick aber bemerkte man die Erfahrung. Man sah sie in den kleinen, verschmitzten, geradezu erschrockenen Augen, in dem weichen, aber trotzig zusammengekniffenen Mund, in den Sorgenfalten auf der Stirn – man sah die Erfahrung mit unzähligen Hotelkorridoren, mit bestochenen Zimmermädchen und erbosten Managern, die Erfahrung mit der Beleidigung, gegen die man sich nicht auflehnen durfte, mit der Drohung, die man ignorieren mußte, mit dem Versprechen, das nie gehalten wurde. Einen Mord umgab eine gewisse Würde, wenn man ihn mit der Erfahrung dieses Menschen verglich, der gedrückt und unauffällig die heimlich und angstvoll genossene Leidenschaft anderer nur aus zweiter Hand erlebte.

Gleich nach Jones' Eintritt kam es zu einer kleinen Meinungsverschiedenheit, an der der Agent, der an der Wand stand, den alten braunen Filzhut in der Hand hielt und so dreinsah und lauschte, als befinde er sich vor der Tür eines Hotelzimmers, allerdings völlig unbeteiligt war. Rennit, der die ganze Nachforschung offensichtlich als die phantastische Marotte eines geistig Anomalen ansah, vertrat die Meinung, daß Rowe selbst an den Erhebungen nicht teilnehmen solle: «Überlassen Sie das ruhig mir und meinem 2 A», sagte er. «Wenn es sich um einen Fall von Bauernfängerei handelt ...»

Er wollte einfach nicht glauben, daß man Rowe nach dem Leben getrachtet habe. «Natürlich werden wir in allen Apotheken nachfragen, ob und an wen Hyoszyamin ausgegeben wurde, aber viel erwarten wir uns nicht davon.»

«Es brachte mich in Wut», beharrte Rowe. «Er sagte, er habe über mich Erkundigungen eingezogen; und trotzdem besaß er die Frechheit ...» Plötzlich durchzuckte ihn ein Gedanke, und er fuhr hastig fort: «Es war doch dasselbe Gift! Da hätten die Leute höchstens gesagt, es wäre mir gelungen, etwas davon zu verstecken, und ich hätte damit Selbstmord begangen ...»

«Wenn an Ihrer Idee etwas dran ist, dann wurde der Kuchen dem falschen Mann ausgehändigt», meinte Rennit, «und wir haben nichts weiter zu tun, als den richtigen zu finden. Es handelt sich bloß darum, ihn aufzuspüren. Jones und ich sind Spezialisten im Aufspüren. Wir gehen dabei von Mrs. Bellairs aus; die gab Ihnen das Gewicht an, aber warum tat sie es? Weil sie Sie in der Finsternis für einen andern hielt. Es muß also eine gewisse Ähnlichkeit vorhanden sein ...» Rennit wechselte mit Jones einen Blick und fuhr fort: «Jetzt kommt es darauf an, Mrs. Bellairs ausfindig zu machen. Das kann nicht so schwer sein; Jones wird es erledigen.»

«Es wäre wohl am einfachsten, wenn ich nach ihr fragte, und zwar bei den ‹Freien Müttern›», meinte Rowe.

«Ich würde Ihnen schon raten, das Jones zu überlassen.»

«Man würde ihn vielleicht für einen Spitzel halten», lautete Rowes Einwand.

«Ja, aber es geht doch nicht an, daß ein Klient seine Erhebungen selbst durchführt.»

«Passen Sie auf: wenn hinter meinem Erlebnis nichts steckt, dann werden mir die Leute ohne weiteres Mrs. Bellairs' Adresse geben. Wenn meine Theorie aber stimmt, dann werden sie versuchen, mich umzulegen, weil der Kuchen zwar verschwunden ist, ich aber weiß, daß ein Kuchen vorhanden war und daß es Leute gibt, die ihn haben wollen. Und da ist jetzt die Aufgabe für Jones: auf mich aufzupassen.»

Jones fuchtelte nervös mit seinem Hut herum und suchte die Aufmerksamkeit seines Dienstgebers auf sich zu lenken. Schließlich räusperte er sich, worauf Rennit fragte: «Was ist los, 2 A?»

«Ich wollte nur sagen, das ist nicht zu machen», antwortete Jones.

«Nicht?»

«Nein; wäre höchst unsachgemäß.»

«Ich pflichte Jones bei», erklärte daraufhin Rennit.

Trotz Jones' Einwand setzte Rowe seinen Willen durch. Er trat in die zerbombte Gasse hinaus und nahm seinen düsteren Weg durch die Ruinen von Holborn. Es kam ihm vor, wie wenn er einen Freund gewonnen hätte, bloß weil er in seiner Verlassenheit einem Mitmenschen selbst anvertraut hatte, wer er war. Bisher war seine Identität stets von anderen aufgedeckt worden, sogar in der Befehlsstelle des Luftschutzwarts – wie die Feigheit kam sie früher oder später immer an den Tag. Es war unglaublich, welche Wendungen das Schicksal nahm, welcher Schliche es sich bediente, wie die Unterhaltung immer wieder auf dieses heikle Thema zurückkam, was für ein hervorragendes Namensgedächtnis manche Leute besaßen. In der seltsam zerwühlten Landschaft, wo von den Geschäftsstraßen Londons nur mehr der steinerne Grundriß übrig war, so daß sie denen von Pompeji glichen, bewegte er sich mit völliger Vertrautheit: er war ein Teil dieser Vernichtung, so wie er nimmermehr ein Teil der Vergangenheit war – der langen Wochenendausflüge aufs Land, des frohen Lachens auf abendlichen Wiesenwegen, der Schwalben, die sich auf Telegrafendrähten sammelten, des heimatlichen Friedens.

Der Friede war an einem 31. August ganz plötzlich zu Ende gegangen – die Welt wartete ein Jahr länger. Jetzt bewegte er sich wie ein Stein unter anderen Steinen; er trug eine Schutzfarbe, und hin und wieder durchbrach die Oberfläche seiner reuigen Zerknirschung ein böser Stolz, wie ihn ein Leopard empfinden mag, dessen Fell sich harmonisch seiner fleckigen Umwelt einfügt, der aber größere Macht besitzt als jene. Als er seinen Mord beging, war er kein Verbrecher gewesen; erst später war ihm ein verbrecherisches Denken zur Angewohnheit geworden, und er empfand es als Unverfrorenheit, daß man den Versuch unternommen hatte, gerade ihn zu töten, dem es auf einen Schlag gelungen war, Schönheit, Güte und Frieden zu zerstören. Es gab Zeiten, da er meinte, alle verbrecherische Schuld der Welt sei sein; doch ganz unvermittelt und oft aus einem höchst belanglosen Anlaß –

etwa beim Anblick einer Damenhandtasche, eines Gesichts, das in einem Aufzug an ihm vorüberglitt, einer Fotografie in der Zeitung – war sein Hochmut im Nu verflogen. Dann war er sich der Unsinnigkeit seiner Tat bewußt; dann wollte er sich verkriechen und still vor sich hinweinen, wollte vergessen, daß er jemals glücklich gewesen war, und dann raunte ihm eine Stimme ins Ohr: «Du behauptest, aus Mitleid getötet zu haben. Warum hast du nicht Mitleid mit dir selbst?» Ja, warum nicht? Weil es leichter ist, einen geliebten Menschen zu töten als sich selbst.

2

Die «Freien Mütter» hatten ein leerstehendes Büro in einem riesigen, weißen, hochmodernen Block in einer Seitengasse des Strand übernommen. Wenn man das Gebäude betrat, hatte man unwillkürlich das Gefühl, sich in eine vollautomatische Leichenhalle zu begeben, wo zu jeder Bahre ein eigener Aufzug führte. Lautlos schwebte Rowe an fünf Geschossen vorbei; in jedem sah er endlose Gänge und Türen mit Milchglasfenstern; im sechsten Stock bestieg eine Frau mit einem Zwicker auf der Nase und einer Aktenmappe mit der Aufschrift «Eilt sehr» den Fahrstuhl, und wieder glitten sie reibungslos höher. Im siebenten Stock standen auf einer Tür die Worte: «Unterstützungsfonds für die Mütter der freien Nationen. Auskunft.»

Allmählich gewann er die Überzeugung, daß Rennit vielleicht doch recht gehabt hatte. Die grobknochige, tüchtige, offenbar dem Mittelstand angehörende Frauensperson, die an einer Schreibmaschine saß, war ohne Zweifel unbestechlich und unbezahlt. Sie trug ein kleines Abzeichen, um zu zeigen, daß sie eine ehrenamtliche Mitarbeiterin war. «Sie wünschen?» fragte sie in scharfem Ton, und in Rowe versiegten Groll und Hochmut zugleich. Er suchte sich ins Gedächtnis zu rufen, was der Bucklige gesagt hatte – daß der Kuchen nicht für ihn bestimmt gewesen sei. Wenn er jetzt darüber nachdachte, war an dieser Äußerung doch nichts Unheimliches gewesen; und was den Geschmack anlangte, war er nicht oft des Nachts aufgewacht und hatte ihn auf der Zunge verspürt?

«Sie wünschen?» wiederholte die Frau energisch.

«Ich bin hergekommen, um die Adresse einer gewissen Mrs. Bellairs festzustellen.»

«Keine Dame dieses Namens arbeitet hier.»

«Es handelt sich um eine Angelegenheit in Verbindung mit einem Wohltätigkeitsfest.»

«Ah, das sind lauter freiwillige Helferinnen. Wir können unmöglich die Anschriften unserer freiwilligen Helferinnen bekanntgeben.»

Rowe sagte: «Es kam dabei anscheinend zu einem Irrtum. Ich erhielt einen Kuchen, der nicht für mich bestimmt war ...»

«Ich werde mal nachsehen.» Mit diesen Worten begab sich die energische Dame in ein zweites Zimmer, und Rowe fand Zeit, sich zu fragen, ob er klug gehandelt habe. Vielleicht hätte er doch 2 A mit heraufbringen sollen? Dann aber sagte er sich wieder, daß hier alles einen völlig normalen Eindruck mache. Die einzig ungewöhnliche Erscheinung war er. Da stand die ehrenamtliche Mitarbeiterin auch schon wieder in der Tür und sagte: «Wollen Sie bitte hereinkommen?» Im Vorübergehen warf er einen raschen Blick auf ihre Schreibmaschine; auf dem eingespannten Blatt las er: «Lady Cradbrooke gestattet sich, Mrs. J. A. Smythe-Philipps für ihre freundliche Gabe, bestehend aus Tee und Mehl, den herzlichsten Dank auszusprechen ...» Dann betrat er das Zimmer.

An Wunden, die ihm das Schicksal unvermutet zufügte, hatte er sich nie gewöhnen können: nur wenn der geliebte Mensch für immer unerreichbar ist, findet die Liebe Vollendung. Die Farbe ihres Haares und ihre Gestalt – sehr klein und zierlich und außerstande, auch nur irgendeinem Mitmenschen ein Leid anzutun –: sie genügten, um ihn jetzt beim Schritt über die Schwelle zögernd innehalten zu lassen. Weiter ging die Ähnlichkeit nicht. Als aber die junge Frau den Mund öffnete, da empfand er jenes Erstaunen, das man bei einer Gesellschaft fühlen mag, wenn man die Frau, die man liebt, plötzlich in einem ungewohnten Ton mit fremden Menschen reden hört. Dies war kein seltenes Erlebnis, denn oft folgte er einer Dame in ein Geschäft, blieb er wegen einer geringfügigen Ähnlichkeit an einer Straßenecke stehen, so als ob er die geliebte Frau bloß aus den Augen verloren hätte und sie eines Tages in einer Menschenmenge wiederfinden könnte.

«Sie kommen wegen eines Kuchens?» sagte sie in fragendem Ton.

Er musterte sie von oben bis unten: die beiden hatten so wenig miteinander gemein, wenn man den gewaltigen Unterschied danebenhielt, der darin lag, daß die eine lebte und die andere tot war. «Gestern abend kam ein Herr zu mir – vermutlich von diesem Büro», sagte er.

Er rang nach Worten, weil er gleichzeitig überlegte, daß der Gedanke, dieses junge Wesen könne in ein Verbrechen verwickelt sein, genauso abwegig war wie die Annahme, seine Alice hätte dies sein können – es sei denn als Opfer. «Bei Ihrer Wohltätigkeitsveranstaltung gewann ich einen Kuchen; aber das war anscheinend ein Irrtum.»

«Ich verstehe Sie nicht.»

«Und bevor ich recht begriff, was der Herr von mir wollte, fiel eine Bombe.»

«Von uns hier kann niemand dort gewesen sein», erklärte sie mit Entschiedenheit. «Wie sah denn der Besucher aus?»

«Sehr klein, dunkel und verwachsen, mit einem Buckel – praktisch ein Krüppel.»

«Hm, wir haben hier niemanden, auf den diese Beschreibung passen würde.»

«Ich dachte mir, wenn ich Mrs. Bellairs ausfindig machen könnte . . .» Der Name schien ihr nichts zu sagen. «Sie war eine der Helferinnen beim Fest.»

«Das waren lauter Freiwillige», bedeutete ihm das Mädchen. «Ich nehme allerdings an, daß wir Ihnen mit Hilfe der Veranstalter des Festes ihre Adresse verschaffen könnten. Aber ist das so wichtig?»

Das Büro war durch eine Holzwand in zwei Teile geteilt; Rowe hatte angenommen, er befinde sich mit der jungen Frau allein im Zimmer; während sie aber diese Worte sprach, kam ein jüngerer Mann um die Trennungswand herum. Er hatte dieselben zarten Züge wie das Mädchen, das ihn sogleich vorstellte: «Das ist mein Bruder. Mr. . . .»

«Rowe», ergänzte dieser.

«Jemand hat bei Mr. Rowe vorgesprochen und wegen eines Kuchens Erkundigungen eingezogen. Ich verstehe das nicht ganz. Mr. Rowe sagt, er habe ihn bei unserem Wohltätigkeitsfest gewonnen.»

«Lassen Sie mich mal nachdenken, wer das sein könnte», sagte der junge Mann. Er sprach ausgezeichnetes Englisch, und nur eine gewisse Vorsicht und Genauigkeit verrieten den Ausländer. Er hätte aus einer Familie alten Schlags stammen können, in der klares, deutliches Sprechen und die richtige Wahl der Worte noch hochgehalten werden; seine Sorgfalt im Ausdruck wirkte jedoch durchaus nicht pedantisch, sondern eher charmant. Jetzt stand er neben seiner Schwester und legte ihr leicht und zärtlich die Hand auf die Schulter, als bildeten sie eine Familiengruppe aus der Viktorianischen Zeit. «Handelt es sich um einen Ihrer Landsleute, Mr. Rowe?» fragte der junge Mann. «In diesem Büro sind nämlich fast ausschließlich Ausländer beschäftigt.» Mit einem gewinnenden Lächeln nahm er Rowe ins Vertrauen: «Wenn uns schon Gründe der Gesundheit oder der Staatsbürgerschaft daran hindern, auf Ihrer Seite zu kämpfen, dann müssen wir uns wenigstens sonst irgendwie nützlich machen. Auf dem Papier sind meine Schwester und ich Österreicher.»

«Der Mann der zu mir kam, war aber ein Engländer.»

«Dann muß es einer unserer freiwilligen Mitarbeiter gewesen sein. Wir haben so viele, daß mir nicht einmal die Hälfte namentlich bekannt ist. Sie wollen einen Gewinn zurückgeben, wenn ich Sie recht verstanden habe? Ein Kuchen war es?»

Vorsichtig erwiderte darauf Rowe: «Ich wollte darüber Erkundigungen einziehen.»

«Nun, Mr. Rowe, ich an Ihrer Stelle wäre da ganz skrupellos. Ich würde den Kuchen einfach ‹einstecken›.» Wenn er einen Ausdruck der Umgangssprache gebrauchte, konnte man jedesmal hören, wie er leise und Verzeihung heischend davor und dahinter Anführungszeichen setzte.

«Das Schlimmste ist aber, daß der Kuchen nicht mehr vorhanden ist», entgegnete Rowe. «Mein Haus wurde in der vergangenen Nacht durch eine Bombe zerstört.»

«Das tut mir aber leid. Wegen Ihres Hauses, meine ich. Da wird Ihnen gewiß der Kuchen nicht mehr so wichtig vorkommen, oder doch?»

Die beiden waren entzückend und offensichtlich grundehrlich; aber sie hatten ihn fein und höchst wirkungsvoll in einem Widerspruch gefangen.

«An Ihrer Stelle würde ich mir nicht mehr den Kopf zerbrechen», meinte die junge Frau.

Rowe betrachtete die beiden Österreicher; er zögerte kurz. Aber es ist unmöglich, ohne Vertrauen zu irgendeinem Mitmenschen durchs Leben zu gehen: das hieße, in der ärgsten aller Gefängniszellen – in sich selbst – eingeschlossen sein. Über ein Jahr lang hatte Rowe in diesem Kerker zugebracht, wo es keinen Wechsel der Zelle, keinen täglichen Spaziergang im Hof, keine Ablösung des Wärters gegeben hatte, um die Eintönigkeit der Einzelhaft zu unterbrechen. Für jeden Häftling kommt einmal der Augenblick, da er einen Ausbruchsversuch unternehmen muß, mag er sich dabei noch so großen Gefahren aussetzen. So tastete er jetzt vorsichtig nach der Freiheit. Diese beiden jungen Leute hatten politischen Terror erlebt, waren aber ohne häßliche Narbe an ihrer Seele daraus hervorgegangen. Er sagte: «Eigentlich war es nicht nur der Kuchen, was mir Kopfzerbrechen bereitete.»

Sie betrachteten ihn mit aufrichtigem, wohlwollendem Interesse; Rowe hatte das Gefühl, daß trotz der hinter ihnen liegenden Jahre der Verfolgung immer noch der frische Hauch der Jugend sie umgab; sie erwarteten vom Leben auch jetzt noch, daß es ihnen anderes biete als Leid, Langeweile, Argwohn und Haß. Eben sagte der junge Mann: «Wollen Sie nicht Platz nehmen und uns die Sache ausführlich erzählen?» Sie gemahnten ihn an Kinder, die gerne Märchen hören. Zusammengenommen konnten sie nicht mehr als fünfzig Jahre der Lebenserfahrung gesammelt haben, und so kam er sich jetzt ungleich älter vor.

«Ich gewann den Eindruck, daß, wer immer es war, der den Kuchen haben wollte, sich nicht gescheut hätte, Gewalt anzuwenden.»

Dann erzählte er ihnen von seinem Besucher, von dessen heftigen Worten und dem auffallenden Geschmack des Tees. Die hellblauen Augen des Jungen strahlten vor Aufmerksamkeit und Erregung. «Eine geradezu faszinierende Geschichte», erklärte er schließlich. «Haben Sie eine Idee, wer – oder was – dahinterstecken mag? Und wie kommt Mrs. Bellairs in die Sache hinein?»

Jetzt wünschte Rowe, er wäre nie zu Rennit gegangen. Das waren die richtigen Verbündeten für ihn; nicht der schäbige Jones und sein skeptischer Dienstgeber.

«Mrs. Bellairs wahrsagte mir auf dem Fest, und sie gab mir auch das

Gewicht des Kuchens an; und das war gar nicht das richtige.»

«Aber unglaublich!» rief der junge Mann voll Begeisterung aus.

«Eine verrückte Angelegenheit», urteilte seine Schwester. «Wahrscheinlich ist das Ganze ein Mißverständnis», fügte sie fast mit denselben Worten wie Rennit hinzu.

«Ein Mißverständnis!» wiederholte der junge Mann. «Geh, laß dich nicht auslachen!» Mit heiterer Miene wandte er sich an seinen Besucher: «Mr. Rowe, betrachten Sie diese Gesellschaft, oder zumindest das Sekretariat, als Ihren Diener! Ihre Geschichte ist wahrhaftig interessant!» Er streckte Rowe die Hand hin. «Mein Name – unser Name – ist Helf. Jetzt sagen Sie mir noch: wo fangen wir an?»

Das Mädchen stand wortlos daneben. «Ihre Schwester scheint nicht ganz einverstanden zu sein», sagte Rowe.

«Oh, die wird sich schon zu unserem Standpunkt bekehren lassen. Das tut sie letzten Endes immer. Sie hält mich für einen Schwärmer, weil sie mich schon aus so mancher üblen Klemme befreien mußte.» Sekundenlang wurde seine Miene ernst. «Sie hat mich auch aus Österreich herausgebracht.» Nichts aber vermochte seine Begeisterung länger als einen Augenblick zu dämpfen. «Doch das ist eine andere Geschichte», sagte er. «Fangen wir mit Mrs. Bellairs an? Und haben Sie eine Idee, worum es bei der ganzen Geschichte geht? Ich werde unsere grimmige Helferin im Vorzimmer auf die Fährte setzen.» Bei diesen Worten öffnete er die Tür und rief hinaus: «Liebe Mrs. Dermody, glauben Sie, Sie könnten uns die Adresse einer unserer freiwilligen Helferinnen, einer Mrs. Bellairs, verschaffen?» Erklärend sagte er zu Rowe: «Die Schwierigkeit liegt darin, daß sie wahrscheinlich bloß die Bekannte eines Bekannten ist – nicht eine regelmäßige Mitarbeiterin. Versuchen Sie es zunächst mit Kanonikus Topling», rief er zu Mrs. Dermody hinaus.

Je mehr die Begeisterung des jungen Helf wuchs, desto phantastischer erschien Rowe der ganze Vorfall. Er begann ihn allmählich mit den Augen Rennits zu sehen – Mrs. Dermody, Kanonikus Topling . . .

«Vielleicht hat Ihre Schwester doch recht», sagte er zu Helf.

Der junge Mann ließ sich aber nicht von seinem Gedanken abbringen. «Sie mag natürlich recht haben. Aber wie langweilig wäre das! Deshalb möchte ich, bis wir Gewißheit haben, viel lieber bei der Annahme bleiben, daß wir einer riesigen Verschwörung auf die Spur gekommen sind.»

Nun steckte Mrs. Dermody den Kopf zur Tür herein und sagte: «Kanonikus Topling hat mir die Adresse gegeben – Parkring 5.»

«Wenn Mrs. Bellairs eine Bekannte von Kanonikus Topling ist», begann Rowe und fing einen Blick von Miss Helf auf. Sie nickte ihm verstohlen zu, als wollte sie sagen: ‹Jetzt sind Sie auf der richtigen Spur.›

«Bleiben wir lieber dem Buckligen auf den Fersen», schlug dagegen ihr Bruder vor.

«Es kann tausend Gründe für den Zwischenfall geben», lautete der Einwand des Mädchens.

«Tausend gewiß nicht, Anna», erwiderte er spöttisch und wandte sich dann an Rowe mit der Frage: «Können Sie sich an sonst nichts erinnern, was meine Schwester überzeugen würde?» Sein Eifer wirkte ernüchternder als ihre Zweifelsucht. Die ganze Angelegenheit wurde dadurch zu einem Spiel, das man nicht mehr ernst nehmen konnte.

«Nein, gar nichts», antwortete Rowe.

Helf trat ans Fenster und blickte auf die Straße hinab. «Kommen Sie einen Moment her, Rowe», sagte er. «Sehen Sie den kleinen Mann dort unten, den mit dem schäbigen braunen Hut? Er kam kurz nach Ihnen und scheint zu warten. Da geht er jetzt wieder vorbei, immer auf und ab. Tut so, als zünde er sich eine Zigarette an. Nur wiederholt er das zu oft. Und jetzt kauft er schon die zweite Abendzeitung. Er kommt aber nie so weit, daß er genau gegenüber diesem Gebäude wäre. Sieht fast so aus, als würden Sie überwacht.»

«Den kenne ich», erwiderte Rowe. «Er ist ein Privatdetektiv und wird dafür bezahlt, daß er auf mich aufpaßt.»

«Beim Jupiter!» rief Helf – sogar seine Ausrufe gehörten dem vorigen Jahrhundert an. «Nehmen Sie die Sache aber ernst! Wir sind jetzt Verbündete. Sie halten doch nicht mit irgend etwas hinterm Berg?»

«Etwas habe ich allerdings nicht erwähnt», gab Rowe zögernd zu.

«Und das wäre?» Helf trat rasch vom Fenster zurück, legte seiner Schwester wieder die Hand auf die Schulter und wartete mit allen Anzeichen der Spannung auf Rowes Antwort. «Vielleicht ein Umstand, der Kanonikus Topling wieder in der Versenkung verschwinden ließe?»

«Nein. Ich glaube vielmehr, in dem Kuchen war etwas versteckt.»

«So? Was?»

«Das weiß ich nicht. Aber der Bucklige zerkrümelte jedes Stück, das er in die Hand nahm.»

«Vermutlich war das nur seine Gewohnheit», meinte Miss Helf.

«Gewohnheit!» höhnte ihr Bruder.

In einer zornigen Aufwallung rief sie ihm zu: «Einer jener typisch englischen Besonderheiten, die du so sorgfältig studierst und nachahmst!»

Rowe suchte der jungen Frau seinen Standpunkt klarzumachen: «Das Ganze berührt mich persönlich gar nicht. Ich will den Kuchen nicht, aber die Leute haben versucht – davon bin ich ganz überzeugt –, mich umzubringen. Ich weiß: das klingt geradezu phantastisch, jetzt am hellichten Tag; aber wenn Sie gesehen hätten, wie der elende kleine Krüppel die Milch in die Tasse schüttete und wie er dann wartete, mich nicht aus den Augen ließ, wie er jedes Stück Kuchen zerkrümelte . . .»

«Und Sie glauben tatsächlich», unterbrach ihn Miss Helf, «daß die Bekannte von Kanonikus Topling . . .»

«Hören Sie nicht auf sie», mischte sich ihr Bruder ein. «Warum soll die Bekannte von Kanonikus Topling nicht in die Sache verwickelt sein? Heute gibt es keine sogenannte Verbrecherklasse mehr. Das können wir Ihnen bestätigen. In Österreich gab es eine Unzahl von Leuten, von denen Sie behauptet hätten, sie könnten einfach nicht ... na, eben die Dinge tun, die wir von ihnen erlebt haben. Gebildete Leute, nette Leute, Leute, die man zu Tischnachbarn gehabt hat.»

«So, und Mr. Rennit, der Chef der Orthotex-Detektivagentur, erklärte mir heute vormittag, er sei noch nie einem Mörder begegnet. Er behauptete, die seien äußerst selten und gehörten nicht den besten Kreisen an», sagte darauf Rowe.

«Was? Mörder sind heutzutage spottbillig; die gibt's dutzendweise», erwiderte Helf. «Ich selbst kenne mindestens sechs Mörder. Einer war ein Minister, der zweite ein Herzspezialist, der dritte Bankdirektor, einer ein Versicherungsagent ...»

«Hör auf!» rief seine Schwester. «Bitte, hör auf!»

«Der Unterschied gegen früher liegt eben darin, daß sich das Morden in unserer Zeit bezahlt macht, und wenn sich etwas bezahlt macht, wird es von selbst eine ehrbare Sache. Der reiche Abtreiber wird Gynäkologe und der reiche Dieb Bankdirektor. Ihr Freund Rennit hat ganz veraltete Ansichten.» Mit weicher Stimme sprach er weiter, und Rowe konnte es seinen strahlenden blauen Augen ansehen, daß er weder schockiert noch zu schockieren war. «Der Mörder alten Schlages tötete aus Angst, aus Haß – ja, sogar aus Liebe, aber höchst selten um eines ausgiebigen Profits willen. Keiner jener Beweggründe war – wirklich ehrenhaft. Aber zu morden, um eine Stellung zu erringen – das ist eine ganz andere Sache; denn wenn einer die gewünschte Stellung erreicht hat, dann hat niemand das Recht, an den Mitteln Kritik zu üben, die er angewendet hat. Kein Mensch wird sich weigern, den Betreffenden zu empfangen, sofern nur seine Stellung einflußreich genug ist. Denken Sie doch nur daran, wie viele Ihrer Staatsmänner Hitler die Hand geschüttelt haben. Freilich: aus Furcht oder aus Liebe zu morden – das würde Herrn Kanonikus Topling nicht einfallen. Wenn er seine Frau umbrächte, würde er damit ja seine Karriere vernichten», behauptete der Jüngling mit einem Lächeln seliger Unschuld; er konnte ja nicht ahnen, was er damit sagte.

Als Rowe aus der Anstalt, die nicht Zuchthaus genannt wurde, in aller Form und verhältnismäßig bald entlassen worden war, hatte er das Gefühl gehabt, in eine ganz andere Welt hinauszutreten – in eine geheimnisvolle Welt, in der man unter einem angenommenen Namen lebte, niemand kannte, bestimmte Gesichter mied, in der man unauffällig eine Bar verließ, sowie gewisse andere Leute sie betraten, in der man dort wohnte, wo am wenigsten Fragen gestellt wurden, nämlich in möblierten Zimmern. Leuten, die Gartenfeste besuchten, zum Frühgottesdienst gingen, das Wochenende auf dem Lande verbrachten, um niedrige Einsätze Bridge spielten und bei einem guten Lebensmittelhändler ein laufendes Konto besaßen, war diese Welt im Halbdunkel völlig unbekannt. Es war nicht die ausgesprochene Verbrecherwelt, wenngleich man auf dem Weg durch ihre dämmrigen Gänge, wo jeder Ton gedämpft klang, an vornehm tuenden Fälschern vorüberstreifen mochte, gegen die nie eine wirkliche Anklage erhoben worden war, oder an einem Wüstling, der sich an kleinen Kindern verging. Man besuchte das Kino um zehn Uhr vormittags und befand sich dort in der Gesellschaft von anderen Männern in Regenmänteln, die sich auch irgendwie die Zeit vertreiben mußten. Man saß daheim und las den ganzen Abend Dickens' «Raritätenladen». Als Rowe zum erstenmal der Verdacht gekommen war, daß ihn jemand zu töten trachtete, da war er gekränkt, entrüstet gewesen; Mord war eine Tat, die ihm zukam wie ein persönliches Charaktermerkmal, und nicht den Bewohnern jener alten, friedlichen Welt, aus der man ihn verbannt hatte und der Mrs. Bellairs, die Dame mit dem riesigen Hut, und endlich der Hochwürdige Mr. Sinclair so unzweifelhaft angehörten. Vor einer Gefahr sollte sich ein Mörder doch sicher fühlen können – vor der Möglichkeit, von solch harmlosen Leuten ermordet zu werden!

Als ihm aber nun ein junger Mann mit reicher Lebenserfahrung erzählte, daß man zwischen den beiden Welten keinen klaren Trennungsstrich ziehen könne, da war er nur noch mehr empört. Schließlich hat das Insekt, das sich unter einem schützenden Stein verkrochen hat, doch ein Recht darauf, sich vor der zertretenden Gewalt des Stiefels sicher zu fühlen.

«Sie dürfen ihm nicht zuhören», sagte Miss Helf. Dabei betrachtete sie ihn mit einem Blick, aus dem er Sympathie zu lesen meinte – aber das war unmöglich!

«Ich übertreibe natürlich», sagte Helf leichthin. «Trotzdem müssen Sie heutzutage damit rechnen, überall auf Verbrecher zu stoßen. Das nennen die Leute ‹Ideale haben›. Ja, sie reden sogar davon, daß der Mord noch das Barmherzigste sei.»

Rowe blickte rasch auf; aber in den hellblauen Augen des andern war keinerlei persönliche Anspielung zu lesen, sondern nur das Interesse an einer theoretischen Erörterung. «Sie meinen die Preußen?» fragte er.

«Ja, wenn Sie wollen, die Preußen, oder die Nazis, die Faschisten . . .»

Auf Miss Helfs Schreibtisch klingelte das Telefon. Sie hob den Hörer ab und sagte zu ihrem Bruder: «Lady Dunwoody ist am Apparat.»

Mit einer raschen Bewegung beugte sich Helf seitlich über den Schreibtisch und rief hinein: «Oh, Lady Dunwoody, wir sind Ihnen für Ihr Angebot sehr zu Dank verpflichtet. Wollsachen können wir gar nicht in genügender Menge bekommen. Wenn Sie so lieb wären, sie hierher ins Büro zu schicken ... oder sollen wir sie abholen? Sie werden den Chauffeur schicken? Danke vielmals. Auf Wiederhören.» Mit einem schiefen Lächeln sagte er zu Rowe: «Für einen Mann in meinem Alter ist das eine sonderbare Art, zu kämpfen, finden Sie nicht? Von gebefreudigen alten Damen Wollsachen einzusammeln! Aber es ist eine nützliche Arbeit, und ich darf sie tun. Außerdem ist es schon etwas wert, nicht interniert zu sein. Nur finde ich ein Erlebnis wie das Ihre furchtbar aufregend – das verstehen Sie doch, nicht wahr? Es bietet einem Gelegenheit, einmal etwas fester zuzupacken.» Er lächelte seine Schwester an und sagte zärtlich: «Sie nennt mich natürlich einen romantischen Schwärmer.»

Das Seltsame aber war, daß sie ihn überhaupt nichts nannte. Es war so, wie wenn sie sein Verhalten nicht nur mißbilligte, sondern ihn selbst verleugnen, mit ihm, abgesehen von der Sammlung von Wollsachen, nichts gemein haben wolle. Rowe schien es, daß ihr die Anmut und die Ungezwungenheit ihres Bruders fehlten; das Erlebnis, das jenem Erheiterung und eine geradezu nihilistische Ausgelassenheit beschert hatte, war bei ihr die Ursache zu einer schwermütigen Versonnenheit in größeren seelischen Tiefen gewesen. Nun war Rowe nicht mehr so überzeugt wie vorhin, daß sie keine Narben davongetragen hatte. Helfs Verstand gebar die Gedanken, seine Schwester aber fühlte sie im Herzen, und als er sie jetzt anblickte, da hatte er das Empfinden, daß sein eigenes Unglück in ihr einen Freund erkannt hatte und ihm ein Zeichen gab, ohne freilich eine Antwort zu erhalten.

«Und was ist unser nächster Schritt?» wollte Helf wissen.

«Lassen Sie die Sache auf sich beruhen!» Mit diesen Worten wandte sich Miss Helf unmittelbar an Rowe – da war endlich die Antwort auf seine Signale; aber sie besagte nur, daß damit die Nachricht beendet sei.

«Nein, nein, das können wir nicht tun. Wir stehen doch im Krieg.»

«Woher wissen Sie denn», sagte die junge Frau und richtete ihre Worte immer noch an Rowe allein, «daß es sich, selbst wenn etwas hinter der Sache steckt, nicht bloß um einen Diebstahl, um Rauschgiftschmuggel oder ähnliches handelt?»

«Ich weiß es natürlich nicht, und das macht mir auch nichts aus. Ich bin nur wütend.»

«Schön, aber haben Sie irgendeine Theorie, was den Kuchen anlangt?» fragte der junge Mann.

«Vielleicht hat er irgendeine Nachricht enthalten.»

Beide Geschwister schwiegen eine Weile, als ob dies ein Gedanke wäre, der erst überlegt werden müßte. Dann sagte Helf: «Wissen Sie was? Ich gehe mit Ihnen zu Mrs. Bellairs.»

«Du kannst doch nicht aus dem Büro davonlaufen», wandte seine Schwester ein. «Ich gehe mit Mr. Rowe. Du hast ja eine Verabredung.»

«Ach, nur mit diesem Trench. Mit dem kannst du verhandeln, Anna.» Frohgelaunt fügte er hinzu: «Diese Sache ist wichtiger. Da gibt's vielleicht einen feinen Wirbel!»

«Wir könnten ja Mr. Rowes Detektiv mitnehmen», schlug seine Schwester vor.

«Und die Dame warnen? Nein, dem sieht man den Detektiv schon von weitem an. Wir müssen ihn ganz sachte abstreifen. Daran bin ich gewöhnt. Das hat man bei uns 1938 gelernt.»

«Ich weiß doch gar nicht, was du mit Trench besprechen wolltest», sagte das Mädchen.

«Du brauchst ihn nur abzuwimmeln. Sag ihm, wir werden zu Monatsbeginn abrechnen. Entschuldigen Sie, daß wir hier von Geschäften reden», sagte er, zu Rowe gewandt.

«Warum läßt du Mr. Rowe nicht allein hingehen?»

Bei diesen Worten dachte Rowe: «Vielleicht glaubt sie, daß doch etwas dahintersteckt; vielleicht sorgt sie sich um ihren Bruder.» In diesem Augenblick sagte Miss Helf: «Ihr werdet euch doch nicht beide blamieren wollen, Willi.»

Helf ignorierte seine Schwester völlig. Zu Rowe sagte er: «Nur noch einen Moment! Ich schreibe rasch eine kurze Nachricht für Trench», und verschwand hinter der Trennungswand.

Sie verließen das Bürogebäude durch einen anderen Ausgang; so leicht war es, Jones abzuschütteln, der ja keinen Grund hatte, anzunehmen, daß sein Auftraggeber ihm ein Schnippchen schlagen wollte. Helf winkte ein Taxi heran, und im Abfahren konnte Rowe noch sehen, wie der schäbig gekleidete kleine Mann Wache stand, wie er sich eine neue Zigarette anzündete und dabei zu dem prächtigen Portal hinüberschielte – gleich einem treuen Hund, der unverdrossen vor der Tür seines Herrn sitzen bleibt. Rowe sagte zu seinem Begleiter: «Es wäre mir schon lieber gewesen, wenn wir es ihm gesagt hätten.»

«Besser nicht», erwiderte Helf. «Wir können ihn ja nachher wieder aufgabeln. Lange bleiben wir sowieso nicht aus.»

Während das Taxi davonrollte, verschwand der Detektiv aus ihrem Blickfeld, verlor sich zwischen den Autobussen und Radfahrern, wurde aufgesogen von der Menge der anderen armseligen Londoner Gestalten, die hier herumlungerten; und kein Mensch, der ihn gekannt hatte, sollte ihn jemals wiedersehen.

4. Ein Abend bei Mrs. Bellairs

‹Wie allerorts gibt es auch hier böse Drachen des Unrechts, genauso giftspeiend wie in einer meiner alten Sagen.›

Der kleine Herzog

Mrs. Bellairs' Haus besaß Charakter; das soll heißen, daß es alt und seit langem nicht renoviert war, daß es hinter einem kleinen, verdorrten und unkrautüberwucherten Vorgarten auf der Höhe von Campden Hill stand, inmitten von Grundstücken, vor denen große Tafeln mit der Aufschrift «Zu vermieten» angebracht waren. Eine angeschlagene Statue, grau und vergessen, die einem großen Bimssteinblock glich, lag mit dem Rücken in eine schüttere Dornhecke gebettet, und als die Besucher unter dem frühviktorianischen, von Säulen getragenen Vordach an der Türklingel zogen, schien deren Ton die menschlichen Bewohner des Hauses in ferne Hinterzimmer zu verfolgen, als ob der letzte Rest von Leben in den langen Gängen dorthin verebbt sei.

Um so überraschender wirkten die schneeweißen Manschetten und die ebenso schneeweiße Schürze des Dienstmädchens, das die Tür öffnete. Es trachtete den Schein von Wohlhabenheit zu wahren, wie dies die Villa selbst nicht tat, wenngleich es beinahe ebenso alt aussah wie jene. Sein Gesicht war mit Talk gepudert und so streng wie das einer Nonne. «Ist Mrs. Bellairs zu Hause?» fragte Helf.

Die alte Bedienstete musterte die Besucher mit dem scharfen, klug wägenden Blick, den man im Kloster lernt. «Haben Sie eine Verabredung mit ihr?» fragte sie.

«Nein, das nicht», antwortete Helf. «Wir wollten ihr nur einen Besuch machen. Ich bin ein guter Bekannter von Kanonikus Topling.»

«Ja, wissen Sie, heute ist nämlich einer ihrer Abende», erklärte das Mädchen.

«Ja?»

«Und wenn Sie da nicht zum Cercle gehören . . .»

In diesem Augenblick kam ein ältlicher Herr mit unglaublich vornehmen Gesichtszügen und dichtem weißem Haar den Gartenweg herauf. «Guten Abend, gnädiger Herr», begrüßte ihn das Dienstmädchen. «Wollen Sie, bitte, gleich eintreten?» Er gehörte offenbar zum «Cercle», denn sie wies ihn in einen Raum rechts von der Diele, und die beiden hörten, wie sie dort seine Ankunft mit den Worten «Dr. Forester» ankündigte. Dann kam sie zurück, um wieder das Haustor zu bewachen.

«Vielleicht könnten wir uns dem Cercle anschließen, wenn Sie Mrs. Bellairs meinen Namen nennen: Helf, ein Bekannter von Kanonikus

Topling.»

«Ich werde sie fragen», erwiderte das Dienstmädchen zweifelnd.

Doch das Ergebnis dieser Anfrage war günstig. Mrs. Bellairs kam höchstpersönlich in die kleine, unordentliche Diele geschwebt. Sie trug ein Kleid aus schillernder Seide und einen kleinen, runden Turban und streckte beide Hände aus, als ob sie ihre Besucher gleichzeitig willkommen heißen wollte. «Jeder Freund von Kanonikus Topling . . .» hauchte sie.

«Mein Name ist Helf, vom Unterstützungsfonds für Freie Mütter. Und dieser Herr ist Mr. Rowe.»

Rowe achtete sorgfältig darauf, ob sie irgendein Zeichen des Wiedererkennens geben werde, aber es war nichts zu bemerken. Ihr breites, bleiches Antlitz schien in eine andere Welt zu schauen.

«Wenn Sie sich unserem Cercle anschließen wollen», sagte sie; «wir begrüßen alle Neuankömmlinge – solange es keine eingefleischte Gegnerschaft gibt . . .»

«Oh, keineswegs!» beteuerte Helf. Gleich der Galionsfigur eines Schiffes schaukelte sie jetzt vor ihren beiden Besuchern einher und führte sie in einen Salon mit orangefarbenen Vorhängen und einem Berg von blauen Sofakissen, als ob der Raum in den zwanziger Jahren ein für allemal eingerichtet worden wäre. Blaue Verdunkelungsglühbirnen verbreiteten gedämpftes Licht wie in einem orientalischen Kaffeehaus. Die zahlreichen Tischchen und Tabletts legten die Vermutung nahe, daß Mrs. Bellairs es gewesen war, die den Wohltätigkeitsbasar mit einem Teil seiner Verkaufsgegenstände in Benares-Arbeit versorgt hatte.

In dem Salon befanden sich ein halbes Dutzend Menschen, und einer von ihnen lenkte Rowes Aufmerksamkeit sofort auf sich – ein hochgewachsener, breitschultriger, schwarzhaariger Mann; warum ihm dieser Herr auffiel, konnte Rowe zunächst nicht sagen, bis ihm klarwurde, daß seine Erscheinung, gerade weil sie so normal war, unter den anderen hervorstach.

«Mr. Cost», sagte Mrs. Bellairs zu ihm, «darf ich Ihnen Mr. . . .?»

«Rowe», ergänzte Helf, und dann wurden die beiden der Reihe nach den anderen Gästen mit steifer Förmlichkeit vorgestellt. Unwillkürlich fragten sie sich, warum sich Cost hier befinde, in der Gesellschaft von Dr. Forester mit seinem weichen Mund und seinen asketischen Zügen, von Miss Pantil, einer dunkelhäutigen, nicht mehr ganz jungen Person mit Mitessern im Gesicht und einem hungrigen Blick, von Mr. Newey, «Mr. Frederick Newey» – Mrs. Bellairs legte besonderen Nachdruck auf den Vornamen –, der Sandalen trug, aber keine Socken, und einen grauen Haarschopf hatte; von Mr. Maude, einem kurzsichtigen Jüngling, der so nahe wie möglich an Mr. Neweys Seite blieb und ihn hingebungsvoll mit dünngeschnittenen Butterbroten fütterte, und endlich in der Gesellschaft von Collier, der offenbar einer ganz anderen sozialen

Schicht angehörte und sich mit einiger Geschicklichkeit in diesen Kreis hineingearbeitet hatte. Er wurde zwar mit Herablassung behandelt, zugleich aber auch bewundert. Hier wirkte er wie ein Hauch des ereignisreichen Lebens der großen Welt, und die anderen interessierten sich für ihn. Er war nacheinander Kellner in einem Hotel, Landstreicher und Schiffsheizer gewesen und hatte ein Buch verfaßt, das – wie Mrs. Bellairs Rowe zuflüsterte – geradezu faszinierende Gedichte enthielt, ein wenig ungeschliffen, aber hochgeistig. «Er verwendet Worte, die in der Poesie noch nie gebraucht worden sind», erklärte die Gastgeberin. Zwischen ihm und Mr. Newey schien eine gewisse Feindseligkeit zu bestehen.

Diese Eindrücke gewann Rowe, während sie alle den schwachen chinesischen Tee tranken, den ihnen das herbe Dienstmädchen servierte.

«Und was ist Ihr Beruf, Mr. Rowe?» erkundigte sich nun Mrs. Bellairs mit lauter Stimme. Ihre Erklärungen über Collier – sie nannte ihn schlicht und einfach Collier ohne «Mister», weil er kein Gentleman war – hatte sie Rowe im Flüsterton gegeben.

«Ach, ich sitze da und sinne», antwortete Rowe, indessen er sie über seine Teetasse hinweg musterte, den Zweck dieses Cercles zu ergründen trachtete und vergeblich versuchte, sich die Hausfrau in einer gefährlichen Rolle vorzustellen.

Dies schien nicht nur die wahre, sondern auch die passende Antwort zu sein. Mrs. Bellairs' Begeisterung umspülte ihn wie ein Hauch linder Luft. «Ich werde Sie unseren Philosophen nennen», erklärte sie schwärmerisch. «Wir haben hier schon unseren Dichter, unseren Kritiker . . .»

«Was ist Mr. Cost?»

«Er ist der große Geschäftsmann», erwiderte die Hausfrau. «Er arbeitet in der City. Ich bezeichne ihn als den Mysteriösen in unserem Kreis. Manchmal habe ich das Gefühl, daß er einen störenden Einfluß hat.»

«Und Miss Pantil?»

«Die besitzt eine ganz außerordentliche Begabung: sie malt die innere Welt. Sie sieht sie als Farbeneffekte, als Kreise, als rhythmische Figurenkomplexe, bisweilen als schlichte Rechtecke.»

Der Gedanke, daß Mrs. Bellairs oder irgendein Mitglied ihrer Gruppe in ein Verbrechen verwickelt sein könnte, mutete Rowe geradezu phantastisch an. Er hätte sich auch unter irgendeinem Vorwand wieder entfernt, wenn nicht Helf dagewesen wäre. Was immer dieser junge Mann behaupten mochte, die hier versammelten Menschen gehörten nicht Rowes Umwelt an.

«Sie treffen sich jede Woche?» erkundigte er sich jetzt mit lauem Interesse.

«Ja, jeden Mittwoch. Wegen der Luftangriffe haben wir natürlich sehr wenig Zeit. Mr. Newey wohnt draußen in Welwyn, und seine Gattin sieht es gerne, wenn er daheim ist, bevor die Angriffe beginnen. Das ist wohl auch der Grund, weshalb unsere Ergebnisse so dürftig sind. Sie lassen sich nicht erzwingen, wissen Sie.» Lächelnd fuhr sie fort: «Darum können wir auch einem Fremden nichts versprechen.»

Rowe hatte keine Ahnung, worauf das alles hinaussollte. Helf schien mit Cost das Zimmer verlassen zu haben, denn Mrs. Bellairs sagte schelmisch: «Ah, die Verschwörer! Mr. Cost denkt sich immer irgendeinen Test aus.»

Rowe versuchte es mit einer weiteren Frage: «Und die Ergebnisse, sagten Sie, sind mitunter dürftig?»

«So schlecht, daß ich direkt weinen könnte – wenn ich es immer wüßte. Aber es hat schon Zeiten gegeben – Sie würden überrascht sein, wenn ich Ihnen schilderte, wie gut sie da waren.»

In diesem Augenblick läutete in einem anderen Raum das Telefon. Mrs. Bellairs fragte: «Wer mag nur dieser Schlimme sein? Alle meine Bekannten wissen, daß sie am Mittwoch nicht anrufen dürfen.»

Das alte Dienstmädchen trat ein und sagte mit allen Anzeichen des Ekels: «Jemand verlangt Mr. Rowe am Telefon.»

«Das verstehe ich nicht! Es weiß doch kein Mensch . . .» begann Rowe.

«Darf ich Sie bitten, sich zu beeilen?» wandte sich Mrs. Bellairs an ihn.

Draußen in der Diele war Helf in ein ernstes Gespräch mit Cost vertieft. «Für Sie?» fragte er, als er seinen Begleiter sah. Auch er war sichtlich unangenehm überrascht. Rowe ließ eine Spur mißbilligenden Schweigens hinter sich. Alle blickten ihm nach, während er dem Mädchen ans Telefon folgte. Er kam sich vor, wie wenn er in der Kirche eine Szene gemacht hätte und nun abgeführt würde. Hinter seinem Rücken vernahm er nichts als das leise Klirren der Teetassen, die von den Gästen auf den Tisch gestellt wurden.

«Vielleicht ist es Rennit», überlegte er. «Aber wie kann der mich ausfindig gemacht haben? Oder ist es etwa Jones?» In dem kleinen, mit Möbeln vollgestopften Speisezimmer lehnte er sich über Mrs. Bellairs' Schreibtisch. «Hallo!» rief er in den Apparat und wunderte sich aufs neue, wie man ihm auf die Spur gekommen sein mochte. «Hallo!»

Aber es war nicht Rennit, der ihn anrief. Zunächst erkannte er die Stimme nicht – es war die einer Frau. «Mr. Rowe?» sagte sie in fragendem Ton.

«Ja.»

«Sind Sie allein?»

«Ja.»

Die Stimme klang undeutlich; es war so, wie wenn die Sprecherin ihr Taschentuch straff über die Muschel gespannt hätte. Sie konnte ja nicht wissen, dachte er, daß es keine andere weibliche Stimme gab, die mit der ihren zu verwechseln gewesen wäre.

«Bitte, verlassen Sie das Haus so rasch wie möglich!»

«Sie sind Miss Helf, nicht wahr?»

Die Stimme antwortete ungehalten: «Ja, ja, schon gut. Ich bin's.»

«Wollen Sie mit Ihrem Herrn Bruder sprechen?»

«Nein, bitte sagen Sie ihm nichts. Und gehen Sie! Gehen Sie schnell!»

Einen Augenblick war Rowe belustigt; der Gedanke, daß ihm in Mrs. Bellairs' Gesellschaft Gefahr drohe, war einfach lächerlich, und es dämmerte ihm auf, daß er beinahe schon zu Rennits Auffassung der Vorfälle bekehrt war. Dann aber fiel ihm ein, daß Miss Helf ursprünglich derselben Ansicht gewesen war. Es mußte also mittlerweile etwas vorgefallen sein, was sie umgestimmt hatte.

«Was soll ich mit Ihrem Bruder tun?» fragte er.

«Nichts. Wenn Sie gehen, wird er auch gehen.»

Die gedämpfte Stimme zerrte mit ihrer Eindringlichkeit an seinen Nerven. Er ertappte sich dabei, daß er sich langsam um die Kante des Schreibtisches herumschob, um die Tür in sein Gesichtsfeld zu bekommen, und daß er sich dann aufs neue weiterbewegte, weil er in dieser Stellung das Fenster im Rücken hatte. «Warum sagen Sie das nicht Ihrem Bruder?» wollte er wissen.

«Weil er dann um so eher dortbleiben würde.» Das stimmte. Rowe fragte sich, wie dünn die Wände des Hauses wohl sein mochten. Das Zimmer war in höchst ungemütlicher Weise mit kitschigen Möbeln vollgeräumt; er brauchte Platz, in dem er sich frei bewegen, in dem er manövrieren konnte; denn die Stimme besaß eine geradezu beunruhigende Überzeugungskraft. «Ist Jones, der Detektiv, noch vor Ihrem Haus?» fragte er.

Am andern Ende gab es eine lange Pause; vermutlich war Miss Helf ans Fenster getreten. Dann drang die Stimme mit unerwarteter Lautstärke an sein Ohr; sie hatte offenbar das Taschentuch von der Sprechmuschel entfernt. «Es steht niemand draußen.»

«Sind Sie ganz sicher?»

«Bestimmt niemand.»

Rowe fühlte sich im Stich gelassen und war empört. Welches Recht hatte Jones, seinen Posten zu verlassen? Jetzt näherte sich jemand durch den Gang. «Ich muß Schluß machen», flüsterte er in den Apparat.

«Man wird versuchen, Sie im Dunkeln zu erwischen», warnte ihn die Stimme, und im selben Augenblick ging die Tür auf. Helf trat ein.

«Kommen Sie; alles wartet auf Sie», forderte ihn der junge Mann auf. «Wer war es denn?»

«Während Sie Ihre Nachricht für Trench aufschrieben, gab ich Mrs. Dermody einen Zettel mit der Anschrift dieses Hauses für den Fall, daß jemand nach mir fragt.»

«Und hat das jemand getan?»

«Ja, Jones, der Detektiv.»

«Jones?» fragte Helf.

«Ja.»

«Und er hatte eine wichtige Mitteilung für Sie?»

«Eigentlich nicht. Er machte sich nur Sorgen, weil er mich aus den Augen verloren hatte. Aber Rennit wünscht mich in seinem Büro zu sprechen.»

«Der getreue Rennit! Wir gehen schnurstracks hin – aber erst nachher.»

«Nachher?»

In Helfs Augen blitzten Erregung und Bosheit; er sagte: «Ja, nachdem wir etwas gesehen haben, was wir um keinen Preis versäumen dürfen.» In leiserem Ton fügte er hinzu: «Allmählich beginne ich zu glauben, daß wir uns doch irrten. Die ganze Sache ist sehr komisch, aber gefährlich ist sie nicht!»

Dann legte er Rowe vertraulich die Hand auf den Arm und fuhr sanft drängend fort: «Ich bitte Sie, verziehen Sie keine Miene – wenn Sie können. Sie dürfen unter keinen Umständen lachen. Mrs. Bellairs ist wirklich eine gute Bekannte von diesem Kanonikus.»

Als sie in den Salon zurückkehrten, war dieser offensichtlich für irgend etwas vorbereitet. Die Stühle waren ungefähr in einem Kreis angeordnet worden, und die Mienen aller Anwesenden verrieten höflich unterdrückte Ungeduld. «Bitte, nehmen Sie gleich Platz, Mr. Rowe, dort neben Mr. Cost», forderte die Hausfrau ihn auf. «Und dann drehen wir das Licht ab . . .»

In Alpträumen weiß man genau, daß sich gleich die Schranktür öffnen wird; man weiß, daß das, was hervorkommen wird, grauenhaft ist; aber man weiß nicht, was es ist . . .

Wieder begann Mrs. Bellairs zu sprechen: «Wenn Sie, bitte, doch Platz nehmen würden, damit wir das Licht abdrehen können . . .»

«Verzeihen Sie, aber ich muß jetzt gehen», erklärte Rowe.

«Oh, das können Sie jetzt unmöglich tun!» rief Mrs. Bellairs. «Nicht wahr, Mr. Helf, er kann jetzt nicht gehen?»

Rowe warf Helf einen Blick zu; doch dessen leuchtend blaue Augen funkelten verständnislos zu ihm zurück. «Natürlich braucht er jetzt nicht zu gehen», sagte der junge Mann. «Wir bleiben beide hier. Wozu sind wir denn hergekommen?» Eines seiner Augenlider flatterte sekundenlang, während Mrs. Bellairs die Tür absperrte, mit einer fürchterlich verschämten Geste den Schlüssel in den Halsausschnitt ihrer Bluse fallen ließ und drohend mit dem Finger winkte. «Wir schließen die Tür immer ab, um Mr. Cost zufriedenzustellen», erklärte sie.

Im Traum kann man nicht entrinnen; bleischwer sind die Füße, und man ist außerstande, sich von der unheildrohenden Tür, die sich kaum merklich, aber unaufhaltsam immer weiter auftut, auch nur einen Schritt fortzubewegen. Im Leben ist es dasselbe: manchmal fällt es schwerer, eine Szene zu machen, als zu sterben. Die Erinnerung an einen anderen Menschen kam ihm ins Gedächtnis, der auch nicht genau gewußt hatte, was seiner harrte, der auch keine Szene hatte machen wollen, sondern sich lieber traurig in sein Schicksal gefügt und die Milch mit dem bitteren Geschmack gefaßt ausgetrunken hatte.

Rowe durchquerte den Kreis und setzte sich auf den Stuhl links von Cost – wie ein Verbrecher, der bei einer Gegenüberstellung seinen Platz in der Reihe der übrigen Verdächtigen einnimmt. Zu seiner Linken saß Miss Pantil. Mrs. Bellairs befand sich zwischen Doktor Forester und Helf. Rowe hatte keine Zeit, sich die Sitzordnung der übrigen Gäste einzuprägen, ehe das Licht erlosch. «Jetzt fassen wir uns alle an der Hand!» befahl die Hausfrau.

Die Verdunkelungsvorhänge waren zusammengezogen worden, so daß die Finsternis fast vollständig war. Costs Hand fühlte sich warm und klebrig an, Miss Pantils Hand dagegen heiß und trocken. Dies war die erste Séance, an der Rowe teilnahm, aber es waren nicht die Geister, die er fürchtete. Er hätte Helf allzugern an seiner Seite gehabt und war sich ständig des dunklen, leeren Raums hinter seinem Rücken bewußt, in dem sich alles ereignen konnte. Er versuchte, seine Hände dem Griff seiner Nachbarn zu entziehen, doch diese ließen sie nicht los. Im Zimmer herrschte völlige Stille. Über seinem rechten Auge bildete sich ein Schweißtropfen, der langsam herabzusickern begann; er konnte ihn nicht wegwischen; der Tropfen hing schließlich an seinem Augenlid und juckte ihn. Irgendwo in einem anderen Zimmer begann jetzt ein Grammophon zu spielen.

Es spielte und spielte – eine süßliche, lautmalerische Musik von Mendelssohn, voll von Meereswogen, die sich in laut widerhallenden Höhlen brachen. Dann kam eine Pause; die Nadel wurde zurückgestellt, und die Melodie begann von neuem. Dieselben Wogen brachen sich unablässig in denselben Höhlen, immerfort, immerfort. Als Unterton zu diesen Klängen vernahm Rowe allmählich das Atmen der übrigen Gäste ringsum – Beklommenheit, gespannte Erwartung, Erregung beeinflußten den Rhythmus der verschiedenen Lungen. In Miss Pantils Atemzügen schwang ein eigentümliches, trockenes Pfeifen mit, Costs Atem klang schwer und regelmäßig, aber nicht so schwer wie das mühsame Keuchen einer anderen Person; Rowe konnte nicht erkennen, wer es war. Er lauschte und wartete. Würde er plötzlich hinter sich leise Schritte vernehmen und noch Zeit finden, seine Hände freizubekommen? Jetzt bezweifelte er nicht mehr im geringsten die Eindringlichkeit jener Warnung: «Man wird versuchen, Sie im Dunkeln zu erwischen.» Das war die Gefahr; diese Spannung hatte ein anderer Mensch erlebt, der Tag für Tag sein Mitleid hatte wachsen sehen, bis es das ungeheuerliche Ausmaß angenommen hatte, das zur entscheidenden Tat notwendig war.

Ganz unvermittelt rief eine Stimme: «Ja – ja – ich höre nicht genau!» Miss Pantils Atem pfiff, und Mendelssohns Wogen brandeten auf und verebbten in wehmütigem Wechsel. In weiter Ferne schrie die Hupe eines Taxis durch eine öde Welt.

«Sprich lauter!» rief jemand anders. Das war Mrs. Bellairs' Stimme, aber sie klang völlig verändert. Es war die Stimme einer Frau, die von einer fixen Idee besessen war, die sich einbildete, mit irgendwelchen Wesen jenseits der kleinen, finsteren, eng umgrenzten Welt, in der sie und ihre Gäste saßen, in Berührung getreten zu sein. Doch darum kümmerte sich Rowe jetzt nicht; ängstlich wartete er darauf, daß sich in seiner Nähe etwas rühre. Mit heiserer Stimme sagte plötzlich Mrs. Bellairs: «Einer von Ihnen ist ein Feind. Er will die Geister nicht herüberdringen lassen!» Irgend etwas – war es ein Stuhl? ein Tisch? – knarrte, und Rowes Finger strafften sich instinktiv in Miss Pantils Hand. Das war kein Geist! Das war ein Mensch, einer von jenen, die bei Séancen Tamburine schüttelten, Blumen streuten oder die Berührung einer Kindeshand auf der Wange vortäuschten; das war das gefahrbringende menschliche Element. Seine Hände wurden unerbittlich festgehalten.

«Es ist ein Feind unter euch», klagte die Stimme. «Einer, der nicht glauben will, der von bösen Motiven geleitet ist . . .» Rowe fühlte deutlich, wie Costs Finger die seinen immer fester umklammerten. Er fragte sich, ob Helf immer noch keine Ahnung hatte, was hier eigentlich vorging, und wollte ihn laut zu Hilfe rufen; aber die Konvention hielt ihn genauso fest wie Costs Hand. Wieder knarrte ein Brett. «Wozu dieser ganze Mummenschanz, wenn sowieso alle mit im Spiel sind?» fragte er sich. Aber vielleicht waren doch nicht alle eingeweiht; vielleicht waren ihm etliche der Anwesenden durchaus freundlich gesinnt! Nur wußte er nicht, welche es waren.

«Arthur!»

Er zerrte an den Händen, die nicht locker ließen; das war nicht Mrs. Bellairs' Stimme!

«Arthur!»

Die Stimme klang so hohl und hoffnungslos, als ob sie aus einem Grabe käme.

«Arthur, warum hast du mich getötet . . .?» Mit einem Stöhnen verlor sie sich in dem Schweigen des Raumes, und Rowe wehrte sich verzweifelt gegen den eisernen Griff, in dem sich seine Hände befanden. Er hätte nicht sagen können, daß er die Stimme erkannt hatte; sie besaß nicht mehr Ähnlichkeit mit der Stimme seiner toten Gattin als mit der irgendeiner Frau, die in Schmerz, grenzenloser Verzweiflung und mit einem Vorwurf auf den Lippen stirbt; das Grauenhafte lag vielmehr darin, daß diese Stimme ihn erkannt hatte. Nahe der Decke schwebte ein Lichtschein durch den Raum, tastete sich an den Wänden entlang . . . Er schrie auf: «Nicht! Nicht!»

«Arthur!» flüsterte jetzt die Stimme. Er vergaß seine Umgebung, lauschte nicht mehr verstohlenen Bewegungen, nicht mehr dem Knarren des Fußbodens; er flehte nur noch mit matter Stimme: «Aufhören! Bitte, aufhören!» Zugleich verspürte er, daß Cost sich von seinem Platz erhob, an seiner Hand zerrte und sie dann plötzlich freigab, sie geradezu heftig von sich stieß, als wäre sie ein Gegenstand, den er loswerden wollte. Sogar Miss Pantil lockerte ihren Griff, und er hörte, wie Helf ausrief: «Jetzt hört sich der Spaß aber auf! Machen Sie Licht!»

Unvermittelt flammte die Lampe auf, und ihr Schein blendete ihn zunächst. Alle Anwesenden saßen auf ihren Plätzen, hielten einander an der Hand und starrten ihn an: er hatte den Kreis zerbrochen; nur Mrs. Bellairs schien nichts wahrzunehmen; sie hielt den Kopf gesenkt und die Augen geschlossen; ihr Atem ging keuchend.

«Na, das war eine schöne Vorstellung», witzelte Helf, doch im selben Augenblick schrie Newey: «Cost! Schauen Sie Cost an!» Rowe blickte gleich wie alle anderen auf seinen Nebenmann. Der nahm an den Vorgängen keinen Anteil, sondern war vornüber auf den Tisch gesunken, und sein Gesicht ruhte auf der polierten Platte.

«Rasch einen Arzt!» rief Helf.

«Ich bin Arzt», erklärte Dr. Forester. Er ließ die Hände links und rechts los, worauf alle anderen mit einemmal das Gefühl hatten, daß sie wie Kinder bei einem Spiel dasaßen, und einander verstohlen freigaben. Dr. Forester, der sich über Cost beugte, sagte mit leiser Stimme: «Da kann ein Arzt leider nicht mehr helfen. Jetzt bleibt nichts anderes übrig, als die Polizei zu rufen.»

Unterdessen war Mrs. Bellairs halb erwacht und sah mit einem halb lüsternen, halb blöden Blick um sich; die Zunge hing ihr aus dem Mund.

«Muß ein Herzschlag gewesen sein», meinte Newey. «Die Aufregung war zuviel für ihn.»

«Das stimmt leider nicht», äußerte sich der Arzt. «Er ist ermordet worden.» Wieder beugte er sein altes, vornehmes Gesicht über den regungslosen Körper; mit einer langen, feinfühligen Hand tupfte er an ihm herum und zog sie rotbefleckt zurück; sie glich einem buntschillernden Insekt, das sich in krassem Widerspruch zu seiner Schönheit von Aas nährt.

«Ausgeschlossen!» rief Newey. «Die Tür war doch versperrt.»

«Tut mir leid», erwiderte Dr. Forester. «Aber dafür gibt es eine sehr einfache Erklärung: einer aus unserer Mitte war es.»

«Wir haben uns doch alle an den Händen gehalten», wandte Helf ein. Plötzlich starrten alle auf Rowe.

«Er hat seine Hand weggezogen», rief Miss Pantil.

Dr. Forester sagte leise: «Ich rühre die Leiche nicht wieder an, bis die Polizei da ist. Cost wurde erstochen – mit einem Messer, wie Schuljungen es gerne in der Tasche haben ...»

Schnell griff Rowe in die eigene Tasche; sie war leer. Er bemerkte, daß ein Ring von Augenpaaren seine Bewegung genau verfolgt hatte.

«Wir müssen Mrs. Bellairs fortschaffen», sagte der Arzt. «Eine Séance bedeutet an und für sich eine übermenschliche Anstrengung, und jetzt noch dies ...» Unterstützt von Helf richtete er die turbangekrönte Körpermasse auf, und die Finger, die so zart in Costs Blut umhergetastet hatten, fischten jetzt mit ebensoviel Feingefühl den Zimmerschlüssel heraus. «Ich glaube, es wäre besser, wenn alle übrigen Anwesenden zunächst hierblieben», entschied der Arzt. «Ich rufe das Polizeirevier Notting Hill an; dann kommen Helf und ich auch wieder zurück.»

Nachdem die beiden mit der Hausfrau das Zimmer verlassen hatten, herrschte lange Zeit eisiges Schweigen; niemand blickte zu Rowe hinüber; Miss Pantil hatte ihren Stuhl ein gutes Stück von dem seinen weggerückt, so daß er allein neben dem Toten saß, als wären sie zwei Freunde, die sich bei einer Gesellschaft etwas abseits von den anderen Gästen zusammengesetzt hatten. Endlich sagte Newey: «Wenn sie sich nicht beeilen, werde ich meinen Zug nie erwischen.» Ängstlichkeit rang in ihm mit dem Grauen vor der Tat; jeden Augenblick mochten die Sirenen ertönen; er streichelte einen sandalenbewehrten Fuß, den er auf das andere Knie gelegt hatte, und der junge Maude flüsterte ihm mit einem zornigen Blick auf Rowe erregt ins Ohr: «Ich sehe nicht ein, warum Sie hierbleiben müssen.»

Rowe kam plötzlich der Gedanke, daß er noch kein einziges Wort zu seiner Verteidigung gesagt hatte. Das Bewußtsein, nicht an diesem, wohl aber an einem anderen Verbrechen schuld zu sein, verschloß ihm den Mund. Außerdem: was hätte er, ein Fremder in diesem Kreis, schon zu Miss Pantil, Newey und Maude sagen können, um sie davon zu überzeugen, daß es in Wahrheit einer ihrer guten Freunde war, der den Mord begangen hatte? Er warf einen raschen Blick auf Cost, da er halb und halb erwartete, dieser werde plötzlich wieder lebendig werden, die ganze Runde verlachen und sagen: «Einer meiner kleinen Tests!» Aber niemand hätte unwiderruflicher tot sein können als Cost. «Irgend jemand in diesem Zimmer hat ihn umgebracht», durchzuckte es ihn. Es war ein phantastischer Gedanke, phantastischer als die Vorstellung, daß er selbst die Tat begangen haben sollte. Denn im Grunde genommen gehörte er dem Bereich des Mordes an, war er in jenem grausigen Land beheimatet – «wie der Polizei wohl bekannt sein dürfte», sagte er sich im stillen.

Jetzt öffnete sich die Tür, und Helf trat ein. «Dr. Forester bemüht sich um Mrs. Bellairs», erklärte er. «Und ich habe die Polizei angerufen.» Sein Blick suchte Rowe irgend etwas mitzuteilen, was dieser aber nicht verstand, weshalb er sich dachte: «Ich muß ihn allein sprechen.

Er wird doch nicht etwa glauben – daß ich . . .»

«Hat jemand von Ihnen etwas dagegen, daß ich die Toilette aufsuche? Mir ist plötzlich übel geworden», fragte er, worauf Miss Pantil erwiderte: «Ich stehe auf dem Standpunkt, daß niemand das Zimmer verlassen darf, bis die Polizei da war.»

«Das beste ist, es begleitet Sie jemand», bemerkte Helf. «Das ist natürlich eine reine Formsache.»

«Warum gehen wir wie die Katze um den heißen Brei?» wollte Miss Pantil wissen. «Wem gehört denn das Messer?»

«Vielleicht hat Mr. Newey die Freundlichkeit, Mr. Rowe hinauszubegleiten», schlug Helf vor.

«Ich lasse mich nicht in die Sache hineinziehen», verwahrte sich Newey sofort. «Ich will gar nichts damit zu tun haben, möchte nur meinen Zug erreichen.»

«Dann werde ich mit ihm gehen müssen», erklärte Helf. «Wenn die Herrschaften mir das Vertrauen schenken . . .» Niemand erhob Einspruch.

Die Toilette befand sich im ersten Stock. Auf dem Treppenabsatz konnten sie aus Mrs. Bellairs' Schlafzimmer den gleichmäßigen Tonfall von Dr. Foresters besänftigender Stimme hören. «Mir ist gar nicht übel», flüsterte Rowe seinem Begleiter zu. «Aber, Helf, ich war es nicht!»

Die unbeschwerte Heiterkeit, die selbst in dieser Situation von Helf ausstrahlte, empfand Rowe als höchst unangebracht. «Natürlich waren Sie es nicht», sagte der junge Mann. «Aber das ist ein Erlebnis! Das ist ein richtiges Abenteuer!»

«Weshalb hat man ihn nur umgebracht? Und wer war es?»

«Das weiß ich noch nicht, werde es aber herauskriegen.» Während dieser Worte legte er Rowe mit einer Herzlichkeit, die dieser als sehr tröstlich empfand, die Hand auf den Arm und schob ihn vor sich her in die Toilette, deren Tür er von innen verriegelte. «Diesmal müssen Sie leider völlig verduften, lieber Freund», flüsterte er dann. «Denn wenn man die Möglichkeit hat, wird man Sie jetzt aufhängen oder zumindest wochenlang in Untersuchungshaft halten. Das käme *diesen* Leuten äußerst gelegen.»

«Was kann ich denn tun? Es war ja mein Messer!»

«Die Kerle sind doch Teufel, nicht wahr?» sagte Helf mit demselben bedenkenlosen Behagen, das er über einen klugen Lausbubenstreich hätte empfinden können. «Wir müssen Sie nur so lange versteckt halten, bis Rennit und ich . . . Übrigens: wer hat Sie eigentlich angerufen?»

«Ihre Schwester.»

«Meine Schwester?» Helf grinste ihn an. «Ein Gutpunkt für Anna. Sie muß irgend etwas aufgeschnappt haben. Wenn ich nur wüßte, woher. Und sie hat Sie gewarnt; so war es doch, nicht?»

«Ja. Aber ich sollte es Ihnen nicht sagen.»

«Das macht doch nichts. Ich werde sie schon nicht auffressen!» Die hellblauen Augen blickten mit einemmal sehr versonnen. Rowe suchte ihn zur Wirklichkeit zurückzurufen, indem er sagte: «Wohin kann ich gehen?»

«Ach, verschwinden Sie einfach im Erdboden. Der ‹Untergrund› ist ja die große Mode dieses Jahrzehnts. Wissen Sie nicht, wie man das macht?»

«Sie, das ist doch kein Witz!»

«Das Ziel, auf das wir hinarbeiten, ist natürlich kein Witz», erwiderte Helf. «Aber wenn wir nicht die Nerven verlieren wollen, müssen wir unseren Humor bewahren. Sehen Sie: die anderen haben eben keinen. Geben Sie mir nur eine Woche Zeit und bleiben Sie so lange verborgen.»

«Die Polizei wird aber bald da sein.»

«Von diesem Fenster aus ist es ein kleiner Sprung in ein Blumenbeet. Draußen ist es schon fast ganz dunkel, und in zehn Minuten gehen die Sirenen los. Gott sei Dank kann man direkt die Uhr nach ihnen richten.»

«Und Sie?»

«Wenn Sie das Fenster aufstoßen, ziehen Sie an der Wasserspülung. Dann hört Sie niemand. Warten Sie, bis sich der Tank wieder gefüllt hat, dann ziehen Sie noch einmal und schlagen mich k. o. Das ist das beste Alibi, das Sie mir ausstellen können. Denn schließlich bin ich doch ein feindlicher Ausländer!»

5. Zwischen Schlafen und Wachen

‹Sie kamen zu einem riesigen Wald,
durch den kein Weg zu führen schien.›
DER KLEINE HERZOG

Es gibt Träume, die nur zum Teil dem Bereich des Unbewußten angehören; das sind jene, an die wir uns beim Erwachen so lebhaft erinnern, daß wir sie oft mit voller Absicht fortsetzen; wir schlafen ein, wachen auf und schlafen wieder ein, und der Traum geht ohne Unterbrechung weiter, durchzogen von einem Faden der Logik, wie ihn ein reiner Traum nicht aufweist.

Rowe war erschöpft und von Angst erfüllt; während der nächtliche Luftangriff immer größere Ausmaße angenommen hatte, war er durch halb London geflüchtet. Es war ein verödetes London, in dem nur hin und wieder Lärm und geschäftiges Treiben aufflackerten. An einer

Ecke der Oxford Street brannte ein Regenschirmgeschäft lichterloh; in der Wardour Street war er durch eine Wolke von beißendem Mörtelstaub geschritten; ein Mann mit einem aschgrauen Gesicht lehnte an einer Wand und lachte, und ein Luftschutzwart fuhr ihn in scharfem Ton an: «Jetzt ist's aber genug! Das ist doch nicht zum Lachen!» Keines dieser Bilder hinterließ in Rowe einen bleibenden Eindruck; es war ihm so, als lese er von diesen Ereignissen in der Zeitung; sie gehörten nicht seinem eigenen Leben an, weshalb er ihnen auch kaum Beachtung schenkte. Aber er mußte ein Bett finden, und so befolgte er, als er sich endlich südlich der Themse befand, Helfs Rat und ging unter die Erde.

In einem Bunker lag er im oberen Bett einer Doppelkoje und träumte, daß er in der Nähe von Trumpington auf einer langen, sengend heißen Landstraße dahinwanderte und bei jedem Schritt mit den Schuhspitzen den weißen, kreidigen Staub aufwirbelte. Dann wieder trank er auf dem Rasen im heimatlichen Garten den Nachmittagstee; er saß im Schatten der roten Ziegelmauer, während sich seine Mutter in ihrem Liegestuhl zurücklehnte und ein mit Gurken belegtes Brot verzehrte. Zu ihren Füßen lag eine hellblaue Croquetkugel, und sie lächelte und betrachtete ihren Sohn mit jener halben Aufmerksamkeit, die Eltern ihren Kindern schenken. Rings um sie flirrte der Sommer, und der Tag ging zur Neige. Eben sagte er: «Mutter, ich habe sie ermordet», worauf die Mutter erwiderte: «Red nicht so dumm, Liebling. Iß lieber ein paar von diesen guten Brötchen!»

«Aber, Mutter! Ich hab's wirklich getan, wirklich!» Es schien ungeheuer wichtig, sie davon zu überzeugen; denn war sie einmal überzeugt, dann würde sie etwas unternehmen können, würde sie ihm auch sagen können, daß dies nichts mehr ausmache; und dann würde es ihm wirklich nichts mehr ausmachen; aber zunächst mußte er sie überzeugen. Doch sie wandte sich von ihm ab und rief mit einer zarten, leicht ärgerlichen Stimme einem unsichtbaren Menschen zu: «Sie dürfen nicht vergessen, den Staub vom Klavier zu wischen.»

«Mutter, ich bitte dich, hör mich doch an!» flehte er, doch mit einemmal wurde ihm bewußt, daß er ja ein Kind war. Wie konnte er sie da überzeugen? Keine acht Jahre war er alt; vom Garten aus konnte er die Fenster des Kinderzimmers oben im zweiten Stock erblicken; bald würde seine alte Kinderfrau das Gesicht ans Fensterglas hinter dem Eisengitter drücken und ihn durch Zeichen mit der Hand auffordern, ins Haus zu kommen. «Mutter», begann er von neuem, «ich habe meine Frau ermordet, und die Polizei sucht mich ...» Seine Mutter lächelte und sagte kopfschüttelnd: «Mein lieber kleiner Junge würde niemals einen Menschen umbringen können.»

Die Zeit war kurz; am fernen Ende des langen, friedlich hingebreiteten Rasens, jenseits der Croquettore, trat eben die Frau des Vikars, am Arm einen Korb voll Äpfel, aus dem Schatten einer mächtigen, verschlafenen Föhre. Ehe sie ihn und seine Mutter erreichte, mußte er diese überzeugen, aber es standen ihm dazu nur die kindlichen Worte zur Verfügung: «Ich hab's getan! Ich hab's getan!»

Lächelnd lehnte sich die Mutter im Liegestuhl zurück und entgegnete: «Mein kleiner Junge würde keinem Käfer ein Bein ausreißen.» (Das war so ihre Art: einer gebräuchlichen Redewendung irgendein unpassendes Wort einzufügen.)

«Das ist es ja gerade!» sagte er, und während die Mutter der Pfarrersfrau entgegenwinkte, beruhigte sie ihn mit den Worten: «Ein Traum, mein Liebling, nur ein häßlicher Traum!»

Er erwachte und gewahrte um sich das gespenstische Dämmerlicht des Luftschutzraumes; jemand hatte einen roten Seidenschal um die ungeschützte Glühbirne an der Decke gewunden, um ihr grelles Licht abzudämpfen. An allen Wänden entlang lagen die Menschenleiber in zwei Schichten übereinander, während draußen das ferne Donnerrollen des Angriffs anschwoll und wieder verklang. Dies war eine verhältnismäßig ruhige Nacht. Ein Angriff, der sich eine Meile entfernt abspielte, zählte gar nicht als Angriff. Auf der anderen Seite des Mittelganges schnarchte ein alter Mann, und am Ende des Schutzraumes lag ein Liebespaar: die Hände und Knie der beiden berührten einander.

«Für meine Mutter wäre auch das ein Traum», dachte Rowe; «sie würde es einfach nicht glauben.» Seine Mutter war schon vor dem Ersten Weltkrieg gestorben, als die Flugzeuge – seltsame, hölzerne Kisten – mit knapper Not über den Ärmelkanal gehopst waren. Ihre Phantasie hätte ein solches Bild genausowenig gebären können wie die Vorstellung, daß ihr kleiner Sohn mit dem blassen, ernsten Gesicht und in Kniehosen aus braunem Samtkord und einem blauen Sweater – wie ein fremder Betrachter sah er sich selbst in den vergilbenden Schnappschüssen ihres Fotoalbums – dereinst zu einem Mörder heranwachsen werde. Flach auf dem Rücken liegend faßte er jetzt seinen Traum und hielt ihn an; die Frau des Vikars schob er in den Schatten der Föhre zurück und setzte dann das Zwiegespräch mit seiner Mutter fort.

«Das ist nicht mehr das wirkliche Leben», sagte er zu ihr. «Tee auf dem Rasen, Abendsegen, Croquet, alte Damen, die zu Besuch kommen, ihr sanftes Geplauder, ihr harmloser Klatsch; der Gärtner, der den Schubkarren voll Blätter und Gras gemächlich vor sich herschiebt. Die Leute schreiben über diese Zeit, als ob sie noch bestünde; Romandichterinnen schildern sie immer wieder in Werken, die dann als ‹Buch des Monats› gepriesen werden. Dabei gibt es diese Zeit gar nicht mehr; sie ist für immer dahin.»

Seine Mutter lächelte ihn geradezu erschrocken an, ließ ihn aber weitersprechen; jetzt war er der Herr seines Traumes. Er sagte: «Man sucht mich wegen eines Mordes, den ich nicht begangen habe. Gewisse Leute wollten mich töten, weil ich zuviel weiß. Ich verstecke mich unter der Erde, während über mir die Deutschen in weitem Umkreis unser London methodisch dem Erdboden gleichmachen. Du erinnerst dich doch an die St.-Clement-Kirche – ‹die Glocken von St. Clement›. Die haben sie zerstört; auch St. James in Piccadilly, die Burlington Arcade, das Garland's Hotel, wo wir abstiegen, um die weihnachtliche Kindervorstellung im Theater zu besuchen, die Kaufhäuser von Maples und John Lewis. Das klingt wie ein aufregender Kriminalroman, nicht wahr? Aber die Kriminalromane sind wie das Leben; sie sind lebenswahrer als du, als dieser grüne Rasen, als die belegten Brote und die Föhre da drüben. Du pflegtest über die Romane zu lachen, die Miss Savage las – von Spionen, Mord und Gewalttaten und von wilden Verfolgungsjagden mit dem Auto; aber, meine Liebe, das ist das wirkliche Leben; das haben wir seit deinem Tod aus dieser Welt gemacht. Ich bin dein kleiner Arthur, der keinem Käfer ein Bein ausreißen konnte, und auch ich bin ein Mörder. Die Welt ist neu erschaffen worden von einem Menschen wie Edgar Wallace.» Er konnte nicht mehr in die erschrockenen Augen blicken, die er an die Betonwand des Bunkers gezeichnet hatte; so drückte er die Lippen auf den Stahlrahmen seiner Koje und küßte im Geist die bleiche, kalte Wange seiner Mutter. «Meine Liebe, meine Liebe, ich bin froh, daß du nicht mehr lebst. Nur: weißt du trotzdem alles?» Der Gedanke, was aus einem Kind werden kann und was die Toten wohl empfinden mögen, wenn sie den Wandel von der Unschuld zum Verbrechen mit ansehen müssen und machtlos sind, ihm Einhalt zu gebieten, erfüllte ihn mit Grauen.

«Das ist ja ein Narrenhaus!» rief seine Mutter.

«Oh, dort ist es viel ruhiger», entgegnete er. «Ich muß es ja wissen. Man steckte mich eine Zeitlang in eine Irrenanstalt. Dort waren alle sehr lieb und gut zu mir. Sie machten mich zum Bibliothekar ...» Er suchte seiner Mutter den Unterschied zwischen einem Narrenhaus und unserer Welt von heute klarzumachen. «Dort waren alle Leute so unglaublich – vernünftig.» Dann fuhr er in plötzlichem Ingrimm fort, als hasse er seine Mutter, anstatt sie zu lieben: «Ich muß dir die ‹Geschichte der zeitgenössischen menschlichen Gesellschaft› leihen. Sie umfaßt hundert Bände, aber die meisten werden in billigen Volksausgaben verkauft. Ich will dir einige Titel nennen: ‹Der Tod in Piccadilly›, ‹Die Diamanten des Botschafters›, ‹Die gestohlenen Marineakten›, ‹Diplomatie›, ‹Sieben Tage Urlaub›, ‹Die vier Gerechten› ...»

Bisher hatte er den Traum gelenkt, ihn seinen Absichten dienstbar gemacht. Jetzt aber gewann der Traum die Herrschaft über ihn zurück. Er stand nicht mehr im Garten; er befand sich vielmehr auf dem Feld hinter dem Elternhaus, wo der Esel graste, der jeden Montag die Schmutzwäsche ans andere Ende des Dorfes trug. Dort spielte er jetzt im Traum mit dem Sohn des Pfarrers und einem fremden Knaben, der mit einem ausländischen Akzent sprach, und einem Hund namens

Fleck, und sie tummelten sich alle in einem Heuschober. Plötzlich fing der Hund eine Ratte und zerrte sie hin und her, bis sie schließlich mit gebrochenem Rückgrat davonzukriechen suchte, während der aufgeregte Hund in spielerischer Art immer wieder auf sein Opfer losfuhr. Endlich vermochte der Träumer den Anblick der Qualen, die die Ratte litt, nicht länger zu ertragen. Er ergriff ein Schlagholz fürs Kricketspiel und hieb damit mehrmals auf den Kopf der Ratte ein; aus Angst, sie könne immer noch am Leben sein, wollte er gar nicht innehalten, auch nicht, als die Kinderfrau erschien und gellend schrie: «Aufhören, Arthur! Wie kannst du so etwas tun? Aufhören!» Während dieses ganzen Vorganges sah ihm Helf mit strahlender Miene zu. Als er endlich innehielt, wollte er die Ratte nicht ansehen; er rannte ans Ende des Feldes und verbarg sich dort. Aber früher oder später mußte man immer aus dem Versteck hervorkommen, und gleich darauf hörte er, wie die Kinderfrau sagte: «Ich werde der Mutter nichts davon erzählen, aber tu mir das nie wieder! Sie glaubt, du kannst keiner Fliege ein Bein ausreißen. Ich weiß nicht, was heute in dich gefahren ist.» Keiner von den anderen erriet, daß es das schreckliche und schreckenerregende Gefühl des Mitleids war, das in ihn gefahren war.

Dies war zum Teil Traum und zum andern Teil Erinnerung gewesen; was aber folgte, war reines Traumerleben. Während die schweren Abwehrgeschütze im Norden Londons das Feuer eröffneten, lag Rowe keuchend in seinem Bett, und seine Gedanken wanderten wieder ungehemmt in jene wunderliche Welt, wo Vergangenheit und Zukunft dieselben Spuren hinterlassen und wo das Bild der Landschaft den Zustand vor zwanzig Jahren oder den des nächsten Jahres wiedergeben mag. An einem Gartentor wartete er auf irgend jemand; über eine hohe Hecke drang Gelächter und kam der dumpfe Knall von Tennisbällen, und durch das Laub hindurch konnte er gleich Schmetterlingen die weißen Kleider der Spielerinnen flattern sehen. Es war Abend; bald würde es zum Spielen zu dunkel werden, und jemand würde vom Tennisplatz zu ihm herauskommen; er wartete stumm, überwältigt vom Gefühl. Sein Herz pochte in knabenhafter Erregung. Doch als ein Fremder ihm die Hand auf die Schulter legte und sagte: «Führen Sie ihn ab!», da empfand er die Verzweiflung des Erwachsenen. Ohne aufzuwachen, träumte er plötzlich, daß er sich in der Hauptstraße eines kleinen Landstädtchens befinde, wo er in der Knabenzeit des öfteren im Hause einer älteren Schwester seiner Mutter geweilt hatte. Er stand an der Einfahrt des Gasthauses «Zum Königswappen» und konnte am anderen Ende des Hofes die erleuchteten Fenster des großen Saales sehen, wo an Samstagabenden Tanzunterhaltungen stattfanden. Unterm Arm trug er ein Paar leichte Tanzschuhe, und er wartete auf ein Mädchen, das viel älter war als er; bald würde seine Partnerin aus der Damengarderobe kommen, seinen Arm nehmen und mit ihm über den Hof gehen. Das Bild der nächsten paar Stunden hatte er jetzt vor Augen: den kleinen Saal, in dem sich die vertrauten, gutmütigen Gesichter drängten – der Apotheker und seine Frau, die Töchter des Oberlehrers, der Bankdirektor und der Zahnarzt mit dem bläulichen Kinn und dem erfahrenen Blick, die blauen, roten und grünen Papierschlangen, das kleinstädtische Orchester, das Gefühl, daß dieses schöne, friedliche Leben Bestand haben werde, und endlich die Überzeugung, daß jetzt nur jugendliche Ungeduld und Leidenschaft mit sanfter Gewalt daran rüttelten, damit es ihm für alle Zukunft doppelt lebenswert erscheine. Ohne Warnung verzerrte sich der Traum mit einemmal zum gräßlichen Alpdruck: in der Finsternis schrie jemand vor Entsetzen auf – nicht die junge Frau, auf die er im Hof wartete, die er noch nie zu küssen gewagt hatte und die er wohl auch niemals küssen würde, sondern ein anderes Wesen, das er besser kannte als seine Eltern, das einer ganz anderen Welt angehörte, der traurigen Welt geteilten Liebesleids. Plötzlich stand ein Polizist neben ihm und sagte seltsamerweise mit einer Frauenstimme: «Ich glaube, Sie sollten sich unserem kleinen Kreis anschließen», und drängte ihn unerbittlich in ein Pissoir, wo in der aus Schieferplatten gebildeten Rinne eine Ratte verblutete. Die Musik war verstummt, die Lichter erloschen, und er konnte sich nicht entsinnen, wie er in diese dunkle, abscheuliche Ecke gekommen war, wo selbst der Boden, wenn er auftrat, wimmerte, als ob sogar er die Kunst des Leidens erlernt hätte. «Bitte, lassen Sie mich fort», flehte er, worauf der Polizist ihn fragte: «Ja, wohin willst du denn, Liebling?» «Nach Hause will ich», lautete seine Antwort, und der Polizist erwiderte: «Hier bist du ja zu Hause. Du kannst nirgendwo anders mehr hingehen.» Sooft er einen Schritt machte, wimmerte die Erde unter ihm; er konnte sich nicht vom Fleck bewegen, ohne Schmerz und Qual zu verursachen.

Als die Sirenen zur Entwarnung heulten, erwachte er. Ein, zwei Leute im Bunker setzten sich einen Moment lang auf, um zu lauschen, legten sich aber wieder hin. Niemand traf Anstalten, nach Hause zu gehen; das war ihr Zuhause. Sie hatten sich daran gewöhnt, unter der Erde zu schlafen; es war genauso zu einem festen Bestandteil ihres Lebens geworden, wie der Kinobesuch am Samstagabend oder der Gottesdienst am Sonntagmorgen es je gewesen waren. Das war die Welt, die *sie* kannten.

6. Vereinsamt

‹Ihr werdet jede Tür bewacht finden.›
DER KLEINE HERZOG

1

Rowe frühstückte in einer Teestube in der High Street des Stadtviertels Clapham. Bretter waren an die Stelle von Fensterscheiben getreten und das Obergeschoß des Hauses überhaupt verschwunden; es sah aus wie eine Holzbaracke des Hilfsdienstes in einer vom Erdbeben zerstörten Stadt. Denn der Feind hatte in Clapham schweren Schaden angerichtet. London war nicht mehr eine einheitliche Metropole; es hatte sich in eine Unzahl von Kleinstädten aufgelöst. Die Menschen fuhren nach Hampstead oder St. John's Wood hinaus, um dort ein ruhiges Wochenende zu verbringen, und wenn man in Holborn wohnte, so fand man zwischen zwei Alarmen nicht Zeit, Freunde in Kensington zu besuchen. Daraus entwickelten sich ganz eigentümliche Lebensgewohnheiten. In Clapham, wo es häufig Tagesangriffe gab, hatten die Menschen einen gehetzten Blick, der ihnen in Westminster fehlte, wo die Nachtangriffe schwer, die Schutzräume aber besser waren. Die Kellnerin, die Rowe eben Toast und Kaffee servierte, sah nervös und bleich aus, als ob sie seit langem nicht zur Ruhe gekommen wäre; sie horchte jedesmal ängstlich auf, wenn auf der Straße das Getriebe eines Kraftwagens kreischte. Die Gegenden um Gray's Inn und Russell Square waren durch ihre unbeschwertere Lebensauffassung bekannt, aber nur deshalb, weil sie am Tage Ruhe zur Erholung hatten.

Der Nachtangriff, so schrieben die Morgenblätter, war beschränkten Umfangs gewesen. Eine Anzahl von Bomben sei abgeworfen worden, und es habe Verluste gegeben, von denen einige tödlich gewesen seien. Das morgendliche Kommuniqué ähnelte dem Schlußritual einer mitternächtlichen Messe: das Opfer war vollbracht, und die Zeitungen verkündeten in gemessenen, unabänderlichen Worten ihr «Ite missa est». Nicht einmal im winzigsten Druck und unter einer einzigen Schlagzeile fand sich ein Hinweis auf einen «geheimnisvollen Tod bei einer spiritistischen Séance»; um einzelne Todesfälle kümmerte sich kein Mensch mehr. Rowe empfand fast etwas wie Empörung. Er hatte einstmals den Zeitungen riesige Schlagzeilen geliefert; wenn sich heute aber sein Unglück noch einmal abspielen sollte, würden ihm die Blätter nicht eine einzige Zeile widmen. Er kam sich beinahe verlassen vor; inmitten des täglichen Massakers nahm sich niemand die Mühe, einen so unbedeutenden Vorfall wie den gewaltsamen Tod eines einzelnen zu verfolgen. Vielleicht erhielten in der Kriminalabteilung von Scotland Yard ein paar ältere Herren, die zu bejahrt waren, um zu begreifen, daß die Welt an ihnen vorübergegangen war, von geduldigen und nachsichtigen Vorgesetzten die Erlaubnis, sich in ihren kleinen Kanzleiräumen mit den Belanglosigkeiten eines Mordfalles zu beschäftigen. Wahrscheinlich schrieben sie einander umfangreiche Protokolle; und vielleicht erlaubte man ihnen sogar, den Tatort des «Verbrechens» zu besichtigen. Aber Rowe konnte nicht glauben, daß das Ergebnis ihrer Erhebungen vom Publikum mit größerem Interesse verfolgt wurde als die läppischen Zuschriften jener exzentrischen Geistlichen, die in Landpfarren auch jetzt noch über die Abstammungslehre debattierten. Er konnte sich vorstellen, wie ein hoher Polizeibeamter sagte: «Der alte Sowieso! Armer Teufel! Lassen wir ihn ab und zu mit ein paar kleinen Morden spielen. Wissen Sie, zu seiner Zeit hat man einem Mord noch ziemlich viel Beachtung geschenkt, und so bekommt er jetzt das Gefühl, daß er noch zu etwas nütze ist. Die Ergebnisse – ach Gott, ich glaube, er kommt gar nie auf die Idee, daß wir keine Zeit haben, seine Berichte zu lesen.»

Indessen Rowe an seinem Kaffee nippte und immer wieder die Zeitung auch nur nach dem kleinsten Artikel durchsuchte, empfand er ein Gefühl der Verwandtschaft mit den Kriminalbeamten, mit den «Großen Fünf», mit dem Verfasser des Memoirenwerks «Meine berühmtesten Fälle»; er war ein Mörder und deshalb altmodisch, er gehörte ihrer Welt an – und wer immer Cost ermordet hatte, gehörte auch dorthin. Zugleich empfand er leise Verärgerung über Willi Helf, der den Mord als einen Ulk mit pikantem Beigeschmack aufgefaßt hatte. Helfs Schwester hingegen hatte die Sache durchaus nicht von der heiteren Seite betrachtet; sie hatte ihn gewarnt, hatte durch ihre Worte zu erkennen gegeben, daß das Sterben immer noch eine gewichtige Angelegenheit war; und gleich einem einsamen Tier witterte er das Mitgefühl eines Wesens seiner Art.

Die bleiche Kellnerin behielt ihn scharf im Auge. Er hatte keine Gelegenheit gefunden, sich zu rasieren, so daß er wie ein Zechpreller aussah. Es war erstaunlich, wie eine einzige Nacht im öffentlichen Bunker einen Menschen verändern konnte; seinen Kleidern entströmte der Geruch von Desinfektionsmitteln, als ob er eine Nacht im Spital des Armenhauses verbracht hätte.

Er beglich seine Rechnung und fragte die Kellnerin: «Haben Sie ein Telefon?» Wortlos deutete sie auf den Apparat neben der Kasse, und er wählte die Nummer Rennits. Das war riskant, aber etwas mußte er tun. Natürlich war es noch zu früh am Tage. Er konnte hören, wie das Telefon umsonst im leeren Büro klingelte, und fragte sich, ob die halbverzehrte Wurstsemmel noch immer danebenliege. In jener Zeit war es immer fraglich, ob das Telefon überhaupt noch klingeln werde, weil das betreffende Gebäude über Nacht verschwunden sein mochte. Jetzt aber wußte er, daß dieser Teil Londons unverändert geblieben war: «Orthotex» bestand noch.

Er kehrte an seinen Tisch zurück, bestellte eine zweite Tasse Kaffee und ließ sich Briefpapier geben. Die Kellnerin betrachtete ihn mit wachsendem Mißtrauen. Selbst in einer zerfallenden Welt behielt die Konvention ihre Gültigkeit: noch etwas zu bestellen, nachdem man bereits bezahlt hatte, war schon ganz ungewöhnlich; aber gar Briefpapier zu verlangen – so etwas tat man höchstens drüben auf dem Kontinent. Sie könne ihm ein paar Blätter aus ihrem Bestellblock geben, meinte sie, mehr nicht. Die Konvention ist viel tiefer eingewurzelt als die Moral. Er selbst hatte die Entdeckung machen müssen, daß es leichter fällt, sich ermorden zu lassen, als eine gesellschaftliche Zusammenkunft zu stören. Mit seiner spinnwebendünnen Handschrift begann er einen ausführlichen Bericht über sämtliche Ereignisse abzufassen. Etwas mußte ja geschehen; er konnte sich nicht wegen eines Verbrechens, das er nicht begangen hatte, dauernd versteckt halten, während die wirklichen Verbrecher ungestraft entkamen – wohin immer sie entkommen wollten. In seinem Bericht ließ er Helf unerwähnt; man konnte nie wissen, auf was für abwegige Ideen die Polizei kommen mochte, und er wollte nicht seinen einzigen Verbündeten hinter Schloß und Riegel bringen. Zugleich faßte er den Entschluß, seine Darstellung der Ereignisse unmittelbar an Scotland Yard zu senden.

Als er damit fertig war, las er das Geschriebene noch einmal durch, während ihn die Kellnerin unablässig beobachtete. Seine Geschichte nahm sich furchtbar dürftig aus – ein Kuchen, ein buckliger Besucher, ein bitterer Geschmack, an den er sich zu erinnern glaubte –, bis er endlich zur Ermordung Costs gelangte und zur Schilderung des Beweismaterials, das auf ihn selbst hindeutete. Vielleicht täte er doch besser, dachte er sich, den Bericht nicht an die Polizei zu schicken, sondern an irgendeinen guten Freund. Aber er besaß keinen Freund, wenn er nicht Helf als solchen betrachtete – oder Rennit. Er stand auf und wollte schon zur Tür gehen, da hielt ihn die Kellnerin an. «Sie haben Ihren zweiten Kaffee nicht bezahlt», sagte sie.

«Ach, entschuldigen Sie, das habe ich ganz vergessen.»

Mit triumphierender Miene nahm sie das Geld in Empfang; sie hatte doch schon die ganze Zeit das richtige Gefühl gehabt! Dann blickte sie ihm über die leeren Kuchenständer hinweg durch eine winzige Glasscheibe in der Bretterwand nach, während er mit unsicheren Schritten die High Street hinabging.

Um Punkt neun Uhr rief er in Rennits Büro von neuem an, und wieder dröhnte ihm das vergebliche Rasseln des Telefons im Ohr. Als er eine Viertelstunde später nochmals anrief, war Rennit endlich da. Er hörte, wie der andere mit seiner scharfen, ängstlichen Stimme hineinrief: «Ja, wer spricht?»

«Hier Rowe», antwortete er.

«Was haben Sie mit Jones gemacht?» fragte Rennit vorwurfsvoll.

«Ich ließ ihn gestern zurück», sagte Rowe. «Und zwar vor dem . . .»

«Er ist nicht zurückgekommen», fuhr Rennit fort.

«Vielleicht überwacht er jemanden . . .»

«Kaum. Ich schulde ihm einen Wochenlohn, und er sagte mir, er werde bis längstens abends zurück sein; da stimmt etwas nicht.» Rennit jammerte ins Telefon: «Jones würde nicht ausbleiben, schon gar nicht, wenn ich ihm Geld schuldig bin.»

«Ach, es ist schon Schlimmeres passiert!»

Rennit fuhr fort: «Jones ist meine rechte Hand. Was haben Sie nur mit ihm gemacht?»

«Ich ging Mrs. Bellairs besuchen», antwortete Rowe.

«Was geht das mich an! Jones brauche ich.»

«Und dort wurde ein Mann ermordert . . .»

«Was!?»

«Ja, und die Polizei glaubt, ich habe ihn umgebracht.»

Wieder drang ein langer Klageton an Rowes Ohr. Der kleine, verschlagene Detektiv verlor allmählich den festen Boden unter den Füßen; sein Lebtag lang war er unangefochten unter seinen prickeligen Ehebrüchen, seinen kompromittierenden Briefen umhergeschwommen, jetzt aber schwemmte ihn die Flut ins offene Meer hinaus, wo die größeren Fische jagten. Mit einem Stöhnen sagte er: «Ich wollte Ihren Fall von vorneherein nicht übernehmen . . .»

«Sie müssen mir mit Ihrem Rat helfen, Rennit. Ich komme zu Ihnen», sagte Rowe flehentlich.

«Nein!» Dann hörte er deutlich, wie Rennit plötzlich den Atem anhielt. Seine Stimme klang kaum merklich verändert, als er schließlich fragte: «Also, wann?»

«Um zehn. Rennit, sind Sie noch da?» Er mußte jemandem sein Herz ausschütten. «Ich tat es nicht, Rennit. Sie müssen mir glauben. Ich bin doch kein Gewohnheitsmörder.» Er biß auf das Wort «Mörder» wie auf ein Bläschen auf der Zunge; nie gebrauchte er es ohne Selbstanklage. Das Gericht hatte sich eine barmherzige Ansicht zu eigen gemacht; er selbst war ohne Erbarmen. Wenn man ihn gehenkt hätte, würde er vielleicht zwischen der Falltür und dem Boden der Grube eine Entschuldigung für seine Untat gefunden haben; so aber hatte sich die Obrigkeit dafür entschieden, ihm ein ganzes Leben lang zur Analyse seiner Motive Zeit zu lassen.

Und jetzt analysierte er – ein unrasierter Mann in einem staubigen Anzug, der in der Untergrundbahn zur Tottenham Court Road fuhr. (Er mußte einen großen Umweg machen, weil viele Untergrundbahnhöfe geschlossen waren.) Die Träume der vergangenen Nacht hatten seine Gedanken rückwärts schreiten lassen, und so erinnerte er sich jetzt, wie verliebt er vor zwanzig Jahren gewesen war und welchen Tagträumen er sich hingegeben hatte; ohne sich selbst zu bemitleiden, erinnerte er sich, so vorurteilslos, wie man den Ablauf eines biologischen Vorganges beobachten würde. In jenen fernen Tagen hatte er sich eingebildet, er sei eines unglaublichen Heldentums und Opfersinns fähig, Eigenschaften, die das Mädchen, dem seine Liebe galt, seine ungeschlachten Hände und die Pusteln der Pubertät an seinem Kinn vergessen lassen würden. Alle Wünsche hatte er damals für erfüllbar gehalten. Die Leute mögen über Tagträume lachen; solange sich der Mensch aber die Fähigkeit dazu bewahrt, besteht für ihn die Möglichkeit, einige der Eigenschaften zu entwickeln, von denen er träumt. Dies wirkt so wie die straffe Zucht religiöser Übungen: Worte, die hundertfach wiederholt werden – mag dies auch noch so gedankenlos geschehen –, können mit der Zeit eine Gewohnheit entstehen lassen, eine Art Bodensatz der Seele bilden, bis man eines Tages zur eigenen Überraschung entdeckt, daß man sein Handeln nach Glaubensgrundsätzen einrichtet, von denen man meinte, man habe sie nie wirklich hingenommen. Seit dem Tode seiner Frau hatte sich Rowe nie wieder solchen Tagträumen hingegeben; während seines ganzen Prozesses hatte er nie von einem Freispruch geträumt. Dieser Teil seines Hirns schien verdorrt zu sein; des Opfersinns, der Unerschrockenheit, der Tugend war er nimmer fähig, weil er nicht mehr von ihnen träumte, und er war sich dieses Verlustes vollauf bewußt. Seine Welt hatte eine Dimension eingebüßt, war so dünn geworden wie Papier. Er sehnte sich danach, wieder zu träumen, aber nur die Verzweiflung konnte er in sich wachrufen und jene Art von Schläue, die ihm riet, sich Mr. Rennits Büro mit größter Vorsicht zu nähern.

2

Fast unmittelbar gegenüber Rennits Haus befand sich eine Auktionshalle, deren Spezialität die Versteigerung von Büchern war. Wenn man dort an den Regalen gleich neben dem Eingang stand, konnte man das Haustor auf der andern Straßenseite gut beobachten. Die wöchentliche Versteigerung sollte am nächsten Tag stattfinden, und zahlreiche Besucher strömten mit Katalogen bewaffnet herein; hier fielen ein stoppeliges Kinn und ein verknitterter Anzug nicht weiter auf. Ein Mann mit einem zerzausten Schnurrbart und einer fadenscheinigen Jacke, deren Taschen von dicken Butterbroten ausgebaucht wurden, blätterte aufmerksam in einem Folianten über Landschaftsgärtnerei; ein Bischof – oder vielleicht war es ein Dekan – musterte eine Gesamtausgabe von Scotts Waverley-Romanen, und ein mächtiger weißer Vollbart streifte über die lasziven Seiten eines illustrierten Brantôme. Hier gab es keine Schablonenmenschen; in Teestuben und Theatern sind die Leute nach dem Muster ihrer Umgebung zugeschnitten; in dieser Auktionshalle aber waren die ausgestellten Gegenstände zu mannigfaltig, als daß sie nur einen bestimmten Typ von Käufern angelockt hätten. Da gab es Pornographie – französische Werke des 18. Jahrhunderts mit hübschen kleinen Stahlstichen, die die Kopulationen eleganter, übermäßig bekleideter Pärchen auf Pompadour-Sofas verherrlichten; dann die stattliche Reihe viktorianischer Romandichter, die Memoiren obskurer Wildschweinjäger aus Indien, die exzentrischen Philosophien und Theologien des 17. Jahrhunderts – Newtons Ansichten über die geographische Lage der Hölle oder Jeremiah Whiteleys Traktat über den Pfad zur Vollkommenheit. Es roch nach vernachlässigten alten Schwarten, nach dem Stroh der Versandkisten und nach Kleidern, die allzu häufig dem Regen ausgesetzt gewesen waren. Rowe stand vor den Regalen, die die Versteigerungsposten 1 bis 35 enthielten, und konnte so jeden sehen, der durch das Haustor gegenüber aus oder ein ging.

Genau in seiner Augenhöhe befand sich ein katholisches Meßbuch ohne besonderen bibliophilen Wert, das mit verschiedenen anderen religiösen Werken den Posten 20 bildete. Über dem Pult des Auktionators wies eine große runde Uhr, die, wie ein abgerissenes Schildchen unterhalb ihres Zifferblattes bewies, selbst einmal Versteigerungsobjekt gewesen war, auf ein Viertel vor zehn. Rowe schlug das Meßbuch aufs Geratewohl auf; seine Aufmerksamkeit galt allerdings in der Hauptsache dem Gebäude gegenüber. Das Meßbuch war mit häßlichen kolorierten Großbuchstaben versehen. Seltsamerweise war es das einzige Buch, das in diesem altertümlichen und stillen Raum vom Krieg sprach. Wo immer er es aufschlagen mochte, stieß er auf Gebete um Befreiung, auf ergrimmte Völker, auf Ungerechte und Böse, auf den Teufel, der wie ein brüllender Löwe umhergeht ... Die Worte ragten zwischen den verzierten Rändern der Seiten hervor wie Kanonenrohre aus einem Blumengarten. «O Herr, steh auf, daß nicht übermächtig werde der Mensch», las er, und die Wahrheit dieser warnenden Worte klang ihm gleich Musik in den Ohren. Denn in der ganzen Welt außerhalb dieses Raumes war in der Tat der Mensch übermächtig geworden; er selbst war es gewesen. Und es waren nicht nur böse Menschen, die Übeltaten vollbrachten. Die Tapferkeit zerstört Kathedralen, die Ausdauer läßt ganze Städte verhungern, das Mitleid tötet ... Wir geraten in die Fallstricke unserer Tugenden, wir werden von ihnen schnöde verraten. Wer immer Cost ermordet hatte – vielleicht hatte er gerade in jenem Augenblick einer guten Regung die Zügel schießen lassen, und Rennit benahm sich zum erstenmal in seinem Leben wie ein braver Bürger, indem er seinen Klienten an die Polizei verriet; denn der Mann, der eben vor der Auktionshalle ganz offenkundig einen Aufpasserposten bezogen hatte und sich hinter einer schützenden Zeitung verbarg, war unverkennbar ein Kriminalbeamter.

Er las den «Daily Mirror». Rowe konnte über die Schulter des Mannes hinweg die tägliche politische Karikatur erkennen, die beinahe die ganze Seite einnahm. Einmal spähte Rennit mit ängstlicher Miene aus seinem Fenster im vierten Stock, um sich gleich wieder zurückzuziehen. Die Uhr in der Auktionshalle wies auf fünf Minuten vor zehn. Langsam kroch der graue Tag weiter, dem die Trümmerhaufen der verflossenen Nacht und der Geruch nassen Verputzes ihr besonderes Gepräge gaben. Rennits Fahnenflucht steigerte Rowes Gefühl der Vereinsamung nur noch mehr.

Einmal hatte es eine Zeit gegeben, da er Freunde besessen hatte – nicht zahlreiche, weil er keine gesellige Natur war; aber gerade aus diesem Grund waren seine wenigen Freundschaften sehr tief gegangen. In der Schule waren es drei gewesen; die Freunde hatten ihre Zukunftshoffnungen, ihre Keks und ihre maßlos ehrgeizigen Pläne geteilt; und heute konnte er sich weder ihrer Namen noch ihrer Gesichter entsinnen. Einmal war er am Piccadilly Circus überraschend von einem wunderlichen grauhaarigen Herrn mit einer Blume im Knopfloch, einer zweireihigen Weste und einem seltsam gezierten Benehmen angesprochen worden. Der Fremde, der einen Eindruck von höchst fragwürdiger Vornehmheit machte, rief tieferfreut aus: «Ja, da ist ja unser Boojie!» und führte ihn schnurstracks in die Bar des Piccadilly-Hotels, während Rowe in seinem Gedächtnis vergeblich nach irgendeiner Erscheinung aus der vierten Klasse kramte – in der schwarzen Sonntagshose oder im Fußballdress, tintenbekleckst oder kotbespritzt, die sich zu diesem allzu echt wirkenden alten Schulkameraden hätte entwickeln können, der ihn jetzt – freilich ohne Erfolg – um fünf Pfund anzupumpen suchte, hierauf in der Herrentoilette verschwand und nie wieder zum Vorschein kam, wohl aber die Begleichung der Zeche seinem guten Freunde Boojie überließ.

Später hatte er neue Freundschaften geschlossen, vielleicht ein halbes Dutzend. Doch dann hatte er geheiratet, und seine Freunde wurden in vielleicht noch höherem Maße die Freunde seiner Frau: Tom Curtis, Crooks, Perry und Vane ... Natürlich waren sie nach seiner Verhaftung verschwunden. Nur der arme, alberne Henry Wilcox war ihm auch weiterhin treu zur Seite gestanden und hatte gesagt: «Ich weiß, daß du unschuldig bist. Du könntest keiner Fliege ein Bein ausreißen –» wieder jene ominöse Redensart, die schon allzu oft gebraucht worden war, um seinen Charakter zu beschreiben. Er erinnerte sich noch deutlich, wie Wilcox dreingesehen hatte, als er ihm erklärte: «Ich bin aber nicht unschuldig. Ich habe sie wirklich getötet.» Danach war ihm weder Wilcox noch dessen kleine, aber herrschsüchtige Frau geblieben, die mit Begeisterung Hockey spielte. (Auf ihrem Kaminsims drängten sich Silberpokale, die Trophäen ihrer sportlichen Tüchtigkeit.)

Die Miene des Detektivs verriet wachsende Ungeduld. Offenbar hatte er bereits jedes Wort in seiner Zeitung gelesen, weil er unverwandt auf dieselbe Seite starrte. Die Zeiger der Uhr wiesen auf fünf Minuten nach zehn. Rowe klappte seinen Katalog zu, nachdem er willkürlich ein paar Posten angestrichen hatte, und trat auf die Straße. Der Kriminalbeamte sagte zu ihm: «Entschuldigen Sie . . .» und Rowe stockte das Herz.

«Ja, bitte?» brachte er mühsam hervor.

«Ich habe keine Streichhölzer bei mir.»

«Hier, bitte. Sie können die Schachtel behalten.»

«Das geht doch nicht – in diesen Zeiten!» Der Detektiv blickte über Rowes Schultern hinweg und die Straße hinauf zu den Ruinen eines Bankgebäudes, in denen die Stahltresore umherstanden wie die Grabmale in einem römischen Friedhof; dann verfolgte er mit den Augen einen angegrauten Bankbeamten, der an Rennits Haustor vorbeischlenderte, wobei er seinen Regenschirm hinter sich nachzog.

«Warten Sie auf jemanden?» fragte Rowe.

«Ach, nur auf einen Bekannten», lautete die lahme Antwort des Detektivs. «Er hat sich verspätet.»

«Guten Tag!»

«Guten Tag, Sir.» Dieses respektvolle «Sir» war ein taktischer Fehler, genauso wie die allzu offizielle Art, wie er seinen Filzhut aufgesetzt hatte, und die ewig gleichbleibende Seite in der Zeitung. «Ihre besten Leute setzen sie zur Aufklärung eines Mordes gerade nicht ein», überlegte Rowe; wieder rieb er an dem schmerzhaften Bläschen auf seiner Zunge.

Was sollte er nun beginnen? Er ertappte sich dabei – und nicht zum erstenmal –, daß er den Verlust seines Freundes Henry Wilcox bedauerte. Es gab Menschen, die aus freien Stücken in der Wüste lebten, aber diese hatten ihren Herrgott als Gesellschaft. Durch fast zehn Jahre hatte Rowe kein Verlangen nach Freunden empfunden, denn eine Frau kann eine ganze Schar von Freunden ersetzen. Jetzt fragte er sich, wo Henry im Kriege wohl sein mochte. Perry war vermutlich eingerückt, und Curtis auch. Henry stellte er sich als Luftschutzwart vor, schusselig und verspottet, wenn die Luft rein war, ein wenig ängstlich während der langen Wachen draußen auf dem verlassenen Straßenpflaster, aber dennoch pflichtbewußt bis zum Letzten, in einer Drillichuniform, die ihm nicht paßte, und einem Stahlhelm, der ihm eine Nummer zu groß war. «Verdammt!» dachte Rowe, während er um die zerbombte Ecke von High Holborn bog, «ich habe mein möglichstes getan, um auch mein Teil beizusteuern. Ich kann doch nichts dafür, daß ich für die Wehrmacht untauglich bin. Und was die verfluchten Helden vom zivilen Luftschutz anlangt – die kleinen Handelsbeamten, die prüden Weibsbilder, und weiß der Teufel, was noch dabei ist –, die wollten mich auch nicht haben, sobald sie einmal herausgebracht hatten, daß ich gesessen habe; ein Aufenthalt im Irrenhaus ist den Leuten nicht anständig genug für Bereitschaft 4 oder 2 oder Bereitschaft X. Und jetzt werden sie mich bei ihrem Krieg überhaupt nimmer mitmachen lassen. Man sucht mich wegen eines Mordes, den ich nicht begangen habe. Welche Chance habe ich da angesichts meiner Vergangenheit?»

Er spann seinen Gedanken weiter: «Warum soll ich mich um den Kuchen kümmern? Mich geht die ganze Sache doch nichts an. Das ist der Krieg der anderen, nicht der meine. Warum soll ich mich nicht einfach verstecken und abwarten, bis darüber Gras gewachsen ist (im Krieg wächst sicher auch über einen Mord Gras). Es ist nicht mein Krieg. Ich bin, wie es scheint, nur in die Frontlinie geraten, wo geschossen wird. Am besten ist's, ich verschwinde aus London; die Narren sollen hierbleiben und sich mit den deutschen Bombern herumraufen und meinetwegen dabei zugrunde gehen ... Vielleicht war in dem Kuchen gar nichts Wichtiges; vielleicht nur ein Silberstück als Talisman, ein Sinnspruch wie in einem Weihnachtskuchen ... Vielleicht hatte der Bucklige gar keine bösen Absichten gehabt; der Geschmack war möglicherweise reine Einbildung; und die ganze Szene hat sich wohl gar nicht so abgespielt, wie ich es mir nachträglich einbilde. Der Luftdruck richtet oft den merkwürdigsten Unfug an und ist ohne weiteres imstande, ein Hirn ein wenig durcheinanderzuschütteln, das schon über allzuviel Sorgen gebrütet hat.»

Als ob er einem langweiligen Begleiter entrinnen wolle, der ihm höchst uninteressante Dinge vorschwatzte, schlüpfte er plötzlich in eine öffentliche Telefonzelle und rief eine Nummer an. Eine barsche, aristokratische Damenstimme antwortete vorwurfsvoll, als habe er kein Recht, gerade diese Leitung zu benützen: «Hier sind die Freien Mütter. Wer ist dort?»

«Ich möchte mit Miss Helf sprechen.»

«Wer ist dort?»

«Ein Bekannter von ihr.» Ein mißbilligendes Brummen drang aus dem Hörer. «Wollen Sie mich bitte mit ihr verbinden», sagte Rowe mit einer gewissen Schärfe und vernahm gleich darauf die Stimme, die er, wenn er die Augen geschlossen und die Telefonzelle und die Trümmerfelder von Holborn aus seinem Gesichtskreis verbannt hätte, für die seiner verstorbenen Gattin hätte halten können. Sehr groß war die Ähnlichkeit allerdings nicht. Aber abgesehen von seiner Hauswirtin oder einer Verkäuferin hinterm Ladentisch, hatte er schon lange nicht mehr mit einer Frau gesprochen, daß jede weibliche Stimme in ihm die Vergangenheit neu erstehen ließ.

«Wer spricht, bitte?» fragte sie.

«Ist dort Miss Helf?»

«Ja. Wer sind Sie?»

«Ich bin Rowe», antwortete er, als ob sein Name selbstverständlich allen Leuten bekannt sein müßte.

Darauf trat eine so lange Pause ein, daß er schon meinte, sie habe den Hörer aufgelegt. Darum rief er: «Hallo, sind Sie noch da?»

«Ja.»

«Ich wollte mit Ihnen sprechen.»

«Sie sollten mich aber nicht anrufen.»

«Sonst kenne ich niemanden, den ich anrufen könnte – außer Ihrem Bruder. Ist er hier?»

«Nein.»

«Sie haben aber gehört, was geschehen ist?»

«Ja, er hat es mir erzählt.»

«Und Sie hatten mit so etwas Ähnlichem gerechnet, nicht wahr?»

«Damit hatte ich nicht gerechnet – mit etwas viel Schlimmerem.» Erklärend fügte sie hinzu: «*Ihn* kannte ich ja nicht.»

«Mir scheint, ich brachte Ihnen einen hübschen Pack Sorgen mit, als ich gestern bei Ihnen auftauchte.»

«Mein Bruder macht sich keine Sorgen.»

«Ich habe übrigens auch Rennit angerufen.»

«Oh! – Nein, das hätten Sie nicht tun sollen!»

«Wissen Sie, ich habe die Technik noch nicht richtig erfaßt. Sie werden gewiß erraten, was dann passierte.»

«Ja. Die Polizei ...»

«Und Sie wissen auch, wozu Ihr Bruder mir geraten hat?»

«Ja.»

Ihre Unterhaltung glich einem Brief, der die Zensur passieren muß. Rowe empfand mit überwältigender Macht das Verlangen, mit irgendeinem Menschen frei und offen zu reden. Deshalb fragte er jetzt: «Könnten Sie sich irgendwo mit mir treffen – nur für fünf Minuten?»

«Nein, das kann ich nicht. Ich kann von hier nicht fort», antwortete sie.

«Nur für zwei Minuten!»

«Unmöglich.»

Mit einemmal wurde die Erfüllung seines Wunsches zu einer Angelegenheit von höchster Wichtigkeit. «Bitte!» flehte er.

«Es wäre gefährlich. Mein Bruder würde sich sehr ärgern.»

«Ich bin so schrecklich allein, ich weiß nicht, was vorgeht, und habe keinen Menschen, der mir raten könnte. Es gibt so viele Fragen, die ich ...»

«Seien Sie mir nicht böse, aber es geht nicht.»

«Kann ich Ihnen schreiben – oder ihm?»

«Also gut. Schicken Sie Ihre Adresse hierher – an mich. Sie brauchen den Brief nicht zu unterschreiben. Oder unterschreiben Sie ihn, wenn Sie wollen.»

Flüchtlinge können solch kleine Kriegslisten aus dem Ärmel schütteln; sie sind ihnen eine vertraute Notwendigkeit ihres täglichen Lebens. Rowe überlegte, ob sie ebenso schnell mit einer Antwort zur Hand sein würde, wenn er sie um Geld bäte. Er kam sich wie ein verirrtes Kind vor, das die Hand eines Erwachsenen gefunden hat, eine Hand, die es verständnisvoll heimgeleitet ... Jetzt kümmerte er sich schon weniger um den imaginären Zensor, denn er sagte: «In der Zeitung steht nichts.»

«Nein, gar nichts.»

«Aber ich habe auf alle Fälle einen Brief an die Polizei verfaßt.»

«Oh!» rief sie. «Das hätten Sie nicht tun sollen. Haben Sie ihn schon aufgegeben?»

«Noch nicht.»

«Dann lieber abwarten! Vielleicht ist es gar nicht nötig. Lieber abwarten», riet sie ihm eindringlich.

«Glauben Sie, kann ich es wagen, zur Bank zu gehen?»

«Sie sind so hilflos», erwiderte sie darauf, «so schrecklich hilflos. Dort dürfen Sie unter keinen Umständen hingehen. Denn man wird Ihnen dort auflauern.»

«Wie kann ich dann leben?»

«Haben Sie nicht einen Freund, der für Sie einen Scheck einlösen könnte?»

Jetzt wollte er ihr plötzlich nicht eingestehen, daß es keinen solchen Menschen gab. Deshalb antwortete er: «Ja, ja, freilich.»

«Na, dann ... kommen Sie nur nicht in unsere Nähe!» sagte sie so leise, daß er angestrengt lauschen mußte.

«Nein, ich komme schon nicht in Ihre Nähe.»

Da hatte sie auch schon aufgelegt. Er hängte den Hörer an den Haken, trat ins Freie und ging weiter; er würde nicht in ihre Nähe gehen. Ein paar Schritte vor ihm schlenderte mit weit ausladenden Rocktaschen ein Bücherwurm dahin, der offenbar von der Versteigerung kam. «Haben Sie nicht einen Freund?» hatte Anna Helf gefragt. Flüchtlinge hatten immer Freunde: Menschen, die Briefe schmuggelten, die Pässe zu verschaffen wußten, die Beamte bestachen; in jenem weiten, untergründigen Reich, das den ganzen Kontinent umspannte, gab es diese Kameradschaftlichkeit. In England hatte man die Kunst noch nicht erlernt. Wen konnte er darum bitten, einen seiner Schecks zur Bank zu tragen? Gewiß nicht einen bekannten Geschäftsmann. Seit er sein einsames Leben begonnen hatte, war er mit Kaufläden nur durch seine Hauswirtin in Berührung gekommen, und so dachte er nun schon zum zweitenmal an diesem Tag an seine einstigen Freunde. Anna Helf war gar nicht auf den Gedanken gekommen, daß ein flüchtiger Mensch ohne Freunde dastehen könne. Ein Flüchtling hat immer eine Partei – oder eine Rasse, der er angehört.

Rowe dachte an Perry und Vane: bei denen hatte er keine Chance, selbst wenn er gewußt hätte, wo sie zu finden wären. Crooks, Boyle,

Curtis ... Curtis wäre es ohne weiteres zuzutrauen, daß er ihn niederschlagen würde. Er besaß so simple Maßstäbe, so primitive Ansichten und dazu ein Übermaß an Selbstgefälligkeit. Durch sein schlichtes Wesen hatte sich Rowe stets angezogen gefühlt: es war die passende Ergänzung seiner eigenen Wesenszüge. So blieb ihm also nur noch Henry Wilcox. Dort bestand eine geringe Möglichkeit, vorausgesetzt, daß seine hockeyspielende Gattin nicht Einspruch erhob. Robuste Gesundheit und heftiger Schmerz waren allzu schroffe Gegensätze, aber schon ein gewisser Selbsterhaltungstrieb hätte Mrs. Wilcox zum Haß gegen ihn angestachelt. Wenn ein Mensch einmal damit anfing, seine Frau umzubringen, dann – so hätte sie in ungrammatischer Form gefolgert – konnte man nie wissen, wo das noch enden werde.

Welche Ausrede konnte er aber Henry gegenüber gebrauchen?

Er fühlte seinen Bericht an die Polizei in der Brusttasche; doch Henry konnte er die Wahrheit einfach nicht sagen; der würde genausowenig wie die Polizei glauben, daß er bei einem Mord als bloßer Zuschauer aufgetreten war. Nein, er mußte warten, bis die Banken schlossen – im Krieg war das zeitig genug –, und dann irgendeinen dringenden Grund erfinden, weshalb er Geld brauchte.

Aber was? Darüber zerbrach er sich während des Mittagessens, das er in einem Restaurant in der Oxford Street einnahm, gründlich den Kopf. Vielleicht war es besser, die Entscheidung der sogenannten Inspiration des Augenblicks zu überlassen, oder noch besser, den Kampf aufzugeben, sich selbst der Polizei zu überantworten. Erst als er seine Rechnung beglich, kam ihm der Gedanke, daß es ihm höchstwahrscheinlich unmöglich sein werde, Henry ausfindig zu machen. Der hatte in Battersea gewohnt, und in diesem Stadtteil war der Aufenthalt nachgerade ungemütlich geworden. Vielleicht war Henry gar nicht mehr am Leben – 20 000 Menschen waren bereits tot. Er suchte ihn im Telefonbuch; dort war er noch. Doch dies hatte nichts zu bedeuten. Die Luftangriffe waren jüngeren Datums als die neueste Auflage des Telefonbuchs. Dennoch wählte er die Nummer, nur um zu hören ... Es war ihm, wie wenn er mit seinen Bekannten nur mehr durch den Fernsprecher in Berührung treten könne. Beinahe bangte ihm davor, das Klingeln am anderen Ende zu hören, und als es kam, legte er den Hörer schnell und mit einem schmerzlichen Gefühl wieder auf. Er hatte Henry so viele Male angerufen – ehe es geschehen war. Doch jetzt mußte er zu einem Entschluß kommen. Die Wohnung war noch vorhanden, wenngleich Henry vielleicht nicht mehr dort lebte. Aber diesmal mußte der Kontakt körperlich sein, weil er einen Scheck nicht durchs Telefon überreichen konnte. Und er hatte Henry seit dem Tag vor Beginn seines Prozesses nicht mehr gesehen. Beinahe hätte er sich entschieden, den Kampf aufzugeben ...

In Piccadilly bestieg er einen Autobus der Linie 19. Nachdem er an den Ruinen der St.-James-Kirche vorübergefahren war, kam er in jenem frühen Stadium der Luftschlacht über London in friedliche Gebiete. Knightsbridge und Sloane Street standen nicht im Krieg, wohl aber Chelsea, und Battersea befand sich in der vordersten Front. Diese nahm einen merkwürdigen Verlauf, indem sie sich, gleich dem Weg eines Wirbelsturms, bald hierhin, bald dorthin krümmte und dazwischen friedliche Flecken freiließ. Battersea, Holborn, das East End: die Front wand sich im Zickzack durch sie hindurch; und doch schien in den Augen eines flüchtigen Beobachters die High Street des dicht bevölkerten Poplar mit dem Feind kaum Bekanntschaft gemacht zu haben, und es gab in dem schwer mitgenommenen Battersea Viertel, wo das Gasthaus an der Ecke noch stand, links davon der Bäcker, rechts das Milchgeschäft, und so weit das Auge reichte, keine Bombenruine zu sehen war.

In der Straße, wo Wilcox wohnte, war es genau dasselbe: vierkantig und düster wie Bahnhofshotels ragten die riesigen Zinshäuser des Mittelstandes in den Himmel und blickten vollkommen unbeschädigt über den Battersea Park. An allen Gebäuden waren Tafeln mit der Aufschrift «Wohnung zu vermieten» angebracht, und Rowe gab sich halb und halb der Hoffnung hin, auch vor dem Haus 63 eine solche angeschlagen zu finden. Dies war aber nicht der Fall. Im Hausflur hing eine Übersichtstafel, auf der die Bewohner anzeigen konnten, ob sie daheim waren oder nicht; doch der Umstand, daß neben dem Namen Wilcox «Zu Hause» stand, hatte, selbst wenn Henry und seine Frau noch hier wohnten, nichts zu bedeuten, weil er eine Theorie aufgestellt hatte, wonach es geradezu eine Einladung an die Einbrecher war, auf der Tafel anzuzeigen, daß man ausgegangen sei. Henrys Vorsicht hatte seine Freunde immer wieder zu dem langen Aufstieg bis zum obersten Stockwerk gezwungen; denn einen Fahrstuhl gab es nicht.

Das Treppenhaus befand sich an der Rückseite des Gebäudes, die Chelsea zugewandt war, und wenn man über die zweite Etage hinaufstieg und sich der Blick weitete, kam auch der Krieg wieder in Sicht. Die meisten der Kirchtürme schienen in zwei Drittel ihrer Höhe gleich Zuckerstangen abgeknickt zu sein, und in Gegenden, wo es niemals Elendsquartiere gegeben hatte, sah es jetzt aus, als habe man diese abgerissen, um für Neubauten Platz zu schaffen.

Rowe verspürte einen Stich im Herzen, als er um die Wendung der Treppe kam und die vertraute Wohnungstür vor sich sah. Er hatte Henry oft bemitleidet, weil jener ein herrisches Weib und eine alltägliche Laufbahn hatte und weil sein Beruf – der eines geprüften Bücherrevisors – keinen Ausweg aus seinen ziemlich beschränkten Verhältnissen zu bieten schien. Mit vierhundert Pfund im Jahr aus eigenem Vermögen war Rowe sich dagegen reich vorgekommen, und so brachte er Henry ähnliche Gefühle entgegen, wie ein wohlhabender Mann sie gegenüber seinen armen Verwandten empfinden mag. Er pflegte Henry

Geschenke zu machen, und dies war vermutlich auch ein Grund, warum Mrs. Wilcox ihn nicht hatte ausstehen können. Ein zärtliches Lächeln breitete sich über seine Züge, als er an der Tür das kleine Schildchen mit dem Wort «Luftschutzwart» erblickte; es war genauso, wie er es sich vorgestellt hatte. Aber sein Finger zögerte auf dem Klingelknopf.

3

Er hatte noch nicht geläutet, da ging die Tür auf, und Henry trat heraus, ein seltsam veränderter Henry. Er war immer ein sauber gekleideter kleiner Mann gewesen; darauf hatte schon seine Frau geachtet. Jetzt aber trug er eine schmierige blaue Drillichuniform und war unrasiert. An Rowe ging er vorüber, als habe er ihn nicht gesehen, und beugte sich über das Treppengeländer. «Sie sind noch nicht da», sagte er.

Eine ältere Frau mit rot verschwollenen Augen, die wie eine Köchin aussah, folgte ihm aus der Wohnung. «Es ist noch zu früh, Henry», bemerkte sie. «Es ist noch zu früh.» Henry schien so verwandelt, daß Rowe einen Augenblick überlegte, ob der Krieg auch bei seiner Gattin eine ähnliche Wirkung gehabt habe.

Plötzlich wurde Henry seiner gewahr – oder wenigstens halb gewahr. «Oh, Arthur! Lieb von dir, daß du gekommen bist», sagte er. Dann huschte er in die kleine, finstere Diele seiner Wohnung zurück und wurde neben einer großen Standuhr zu einer schattenhaften, unpersönlichen Erscheinung.

«Wollen Sie bitte eintreten», forderte die bejahrte Frau ihn auf. «Ich glaube, jetzt werden sie nicht mehr lange auf sich warten lassen.»

Rowe folgte ihr in die Wohnung, wobei er bemerkte, daß sie die Eingangstür offenließ, als erwarte sie noch andere Besucher. Allmählich gewöhnte er sich daran, daß das Leben ihn packte und ohne sein Zutun in eine Umgebung verpflanzte, wo er der einzige war, der sich fremd fühlte ... Auf einer Truhe aus Eichenholz, die – wie er sich entsann – nach Mrs. Wilcox' Bestellung von der Möbelfabrik «Tudor» eigens angefertigt worden war, lag ein sauber gefalteter Drillichanzug und darauf ein Stahlhelm. Dieser Anblick erinnerte ihn ans Gefängnis, wo man auch die eigenen Kleider zurücklassen mußte. Im Dämmerlicht der Diele sagte Henry noch einmal: «Lieb von dir, Arthur», und ergriff neuerlich die Flucht vor ihm.

Die grauhaarige Frau sprach: «Jeder Freund von Henry ist hier herzlich willkommen. Ich bin Mrs. Wilcox.» Selbst in der Dunkelheit schien sie den Ausdruck von Verwunderung in seinem Gesicht wahrzunehmen, denn sie fügte erläuternd hinzu: «Henrys Mutter.» Dann fuhr sie fort: «Kommen Sie, warten Sie drinnen. Ich glaube, jetzt werden sie wirklich nicht mehr lange ausbleiben. Hier ist es so finster. Die Verdunkelung, wissen Sie. Die Fenster sind zum größten Teil hin.» Sie führte ihn in den

Raum, den Rowe als Speisezimmer in Erinnerung hatte. Dort waren Gläser bereitgestellt, als erwarte man Gesellschaft. Nur die Tageszeit schien unpassend – entweder war es zu spät oder zu früh. Hier fand er endlich Henry. Der machte ein Gesicht, wie wenn er hierher zurückgedrängt worden, hierher geflohen sei. Auf dem Kaminsims hinter ihm standen vier silberne Pokale, auf denen unter einem Datum die Namen von je zwei Hockeymannschaften gleichsam in doppelter Buchführung eingraviert waren; hätte man aus einem von ihnen getrunken, so wäre dies wie ein Schluck aus einem Kontobuch gewesen.

«Ich wollte nicht stören», begann Rowe mit einem Blick auf die Gläser, worauf Henry zum dritten Male sagte: «Lieb von dir, Arthur», als ob dies eine Redensart sei, bei deren Formulierung er nicht nachzudenken brauchte. Anscheinend konnte er sich der Szene im Untersuchungsgefängnis, an der ihre Freundschaft gescheitert war, nicht mehr entsinnen. «Es ist rührend, wie alle seine alten Freunde Henry in dieser schweren Stunde beistehen», sagte Mrs. Wilcox. Da ging Rowe, der sich eben nach Henrys Gattin erkundigen wollte, plötzlich ein Licht auf. Der Tod war verantwortlich für diese Gläser, für das unrasierte Kinn, das bange Warten, ja selbst für die Wahrnehmung, die Rowe am meisten zu denken gegeben hatte, nämlich für den Eindruck von Jugendfrische, den Henrys Gesicht erweckte. Es heißt, daß ein schmerzlicher Verlust älter macht, aber ebenso oft verjüngt er den Menschen, weil er ihn von einer Verantwortung befreit, seiner Miene den längst verlorenen Ausdruck von Ungebundenheit und Jugend wiedergibt.

«Ich hatte ja keine Ahnung; wenn ich das gewußt hätte, wäre ich nicht gekommen», entschuldigte sich Rowe, worauf Mrs. Wilcox mit düsterem Stolz erklärte: «In allen Zeitungen hat es gestanden.»

Henry drückte sich in seine Ecke am Kamin; seine Zähne klapperten, während die Mutter unbarmherzig weiterredete; sie hatte sich gründlich ausgeheult, und ihr Sohn gehörte jetzt wieder ihr. «Wir sind stolz auf unsere Doris», sagte sie. «Die ganze Bereitschaft wird ihr die letzte Ehre erweisen. Wir werden ihre Uniform – ihre saubere Uniform – auf den Sarg legen, und der Geistliche wird bei der Einsegnung über das Thema ‹Größere Liebe hat kein Mensch› sprechen.»

«Mein herzlichstes Beileid, Henry», sagte Rowe.

«Verrückt war sie», schrie Henry wütend. «Sie hatte kein Recht ... Ich sagte ihr ja, daß die Mauer einstürzen wird.»

«Aber wir sind doch stolz auf sie», tadelte ihn seine Mutter, «wir sind stolz auf sie.»

«Ich hätte sie davon abhalten müssen», fuhr Henry unbeirrt fort. «Wahrscheinlich hat sie geglaubt –» seine Stimme überschlug sich beinahe vor Wut und Schmerz – «daß sie damit wieder einen dieser verdammten Töpfe gewinnen kann.»

«Man könnte direkt sagen, sie spielte für England, Henry», erklärte

Mrs. Wilcox, und zu Rowe gewandt, fuhr sie fort: «Meiner Meinung nach sollten wir einen Hockeyschläger neben die Uniform legen; aber Henry ist dagegen.»

«Ich werde mich wieder verabschieden», erklärte Rowe. «Ich wäre nie gekommen, wenn ich gewußt hätte . . .»

«Nein, du bleibst da», entschied Henry, «denn du weißt, wie es ist . . .» Damit brach er jäh ab und blickte Rowe an, als ob ihm dessen Anwesenheit erst jetzt vollends bewußt geworden wäre. «Auch ich habe meine Frau getötet. Ich hätte sie zurückhalten, sie niederschlagen können . . .»

«Du weißt nicht, was du daherredest», sagte seine Mutter. «Was wird sich der Herr denken . . .»

«Das ist doch Arthur Rowe, Mutter!»

«Oh!» entfuhr es Mrs. Wilcox; «oh, der sind Sie!»

In diesem Augenblick drang von der Straße herauf das bedächtige wehmütige Knarren von Wagenrädern und der Klang dumpfer Marschschritte.

«Wie kann er es wagen?» fauchte die Alte.

«Er ist mein ältester Freund, Mutter», entgegnete Henry. Jetzt kam jemand die Treppe herauf. «Warum bist du eigentlich gekommen, Arthur?»

«Damit du mir einen Scheck einlöst.»

«Diese Unverschämtheit!» keifte Mrs. Wilcox.

«Für wieviel?

«Gehen zwanzig?»

«Ich habe leider nur fünfzehn da, alter Freund. Die kannst du haben.»

«Trau ihm nicht!» riet die Mutter dem Sohn.

«Oh, meine Schecks sind sehr gut. Das weiß Henry schon.»

«Sie können ja in eine Bank gehen.»

«Nicht um diese Tageszeit, Mrs. Wilcox. Entschuldigen Sie, aber ich hab's eilig.»

In einer Ecke des Speisezimmers stand ein kleiner, unechter Rokokosekretär, der offensichtlich Henrys verstorbener Gattin gehört hatte. Die gesamte Einrichtung wirkte schundig und zerbrechlich, und wenn man sich zwischen ihr bewegte, so glaubte man – wie bei dem bekannten Gesellschaftsspiel –, mit verbundenen Augen zwischen aufgestellten Flaschen umherzutappen. Vielleicht stellte der Stil der Möbel die Reaktion der Hockeyspielerin auf die Derbheit ihres Sports dar. Als sich Henry jetzt vom Kamin zum Schreibtisch begab, streifte er mit der Schulter einen Silberpokal; er fiel zu Boden und rollte über den Teppich. In diesem Augenblick erschien in der Tür ein sehr beleibter Mann in Luftschutzuniform, der in der Hand einen weißgestrichenen Stahlhelm trug. Er hob den Pokal auf und sagte in feierlichem Ton: «Der Leichenzug ist hier, Mrs. Wilcox.»

Henry stand unschlüssig am Schreibtisch.

«Die Uniform habe ich bereitgelegt – draußen in der Diele», sagte seine Mutter.

«Ich konnte leider keine Fahne auftreiben, zumindest keine große», sagte der Bereitschaftsleiter. «Und die kleinen, wie sie sie auf die Ruinen stecken – die schienen mir irgendwie nicht feierlich genug zu sein.» Er gab sich redliche Mühe, die freundlichere Seite des Sterbens hervorzukehren. «Die gesamte Bereitschaft ist aufmarschiert, Mr. Wilcox», ließ er sich vernehmen. «Mit Ausnahme derer, die Dienst haben. Und die Hilfsfeuerwehr hat eine Abordnung geschickt. Dann ist noch der Rettungsdienst ausgerückt, das Bergungskommando und die Polizeikapelle.»

«Großartig!» rief die Alte aus. «Wenn nur unsere arme Doris das alles sehen könnte!»

«Sie kann es doch sehen, gnädige Frau», erwiderte der Luftschutzoffizier. «Ich bin überzeugt davon.»

«Und nachher», sagte Mrs. Wilcox mit einer vielsagenden Handbewegung zu den bereitgestellten Gläsern hin, «kommen Sie alle zu uns zurück . . .»

«Wir sind aber ziemlich zahlreich, gnädige Frau. Vielleicht nur die Luftschutzwarte. Die Leute vom Bergungskommando rechnen eigentlich nicht damit . . .»

«Komm, Henry!» forderte sie jetzt ihren Sohn auf. «Wir können diese braven Leute nicht so lange warten lassen. Du mußt die Uniform am Arm hinuntertragen. Ach, wenn du nur ordentlicher beisammen wärst! Die Leute werden dich alle anschauen.»

«Ich seh noch immer nicht ein», erwiderte Henry mürrisch, «warum wir sie nicht in aller Stille beigesetzt haben.»

«Sie ist doch eine Heldin!» platzte Mrs. Wilcox entrüstet heraus.

«Richtig! Und es würde mich gar nicht überraschen, wenn ihr die Georgs-Medaille verliehen würde – posthum», sagte dazu der Bereitschaftsleiter. «Das wäre übrigens die erste im Bezirk – eine großartige Anerkennung für die gesamte Bereitschaft.»

«Siehst du, Henry!» sagte Mrs. Wilcox. «Doris ist jetzt nicht mehr bloß deine Frau. Sie gehört jetzt ganz England!»

Henry ging an die Tür; der Bereitschaftsleiter hielt noch immer verlegen den Silberpokal in der Hand; er wußte nicht, wohin er ihn stellen sollte. «Irgendwohin!» sagte Henry zu ihm. «Nur weg damit!» Alle begaben sich in die Diele und ließen Rowe allein zurück. «Du hast deinen Stahlhelm vergessen, Henry», jammerte die Alte. Er war ein peinlich genauer Mensch gewesen; doch jetzt schien er diese Eigenschaft völlig verloren zu haben. Alles, was einst Henrys Charakter ausgemacht hatte, war verschwunden. Es war so, wie wenn sein Wesen aus einer zweireihigen Weste, endlosen Kolonnen von Zahlen und einer Frau bestanden hätte, die eifrig Hockey spielte; ohne diese Merkmale war er unberechenbar, war er eine Bilanz, die nicht stimmte. «Geh du!» drängte er seine Mutter. «Geh du!»

«Aber Henry!»

«Das ist begreiflich, gnädige Frau», äußerte sich der Bereitschaftsleiter. «Das Gefühl hat ihn übermannt. Wir in der Bereitschaft haben Mr. Wilcox immer für einen sehr empfindsamen Herrn angesehen. Die Leute werden es verstehen», fügte er freundlich hinzu und meinte damit vermutlich die Luftschutzbereitschaft, die Polizeimusik, die Hilfsfeuerwehr, ja selbst den Bergungstrupp. Mit einer gütigen, breiten Hand schob er Mrs. Wilcox zur Tür hinaus und nahm dann selbst die bereitgelegte Uniform mit. Zarte Hinweise auf seine Vergangenheit sickerten durch die Anonymität seiner Uniform – auf eine friedliche Vergangenheit als Kammerdiener oder vielleicht als Türsteher vor einem großen Hotel, der mit einem Schirm bewaffnet in den Regen hinaussprang und diensteifrig Autotüren aufriß. Der Krieg gleicht einem Alptraum, in dem vertraute Menschen plötzlich in erschreckenden, unwahrscheinlichen Verkleidungen auftreten. Selbst Henry ...

Rowe machte eine unentschlossene Bewegung, als wolle er den anderen folgen; dabei hoffte er unwillkürlich, Henry dadurch an seinen Scheck zu erinnern. Denn dies war für ihn die einzige Möglichkeit, zu Geld zu kommen; sonst hatte er ja keinen Bekannten. «Wir werden nur zusehen, wie sie sich in Bewegung setzen, und dann kommen wir hierher zurück. Das verstehst du doch, nicht wahr. Ich könnte einfach nicht zusehen, wie sie ...» sagte Henry.

Miteinander traten sie auf die Straße; der Leichenzug hatte sich bereits in Bewegung gesetzt; wie ein kleines, dunkles Bächlein schlängelte er sich am Rand des Parks gegen die Themse hin. Auf dem Sarg lag schwarz der Stahlhelm; sein matter Anstrich spiegelte die Wintersonne nicht wider; und das Bergungskommando hielt mit der Bereitschaft nicht Schritt. Das Ganze wirkte wie die Parodie eines Staatsbegräbnisses; doch dies *war* ein Staatsbegräbnis. Der Wind trieb die braunen Blätter aus dem Park über die Straße, und die Zecher, die zur nachmittäglichen Sperrstunde eben das Gasthaus «Zum Herzog von Rockingham» verließen, zogen stumm den Hut.

«Ich sagte ihr doch, sie soll nicht ...» begann Henry von neuem. Der Klang der Schritte wurde vom Wind zu den beiden Zusehern zurückgeweht. Rowe hatte das Gefühl, daß Henrys Frau dem Volke ausgeliefert worden war, dem sie nie angehört hatte.

«Entschuldige mich, alter Freund!» rief Henry plötzlich aus und rannte hinter dem Leichenzug her. Den Stahlhelm hatte er zu Hause gelassen, und sein Freund bemerkte, daß sein Haar schon sehr grau geworden war. Immer schneller lief er, weil er offenbar fürchtete, er werde den Kondukt sonst nicht mehr einholen. Er war daran, zu seiner Gattin und zu seiner Bereitschaft zurückzukehren. Arthur Rowe blieb allein zurück. Er drehte das Geld in seiner Tasche um und stellte fest, daß er nicht mehr viel besaß.

7. Ein Koffer voll Bücher

‹Da wir überrumpelt worden sind, wird uns unser Widerstand wenig nützen.›
Der kleine Herzog

1

Selbst wenn ein Mensch zwei Jahre lang über die Vorteile des Selbstmords nachgedacht hat, läßt er sich bei der endgültigen Entscheidung – beim Schritt von der Theorie zur Praxis – doch Zeit. Rowe brachte es nicht fertig, sofort an die Themse zu gehen und sich hineinzustürzen – ganz abgesehen davon, daß man ihn wieder herausgefischt hätte. Und doch wußte er, während er den Leichenzug in der Ferne entschwinden sah, keine andere Lösung. Die Polizei suchte ihn wegen eines Mordes, und er hatte ganze fünfunddreißig Shilling in der Tasche. Zur Bank konnte er nicht gehen, und außer Henry besaß er keinen Freund. Natürlich hätte er auf Henrys Rückkehr warten können, aber der kaltschnäuzige Egoismus eines solchen Verhaltens stieß ihn ab. Da war es schon einfacher und weniger ekelhaft, zu sterben. Ein braunes Blatt kam von einem Baum herabgeschwebt und blieb an seinem Mantel hängen; nach einem alten Aberglauben bedeutete dies Geld; aber es war nicht überliefert, wie man dazu kommen werde.

Er ging den Kai entlang zur Chelsea Bridge. Es war Ebbe, und im Flußbett hüpften die Möwen vorsichtig auf den Schlammbänken umher. Das Fehlen von Kinderwagen und Hunden fiel ihm auf. Der einzige Hund, den er erblickte, sah herrenlos, ungepflegt und verschüchtert aus. Hinter den Bäumen des Parks stieg ruckweise ein Sperrballon in den Himmel; erst zeigte er seine riesige, gebogene Nase über dem spärlichen Laub der winterlichen Bäume, dann wandte er Rowe seine schmutzige Kehrseite zu und kletterte weiter.

Nicht nur der Umstand, daß er kein Geld hatte, bedrückte ihn; er besaß auch nicht mehr das, was er als Heim bezeichnete – einen Ort, wo er vor Menschen, die ihn vielleicht kannten, Zuflucht nehmen konnte. Er vermißte das Erscheinen von Mrs. Purvis mit seinem Tee; danach hatte er nämlich seine Tage gezählt: unterbrochen durch ihr pünktliches

Klopfen, waren sie geräuschlos dahingeglitten, dem Ende zu, der Vernichtung, der Vergebung, dem ewigen Strafgericht oder dem ewigen Frieden. Er vermißte auch «David Copperfield» und den «Raritätenladen»; denn jetzt konnte er sein Mitleid nicht mehr den erdichteten Leiden der kleinen Nell widmen; jetzt streifte es ungehemmt umher und fand sich zu viele Ziele – zu viele Ratten, die getötet werden mußten; und eine davon war er selbst.

Während er sich also in der überlieferten Haltung jener, die an Selbstmord denken, über die Kaimauer beugte, begann er sich mit den Einzelheiten des geplanten Schrittes zu befassen. Er wollte seine Tat so unauffällig wie nur möglich vollbringen. Nun, da sein Zorn verraucht war, bedauerte er es, daß er jene Tasse Tee nicht geleert hatte; denn er wollte nicht ganz unbeteiligte Menschen durch den Anblick eines abstoßenden Todes erschrecken. Und es gab wenige Arten des Selbstmordes, die nicht abstoßend wirkten. Der Mord war im Gegensatz dazu viel weniger grausig, weil es doch die Absicht des Mörders war, jeden Schock zu vermeiden. Er nahm sich unendliche Mühe, den Tod ruhig, friedlich, glücklich erscheinen zu lassen. Rowe dachte sich: «Alles wäre soviel einfacher, wenn ich nur ein wenig Geld hätte.»

Natürlich konnte er zur Bank gehen und sich von der Polizei verhaften lassen. Wahrscheinlich würde man ihn aufhängen. Doch der Gedanke, für ein Verbrechen, das er nicht begangen hatte, an den Galgen zu kommen, konnte ihn immer noch in Wut versetzen. Wenn er sich hingegen selbst das Leben nähme, würde dies für eine Tat geschehen, an der er sich schuldig fühlte. Denn er war von einem primitiven Gerechtigkeitssinn besessen, wollte sich der menschlichen Ordnung fügen, hatte sich ihr stets fügen wollen . . .

Ein Mörder wird von Leuten mit konventionellen Ansichten beinahe wie ein Ungeheuer angesehen; in seinen eigenen Augen ist er aber ein ganz gewöhnlicher Mensch – ein Mensch, der zum Frühstück entweder Kaffee oder Tee trinkt, ein Mensch, der ein gutes Buch liebt, vielleicht eine Biographie einem Roman vorzieht, ein Mensch, der allabendlich zur selben Stunde zu Bett geht, der bemüht ist, sich gesunde körperliche Gewohnheiten anzueignen, aber möglicherweise an Verstopfung leidet, der entweder Hunde oder Katzen bevorzugt und ganz bestimmte Ansichten über die Politik hat.

Erst wenn der Mörder ein guter Mensch ist, kann er als Ungeheuer betrachtet werden.

Und ein solches Ungeheuer war Arthur Rowe. Seine frühe Kindheit fiel in die Zeit vor dem Ersten Weltkrieg, und die Eindrücke jener Jahre waren unauslöschlich. Er wurde in dem Glauben erzogen, daß es unrecht sei, anderen Schmerz zuzufügen; aber er war häufig krank, seine Zähne waren schlecht, und unter der Behandlung eines ungeschickten Zahnarztes, der ihm als Mr. Griggs in Erinnerung blieb, litt er wahre

Höllenqualen. Noch keine sieben Jahre war er alt, da wußte er schon, was Schmerz ist, und so war er nicht gesonnen, auch nur eine Ratte Schmerzen leiden zu lassen.

In der Kindheit leben wir im hellen Schein der Unsterblichkeit; der Himmel ist uns so nahe und so wirklich wie die Sommerfrische am Meer. Hinter den komplizierten Einzelerscheinungen dieser Welt stehen klare Begriffe: Gott ist gut, die Erwachsenen – Männer wie Frauen – wissen die Antwort auf jede kindliche Frage; es gibt so etwas wie Wahrheit, und die Gerechtigkeit ist so genau bemessen und so unfehlbar wie eine gute Uhr. Unsere Helden sind schlichte Naturen: sie sind tapfer, sie sprechen die Wahrheit, sie wissen ihr Schwert zu führen, und sie werden letzten Endes niemals besiegt. Das ist der Grund, warum uns kein Buch im selben Maße befriedigt wie jene, die wir in der Kindheit lasen; denn diese versprachen uns eine Welt von größter Einfachheit, deren Gesetze wir begriffen; die späteren Bücher sind kompliziert und voller Widersprüche, weil sie echte Lebenserfahrung enthalten – die Geschichte vom Träger des Viktoriakreuzes, der auf der Anklagebank des Polizeigerichts sitzt, die Sache mit der gefälschten Einkommensteuererklärung, die Sünden in finsteren Straßenwinkeln und der Mann, den wir verachten, indessen er uns mit hohler Stimme Mut und Reinheit predigt. Der «Kleine Herzog» ist tot, verraten und vergessen; wir erkennen den Schurken nicht mehr, verdächtigen den Helden, und die herrliche, weite Welt ist geschrumpft und unansehnlich geworden. Die zwei verbreitetsten Glaubenssätze sind: «Wie klein die Welt doch ist!» und «Ich bin hier selber fremd.»

Aber Rowe war ein Mörder – wie andere Menschen Dichter waren. Die Statuen standen noch. Er war zu allem entschlossen, um Unschuldige zu retten oder Schuldige zu bestrafen. Entgegen jeglicher Lebenserfahrung glaubte er, daß es irgendwo Gerechtigkeit gäbe, und diese Gerechtigkeit verdammte ihn. Er analysierte seine Motive bis ins kleinste, und wenn er dann Bilanz machte, dann fiel das Urteil unfehlbar gegen ihn aus. Während er jetzt an der Kaimauer lehnte, sagte er sich, wie er sich dies schon Hunderte Male gesagt hatte,. daß er es war, der die Schmerzen seiner Frau nicht hatte ertragen können – nicht sie. Wohl war sie in den ersten Tagen ihres Leidens einmal zusammengebrochen und hatte gesagt, sie möchte sterben, sie wolle nicht warten: das war Hysterie gewesen. Später war es gerade ihr stilles Dulden, das er am unerträglichsten fand. Er suchte seinem eigenen Schmerz zu entrinnen, nicht dem ihren, und am Ende hatte sie erraten oder zumindest vermutet, welches Angebot er ihr machte. Aber sie war erschrocken gewesen und hatte sich gescheut, ihn zu fragen. Denn wie konnte man an der Seite eines Mannes weiterleben, wenn man ihn einmal gefragt hatte, ob er einem Gift in den Abendtrunk gemischt habe? Wenn man ihn liebt und der Schmerzen überdrüssig geworden ist, ist es doch viel leichter, wortlos die heiße Milch zu trinken und einzuschlafen. Rowe aber hatte nie erfahren, ob ihre Angst ärger gewesen war oder ihr Schmerz, und konnte nie Gewißheit darüber erlangen, ob sie nicht das jammervolle Leben dem Tode vorgezogen hätte. Er hatte einstmals zum Stock gegriffen und die Ratte erschlagen und sich selbst damit die Qual des Zusehenmüssens erspart . . . Er hatte über dieselben Fragen und dieselben Antworten darauf seit jenem Augenblick Tag für Tag nachgesonnen, da sie die Milch aus seiner Hand entgegengenommen, die Worte: «Wie sonderbar sie schmeckt!» gesprochen, sich zurückgelegt und zu lächeln versucht hatte. Er wäre gern an ihrer Seite geblieben, bis sie eingeschlafen war; doch dies wäre ungewöhnlich gewesen, und er mußte alles Ungewöhnliche vermeiden, mußte also gehen und sie einsam sterben lassen. Und sie hätte ihn gern gebeten, doch zu bleiben – davon war er überzeugt; aber auch dies wäre ungewöhnlich gewesen. Schließlich würde er ja in einer Stunde hinaufkommen und sich zu Bett begeben. Selbst im Tode hielt die Konvention sie gefangen. Rowe dachte damals an die Frage, die die Polizei stellen würde: «Warum sind Sie bei ihr geblieben?» Und es war durchaus denkbar, daß seine Frau mit voller Überlegung sein Spiel gegen die Polizei mitmachte. So viele Dinge gab es, über die er nun nie mehr Klarheit erhalten würde. Als aber die Polizei tatsächlich ihre Fragen gestellt hatte, da hatte er weder das Herz noch die Kraft besessen, sie anzulügen. Wenn er nur ein ganz klein wenig gelogen hätte, vielleicht hätte man ihn dann gehenkt . . .

Doch jetzt war es an der Zeit, das Gerichtsverfahren endlich abzuschließen.

2

«Whistlers Themse können sie nicht verderben», sagte eine Stimme hinter ihm.

«Verzeihen Sie, aber ich habe Sie nicht verstanden», erwiderte Rowe.

«Das Gemälde ist sicher unter der Erde, in einem bombensicheren Gewölbe.»

Rowe dachte: «Das Gesicht habe ich schon irgendwo gesehen» – den schütteren, traurig herabhängenden grauen Schnurrbart, die ausgebauchten Taschen, aus denen der Fremde jetzt ein Stück Brot hervorkramte und es gegen eine Schlammbank schleuderte; doch ehe es den Fluß erreicht hatte, waren die Möwen aufgestiegen; eine überflügelte alle anderen, fing den Brocken auf und segelte davon, vorbei an den gestrandeten Schleppkähnen und der Papierfabrik – wie ein vom Wind verwehter Zettel hob sie sich von den rauchgeschwärzten Schornsteinen ab.

«Kommt, meine hübschen Kinder», rief der Mann mit lockender Stimme, und mit einemmal wurde seine Hand zum Landeplatz für Sperlinge.

«Sie kennen ihren Onkel, sie kennen ihren Onkel!» bemerkte er. Dann nahm er ein Stückchen Brot zwischen die Lippen, und die Vögel flatterten ihm um den Mund und pickten darauf los, als ob sie ihn küßten.

«In Kriegszeiten müssen Sie es fast schwer finden, für alle Ihre Neffen zu sorgen», meinte Rowe.

«Da haben Sie recht!» entgegnete der Fremde, und als er beim Sprechen den Mund öffnete, sah Rowe, daß seine Zähne in einem erbärmlichen Zustand waren: schwarze Stümpfe wie in einer Brandruine. Er streute ein paar Brosamen auf seinen alten braunen Hut, und im Nu landete ein neuer Spatzenschwarm darauf. «Ist eigentlich streng verboten!» sagte er dabei. «Wenn das der Ernährungsminister wüßte!» Er stellte einen Fuß auf einen schweren Koffer, und sofort ließ sich ein Sperling auf seinem Knie nieder. Der Mann war geradezu von Vögeln überwuchert.

«Ich habe Sie schon einmal gesehen», sagte Rowe.

«Schon möglich.»

«Wenn ich genau nachdenke, habe ich Sie heute schon zweimal gesehen.»

«Kommt, meine hübschen Kinder!» sagte der Fremde wieder zu den Vögeln.

«In der Auktionshalle in der Chancery Lane.»

Der Mann wandte ihm ein gutmütiges Augenpaar zu. «Wie klein die Welt ist!» meinte er.

«Kaufen Sie eigentlich Bücher?» erkundigte sich Rowe neugierig. Die schäbige Kleidung des anderen legte ihm diese Frage nahe.

«Ich kaufe und verkaufe», antwortete er; er war scharfsinnig genug, Rowes Gedanken zu lesen. «Mein Arbeitsanzug; Bücher sind nämlich sehr staubig», sagte er.

«Sie verlegen sich besonders auf alte Bücher?»

«Ja, und mein Spezialgebiet ist die Landschaftsgärtnerei. 18. Jahrhundert. Mein Name ist Fullove, aus der Fulham Road, in Battersea.»

«Finden Sie dafür denn genug Kunden?»

«O ja, mehr als Sie glauben würden.» Plötzlich breitete er die Arme weit aus und scheuchte die Vögel fort, als wären sie Kinder, mit denen er nun lange genug gespielt hatte. «Aber heutzutage liegt ja alles darnieder. Wozu *die* Krieg führen, ist mir unbegreiflich.» Mit dem Fuß fuhr er zärtlich am Koffer entlang. «Hier habe ich eine ganze Ladung Bücher», sagte er dazu. «Ich bekam sie aus dem Hause eines Lords. Gerettetes Gut. Der Zustand, in dem viele von ihnen sind! Weinen möchte man! Andere wieder ... Ich will nicht behaupten, daß es ein schlechtes Geschäft war. Ich würde sie Ihnen gerne zeigen, aber ich fürchte, es könnte Vogelkot daraufkommen. Das erste gute Geschäft seit Monaten! Früher einmal hätte ich sie wie einen Schatz gehütet, hätte ich gewartet, bis im Sommer die Amerikaner kommen. Jetzt muß ich über jede Gelegenheit froh sein, ein paar Groschen zu verdienen. Wenn ich diese Bücher nicht bis längstens fünf Uhr bei einem Kunden im Regal Court abliefere, wird nichts aus dem Geschäft. Er will sie aufs Land mitnehmen, bevor der Angriff kommt. Ich habe keine Uhr. Könnten Sie mir sagen, wie spät es ist?»

«Erst vier.»

«Trotzdem muß ich gehen», erklärte Fullove. «Bücher sind nämlich schwer, und ich bin schon furchtbar müde. Das war heute ein anstrengender Tag. Entschuldigen Sie bitte, wenn ich mich einen Augenblick hinsetze.» Er ließ sich auf dem Koffer nieder und zog ein zerdrücktes Päckchen billiger Zigaretten aus der Tasche. «Rauchen Sie? Sie sehen auch aus, als wären Sie ziemlich erledigt.»

«Oh, ich fühle mich ganz wohl.» Die gütigen, erschöpften, vom Alter glanzlos gewordenen Augen erweckten Rowes Mitleid, und er fragte: «Warum nehmen Sie sich nicht ein Taxi?»

«Ich arbeite heutzutage mit einer sehr geringen Verdienstspanne. Wenn ich mir ein Taxi nehme, sind gleich ein paar Shilling dahin. Und wenn der Herr dann die Bücher mit aufs Land genommen hat, überlegt er sich's womöglich und kauft mir keines ab.»

«Es sind lauter Werke über Landschaftsgärtnerei?»

«Ja. Das ist eine vergessene Kunst, mein Herr. Da handelt es sich nicht nur um die Blumen, sondern um viel mehr. Heute befaßt sich die Gärtnerei nur mit Blumen», schloß er geringschätzig.

«Und Sie haben Blumen nicht gern?»

«Oh, gegen Blumen habe ich nichts einzuwenden. Die sind auch nötig.»

«Ich verstehe von der Gärtnerei leider nicht viel», gestand Rowe. «Außer von den Blumen.»

«Wissen Sie, es sind die Tricks, die die Leute damals anwendeten, die Maschinerie», sagte der Buchhändler, und seine gütigen Augen strahlten vor verschmitzter Begeisterung.

«Maschinerie?»

«Ja, die Leute hatten in ihren Gärten Statuen, die einen mit Wasser anspritzten, wenn man daran vorüberging. Und erst die Grotten! Die Sachen, die sie sich für ihre Grotten ausdachten! In einem gut angelegten Garten war man nirgends sicher.»

«Und ich hätte mir gedacht, daß man gerade in einem Garten sicher sein sollte.»

«Im 18. Jahrhundert dachten die Leute offenbar anders», entgegnete Fullove, wobei er Rowe den üblen Geruch fauliger Zähne mit Begeisterung ins Gesicht blies. Rowe wünschte von ihm loszukommen, aber zugleich mit diesem Wunsch stellte sich selbsttätig das Mitleid ein, und er blieb. Der Buchhändler fuhr fort: «Und dann die Grabmäler ...»

«Haben die auch Wasser verspritzt?»

«Nein. Die haben den Gärten eine feierlich ernste Note verliehen, das ‹Memento mori›.»

«Düstere Gedanken in einem düsteren Schatten, wie?» meinte Rowe.

«Das hängt davon ab, wie man die Dinge betrachtet.» Es konnte aber kein Zweifel bestehen, daß sich der Buchhändler an solchen Gedanken geradezu weidete. Er wischte sich einen Spritzer Vogelkot vom Rock und sagte: «Sie finden wohl keinen Geschmack am Erhabenen – oder am Lächerlichen, mein Herr?»

«Vielleicht ziehe ich das Menschliche in seiner unverfälschten Form vor», erwiderte Rowe.

Der kleine Mann kicherte. «Ich verstehe, mein Herr. Oh, die Leute hatten damals schon Platz für das rein Menschliche – in ihren Grotten. Das können Sie mir glauben. Es gab nicht eine ohne ein bequemes Sofa. Das bequeme Sofa vergaßen sie nie», schloß er, und wieder hauchte er seinen übelriechenden Atem gegen seinen Gefährten.

«Glauben Sie nicht, daß Sie sich auch auf den Weg machen sollten?» fragte Rowe. «Sie dürfen sich durch mich nicht um ein Geschäft bringen lassen.» Sofort tat ihm seine Barschheit leid, denn er sah, wie gütig und müde die Augen des anderen waren, und dachte: «Der arme Teufel! Er hat einen schweren Tag hinter sich. Jeder nach seinem Geschmack ... Und schließlich: ich bin ihm anscheinend sympathisch.» Solchen Leuten fühlte er sich stets verpflichtet, weil ihm ihre Zuneigung überraschend kam.

«Ja, ich glaube auch, daß ich aufbrechen muß.» Bei diesen Worten erhob sich der Buchhändler und streifte von seinem Anzug einige Brosamen, die die Vögel dort zurückgelassen hatten. Dann sagte er: «Ich habe so einen netten kleinen Plausch sehr gern. Heutzutage kommt man ohnehin nur selten dazu. Da rennt man von einem Luftschutzkeller zum andern.»

«Sie schlafen im Bunker?»

«Wenn ich ganz ehrlich bin, mein Herr: mir gehen die Bomben schrecklich auf die Nerven», antwortete Fullove, als ob er damit eine besondere Abneigung eingestehe. «Freilich schläft man im Bunker nicht so gut, wie man sollte.» Das Gewicht des Koffers behinderte ihn stark; unter seiner Last sah er sehr gealtert aus.

«Manche Leute sind so rücksichtslos; sie schnarchen oder tratschen die ganze Nacht.»

«Warum sind Sie eigentlich in den Park gekommen? Das ist doch nicht der kürzeste Weg für Sie.»

«Ich wollte mich nur ein bißchen ausruhen, und die Bäume und die Vögel haben mich auch gelockt.»

«Geben Sie den Koffer lieber mir. Auf dieser Seite der Themse werden Sie nämlich keinen Autobus kriegen», sagte Rowe.

«Aber, mein Herr! Das kann ich doch nicht von Ihnen verlangen, wirklich nicht.» Doch er leistete keinen ernsthaften Widerstand; der Koffer war tatsächlich sehr schwer: Foliobände über Landschaftsgärtnerei schienen ein beträchtliches Gewicht zu besitzen. Fullove entschuldigte sich: «Nichts wiegt so schwer wie Bücher – ausgenommen Ziegelsteine.»

Als sie den Park verließen, wechselte Rowe die Hand, mit der er den Koffer trug, und sagte: «Wissen Sie, daß es für Ihre Verabredung schon reichlich spät wird?»

«Ja, meine Zunge ist schuld daran; die ist mir wieder einmal durchgegangen», erwiderte der Buchhändler betrübt. «Ich glaube, jetzt werde ich doch das Geld für ein Taxi riskieren müssen.»

«Das meine ich auch.»

«Wenn ich Sie irgendwo absetzen könnte, mein Herr, würde es sich für mich besser auszahlen. Gehen Sie in meine Richtung?»

«Ich gehe überallhin», antwortete Rowe.

An der nächsten Straßenecke nahmen sie ein Taxi, und der Buchhändler lehnte sich darin zurück und machte ein Gesicht, als genieße er die Entspannung mit einer gewissen Schüchternheit. «Wenn man sich schon entschließt, für eine solche Sache Geld auszugeben, dann soll man sie auch genießen, sage ich mir.»

Da die Fenster geschlossen waren, war für den andern die Fahrt kein reines Vergnügen; der Gestank der Zahnfäule war allzu aufdringlich. Aus Angst, er könne seinen Ekel zeigen, begann Rowe ein Gespräch. «Und Sie haben sich selbst auch mit Landschaftsgärtnerei beschäftigt?» fragte er.

«Nein, mit dem, was man als die gärtnerische Seite bezeichnen würde, eigentlich nicht.» Der Mann starrte fast ununterbrochen aus dem Fenster, und Rowe gewann den Eindruck, daß er es mit seinem harmlosen Vergnügen nicht ganz ehrlich meinte. «Würden Sie mir noch einen letzten Gefallen erweisen, mein Herr?» fragte Fullove plötzlich. «Die Treppen im Regal Court – na, die haben's in sich für einen Menschen in meinem Alter. Und niemand geht einem armen Teufel wie mir an die Hand. Ich handle zwar mit Büchern, aber für die Leute dort bin ich ein ganz gewöhnlicher Gewerbetreibender. Ich wäre Ihnen sehr verbunden, wenn Sie so freundlich wären, mir den Koffer hinaufzutragen. Sie brauchen sich keine Minute aufzuhalten. Fragen Sie einfach nach Mr. Travers auf Nr. 6. Er erwartet den Koffer; Sie hätten also nichts weiter zu tun, als ihn dort abzugeben.» Er warf Rowe einen schnellen Seitenblick zu, um ein ablehnendes Wort abzufangen, ehe es noch ausgesprochen war. «Und nachher bringe ich Sie mit dem Taxi, wohin Sie wollen. Sie sind ja so freundlich gewesen, mein Herr.»

«Sie wissen doch gar nicht, wohin ich will», entgegnete Rowe.

«Dieses Risiko nehme ich schon auf mich. Mitgegangen, mitgefangen!»

«Ich könnte Sie aber beimWort nehmen und sehr weit fahren.»

«Versuchen Sie's nur, mein Herr», sagte der andere mit gezwungener Fröhlichkeit. «Ich würde Ihnen ein Buch verkaufen, und wir wären wieder quitt.» Vielleicht war es die Unterwürfigkeit des Menschen – oder sein übler Mundgeruch; jedenfalls verspürte Rowe keine Lust, seinem Wunsch nachzukommen. «Warum sagen Sie nicht dem Türsteher, er soll Ihnen den Koffer hinauftragen?» fragte er.

«Da könnte ich mich nicht darauf verlassen, daß er ihn sofort abliefert.»

«Sie könnten aber selbst zusehen, wie er ihn hinaufträgt.»

«Ach, dann müßte ich erst mit hinauflaufen. Und diese Stiegen – am Ende eines anstrengenden Tages.» Er lehnte sich zurück und sagte: «Wenn Sie es schon wissen müssen: eigentlich hätte ich den Koffer nicht einen Schritt tragen sollen.» Dabei machte er mit der Hand eine Bewegung zum Herzen hin – eine Gebärde, auf die es keine Erwiderung gab.

«Na, ich kann schon noch eine gute Tat vollbringen, ehe ich für immer gehe», überlegte Rowe; dennoch gefiel ihm die Sache nicht. Gewiß sah der Mann so krank und erschöpft aus, daß man ihm jede List verzieh; aber er war damit bereits allzu erfolgreich gewesen. «Warum soll ausgerechnet ich einem wildfremden Menschen versprechen, für ihn einen Koffer mit Folianten aus dem 18. Jahrhundert ins Hotelzimmer eines andern wildfremden Menschen zu schleppen?» fragte er sich im stillen. Er hatte das Gefühl, von irgendeiner Macht mit einer geradezu surrealistischen Phantasie gelenkt, beherrscht, gefügig gemacht zu werden.

Endlich fuhren sie vor dem Hotel vor – ein wunderliches Paar, beide staubig, beide unrasiert. Rowe hatte dem andern kein Versprechen gegeben; dennoch wußte er, daß ihm keine Wahl blieb. Er war nicht hartherzig genug, einfach davonzugehen und es dem kleinen Buchhändler zu überlassen, seine Last selbst hinaufzuschleppen. Unter dem argwöhnischen Blick des Türstehers stieg er aus dem Taxi und zerrte den schweren Koffer hinter sich heraus. «Haben Sie ein Zimmer reserviert?» fragte ihn der Türsteher und fügte dann in zweifelndem Ton das höfliche «Sir» hinzu.

«Ich bleibe nicht hier. Ich lasse nur diesen Koffer für einen gewissen Mr. Travers da.»

«Fragen Sie im Empfangsbüro an», sagte der Türsteher und sprang auf die Straße, um Neuankömmlingen, die mehr nach seinem Geschmack waren, seine Dienste anzubieten.

Der Buchhändler hatte recht gehabt; es bedeutete keine geringe Anstrengung, den Koffer die lange, breite Treppe des Hotels hinaufzutragen. Rowe hatte das Gefühl, daß sie erbaut worden war, damit Damen in langen Abendkleidern feierlich über sie hinabschritten; offenbar war der Architekt, der sie entworfen hatte, allzu romantisch gewesen und hatte gewiß nicht einen Mann vor Augen gehabt, der mit zwei Tage alten Bartstoppeln im Gesicht einen Pack Bücher hinaufschleppte. Rowe zählte fünfzig Stufen.

Der Empfangsbeamte am Schalter maß ihn vom Kopf bis zu den Füßen. Ehe Rowe noch Zeit finden konnte, etwas zu sagen, erklärte er schon: «Wir sind leider völlig besetzt.»

«Ich habe ohnehin nur ein paar Bücher für einen Mr. Travers auf Zimmer 6 abzuliefern.»

«Ach ja», sagte der Beamte, «er hat Sie schon erwartet. Momentan ist er ausgegangen, aber er hat die Weisung hinterlassen –» man konnte es ihm ansehen, daß ihm diese Weisung gar nicht recht war – «daß man Sie einlassen soll.»

«Ich habe nicht die Absicht, auf den Herrn zu warten. Ich möchte nur die Bücher abgeben.»

«Mr. Travers hat aber den Auftrag gegeben, daß Sie warten sollen.»

«Was Mr. Travers angeordnet hat, ist mir vollkommen schnuppe.»

«Page!» rief der Mann hinter dem Schalter, «bringen Sie diesen Herrn auf Zimmer 6, Mr. Travers. Mr. Travers hat angeordnet, daß der Herr ins Zimmer zu führen ist.» Der Beamte verfügte über sehr wenige Redensarten und veränderte diese nie. Rowe fragte sich unwillkürlich, mit wie wenigen er sein Auslangen finden mochte, um durchs Leben zu kommen, zu heiraten und Kinder in die Welt zu setzen. Er folgte dem Pagen durch endlose Gänge, die direkt beleuchtet waren; einmal kreischte eine Dame in Schlafrock und rosa Pantoffeln, als die beiden an ihrer halbgeöffneten Tür vorbeigingen. Die Gänge glichen jenen in einem riesigen Überseedampfer, und Rowe erwartete, Stewards und Stewardessen anzutreffen; an ihrer Stelle kam ihnen vom andern Ende des Korridors, das etliche hundert Meter entfernt zu sein schien, ein kleiner, fetter Jude mit einer Melone auf dem Kopf entgegengewatschelt, um dann plötzlich in einen Seitengang einzuschwenken und in dem Labyrinth zu verschwinden. «Wickeln Sie hier jedesmal einen Zwirnsfaden ab, um sich nicht zu verirren?» fragte Rowe, während er unter der Last des Koffers dahinwankte – der Page hatte nicht einmal das Anerbieten gemacht, ihn davon zu befreien – und dabei jenes seltsame schwindelnde Gefühl des Schwebens verspürte, das angeblich Sterbende zu überkommen pflegt. Aber vor ihm bewegte sich der Rücken des Pagen, seine knapp sitzende blaue Hose und die hüftlange, enge Jacke, unbekümmert weiter. Rowe hatte das Empfinden, daß man hier für den Rest seines Lebens verschwinden könne; nur der Empfangsbeamte würde eine Ahnung haben, wo man sich befand, und es war zweifelhaft, ob selbst dieser jemals sehr tief in diesen gewaltigen Dschungel eindrang. Das Wasser würde man regelmäßig aus der Leitung bekommen, und in der Abenddämmerung konnte man sich hervorwagen und Nahrungsmittel in Form von Konserven holen gehen. Während sie die Türnummern rückläufig – 49 – 48 – 47 – an sich vorüberziehen ließen, erweckte dieser Gedanke in ihm längst vergessene Vorstellungen eines abenteuerlichen Lebens; einmal nahmen sie eine Abkürzung, die sie an den Sechzigern vorbei plötzlich mitten unter die Dreißiger führte.

In diesem Gang war eine Tür nur angelehnt, und aus dem Innern drangen sonderbare Laute hervor, als ob jemand abwechselnd pfeife und seufze; den Pagen schien aber nichts in Erstaunen zu setzen. Unbekümmert schritt er weiter; er war ein Kind dieses Gebäudes. Menschen aller Art kamen mit oder ohne Gepäck für eine Nacht ins Haus und gingen dann wieder ihrer Wege; ein paar starben auch hier, und ihre Leichen wurden unauffällig mit dem Lastenaufzug entfernt. Zeitweise blühten die Scheidungsprozesse in üppiger Fülle auf; Ehebrecher gaben Trinkgelder, und Detektive übertrumpften sie mit noch höheren Trinkgeldern – diese gingen nämlich auf Spesenrechnung. Der Page aber nahm dies alles als selbstverständlich hin.

«Sie werden mich wieder zurückführen?» fragte Rowe. An jeder Ecke waren Pfeile angebracht, und darunter stand ZUM LUFTSCHUTZRAUM. Da Rowe alle paar Minuten auf eine solche Aufschrift stieß, gewann er den Eindruck, ständig im Kreis zu laufen.

«Mr. Travers hat die Weisung hinterlassen, daß Sie auf ihn warten sollen.»

«Ich nehme aber von Mr. Travers keine Weisungen entgegen», erklärte Rowe.

Das Gebäude war hochmodern; es herrschte lautlose Stille, und diese war zugleich Gegenstand der Bewunderung und der Beunruhigung. Statt der Klingelsignale flammten Lichtzeichen auf und erloschen wieder. So konnte man glauben, daß die Bewohner des Hotels einander unablässig dringende Nachrichten von größter Wichtigkeit durch Blinkzeichen übermittelten. Nun, da sie längst aus der Reichweite des Pfeifens und Seufzens waren, glich die Ruhe der eines gestrandeten Dampfers, wenn die Maschinen gestoppt sind und man in der unheimlichen Stille das leise, beklemmende Glucksen des Wassers vernimmt.

«Hier ist Nr. 6», sagte der Page.

«Es muß wohl lange dauern, bis man auf solchen Umwegen zu Nummer hundert kommt.»

«Liegt im dritten Stock», antwortete der Page knapp. «Aber Mr. Travers hat angeordnet . . .»

«Schon gut!» schnitt ihm Rowe das Wort ab. «Vergessen Sie, was ich vorhin sagte.»

Ohne die verchromte Nummerntafel auf der Tür hätte man diese kaum von der sie umgebenden Wand unterscheiden können; es war Rowe so, wie wenn die Bewohner des Hotels eingemauert worden wären. Der Page steckte den Hauptschlüssel ins Schloß und drückte die Wand ein. Rowe sagte: «Ich stelle nur den Koffer ab . . .» Da hatte sich die

Tür hinter ihm auch schon geschlossen. Mr. Travers, der ein sehr geschätzter Gast zu sein schien, hatte seine Weisungen gegeben, und wenn er sie nicht befolgte, dann würde er eben den Weg zum Ausgang allein finden müssen. Die lächerliche Episode hatte ihn ein wenig aufgeheitert. Er war zu einem endgültigen Entschluß gekommen: die Gerechtigkeit und alle Begleitumstände seines Falles erforderten es, daß er sich das Leben nehme; er brauchte sich nur für eine bestimmte Methode zu entscheiden; da war er mit einemmal imstande, an der Wunderlichkeit des Daseins Gefallen zu finden; Reue, Groll, Haß: allzu viele Gemütsbewegungen hatten allzu lang seinen Blick für die wahre Komik des Lebens getrübt. Er öffnete die Tür in das Wohnzimmer des Appartements.

«Na, da hört sich doch verschiedenes auf!» rief er dann aus.

Anna Helf stand vor ihm.

«Sie sind auch auf Besuch zu Mr. Travers gekommen? Interessieren Sie sich etwa auch für Landschaftsgärtnerei?»

«Ich bin Sie besuchen gekommen», lautete ihre Antwort.

Jetzt fand er zum erstenmal Gelegenheit, sie genauer zu betrachten. Klein und zart, wie sie war, schien sie zu jung zu sein für all die schrecklichen Erlebnisse, die sie gehabt haben mußte; und jetzt, da sie aus dem Rahmen ihres Büros herausgenommen war, wirkte sie auch nicht mehr wie die tüchtige Sekretärin – wie wenn diese Beschäftigung ein Nachahmungsspiel wäre, das sie nur mit den Hilfsmitteln der Erwachsenen, wie Schreibtisch, Telefon, schwarzer Berufskleidung, spielen konnte. Ohne dieses Zubehör sah sie bloß zierlich, zerbrechlich aus, wenngleich Rowe wußte, daß das Leben sie nicht hatte zerbrechen können; es war diesem nicht mehr gelungen, als um die Augen des Mädchens, die so gerade und ehrlich in die Welt blickten wie die eines Kindes, ein paar feine Fältchen einzugraben.

«Haben Sie auch eine Vorliebe für die mechanische Seite der Gärtnerei?» fragte er scherzend; «für Statuen, die Wasser verspritzen ...?»

Bei ihrem Anblick begann sein Herz wild zu pochen, als wäre er ein junger Mann und dies sein erstes Stelldichein, vor einem Kino, einem Restaurant – oder im Hof eines Gasthauses in einem kleinen Landstädtchen. Anna Helf trug eine schäbige blaue Hose und dazu einen weinfarbenen Pullover. Sie war offensichtlich auf den nächtlichen Luftangriff vorbereitet. Wehmütig dachte Rowe, daß sie die hübschesten Beine hatte, die er je gesehen.

«Ich verstehe nicht, was Sie damit meinen», sagte sie.

«Wieso wußten Sie, daß ich für Mr. Travers eine Fracht Bücher hierher befördern werde – wer immer dieser Travers sein mag? Vor zehn Minuten wußte ich es selbst noch nicht.»

«Ich weiß nicht, was für einen Vorwand man sich für Sie ausdachte», war ihre rätselhafte Antwort. «Aber gehen Sie gleich wieder fort! Bitte!»

Sie wirkte wie ein Kind, das man ein wenig quälen möchte – in durchaus harmloser Art. Im Büro hatte sie zehn Jahre älter ausgesehen. «Hier ist man offenbar gut untergebracht. Für eine Nacht kriegt man eine ganze Wohnung. Man kann sich hinsetzen und ein Buch lesen, sich sogar selbst das Abendessen bereiten, wenn man Lust hat.»

Ein lichtbrauner Vorhang teilte das Zimmer in der Mitte; Rowe zog ihn zur Seite und entdeckte dahinter ein Doppelbett, auf einem Tischchen ein Telefon, und einen Bücherschrank. «Wohin führt diese Tür?» fragte er und stieß sie auf. «Sehen Sie nur!» rief er aus. «Sogar eine Küche ist dabei, komplett mit Herd und allem Zubehör.» Er kehrte wieder ins Wohnzimmer zurück und sagte: «Hier ließe es sich leben; da könnte man vergessen, daß man nicht daheim ist.» Jetzt war er nicht mehr von allen Sorgen unbeschwert; das war seine Stimmung gewesen, die nur eine kurze Weile gewährt hatte.

«Ist Ihnen nichts aufgefallen?» fragte Anna.

«Was meinen Sie?»

«Na, für einen Journalisten sind Sie nicht sehr aufmerksam.»

«Sie wissen, daß ich Journalist war?»

«Ja, mein Bruder hat alles über Ihre Vergangenheit in Erfahrung gebracht.»

«Alles?»

«Ja, alles.» Nach einer kleinen Pause fuhr sie fort: «Es ist Ihnen also wirklich nichts aufgefallen?»

«Nein.»

«Mr. Travers scheint nicht einmal ein gebrauchtes Stück Seife hinterlassen zu haben. Werfen Sie doch nur einen Blick ins Badezimmer. Dort ist die Seife noch eingewickelt.»

Rowe ging zur Eingangstür und schob den Riegel vor. Er sagte dabei: «Wer immer dieser Travers ist, jetzt kann er nicht herein, bis wir uns ausgesprochen haben. Miss Helf, wollen Sie mir bitte erzählen – aber langsam, ich bin etwas schwer von Begriff –, erstens, woher Sie wußten, daß ich hier bin, und zweitens, warum Sie gekommen sind?»

Starrsinnig erwiderte sie: «Woher ich das wußte, das sage ich Ihnen nicht. Und was das Warum anlangt – ich habe Sie schon gebeten, schnell wieder fortzugehen. Das letztemal hatte ich doch recht, als ich Sie anrief und warnte, nicht wahr?»

«Ja, da hatten Sie recht. Aber warum sollen wir uns jetzt Sorgen machen? Sie sagten doch, Sie wüßten alles über mich.»

«Ihnen ist auch nichts Böses zuzutrauen», erwiderte sie schlicht.

«Und wenn Sie alles wissen, dann brauchen Sie sich doch keine Sorgen zu machen.»

«Ich bin für Gerechtigkeit», sagte sie darauf, und es schien so, wie wenn sie sich damit zu einer überspannten Anschauung bekenne.

«Ja, die Gerechtigkeit ist schon etwas Gutes, vorausgesetzt, daß man sie erlangen kann.»

«Aber die Leute sind nicht dafür.»

«Meinen Sie Mrs. Bellairs und Kanonikus Topling und . . .?» fragte er. Das Problem war zu verzwickt; er besaß nicht die Kraft, sich damit herumzuschlagen. So ließ er sich in den Lehnstuhl sinken – in diesem Ersatzheim stellten sie dem Bewohner nur einen Lehnstuhl und eine Couch zur Verfügung.

«Kanonikus Topling ist ein recht biederer Mann», antwortete das Mädchen und begann plötzlich zu lächeln. «Was für dummes Zeug wir doch zusammenreden», sagte sie.

«Sie müssen Ihrem Bruder sagen, er soll sich meinetwegen nicht mehr den Kopf zerbrechen», erklärte Rowe. «Ich gebe es auf. Die Kerle sollen umbringen, wen sie wollen. Ich habe nichts mehr damit zu tun. Ich gehe fort.»

«Wohin?»

«Keine Angst! Die werden mich niemals finden. Ich weiß einen Ort, der so sicher ist . . . Aber sie werden mich gar nicht finden wollen. Ich glaube, im Grunde genommen haben sie sich davor gefürchtet, daß ich *sie* finden könnte. Und ich werde leider nie erfahren, worum es eigentlich gegangen ist: der Kuchen – Mrs. Bellairs – die wundervolle Mrs. Bellairs!»

«Es sind böse Menschen», sagte Anna, als ob sie sie mit diesem einfachen Satz für immer abtun könne. «Und ich bin froh, daß Sie fortgehen. Es ist besser, wenn Sie mit der Sache nichts zu tun haben.» Dann fügte sie zu Rowes Verwunderung die Worte hinzu: «Ich will nicht, daß Ihnen noch mehr Leid widerfährt!»

«Aber Sie wissen doch alles über mich. Sie haben meine Vergangenheit überprüft.» Jetzt bediente auch er sich ihres kindlichen Ausdruckes von vorhin, indem er sagte: «Auch ich bin ein böser Mensch.»

«Mr. Rowe, ich habe in dem Land, aus dem ich stamme, so viele böse Menschen gesehen, und Sie haben mit jenen aber schon gar nichts gemein; Ihnen fehlen alle Merkmale dafür. Sie zerbrechen sich viel zu sehr den Kopf über das, was vergangen und nun einmal geschehen ist. Man sagt, die englische Justiz sei gut. Nun, man hat Sie nicht zum Tode verurteilt; es war Tötung aus Mitleid; so nannten es doch die Zeitungen.»

«Sie haben alle Zeitungen gelesen?»

«Alle. Ich habe sogar die Fotos gesehen, die man von Ihnen damals aufnahm. Sie halten sich meistens eine Zeitung vors Gesicht, damit man es nicht sehen soll . . .»

Rowe lauschte ihr in wortloser Verwunderung. Noch nie hatte jemand frei und unumwunden darüber gesprochen. Es war schmerzlich; aber der Schmerz glich jenem, den man empfindet, wenn eine Wunde mit Jod betupft wird. Es ist ein Schmerz, den man gerne erträgt. «In meiner Heimat habe ich eine Menge von Tötungen erlebt, aber keine geschah aus Mitleid. Grübeln Sie nicht soviel! Rauben Sie sich nicht selbst allen Lebensmut!»

«Ich meine, wir sollten uns lieber einigen, was wir mit diesem Travers anfangen», sagte er ausweichend.

«Gehen Sie nur fort von hier! Mehr kann ich Ihnen nicht sagen.»

«Und was werden Sie tun?»

«Ich werde auch gehen. Ich will auch keine Scherereien haben.»

«Wenn diese Gauner auch Ihre Feinde sind, wenn sie Ihnen auch nur ein Haar gekrümmt haben, dann bleibe ich da und knöpfe mir diesen Travers vor.»

«Nein, es sind nicht meine Feinde. Dies ist ja nicht mein Land.»

«Ja, was sind es dann für Menschen? Ich tappe völlig im Dunkeln. Sind es Ihre Landsleute oder meine?»

«Es sind überall dieselben», antwortete Anna, streckte die Hand aus und berührte ihn vorsichtig am Arm, als ob sie feststellen wolle, wie er sich anfühlte. «Sie behaupten, ein böser Mensch zu sein», sagte sie. «Aber Sie taten es nur, weil Sie den Schmerz nicht ertragen konnten. Diese Leute aber können Schmerz ertragen – den Schmerz anderer – und unbegrenzt lange. Es sind Leute ohne Herz.»

Stundenlang hätte er ihr so zuhören können, und jetzt war ihm der Gedanke, daß er sich töten mußte, auf einmal entsetzlich; aber es blieb ihm keine andere Wahl – es sei denn, er überließ diese Aufgabe dem Henker. «Wenn ich warte, bis Mr. Travers kommt, dann wird er mich vermutlich der Polizei übergeben.»

«Ich weiß nicht, was sie tun werden.»

«Und der kleine aalglatte Mann mit den Büchern war offensichtlich auch einer von der Bande. Sie scheint sehr zahlreich zu sein.»

«Ja, es sind ihrer furchtbar viele. Jeden Tag werden es mehr.»

«Wie konnten sie aber auf den Gedanken kommen, daß ich hierbleiben werden, nachdem ich die Bücher abgeliefert hatte?» Er faßte sie am Handgelenk, einem zarten, knochigen Handgelenk, und fragte wehmütig: «Und Sie sind auch dabei, nicht wahr?»

«Nein», antwortete sie ruhig; sie stellte bloß eine Tatsache fest; auch entzog sie ihm ihre Hand nicht, und Rowe gewann die Überzeugung, daß sie ihn nicht belog. Sie mochte hundert Fehler haben, den allerhäufigsten besaß sie nicht.

«Ich hatte auch das Gefühl, daß Sie nichts damit zu tun haben», erwiderte er. «Das würde aber bedeuten, daß man uns beide hier haben wollte.»

«Oh», entfuhr es ihr, als ob er ihr einen Schlag versetzt hätte.

«Die Kerle wußten, daß wir die Zeit mit umständlichen Erklärungen vertrödeln würden. Sie wollen uns beide haben, aber *Sie* werden wenigstens nicht von der Polizei gesucht. Sie kommen also jetzt mit mir», rief er ungeduldig aus.

«Ja.»

«Wenn es nicht schon zu spät ist. Die Burschen scheinen ihre Pläne genau zu berechnen.» Er trat in das Vorzimmer hinaus und schob leise und behutsam den Riegel zurück, öffnete die Tür einen kleinen Spalt und schloß sie genauso lautlos wieder. Dann sagte er zu Anna: «Gerade habe ich überlegt, wie leicht man sich in diesem Riesenhotel, in diesen endlosen Gängen verirren könnte.»

«Ja, und?»

«Wir werden uns aber nicht verirren. Denn am Ende des Ganges steht einer und wartet auf uns. Er wandte mir den Rücken zu, so daß ich sein Gesicht nicht sehen konnte.»

«Die denken aber auch an alles», bemerkte Anna.

Rowe spürte deutlich, wie seine frohe Laune wiederkehrte. Er hatte gedacht, er müsse noch an diesem Tag seinem Leben ein Ende setzen. Diesen Entschluß stieß er jetzt um. Er wollte weiterleben, weil er einem Mitmenschen helfen konnte. Es bedrückte ihn nicht mehr das Gefühl, einen wertlosen, alternden Körper sinnlos weiterzuschleppen. «Aushungern kann man uns, glaube ich, wohl nicht», sagte er zu seiner Gefährtin. «Und hereinkommen können sie auch nicht – außer durchs Fenster.»

«Nein; dort habe ich schon nachgesehen», erwiderte das Mädchen. «Es ist unmöglich, denn es sind vier Meter glatte Mauer.»

«Dann haben wir nichts weiter zu tun, als sitzen zu bleiben und zu warten. Wir könnten das Restaurant anrufen und uns ein Dinner bestellen, mit vielen Gängen und einem guten Wein. Travers kann ja zahlen. Wir machen mit einem sehr herben Sherry den Anfang.»

«Ausgezeichnet», entgegnete die junge Frau, «wenn wir die Gewißheit haben könnten, daß uns der richtige Kellner das Essen bringt.»

Rowe lächelte und sagte: «Sie denken wirklich an alles. Das muß das Training in Mitteleuropa machen. Wozu raten Sie also?»

«Rufen wir den Empfangschef an; den kennen wir vom Sehen. Beschweren wir uns über irgend etwas, bestehen wir darauf, daß er persönlich kommt. Und dann gehen wir mit ihm fort.»

«Großartig! Das ist natürlich der Ausweg!»

Er hob den Vorhang auf, und sie folgte ihm. «Was werden Sie sagen?» fragte sie.

«Das weiß ich noch nicht. Ich überlasse es der Eingebung des Augenblicks. Irgend etwas wird mir schon einfallen.» Er hob den Hörer ab und lauschte, lauschte . . . Nach einer Weile sagte er: «Ich glaube, die Leitung ist kaputt.» Er wartete fast zwei Minuten, aber der Apparat schwieg.

«Jetzt sind wir tatsächlich belagert», sagte Anna. «Ich bin nur neugierig, was die Kerle vorhaben.» Es entging beiden, daß sie einander an der Hand hielten; es war so, wie wenn sie von der Dunkelheit überrascht worden wären und nun tastend ihren Weg suchen müßten.

«Besondere Waffen zu unserer Verteidigung besitzen wir nicht. Sie als Frau tragen heutzutage keine Hutnadel mehr», sagte er scherzend, «und das einzige Messer, das ich je besessen habe, ist jetzt vermutlich im Besitz der Polizei.» Hand in Hand kehrten sie in das kleine Wohnzimmer zurück. «Machen wir es uns wenigstens warm», sagte er, «und drehen wir das Gasfeuer an. Es ist hier so kalt wie in einem Schneesturm, und vor der Tür lauern die Wölfe.»

Sie ließ seine Hand los und kniete vor dem Gaskamin nieder. «Es läßt sich nicht andrehen», sagte sie.

Es war wirklich kalt im Zimmer, und auch das Tageslicht begann zu schwinden. Beiden kam derselbe Gedanke. «Versuchen wir das Licht einzuschalten», sagte Anna, aber seine Hand hatte bereits den Schalter gefunden. Auch das Licht funktionierte nicht.

«Na, da wird es sehr finster und sehr kühl werden», meinte Rowe. «Man kann nicht behaupten, daß Mr. Travers für unseren Komfort sorgt.»

«Ich habe solche Angst!» rief Anna und fuhr sich wie ein Kind mit der Hand an den Mund. «Seien Sie mir nicht böse, aber ich habe solche Angst. Mir graut vor der Finsternis.»

«Man kann uns nichts tun. Die Tür ist verriegelt; die können sie nicht einfach einrennen», beruhigte er sie. «Wir sind in einem zivilisierten Hotel.»

«Sind Sie ganz sicher, daß es keine Verbindungstür gibt? Zum Beispiel einen zweiten Ausgang durch die Küche?» fragte Anna.

Da fiel ihm etwas ein. Er öffnete die Küchentür und sagte: «Sie haben ganz recht. Da ist ein Personaleingang. Ein gutes Hotel!»

«Den können Sie aber auch verriegeln. Bitte, tun Sie es!» rief das Mädchen.

Rowe kehrte ins Wohnzimmer zurück und sagte leise: «Dieses gut eingerichtete Appartement weist nur einen Fehler auf: der Riegel an der Küchentür ist gebrochen.» Rasch faßte er sie an der Hand. «Macht nichts!» sagte er. «Wir bilden uns das alles nur ein. Schließlich sind wir nicht in Wien, sondern in London. Hier sind wir in der Überzahl. Das Hotel ist voll von Leuten, die alle auf unserer Seite stehen.» Er wiederholte: «Auf unserer Seite. Sie sind rings um uns. Wir brauchen sie nur laut zu rufen.» Rasch versank die Welt in der Dämmerung; gleich einem torpedierten Dampfer würde sie sich bald allzuweit zur Seite neigen, kentern und im Meer der Nacht versinken. Die beiden Menschen sprachen jetzt schon lauter, weil einer das Gesicht des anderen nicht mehr deutlich ausnehmen konnte.

«In einer halben Stunde werden die Sirenen losgehen», sagte das Mädchen. «Dann wird alles in den Keller rennen, und die einzigen, die zurückbleiben werden, sind wir und unsere Gegner.» Ihre Hand fühlte sich eiskalt an.

«Das ist unsere Chance!» rief Rowe aus. «Wenn die Sirenen heulen, dann laufen wir mit der großen Masse der Gäste hinunter.»

«Wir sind aber am Ende des Ganges. Da wird die Masse wohl nicht gar so groß sein. Woher wissen Sie denn, daß außer uns überhaupt noch jemand auf diesem Gang wohnt? Die Schurken haben an so vieles gedacht. Meinen Sie nicht, daß sie auch daran gedacht haben? Wahrscheinlich haben sie jedes Appartement an diesem Gang gemietet.»

«Wir versuchen es», erwiderte er. «Wenn wir nur irgendeine Waffe hätten – einen Stock, einen Stein.» Er hielt inne und ließ ihre Hand los. «Wenn das keine Bücher wären», sagte er nachdenklich. «Vielleicht sind es Ziegelsteine. Schwer genug ist der Koffer ja.» Er befühlte eines der Schlösser. «Er ist nicht versperrt. Jetzt werden wir sehen . . .» Aber sie unternahmen doch nichts, sondern betrachteten zweifelnd den Koffer. Die Tüchtigkeit anderer hat oft eine lähmende Wirkung. Ihre Feinde hatten alles erwogen; hätten sie da nicht auch diese Möglichkeit ins Auge gefaßt?

«Ich würde ihn nicht anrühren», sagte Anna. Beide standen so regungslos da, wie es ein Vogel angeblich beim Anblick einer Schlange tut; auch die Schlange weiß auf jeden seiner Gedanken die richtige Antwort.

«Einmal müssen sie einen Fehler machen», sagte Rowe.

Die Finsternis begann sich trennend zwischen sie zu legen. Aus weiter Ferne kam dumpfer Geschützdonner.

«Sie werden bis zum Fliegeralarm warten», meinte das Mädchen. «Bis alle Leute unten im Keller und außer Hörweite sind.»

«Was war das?» flüsterte Rowe plötzlich. Er wurde selbst schon nervös.

«Was?»

«Ich glaube, jemand war an der Tür und hat versucht, ob sie aufgeht.»

«Wie nahe sie schon kommen», sagte Anna.

«Ja. Aber bei Gott! Wir sind nicht wehrlos. Helfen Sie mir mit der Couch.» Sie schoben das Möbelstück mit der Schmalseite gegen die Küchentür. Es war bereits so dunkel, daß sie kaum mehr die Hand vor den Augen sahen.

«Gott sei Dank ist der Küchenherd elektrisch», bemerkte die junge Frau.

«Ist er das? Warum übrigens?»

«Weil wir sie zwar aus dem Zimmer ausgesperrt haben; aber in der Küche könnten sie das Gas andrehen . . .»

Darauf sagte Rowe: «Sie sollten selbst bei der Bande sein. An was Sie alles denken! Da! Helfen Sie mir noch einmal! Wir schieben die

Couch in die Küche hinaus und gegen die Ausgangstür ...» Aber sie hielten inne, ehe sie noch richtig begonnen hatten. «Zu spät!» wisperte Rowe. «Dort drinnen ist schon jemand.» Das kaum vernehmbare Knakken des Türschlosses war alles, was sie hatten hören können.

«Was tun wir nun?» fragte er leise. Unzeitgemäße Erinnerungen an die Lektüre des «Kleinen Herzog» stiegen in ihm auf, und er sagte: «In alten Zeiten wurde in einer solchen Lage stets die Burg zur Übergabe aufgefordert.»

«Pst!» flüsterte sie. «Sie hören uns zu.»

«Allmählich bekomme ich dieses Katz- und Mausspiel satt», erwiderte er. «Wir wissen nicht einmal sicher, ob einer in der Küche ist. Sie schrecken uns bloß mit quietschenden Türen und der Finsternis.» Er wurde fast ein wenig hysterisch, denn er rief mit lauter Stimme: «Nur herein, meine Herren! Nur herein! Nehmen Sie sich gar nicht erst die Mühe, anzuklopfen!» Aber niemand antwortete ihm.

«Bei mir sind sie an den Unrechten geraten!» fuhr er wutentbrannt fort. «Die Kerle glauben, sie können alles durch Schrecken erreichen. Aber Sie haben meine Vergangenheit ausgeforscht. Sie wissen also, daß ich ein Mörder bin, nicht wahr? Ich scheue mich nicht, einen umzubringen. Geben Sie mir nur eine Waffe, einen Ziegelstein.» Wieder warf er einen Blick nach dem Koffer.

«Sie haben recht», flüsterte Anna. «Wir müssen etwas tun, selbst wenn es das Falsche ist. Wir dürfen das Handeln nicht immer den anderen überlassen. Machen wir ihn auf?»

Und während dann die Sirenen ihr allnächtliches Klagegeheul anstimmten, klappte Rowe den Deckel des Koffers hoch ...

Der Glückliche

1. Gespräche in Arkadien

‹Allzu gerne hätten seine Wächter den Eindruck erweckt, daß die Burg keinen solchen Gast beherbergte.›
Der kleine Herzog

1

Das Sonnenlicht, das in den Raum fiel, war blaßgrün, als dringe es durch Wasser, weil der Baum vor dem Fenster die ersten zarten Blattknospen entfaltete. Das Licht flutete über die weißen, sauberen Wände des Zimmers, über das Bett mit seiner primelgelben Decke, über den großen Lehnstuhl, die Couch und den Bücherschrank, der Werke der letzten literarischen Mode enthielt. Eine Vase, die aus Schweden stammte, enthielt ein paar früh erblühte Narzissen, und die einzigen Geräusche im Zimmer waren das sanfte Plätschern eines Brunnens irgendwo draußen im kühlen Garten und die gedämpfte Stimme eines ernsten jungen Mannes mit randlosen Augengläsern.

«Das Wichtigste ist, daß Sie nicht grübeln. Sie haben vorläufig Ihren Beitrag zum Krieg geleistet, Mr. Digby, und können sich jetzt reinen Gewissens einmal ausruhen.»

Der junge Mann redete gern und mit Nachdruck vom Gewissen. Das seine war, wie er schon vor etlichen Wochen erklärt hatte, ganz rein; denn selbst wenn er nicht zum Pazifismus geneigt hätte, würden ihn seine schlechten Augen für den aktiven Heeresdienst unbrauchbar gemacht haben: die armen spähten schwach und gläubig durch riesige konvexe Linsen, so dick wie Butzenscheiben; sie bettelten geradezu um eine ernsthafte Unterhaltung.

«Glauben Sie nur ja nicht, daß es mir hier nicht gefällt», erwiderte Digby. «Es gefällt mir sogar ausgezeichnet; der Aufenthalt bedeutet für mich ein wundervolles Ausruhen. Nur ab und zu zerbreche ich mir den Kopf über die Frage, wer ich eigentlich bin.»

«Na, das wissen Sie doch, Mr. Digby. Ihr Identitätsausweis . . .»

«Ja, ich weiß, daß mein Name Richard Digby lautet. Aber wer ist dieser Richard Digby? Was für ein Leben habe ich vorher geführt? Und glauben Sie, daß ich jemals die Mittel besitzen werde, Ihnen all Ihre Güte zu entgelten?»

«Ach, deshalb sollen Sie sich keine grauen Haare wachsen lassen, Mr. Digby. Der Doktor betrachtet die interessante Besonderheit Ihres

Falles als ausreichendes Entgelt. Sie sind für ihn sozusagen ein wertvolles Präparat unter seinem Mikroskop.»

«Ich muß schon sagen, er gestaltet das Leben auf dem Objektträger äußerst luxuriös!»

«Ja, er ist ein ganz wunderbarer Mensch!» rief der junge Mann begeistert aus. «Dieses Haus – wissen Sie, das hat alles er selbst geplant. Er ist ein ganz großer Mann. Im ganzen Lande gibt es keine bessere Nervenklinik für Kriegsversehrte. Was immer die Leute hinter seinem Rücken tratschen mögen», schloß er mit einer dunklen Anspielung.

«Ich nehme an, Sie haben hier schlimmere Fälle als den meinen – gewalttätige Patienten.»

«Ja, wir haben schon ein paar gehabt. Für sie hat der Doktor eine geschlossene Abteilung eingerichtet, einen abgesonderten Flügel mit eigenem Personal. Er möchte nicht haben, daß in dieser Abteilung hier auch nur die Wärter seelischen Erschütterungen ausgesetzt sind. Denn, sehen Sie, es ist ganz wesentlich, daß auch wir vom Personal völlig ruhig sind.»

«Sie sind auch alle sehr ruhig, wie ich sehe.»

«Wenn die Zeit reif ist, dann wird Ihnen der Doktor, wie ich annehme, sicherlich einen kleinen Kurs über Psychoanalyse halten. Aber es ist viel besser, wenn das Gedächtnis von selbst zurückkommt – ganz sachte und natürlich. Es läßt sich mit einem Film im Entwickler vergleichen», fuhr er fort, wobei er sich ganz offenkundig des Jargons eines anderen bediente. «Das Negativ kommt zunächst nur fleckenweise zum Vorschein.»

«Nicht, wenn es sich um einen guten Entwickler handelt, mein lieber Johns», entgegnete Digby. Mit einem behaglichen Lächeln lehnte er sich in seinem Armsessel zurück; er war hager, bärtig und leicht angegraut. Die häßliche Narbe auf seiner Stirn wirkte fehl am Platze – wie Schmisse im Gesicht eines stillen Gelehrten.

«Halten Sie diesen Gedanken einmal fest!» rief Johns aus – es war einer seiner Lieblingsausdrücke. «Sie haben sich also einmal mit Fotografie befaßt!»

«Glauben Sie, daß ich vielleicht ein gesuchter Porträtfotograf der vornehmen Welt war?» fragte Digby begierig. «Diese Vorstellung ruft eigentlich keine Erinnerung in mir wach, obwohl sie an sich zu meinem Bart passen würde, nicht wahr? Nein, ich dachte an die Dunkelkammer, die wir daheim neben dem Kinderzimmer hatten. Eigentlich war es eine Wäschekammer, und wenn man die Tür abzusperren vergessen hatte, dann kam womöglich ein Dienstmädchen mit einem Stoß frisch gewaschener Polsterbezüge herein, und futsch war das Negativ! Sie sehen also, ich entsinne mich der Dinge ganz deutlich bis zum Alter von – na, sagen wir, achtzehn.»

«Sie können über diese Zeit sprechen, sooft Sie wollen», sagte darauf

Johns. «Vielleicht gibt Ihnen das einen Hinweis auf Späteres; ein Widerstand von seiten des Zensors im Sinne Freuds scheint ja nicht vorhanden zu sein.»

«Interessant! Heute früh habe ich im Bett darüber nachgedacht, welchen von den Berufen, die ich als Knabe ergreifen wollte, ich letzten Endes wählte. Ich erinnere mich, daß ich eine Vorliebe für Bücher über afrikanische Forschungsreisen – Stanley, Baker, Livingstone, Burton – hatte; aber heutzutage gibt es für Forscher wohl keine besondere Entfaltungsmöglichkeit mehr.»

In ungeduldigem Brüten saß er da. Es schien, daß seine glückliche Stimmung aus einem unversiegbaren Brunnen der Ermüdung geschöpft war. Er wollte sich nicht anstrengen. In seinem jetzigen Zustand fühlte er sich am wohlsten. Dies war vielleicht auch der Grund, warum sein Erinnerungsvermögen so unendlich langsam wiederkehrte. Pflichtschuldigst – denn ein bißchen mußte man sich doch bemühen – sagte er: «Man könnte ja die alten Beamtenlisten des Kolonialministeriums durchstöbern. Vielleicht findet sich dort mein Name, vielleicht entschied ich mich für diesen Dienst. Es ist doch merkwürdig, daß Sie, obwohl Sie meinen Namen wissen, keinen einzigen Bekannten von mir ausgeforscht haben. Man müßte doch annehmen, daß irgendeiner Erkundigungen eingezogen hätte. Wenn ich zum Beispiel verheiratet gewesen wäre ... Mich bedrückt das wirklich. Stellen Sie sich vor, meine Frau sucht mich», sagte er und dachte dabei: «Wenn nur diese Frage gelöst werden könnte, würde ich vollkommen glücklich sein.»

«Sie waren in der Tat ...» begann Johns und hielt unvermittelt inne.

«Sie wollen doch nicht etwa sagen, daß Sie für mich eine Gattin ausgekundschaftet haben?»

«Das gerade nicht; aber ich glaube fast, der Doktor hat Ihnen etwas mitzuteilen.»

«Na, jetzt ist doch gerade die Zeit zur Audienz, nicht wahr?» erwiderte Digby.

Jeder Patient suchte den Arzt täglich in seinem Arbeitszimmer auf und verbrachte eine Viertelstunde bei ihm. Eine Ausnahme bildeten nur jene Nervenkranken, die einer psychoanalytischen Behandlung unterzogen wurden – denen widmete er jeweils eine volle Stunde. Es war so, wie wenn man einen wohlwollenden Schuldirektor außerhalb der Unterrichtszeit besucht, um mit ihm über persönliche Probleme zu plaudern. Man ging durch den Gemeinschaftsraum, wo die Patienten ihre Zeitung lasen, Schach oder Dame spielten oder sich in der ziemlich unberechenbaren Art Nervenleidender unterhielten. Dieses Zimmer mied Digby im allgemeinen, denn er fand es höchst bedrückend, in einem Raum, der die Halle eines vornehmen Hotels hätte sein können, einen Mann still vor sich hinweinen zu sehen. Er selbst kam sich so völlig normal vor – abgesehen von der Gedächtnislücke, die sich über eine unbekannte Anzahl von Jahren erstreckte, und einem unbegreiflichen Glücksgefühl, als ob ihm plötzlich eine furchtbare Verantwortung abgenommen worden wäre –, daß er sich in der Gesellschaft von Menschen ungemütlich fühlte, die durchweg ein unverkennbares Zeichen irgendeines erschütternden Erlebnisses aufwiesen: ein zuckendes Augenlid, eine schrille Stimme oder einen Hang zum Trübsinn, der ihnen so genau und unentrinnbar paßte wie ihre eigene Haut.

Johns ging voraus. Mit vollendetem Takt füllte er in der Klinik einen Posten aus, der die Aufgaben eines Assistenten, eines Sekretärs und eines Krankenwärters in sich vereinigte. Er war nicht Arzt, wenngleich ihn der «Doktor» auf simplere Psychen losließ. Für seinen Vorgesetzten brachte er ein gewaltiges Maß an Heldenverehrung auf, und Digby entnahm seinen Äußerungen, daß irgendein Vorfall in der Vergangenheit des Doktors – möglicherweise der Selbstmord eines seiner Patienten (doch darüber ließ ihn Johns geflissentlich im unklaren) – diesen in die Lage versetzte, vor sich selbst als der Vorkämpfer unverstandener Geistesgrößen zu posieren. «Die Eifersüchteleien unter den Medizinern – Sie würden es nicht für möglich halten», hatte Johns einmal gesagt, «die Gehässigkeit, die Lügen!» Er ereiferte sich geradezu, wenn das «Martyrium des Doktors» (wie er es nannte) zur Erörterung kam. Es habe einmal eine amtliche Untersuchung stattgefunden; die Methoden des Doktors seien seiner Zeit weit vorausgeeilt; und Digby hatte den Eindruck gewonnen, daß einmal sogar davon geredet worden sei, daß dem Doktor das Recht zur Ausübung seiner Praxis entzogen werden solle. «Buchstäblich gekreuzigt haben sie ihn!» rief Johns mit einer beredten Geste aus und warf dabei die Vase mit den gelben Narzissen um. Aber schließlich und endlich sei aus dem Bösen nur Gutes hervorgegangen (Digby hatte das Empfinden, daß dieses Gute auch Johns einschloß); der Doktor habe sich, angeekelt von der vornehmen Welt des Londoner Westend, aufs Land zurückgezogen und dort seine Privatheilanstalt eröffnet, wo kein Patient Einlaß fand, der nicht ein persönlich unterzeichnetes Aufnahmegesuch vorlegte; selbst die gewalttätigen Fälle waren so weit bei Vernunft gewesen, daß sie sich freiwillig in die Obhut des Doktors begeben hatten . . .

«Wie war das aber bei mir?» hatte Digby gefragt.

«Ah, Sie sind der Sonderfall des Doktors», hatte Johns höchst geheimnisvoll geantwortet. «Eines Tages wird er Ihnen alles erzählen. Sie sind an jenem Abend geradezu in Ihre Erlösung hineingestolpert. Und außerdem haben Sie auf alle Fälle auch unterschrieben.»

Es war Digby immer rätselhaft erschienen, daß er sich überhaupt nicht erinnern konnte, wie er in das Sanatorium gekommen war. Er war einfach in diesem ruhigen Zimmer aufgewacht, im Ohr das Rieseln des Springbrunnens und im Mund den Geschmack von Medikamenten. Damals war es Winter gewesen. Die Bäume waren schwarz, und plötzliche

Regenböen störten den Frieden. Einmal drang von weit her ein leiser Klageton, als ob ein Schiff bei der Ausfahrt aus dem Hafen das Nebelhorn erschallen ließe. Oft dämmerte Digby stundenlang dahin, gequält von verworrenen Träumen ... In diesem Zustand hatte er wiederholt das Gefühl gehabt, daß er sich der Vergangenheit wohl hätte entsinnen können; aber er hatte nicht die Kraft, die Andeutungen aufzugreifen, die plötzlich auftauchenden Bilder festzuhalten; er besaß nicht die Vitalität, die nötig gewesen wäre, um die einzelnen Vorstellungen bewußt miteinander zu verbinden. Ohne Klage pflegte er seine Medizin zu schlucken, um dann wieder in tiefen Schlaf zu versinken; nur gelegentlich wurde dieser von Alpträumen zerrissen, in denen eine Frau erschien. Es dauerte lange, ehe man ihm vom Krieg erzählte, und dies erforderte eine Unmenge von historischen Erklärungen. Digby entdeckte, daß das, was ihm seltsam erschien, anderen Leuten durchaus nicht sonderbar vorkam. So nahm er die Tatsache, daß Paris in den Händen der Deutschen war, als etwas ganz Natürliches hin; es fiel ihm nämlich ein, daß es in jenem Abschnitt seines Lebens, dessen er sich zu entsinnen vermochte, schon einmal beinahe so weit gekommen wäre. Aber daß England mit Italien im Krieg stand, das erschütterte ihn wie eine unbegreifliche Naturkatastrophe.

«Italien!» rief er aus. Italien, wo seine beiden unverheirateten Tanten Jahr für Jahr hingefahren waren, um zu malen! Er erinnerte sich auch an die Primitiven in der Londoner Nationalgalerie, an Caporetto und Garibaldi, der einem Keks seinen Namen gegeben hatte, und an Thomas Cooks Touren. Dann erzählte ihm Johns mit großer Geduld von Mussolini.

2

Hinter einer Schale mit Blumen saß der Doktor an seinem äußerst schlichten Schreibtisch aus massivem und ungebeiztem Holz und winkte Digby mit einer Geste heran, als sei er sein Lieblingsschüler. Er war ein ältlicher Herr; unter schneeweißem Haar ragte eine Habichtsnase aus einem edel geschnittenen Gesicht hervor, das ein wenig an einen Schauspieler gemahnte und wie das Porträt eines Herrn aus der Viktorianischen Zeit wirkte. Johns schlich aus dem Zimmer; anscheinend ging er die wenigen Schritte zur Tür rückwärts, denn er stolperte über den Rand des Teppichs.

«Na, und wie fühlen wir uns heute?» fragte der Arzt. «Sie gewinnen immer mehr Ähnlichkeit mit Ihrem früheren Selbst.»

«Wirklich?» sagte Digby. «Wer weiß denn, ob das tatsächlich der Fall ist? Ich weiß es nicht, und Sie auch nicht, Dr. Forester. Vielleicht sehe ich mir jeden Tag weniger ähnlich.»

«Ach nein! Das bringt mich übrigens auf etwas Wichtiges. Ich habe eine Nachricht für Sie», erwiderte Dr. Forester. «Ich habe jemanden gefunden, der es sicher wissen wird, jemanden, der Sie in früheren Zeiten kannte.»

Digbys Herz begann heftig zu klopfen. «Wer ist das?» fragte er.

«Das sage ich Ihnen nicht. Ich möchte, daß Sie alles selbst entdekken.»

«Zu dumm von mir, aber ich habe auf einmal ein richtiges Schwächegefühl», sagte darauf Digby.

«Das ist ganz natürlich. Sie sind ja noch nicht sehr kräftig», erwiderte der Arzt. Bei diesen Worten erhob er sich, schloß einen Schrank auf und entnahm ihm ein Glas und eine Flasche Sherry. «Das wird Ihnen auf die Beine helfen», bemerkte er.

«Ein Tio Pepe», stellte Digby fest und leerte das Glas auf einen Zug.

«Na, sehen Sie!» rief Dr. Forester aus. «Allmählich fallen Ihnen die Dinge wieder ein. Wollen Sie noch ein Glas?»

«Danke, nein. Es wäre Blasphemie, einen solchen Tropfen als Medizin zu verwenden.»

Die Mitteilung des Arztes war für ihn ein Schock gewesen. Er war nicht sicher, ob er sich darüber freute; denn er wußte nicht, welche Verantwortung ihm mit der Rückkehr seines Gedächtnisses aufgebürdet werden mochte. In der Regel wird dem Menschen das Leben schonend beigebracht; die Pflichten häufen sich so langsam an, daß wir ihr Vorhandensein kaum empfinden. Selbst eine glückliche Ehe ist das Ergebnis eines allmählichen Wachstums; die Liebe trägt dazu bei, daß die Einkerkerung eines Menschen unmerklich vor sich geht; es wäre auch unmöglich, auf Befehl und von heute auf morgen einen wildfremden Menschen zu lieben, der plötzlich mit den emotionalen Forderungen von zwanzig Lebensjahren in unser Dasein tritt. Jetzt fühlte er sich noch vollkommen frei und ungebunden, da seine Erinnerungen über die Knabenzeit kaum hinausreichten, und es bangte ihm davor, gewissermaßen sich selbst gegenübertreten zu müssen. Er wußte, wie er als Knabe gewesen war, und glaubte zu wissen, was für ein Mann aus dem Knaben geworden war, den er kannte. So fürchtete er jetzt viel weniger, daß er in dem ausgelöschten Leben versagt habe, als daß eine erfolgreiche Laufbahn ihn vor schier überwältigende Aufgaben stellen werde.

Dr. Forester sagte: «Ich habe damit gewartet, bis ich das Gefühl hatte, daß Sie stark genug sind.»

«Ja.»

«Und ich bin gewiß, daß Sie mich nicht enttäuschen werden», fuhr der Arzt fort. Jetzt war er mehr denn je der Schuldirektor und Digby der Schüler, der sich um ein Stipendium für die Universität bewarb; er hielt das Prestige der Schule und seine eigene Zukunft in seinen Händen, wenn er jetzt zur Ausleseprüfung antrat. Johns würde in banger Sorge auf seine Rückkehr warten – er war der Klassenvorstand. Und wenn er versagte, würden sie natürlich sehr rücksichtsvoll mit ihm umgehen. Sie würden sogar den Prüfern die Schuld geben . . .

«Ich werde euch beide allein lassen», sagte Dr. Forester.

«Ist er denn schon hier?»

«*Sie* ist hier», antwortete der Arzt.

3

Digby empfand ein starkes Gefühl der Erleichterung, als er eine fremde Frau ins Zimmer treten sah. Er hatte sich davor gefürchtet, daß eine ganze Generation seines Lebens durch die Tür kommen werde, aber es war nur eine schlanke, hübsche junge Dame mit rötlich-blondem Haar, eine kleine und zierliche Erscheinung – vielleicht zu klein und zierlich, als daß er sich ihrer hätte erinnern können. Er war überzeugt, daß er vor ihr keine Angst zu haben brauchte.

Er erhob sich. Doch Höflichkeit schien hier fehl am Platze; er wußte nicht, ob er ihr die Hand schütteln oder sie küssen solle; so tat er weder das eine noch das andere. Sie starrten einander aus einiger Entfernung an, während sein Herz immer heftiger pochte.

«Wie Sie sich verändert haben!» begann sie endlich.

«Und man sucht mir immer einzureden, daß ich schon genauso aussehe wie früher», erwiderte er.

«Ihr Haar ist viel stärker grau geworden. Und diese Narbe! Und dennoch sehen Sie um vieles jünger aus – und glücklicher.»

«Ja, wissen Sie, ich führe hier ein sehr bequemes Leben.»

«Die Leute sind also gut zu Ihnen?» fragte sie besorgt.

«Sehr gut.»

Digby hatte das Gefühl, als ob er eine fremde Frau zum Dinner eingeladen hätte und nun nicht wüßte, wie er die Unterhaltung in Fluß bringen soll. So sagte er: «Entschuldigen Sie. Es klingt so abrupt, aber ich weiß nicht, wie Sie heißen.»

«Sie entsinnen sich meiner überhaupt nicht?»

«Leider nein.»

Gelegentlich hatte er von einer Frau geträumt; aber diese war es nicht gewesen. Er konnte sich an keine Einzelheit seiner Träume erinnern, nur an das Gesicht der Frau, und wohl auch daran, daß die Bilder stets quälend gewesen waren. Deshalb war er froh, daß dieses Antlitz nicht das Gesicht aus dem Traum war. Nochmals musterte er seine Besucherin. Dann sagte er: «Nein. Verzeihen Sie, aber ich erkenne Sie wirklich nicht. Ich wollte, ich könnte es.»

«Bitten Sie nicht um Verzeihung», erwiderte sie mit seltsamem Ungestüm. «Hören Sie! Sie dürfen mich nie wieder um Verzeihung bitten.»

«Ich wollte nur sagen – ach, mein dummer Schädel . . .»

«Ich heiße Anna», sagte sie, wobei sie ihn scharf beobachtete. «Anna Helf.»

«Das klingt ausländisch.»

«Ja, ich bin Österreicherin.»

Digby entgegnete: «Für mich ist das alles ganz neu. Mit Deutschland befinden wir uns im Krieg. Und ist nicht Österreich ...?»

«Ich bin ein Flüchtling.»

«Ach ja, davon habe ich gelesen.»

«Was? Sie haben sogar den Krieg vergessen?» fragte sie, worauf er ihr die Antwort gab: «Ich habe noch furchtbar viel zu lernen.»

«Ja, furchtbar viel. Aber muß man Sie das überhaupt lehren?» Dann wiederholte sie ihre Worte von vorhin: «Sie sehen viel glücklicher aus.»

«Und doch wäre man nicht glücklich, wenn man gar nichts wüßte.» Er zauderte einen Augenblick und sagte dann nochmals: «Sie müssen mir verzeihen. Es gibt soviel zu fragen. Wir waren einfach Freunde?»

«Ja, nur Freunde. Warum?»

«Sie sind sehr hübsch. Ich könnte nicht sagen ...»

«Sie haben mir das Leben gerettet.»

«Wie denn?»

«Als die Bombe losging – knapp bevor sie losging –, stießen Sie mich um und warfen sich über mich. Ich wurde nicht einmal verletzt.»

«Das freut mich aber sehr. Ich meine, es könnte doch sein, daß ich alle möglichen schimpflichen Dinge über mich selbst erfahren muß», sagte er mit einem nervösen Lachen. «Da bin ich doppelt froh, wenn eine gute Tat darunter ist.»

«Es ist so merkwürdig: all die schrecklichen Jahre seit 1933 – davon haben Sie bloß gelesen, weiter nichts. Für Sie sind sie Geschichte. Sie sind noch so frisch, nicht müde – wie wir anderen.»

«1933?» sagte er. «1933? Über 1066 und die Normannische Eroberung könnte ich Ihnen leicht Auskunft geben. Und über alle englischen Könige oder zumindest – ich bin doch nicht ganz sicher; vielleicht weiß ich doch nicht alle.»

«1933 kam Hitler zur Macht.»

«Natürlich! Jetzt erinnere ich mich. Davon habe ich wiederholt gelesen, aber die Daten bleiben einfach nicht hängen.»

«Und der Haß vermutlich auch nicht?»

«Ich habe nicht das Recht, über diese Dinge zu sprechen», wandte er ein. «Ich habe sie nicht selbst erlebt. In der Schule lehrte man mich, daß William Rufus ein böser König mit rotem Haar war. Aber man konnte von uns Kindern doch nicht erwarten, daß wir ihn haßten. Leute wie Sie haben das Recht, zu hassen. Ich habe es nicht. Sie sehen ja, daß ich ganz unberührt geblieben bin.»

«Ihr armes Gesicht!» erinnerte sie ihn.

«Ach, die Narbe! Die könnte von allem möglichen herrühren – etwa von einem Autounfall. Schließlich hatten die Leute ja nicht die Absicht gehabt, gerade mich zu retten.»

«Nicht?»

«Nein, ich bin nicht so wichtig.» Er hatte gedankenlos und aufs Geratewohl darauflos geplaudert. Dabei war er von einer bestimmten Voraussetzung ausgegangen, aber im Grunde genommen gab es nichts, was er mit Sicherheit voraussetzen konnte. Darum fragte er jetzt bange: «Ich bin doch nicht so wichtig, oder doch? Ich kann es nicht sein; denn sonst hätte es in den Zeitungen gestanden.»

«Man läßt Sie die Zeitungen lesen?»

«Selbstverständlich. Das ist doch kein Gefängnis.» Wieder sagte er: «Ich bin doch nicht so wichtig.»

«Sie sind nicht berühmt», lautete ihre ausweichende Antwort.

«Ich glaube, der Doktor erlaubt Ihnen nicht, mir irgend etwas zu sagen. Er sagt, er möchte erreichen, daß die Vergangenheit durch meine eigene Gedächtniskraft wiederkommt, ganz langsam und sachte. Aber ich wünschte, Sie durchbrächen diese Regel bloß in einem Punkt. Es ist der einzige, der mir Sorgen bereitet. Ich bin nicht verheiratet, nicht wahr?»

Als ob sie ihm eine genaue Antwort geben und doch nicht mehr verraten wolle, als unbedingt nötig war, entgegnete sie höchst bedächtig: «Nein, Sie sind nicht verheiratet.»

«Gott sei Dank! Es war nämlich ein quälender Gedanke, daß ich womöglich mit einem Schlag eine alte Beziehung wiederaufnehmen müßte, die einem anderen Menschen viel, mir aber gar nichts bedeuten würde; bloß etwas, wovon ich nur vom Hörensagen weiß, wie von Hitler. Eine neue Frau ist natürlich etwas anderes!» Mit einer Schüchternheit, die angesichts seiner grauen Haare doppelt unbeholfen wirkte, fügte er hinzu: «Sie sind eine neue.»

«Und jetzt gibt es nichts mehr, worüber Sie sich Sorgen machen?»

«Nichts mehr», antwortete er. «Oder doch: eines – daß Sie durch die Tür dort drüben hinausgehen und nicht mehr kommen könnten.» Immer wieder unternahm er kleine Vorstöße und zog sich dann hastig zurück, wie ein junger Mann, der den Umgang mit Frauen noch nicht richtig erlernt hat. «Sehen Sie, ich habe plötzlich alle meine Freunde verloren – mit Ausnahme von Ihnen.»

«Hatten Sie sehr viele?» fragte sie wehmütig.

«Na, ich nehme an, daß man in meinem Alter doch etliche zusammengebracht haben müßte.» In heiterer Laune fügte er hinzu: «Oder meinen Sie, daß ich ein solches Ungeheuer war?»

Anna Helf ließ sich aber nicht fröhlich stimmen, sondern sagte ernst: «Oh, ich werde schon wiederkommen. Die Leute hier wollen ja, daß ich wiederkomme. Sie möchten nämlich wissen, sobald Sie Ihr Gedächtnis wiedergewonnen haben, wo . . .»

«Natürlich wollen sie das. Und Sie sind der einzige Fingerzeig, den sie mir geben können. Aber muß ich denn hierbleiben, bis ich mich wieder erinnern kann?»

«Ohne Gedächtnis würden Sie wohl ziemlich unnütz sein – draußen in der Welt.»

«Das sehe ich nicht ein. Es gibt genug Arbeit für mich. Wenn mich schon die Wehrmacht nicht brauchen kann, gibt es ja noch die Rüstungsfabriken.»

«Wollen Sie das alles wieder von vorne durchmachen?»

Darauf antwortete er: «Hier ist es herrlich, so friedlich. Aber letzten Endes ist es doch nur ein Urlaub. Irgendwie muß man sich nützlich machen. Freilich wäre es viel leichter, wenn ich wüßte, was ich gewesen bin, worauf ich mich am besten verstehe. Ein reicher Nichtstuer kann ich nicht gewesen sein. Dazu hat es in meiner Familie nie genug Geld gegeben.» Er blickte ihr scharf ins Gesicht, während er sein Rätselraten begann. «Es gibt so viele Berufe: die Armee, die Marine, die Kirche . . . Dazu trug ich nicht die richtige Kleidung – vorausgesetzt, daß dies meine Kleider sind.» Dem Zweifel war soviel Spielraum gelassen. «Ein Jurist? War ich ein Jurist, Anna? Ich kann es nicht recht glauben. Ich kann mich nicht in der Rolle eines Richters sehen, der in seiner Allongeperücke dasitzt und einen armen Teufel an den Galgen bringt.»

«Nein, das könnten Sie auch nicht», antwortete Anna.

«Es ließe sich mit meiner Jugendzeit nicht in Einklang bringen. Schließlich steckt im Kind schon der reife Mann, und ich wollte nie Jurist werden. Forschungsreisender wollte ich einmal werden. Aber das ist auch unwahrscheinlich, trotz dieses Bartes. Man sagt mir, daß der Bart wirklich zu mir gehört. Ich kann es nicht wissen. Oh, ich hatte gewaltige Pläne! Ich träumte davon, unbekannte Volksstämme in Zentralafrika zu entdecken. Oder die Medizin? Nein, die hat mir nie zugesagt. Da ist viel zuviel Schmerz dabei. Den Schmerz habe ich immer verabscheut.» Ein leichtes Schwindelgefühl überkam ihn. «Es machte mich schon ganz krank, bloß vom Schmerz zu hören. Jetzt erinnere ich mich an etwas – an ein Erlebnis mit einer Ratte», schloß er nachdenklich.

«Strengen Sie sich nur nicht an», warnte sie ihn. «Das schadet Ihnen höchstens. Es hat ja keine Eile.»

«Ach, das hatte damit nichts zu tun. Damals war ich noch ein Kind. Wo bin ich bloß stehengeblieben? Ja, bei der Medizin. War ich ein Geschäftsmann? Es würde mich nicht freuen, wenn mir plötzlich einfiele, daß ich Generaldirektor eines Kaufhauses mit x Filialen war. Denn auch diese Vorstellung würde nicht zu meinen Jugendplänen passen. Ich besaß nie den ausgeprägten Wunsch, reich zu werden. Ich glaube, irgendwie verspürte ich den dunklen Drang – einfach ein gutes Leben zu führen.»

Jede länger dauernde Anstrengung verursachte ihm Kopfschmerzen.

Aber es gab Dinge, an die er sich unbedingt erinnern mußte. Alte Freundschaften und Feindschaften wollte er im Schoße der Vergessenheit ruhen lassen; doch wenn er die Lebensjahre, die ihm noch blieben, zu etwas gestalten wollte, dann mußte er wissen, wessen er fähig war. Versonnen betrachtete er seine Hand und beugte die Finger: sie schienen ihm weder gelenkig noch besonders geschickt zu sein.

«Nicht immer werden die Menschen im Leben das, was sie sein wollen», lautete Annas Einwand.

«Allerdings nicht. Ein Knabe möchte immer ein Held werden, ein großer Forscher, ein bedeutender Schriftsteller. Aber das Ergebnis ist in der Regel sehr dürftig, sehr enttäuschend. Der Junge, der reich werden möchte, tritt in eine Bank ein. Der Forscher wird – ach, irgendein schlecht bezahlter Kolonialbeamter, der in der tropischen Hitze amtliche Protokolle aufsetzt. Der große Schriftsteller wird Reporter bei einem Käseblättchen . . .» Er unterbrach sich und fuhr nach einer kleinen Pause fort: «Entschuldigen Sie. Ich bin doch noch nicht so kräftig, wie ich dachte. Plötzlich schwindelt mir. Ich glaube, für heute muß ich – die Arbeit einstellen.»

Wiederum fragte ihn Anna mit einer seltsam anmutenden Bangigkeit: «Und die Leute hier sind wirklich gut zu Ihnen?»

«Ja, ich bin geradezu ein kostbarer Patient, ein interessanter Fall.»

«Und Dr. Forester – Sie mögen Dr. Forester?»

«Er erfüllt einen mit Ehrfurcht», antwortete er.

«Unglaublich, wie Sie sich verändert haben.» Dann machte sie eine Bemerkung, die ihm unverständlich war: «So hätten Sie sein müssen.»

Sie schüttelten einander förmlich die Hand. «Und Sie werden mich oft besuchen kommen?» fragte er.

«Das ist meine Aufgabe – Arthur», antwortete sie. Erst als sie gegangen war, fragte er sich verwundert, warum sie ihn mit diesem Namen angesprochen hatte.

4

Jeden Morgen brachte ihm ein Diener das Frühstück ans Bett: Kaffee, Toast, ein weiches Ei. Die Heilanstalt war in der Ernährung beinahe selbständig. Sie verfügte über eigene Hühner und Schweine und besaß ein ziemlich ausgedehntes Jagdrevier. Der Doktor ging nie selbst auf die Jagd. Wie Johns erklärte, billigte er die Tötung von Tieren nicht; aber er sei auch kein engstirniger Doktrinär. Seine Patienten brauchten Fleisch, und deshalb wurden Jagden abgehalten, wenngleich Dr. Forester nie persönlich daran teilnahm. «Es ist hauptsächlich der Umstand, daß man einen Sport daraus gemacht hat, der ihm wider den Strich geht», äußerte sich Johns. «Ich glaube, lieber würde er Fallen stellen.»

Auf dem Frühstückstablett lag die Morgenzeitung. Dieses Privileg war Digby durch mehrere Wochen versagt worden, bis man ihm die Kriegslage schonend beigebracht hatte. Jetzt durfte er, von drei Polstern gestützt, lange im Bett liegen und einen Blick auf die neuesten Nachrichten werfen – «Verluste durch Luftangriffe diese Woche auf 255 gesunken» –, seinen Kaffee schlürfen und die Schale des Eies anschlagen, dann zur Zeitung zurückkehren – «Die Schlacht im Atlantik» . . . Die Eier waren stets richtig gekocht: das Weiße fest, der Dotter dickflüssig. Wieder ein Blick in die Zeitung: «Die Admiralität gibt mit Bedauern bekannt, daß . . . mit der gesamten Besatzung gesunken ist.» Es war immer genug Butter vorhanden, so daß er ein kleines Stückchen ins Ei tun konnte; der Doktor hielt nämlich auch Kühe . . .

Digby war gerade bei der Zeitungslektüre, als Johns zu einem kleinen Plausch hereinkam; der Patient blickte vom Lesen auf und fragte: «Was ist eine Fünfte Kolonne?»

Nichts liebte Johns mehr, als eine Auskunft erteilen zu können. Er sprach ausführlich darüber und kam dabei sogar auf Napoleon zu reden.

«Mit anderen Worten: Leute im Solde des Feindes?» fragte Digby. «Das ist doch nichts Neues!»

«Ja, aber ein Unterschied ist dennoch vorhanden», erwiderte Johns. «Im letzten Krieg war der Sold – außer bei gewissen Iren wie Casement – stets bares Geld. Nur eine bestimmte Klasse von Menschen ließ sich dadurch locken. Im jetzigen Kriege aber gibt es alle möglichen Ideologien. Zum Beispiel wird sich der Mann, der meint, daß das Gold ein Übel sei, naturgemäß zum deutschen Wirtschaftssystem hingezogen fühlen. Und die Menschen, die jahrelang gegen den Nationalismus gepredigt haben – nun, die sehen jetzt, wie der Reihe nach die alten Staatsgrenzen beseitigt werden. Paneuropa! Vielleicht nicht ganz in dem Sinne, wie sie sich das vorgestellt hatten. Auch Napoleon übte seine Anziehungskraft auf manche Idealisten aus.» In der Morgensonne blitzten seine Brillengläser, während er vor Freude darüber strahlte, daß er Wissen vermitteln konnte. «Wenn Sie genau nachdenken, werden Sie erkennen, daß Napoleon von den kleinen Leuten geschlagen wurde, von den Materialisten; von Krämern und Kleinbauern, kurz, von Menschen, die nicht über den engen Horizont ihres Ladentisches oder Ackers hinaussehen konnten. Ihr Leben lang hatten sie im Schatten derselben Hekke ihren Imbiß verzehrt, und sie bestanden darauf, dies auch weiterhin zu tun. Und so ging Napoleon nach St. Helena.»

«Sie scheinen selbst kein überzeugter Patriot zu sein», meinte dazu Digby.

«Oh, das bin ich durchaus», verteidigte sich Johns mit ernster Miene. «Ich bin nämlich auch ein kleiner Mann. Mein Vater ist Apotheker; ich kann Ihnen gar nicht sagen, wie der die deutschen Medikamente haßt, die bei uns den Markt überschwemmten. Ich bin genauso wie er.

Mir sind auch die Präparate von Borroughs und Wellcome lieber als alles von Bayer.» Dann fuhr er fort: «Trotzdem verkörpert das andere eine ganz bestimmte Geisteshaltung. Die Materialisten sind wir! Die Beseitigung der alten Grenzen, die neuen wirtschaftlichen Ideen, die gewaltige Weite dieses Traums! All das ist schon sehr verlockend für Menschen, die nicht gebunden sind – an ein bestimmtes Dorf, an eine bestimmte Stadt, die sie nicht gern zur Bedeutungslosigkeit verurteilt sehen wollen. Menschen mit einer unglücklichen Kindheit, fortschrittliche Leute, die Esperanto lernen, Vegetarier, die gegen jedes Blutvergießen sind . . .»

«Hitler scheint mir aber eine ganze Menge von Blut zu vergießen.»

«Zugegeben! Aber die Idealisten haben dem Blut gegenüber eine andere Einstellung als unsereiner. Sie sind keine Materialisten. Für sie ist alles eine Sache der Statistik.»

«Und wie steht es mit Dr. Forester?» fragte Digby. «Auf den scheint Ihre Beschreibung genau zuzutreffen.»

«Ach, der!» rief Johns schwärmerisch aus. «Der ist ganz in Ordnung. Er hat für das Informationsministerium eine Flugschrift verfaßt mit dem Titel: ‹Die Psychoanalyse des Nazi›. Aber es hat einmal eine Zeit gegeben, wo man über ihn so verschiedenes gemunkelt hat. In Kriegszeiten gibt es ja stets Hexenverfolgungen, und es fanden sich selbstverständlich berufliche Neider, die die Meute auf ihn hetzten. Sehen Sie, Dr. Forester – ist allen Problemen gegenüber so unglaublich aufgeschlossen. Er ist wißbegierig. Nehmen Sie zum Beispiel den Spiritismus; für den interessiert er sich – als reiner Forscher.»

«Ich habe eben den Bericht über Anfragen im Parlament gelesen», sagte Digby. «Dort wird angedeutet, daß es eine andere Form der Fünften Kolonne gebe, Leute, die unter dem Druck von Erpressern stehen.»

«Die Deutschen sind von bewundernswerter Gründlichkeit», entgegnete Johns. «Sie taten das in ihrem eigenen Land. Dort legten sie eine Kartei von allen sogenannten führenden Persönlichkeiten an, von hervorragenden Mitgliedern der Gesellschaft, von Diplomaten, Politikern, Arbeiterführern, höheren Geistlichen, und stellten ihnen dann ein Ultimatum: entweder machen sie mit dem Regime mit und es wird alles vergeben und vergessen, oder es droht ihnen der Staatsanwalt! Es würde mich gar nicht überraschen, wenn sie genau dasselbe hier in Großbritannien unternommen hätten. Wissen Sie, sie bildeten eine Art Schrekkensministerium – mit einem Stab überaus tüchtiger Beamter. So gewinnen sie nicht nur Gewalt über gewisse Leute; sie verbreiten auch ganz allgemein eine Atmosphäre der Angst, bis man schließlich das Gefühl hat, daß man sich auf keine Menschenseele mehr verlassen kann.»

«Hm. Das Parlamentsmitglied, das diese Anfrage stellte, geht anscheinend von der Annahme aus, daß aus unserem Ministerium für innere Sicherheit wichtige Pläne entwendet wurden. Sie waren von einem der Wehrmachtsministerien zur Beratung herübergebracht und über Nacht dort verwahrt worden. Der Abgeordnete behauptet nun, man hätte am nächsten Morgen das Fehlen der Papiere festgestellt.»

«Dafür gibt es sicher eine ganz harmlose Erklärung», sagte Johns.

«Gibt es auch! Der Minister sagt, der Herr Abgeordnete des Unterhauses sei schlecht informiert worden. Die Pläne seien bei der Sitzung am Vormittag nicht benötigt, bei der Nachmittagssitzung vorgelegt, eingehend erörtert und hernach dem betreffenden Wehrmachtsministerium ordnungsgemäß zurückgestellt worden.»

«Diese Abgeordneten schnappen oft komische Geschichten auf», meinte Johns.

«Glauben Sie, daß ich vor meiner Verletzung vielleicht Detektiv war?» fragte Digby den Assistenten. «Das würde zu meinem jugendlichen Ehrgeiz, Forscher zu werden, sehr gut passen, nicht wahr? Ich frage deshalb, weil nach meinem Gefühl in der Erklärung des Ministers eine ganze Reihe von Lücken sind.»

«Mir kommt sie ganz klar vor.»

«So? Der Abgeordnete, der die Anfrage an den Minister richtete, muß von jemandem unterrichtet worden sein, der von den Plänen Kenntnis hatte. Das war entweder ein Teilnehmer an der Konferenz oder jemand, der mit der Übersendung und Entgegennahme der Papiere zu tun hatte. Niemand anders hätte davon wissen können. Und das Vorhandensein der Dokumente wird vom Minister ja zugegeben.»

«Ja, das stimmt.»

«Es ist doch nicht gut denkbar, daß ein Mann in einer solchen Stellung ein haltloses Gerücht verbreitet. Und fällt Ihnen nicht auf, daß der Minister in der aalglatten und ausweichenden Art der Politiker im Grunde genommen gar nicht bestreitet, daß die Papiere verschwunden waren? Er sagt nämlich, man habe sie zunächst nicht benötigt, und als sie benötigt wurden, da seien sie vorhanden gewesen.»

«Wollen Sie damit behaupten, daß in der Zwischenzeit Gelegenheit gewesen wäre, sie zu fotografieren?» rief Johns aufgeregt aus. «Haben Sie etwas dagegen, daß ich mir eine Zigarette anzünde? Und darf ich Ihnen das Tablett abnehmen?» Er tat es und verschüttete dabei etwas Kaffee auf die Bettdecke. «Wissen Sie, daß vor etwa drei Monaten schon einmal eine derartige Andeutung gemacht wurde? Das war kurz nach Ihrer Ankunft hier im Sanatorium», fuhr er fort. «Ich werde Ihnen die Geschichte heraussuchen. Dr. Forester sammelt nämlich Artikel über solche Sachen aus der ‹Times›. Damals waren einige Dokumente für ein paar Stunden unauffindbar. Man trachtete, die Angelegenheit zu vertuschen, behauptete, es habe sich lediglich um einen Fall von Nachlässigkeit gehandelt; die Papiere seien nie aus dem Ministerium herausgekommen. Ein Parlamentsmitglied schlug daraufhin Krach und redete von Fotokopien; sofort bekam der Mann eins aufs Dach; der

Minister warf ihm vor, er versuche, das Vertrauen der Öffentlichkeit in die Staatsführung zu untergraben; die Dokumente seien nie aus den Händen von – ich weiß nicht, aus wessen Händen – gekommen; jedenfalls war es jemand, dessen Wort man Glauben schenken mußte, falls man nicht ins Gefängnis wandern wollte; und man konnte auch die Überzeugung gewinnen, daß der Betreffende es nicht war. Die Presse schwieg sich von diesem Tag an aus.»

«Es wäre doch seltsam, wenn sich genau derselbe Vorfall noch einmal abgespielt hätte!»

Darauf sagte Johns aufgeregt: «Davon würde kein Außenseiter Kenntnis haben, und die anderen würden schon den Mund halten!»

«Vielleicht war der erste Versuch ein Fehlschlag. Vielleicht sind die Fotos beim Entwickeln nicht richtig herausgekommen, hat jemand die Sache verhauen. Natürlich würden die Spione nicht denselben Mann zweimal dazu verwenden. Sie mußten warten, bis sie eine zweite Persönlichkeit in ihre Klauen gekriegt, bis sie sie in der Kartei des Schrekkensministeriums verzeichnet hatten.» Laut dachte er: «Ich glaube, die einzigen Menschen, die sie durch Erpressung nicht zu einer solch gemeinen Tat zwingen könnten, wären Heilige – oder von der Gesellschaft Ausgestoßene, die sowieso nichts zu verlieren haben.»

«Sie waren kein Detektiv», rief Johns aus, «Sie waren ein Kriminalschriftsteller!»

Darauf ging Digby nicht ein, sondern sagte: «Jetzt bin ich ganz erschöpft. Endlich beginnt mein Hirn wieder ein wenig zu arbeiten, und dann fühle ich mich gleich so müde, daß ich mich hinlegen und schlafen möchte. Das werde ich auch tun.» Er schloß die Augen; nach einer Weile schlug er sie wieder auf und fuhr fort: «Man müßte den ersten Fall – den mißglückten – verfolgen, bis man zu dem Punkt kommt, wo die Sache schiefging.» Dann verfiel er in Schlaf.

5

Es war ein schöner Nachmittag, und Digby unternahm einen einsamen Spaziergang durch den Garten. Seit Anna Helfs Besuch waren mehrere Tage vergangen, und er war ruhelos und launenhaft wie ein verliebter Junge. Er sehnte sich nach einer Gelegenheit, zu beweisen, daß er nicht nervenkrank war, daß sein Verstand genauso gut arbeitete wie der eines gesunden Menschen. Vor Johns zu glänzen befriedigte ihn nicht mehr. Auf der Wanderung zwischen den Buchsbaumhecken gab er sich phantastischen Träumen hin.

Der Garten war planlos angelegt und sich selbst überlassen – wie man sich ihn in den Tagen der Kindheit gewünscht hätte und wie er nur zu Menschen mit einem kindlichen Gemüt paßte. Die Apfelbäume waren uralt und sahen aus, als wüchsen sie wild; sie entsprangen überraschend aus der Mitte eines Rosenbeetes, drängten sich fürwitzig in den Tennisplatz und beschatteten das Fenster eines kleinen Häuschens, das der Gärtner zum Eintopfen von Pflanzen benützte. Der war ein alter Mann, dessen Aufenthalt man stets schon von weitem am Zischen einer Sense oder am Knarren eines Schubkarrens feststellen konnte. Eine hohe Mauer aus rohen Ziegeln trennte den Blumengarten vom Gemüse- und Obstgarten, aber Blumen und Obst ließen sich nicht hinter einer Mauer einsperren. Die Blumen sprossen unter den Artischocken hervor und züngelten gleich Flammen an den Bäumen in die Höhe. Jenseits der Obstbäume verlor sich der Garten allmählich in einer Pferdekoppel und endete an einem Bächlein und einem großen, verwilderten Teich mit einer Insel, deren Ausmaße kaum die eines Billardtisches überstiegen.

Am Ufer dieses Teiches stieß Digby auf Major Stone. Zunächst hörte er ihn: eine Reihe von zornigen Brummtönen, ähnlich den Lauten, die ein träumender Hund von sich gibt. Digby kletterte die Böschung zum schwarzen Rand des Wassers hinab, worauf der Major seine klaren, leuchtend blauen Offiziersaugen auf ihn richtete und sagte: «Diese Arbeit muß erledigt werden!» Schmutz bedeckte seinen Tweedanzug von oben bis unten und klebte an seinen Händen. Er war damit beschäftigt gewesen, große Steine ins Wasser zu werfen, und jetzt zerrte er eine lange Planke, die er offenbar im Gartenhaus gefunden hatte, das Ufer entlang.

«Es ist glatter Verrat, einen solchen Punkt unbesetzt zu lassen», erklärte der Major. «Von dort aus würde man das ganze Haus beherrschen.» Jetzt schob er die Planke ins Wasser hinaus, bis sie mit dem Ende auf einem der Steine auflag. «Nur immer mit der Ruhe!» sagte er dazu. Zoll um Zoll rückte er das Brett bis zum nächsten Stein vor. «Da! Fassen Sie hier an, und schieben Sie langsam weiter. Ich packe das andere Ende.»

«Sie werden doch nicht etwa hineinsteigen?»

«Doch. Auf dieser Seite ist er ganz seicht», entgegnete der Major und watete unbekümmert in den Teich hinein. Das schwarze, schlammige Wasser flutete über seine Schuhe und Hosenaufschläge. «So, jetzt drücken Sie an!» befahl er. «Nur immer mit der Ruhe!» Digby schob an, aber zu heftig: die Planke kippte seitlich in den Schmutz. «Verdammt!» schrie der Major, bückte sich, faßte das Brett an und hob es auf. Dann schleppte er es wieder ans Ufer, wobei er sich bis zur Hüfte mit dem schmutzigen Wasser bespritzte.

«Muß mich entschuldigen», sagte er zu Digby. «Mir geht gleich mein Temperament durch! Sie sind ja kein ausgebildeter Soldat. Nett, daß Sie mir helfen.»

«Ich habe Ihnen leider nicht viel genützt.»

«Geben Sie mir ein halbes Dutzend Pioniere», sagte der Major, «und

Sie werden sehen . . .» Sehnsüchtig starrte er auf die kleine, mit Büschen bewachsene Insel hinüber. «Aber es hat keinen Sinn, Unmögliches zu verlangen. Wir müssen auch so damit zuwege kommen. Und es ginge auch ganz gut, wenn nicht rundherum Verrat wäre.» Er blickte Digby tief in die Augen, als ob er sich über ihn ein Urteil bilden wollte. «Ich habe Sie hier des öfteren gesehen, aber nie mit Ihnen gesprochen. Sie gefallen mir – wenn Sie mir diese Äußerung gestatten. Vermute, Sie sind krank gewesen wie wir alle. Gott sei Dank komme ich bald hier raus, kann ich wieder was leisten. Wo hat's bei Ihnen gefehlt?»

«Gedächtnisschwund», antwortete Digby.

«Waren Sie draußen?» fragte der Major mit einer Kopfbewegung in der Richtung der Insel.

«Nein, es war eine Bombe. In London.»

«Ein übler Krieg – Zivilisten mit Nervenschock», sagte darauf der Major. Es war nicht klar zu erkennen, ob seine Mißbilligung den Zivilisten oder dem Nervenschock galt. Sein steifes blondes Haar war an den Schläfen ergraut, und die blauen Augen leuchteten unter strohgelben, buschigen Augenbrauen hervor. Das Weiß der Augäpfel war von wunderbarer Reinheit; der Major war sichtlich ein Mann, der sich stets in ausgezeichneter körperlicher Verfassung befunden und bereitgehalten hatte, seinem Vaterlande zu dienen. Nun, da er weder in ausgezeichneter Verfassung war noch von Nutzen sein konnte, hatte sich furchtbare Verwirrung seines Geistes bemächtigt. «Irgendwo hat es Verrat gegeben, sonst wäre das nie passiert», stieß er zornig hervor, wandte dem Inselchen und den schmutzigen Überresten seines Laufsteges brüsk den Rücken, kletterte die Böschung hinauf und stapfte mit raschen, energischen Schritten davon.

Digby schlendete weiter. Auf dem Tennisplatz war ein wild erregtes Spiel im Gange. Es ging geradezu toll zu. Die beiden Spieler hüpften schwitzend umher und warfen einander finstere Blicke zu; die ungeheure Konzentration war das einzige, was an Still und Fishguard – so hießen die beiden – als ungewöhnlich auffiel. Nach jedem Satz aber wurden sie laut, ausfällig und fast ein wenig hysterisch. Zu demselben Höhepunkt kam es jedesmal, wenn sie miteinander Schach spielten . . .

Der Rosengarten lag im Schutz von zwei Mauern: die eine war die des Gemüsegartens, die andere die hohe Mauer, die – bis auf eine winzige Pforte – jede Verbindung mit jenem Teil der Anstalt abschnitt, den Dr. Forester und Johns euphemistisch als den «Krankentrakt» bezeichneten. Niemand redete gern von ihm; man munkelte von gruseligen Dingen, von Gummizellen und Zwangsjacken. Vom Garten aus waren nur die vergitterten Fenster des obersten Stockwerkes sichtbar. Alle Insassen des Sanatoriums waren sich bewußt, wie nahe sie jenem verschwiegenen Gebäudeteil lebten. Ein hysterischer Anfall bei einem Spiel, die Einbildung, verraten worden zu sein, im Falle von Davis die Neigung, bei der geringsten Herausforderung sofort in Tränen auszubrechen – die Pfleglinge wußten, daß solche Symptome sie ebenso rasch in den Krankentrakt brachten wie irgendeine Gewalttat. In der Hoffnung, Schlimmerem zu entrinnen, hatten sie ihre Freiheit an Dr. Forester verkauft; wenn aber etwas Schlimmeres vorfiel, dann war die geschlossene Abteilung da – «der Krankentrakt» –, und die Überstellung in eine fremde Irrenanstalt würde sich erübrigen.

Digby allein fühlte sich überhaupt nicht von ihrem Schatten bedroht; der Krankentrakt war nicht für einen glücklichen Menschen da. Hinter ihm wurden jetzt auf dem Tennisplatz schrille Stimmen laut. Fishguard rief: «Ich sage Ihnen, der Ball war noch drinnen!»

«Out war er!»

«Wollen Sie vielleicht behaupten, daß ich Sie betrüge?»

«Sie sollten sich die Augen untersuchen lassen!» – das war Still. Die beiden brüllten einander so unversöhnlich an, daß man meinen mochte, eine solche Auseinandersetzung könne nur mit Schlägen enden. Doch soweit kam es nie – vielleicht aus Angst vor dem Krankentrakt. Ihre Stimmen verstummten so plötzlich, wie wenn jemand das Radio ausschaltet. Und bei Einbruch der Dämmerung fand man die Herren Still und Fishguard bei einer Partie Schach im Gemeinschaftsraum wieder vertraulich vereint.

Bisweilen fragte sich Digby, wieweit der Krankentrakt die Ausgeburt der Phantasie Geistesgestörter war. Der im Rohziegelbau errichtete Flügel mit den vergitterten Fenstern und der hohen Einfassungsmauer war natürlich vorhanden. Es gab auch ein eigenes Personal dafür, das andere Patienten bei dem monatlich einmal stattfindenden Gesellschaftsabend – Digby hatte noch an keinem teilgenommen – unstreitig getroffen hatten. (Der «Doktor» vertrat die Ansicht, daß solche Veranstaltungen, zu denen auch anstaltsfremde Leute eingeladen wurden – der Pfarrer des Ortes, ein paar ältere Damen, ein pensionierter Baurat –, den an Nervenschock Leidenden dazu verhelfen, sich allmählich wieder an den Umgang mit normalen Menschen und an die guten Sitten zu gewöhnen.) Aber vermochte jemand mit Bestimmtheit zu sagen, ob der Krankentrakt besetzt war? Mitunter kam Digby der Verdacht, daß dieser Teil des Gebäudes nicht mehr Realität besaß als der Begriff der Hölle, wie er von wohlwollenden Theologen ausgelegt wird – ein Ort ohne Bewohner, der einfach als Warnung existiert.

Plötzlich tauchte Major Stone wieder auf; er eilte mit raschen Schritten dahin. Als er Digby bemerkte, hielt er auf ihn zu. Ein Schweißtropfen stand auf seiner Stirn. «Sie haben mich nicht gesehen. Verstanden? Sie haben mich nicht gesehen», raunte er ihm ins Ohr und streifte an ihm vorüber. Er schien sich zur Pferdekoppel und zum Teich zu begeben. Im nächsten Augenblick war er im Buschwerk verschwunden, und Digby setzte seinen Weg fort. Es schien ihm an der Zeit, das Sanatorium zu verlassen. Er gehörte nicht mehr hierher; er war geistig normal. Leichtes Unbehagen beschlich ihn erst, als ihm einfiel, daß auch der Major Stone sich für geheilt gehalten hatte.

Als er den Haupteingang erreichte, trat Johns heraus. Er schien erregt und sorgenvoll. «Haben Sie Major Stone gesehen?» fragte er. Digby zögerte den Bruchteil einer Sekunde, dann antwortete er: «Nein.»

«Der Doktor sucht ihn dringend. Er hat nämlich einen Rückfall erlitten.»

Der kameradschaftliche Wunsch, einem Leidensgenossen beizustehen, erlahmte in Digby, und er sagte: «Ich habe ihn allerdings vor einiger Zeit gesehen, aber . . .»

«Der Doktor ist sehr besorgt. Stone könnte sich selbst oder einem anderen etwas antun.» Die randlosen Brillengläser schienen Digby eine Warnung zuzublinken wie ein Heliograph: «Wollen Sie die Verantwortung tragen?»

Nervös geworden machte Digby den Vorschlag: «Sie könnten ja beim Teich nachsehen.»

«Danke», sagte Johns und rief zum Haus zurück: «Poole! Poole!»

«Komme schon», antwortete eine Stimme. Digby überkam plötzlich ein Gefühl der Beklemmung. Es war ihm, wie wenn ihm jemand kaum hörbar ins Ohr geflüstert hätte: «Nimm dich in acht!» An der Pforte zum Krankentrakt stand ein Mann, der eine ähnliche weiße Jacke trug wie Johns, wenn dieser im Dienst war, aber nicht ganz so sauber. Er war zwergenhaft, hatte einen riesigen Höcker und ein arrogantes Gesicht. «Zum Teich!» befahl Johns.

Der Mann blinzelte, rührte sich aber nicht von der Stelle und starrte Digby mit unverschämter Neugier an. Er war offenbar aus dem Krankentrakt gekommen; in den Garten paßte er nicht. Seine Jacke und auch die Finger wiesen Flecke auf wie von Jod.

«Wir müssen uns beeilen. Der Doktor ist sehr in Sorge», sagte Johns.

«Haben wir uns nicht schon einmal getroffen?» wandte sich Poole an Digby, wobei er diesen mit unverkennbarer Schadenfreude angaffte. «O ja, ich bin ganz sicher.»

«Nein», antwortete Digby.

«Na, jetzt kennen wir uns aber», entgegnete Poole, grinste den andern an und erklärte mit sichtlichem Behagen: «Ich bin der Wärter»; dabei schwenkte er einen langen Affenarm gegen den Krankentrakt.

«Ich kenne Sie nicht, will Sie gar nicht kennen», erwiderte Digby mit lauter Stimme. Er fand gerade noch Zeit, Johns' erstaunten Blick aufzufangen, ehe er den beiden den Rücken kehrte und ihre eiligen Schritte in der Richtung des Teiches verklangen.

Digby hatte die Wahrheit gesagt. Er kannte den Buckligen nicht, aber der dichte Nebel, der über seiner Vergangenheit lag, schien sich mit einemmal zu lichten; jeden Augenblick mochte nun hinter diesem Schleier etwas sichtbar werden. Er war erschrocken gewesen und dadurch heftig geworden. Aber er hatte das sichere Gefühl, daß man jetzt einen schwarzen Punkt in sein Krankenblatt eintragen werde, und es wurde ihm bange. Weshalb sollte er sich vor der Erinnerung fürchten? «Schließlich bin ich doch kein Verbrecher», flüsterte er leise vor sich hin.

6

Am Eingangstor kam ihm eine Wärterin entgegen. «Mr. Digby, für Sie ist Besuch da», rief sie ihm zu.

«Wo ist er?»

«In der Halle.»

Dort stand sie und blätterte in einer illustrierten Zeitung; Digby wußte nicht, was er zu ihr sagen sollte. Ihre Erscheinung entsprach einer Erinnerung aus ferner Vergangenheit; sie war klein und zierlich, voll Spannung und offenkundig auf der Hut; und doch war sie ein Teil jener Welt der Lebenserfahrung, die ihm verlorengegangen war.

«Es ist so lieb von Ihnen», begann er und hielt jäh inne, weil er befürchtete, sie könnten, falls sie in diesen nichtssagenden Unterhaltungston verfielen, für den Rest ihres Lebens zu einer so schemenhaften Beziehung verurteilt sein. Gespräche über das Wetter würden ihnen schwer auf der Zunge liegen, und sie würden sich gelegentlich treffen und übers Theater plaudern. Wenn sie einander auf der Straße begegneten, würde er den Hut ziehen, und so würde ein Gefühl, das eben erst frisch aufgekeimt war, rettungslos verdorren.

«Seit Ihrem ersten Besuch habe ich mich immer auf diesen Augenblick gefreut», sagte er langsam. «Die Tage, an denen ich doch nichts zu tun hatte, als zu denken und zu grübeln, wollten einfach nicht vergehen. Das Leben hier ist so eigenartig . . .»

«Eigenartig, geradezu schrecklich», ergänzte sie.

«Nicht ganz so schrecklich», sagte er, dann aber fiel ihm Poole ein «Wie unterhielten wir uns eigentlich, bevor ich mein Gedächtnis verlor? Wir standen uns doch nicht so steif und förmlich gegenüber, Sie mit der Zeitung in der Hand und ich – wir waren doch gute Freunde, nicht wahr?»

«Ja, das waren wir.»

«Sehen Sie: dorthin müssen wir wieder zurückfinden. So ist es doch nicht das Richtige. Bitte, setzen Sie sich hierher. So. Und jetzt schließen wir beide die Augen und tun so, als wäre wieder die alte Zeit da, ehe die Bombe explodierte. Was sagten Sie damals zu mir?»

Anna saß mit traurigem Gesicht da und schwieg.

«Sie dürfen nicht weinen!» rief er plötzlich aus.

«Sie sagten doch, wir sollten beide die Augen schließen!»

«Ja, jetzt habe ich sie auch geschlossen.»

Der grelle, unecht wirkende Salon, wo er sich immer fremd fühlte, das glänzende Papier der Magazine und die gläsernen Aschenbecher waren seinem Blick entzogen; nur Dunkelheit umgab ihn. Er streckte die Hand aus und berührte die ihre. «Ist Ihnen das neu, ungewohnt?» fragte er.

Nach einer langen Pause antwortete ihm eine spröde Stimme: «Nein.»

«Natürlich habe ich Sie geliebt!» rief er darauf aus, und als sie nichts erwiderte, fügte er leiser hinzu: «Ich muß Sie geliebt haben, weil ich in dem Augenblick, als Sie neulich erschienen, plötzlich ein solches Gefühl der Erleichterung, des Friedens empfand, als ob ich eigentlich jemand ganz anderen erwartet hätte. Wie hätte ich das können, ohne Sie zu lieben?»

«Es kommt mir so unwahrscheinlich vor», entgegnete sie.

«Warum sollte es nicht so sein?»

«Weil wir einander bloß ein paar Tage gekannt haben.»

«Die Zeit war allerdings zu kurz, als daß Sie sich aus mir etwas gemacht hätten.»

Wieder folgte ein langes Schweigen; dann sagte Anna: «O doch!»

«Wirklich? Wieso? Ich bin beträchtlich älter als Sie, und mein Äußeres ist nicht sehr gewinnend. Sagen Sie mir doch: was für ein Mensch war ich eigentlich?»

Darauf gab sie ihm sofort eine Antwort, als wäre dies für sie ein Leichtes; es war ein Teil jener Lektion, die sie wirklich gelernt hatte; denn in Gedanken hatte sie sich immer wieder damit beschäftigt. «Sie hatten ein stark ausgeprägtes Mitleid mit anderen. Sie konnten nicht zusehen, wie sie litten.»

«Ist das etwas Ungewöhnliches?» fragte er in dem ehrlichen Bestreben, mehr zu erfahren. Er wußte nichts vom Leben und Denken der Menschen draußen in der Welt.

«Dort, woher ich komme, war es etwas Ungewöhnliches», gab sie ihm zur Antwort. «Mein Bruder . . .» Sie stockte mit einem hörbaren Seufzer.

«Natürlich! Sie hatten einen Bruder, nicht wahr? Der war auch ein guter Freund von mir», sprudelte er hervor. Er klammerte sich an die Erinnerung, ehe sie ihm wieder entschwinden konnte.

«Hören wir mit diesem Spiel auf! Ich bitte Sie!» sagte Anna. Beide öffneten zugleich die Augen und befanden sich wieder in dem süßlichen Salon.

«Ich möchte fort von hier», sagte er dann.

«Nein, bitte, bleiben Sie!»

«Warum?»

«Weil Sie hier in Sicherheit sind.»

«Vor weiteren Bomben?» fragte er lächelnd.

«Vor einer ganzen Reihe von Dingen. Sie sind hier doch glücklich, nicht wahr?»

«In gewisser Hinsicht: ja.»

«Dort draußen –» damit schien sie die gesamte Außenwelt jenseits der Gartenmauer zu meinen – «waren Sie nicht glücklich. Ich würde alles tun, um Ihnen dieses Glück zu erhalten», fuhr sie langsam fort. «So sollten Sie immer sein. So habe ich Sie gern.»

«Und draußen mochten Sie mich nicht leiden?» Humorvoll suchte er sie bei einem Widerspruch zu ertappen; doch sie ging nicht darauf ein, sondern erklärte: «Man kann nicht jeden Tag, den ganzen Tag, einen unglücklichen Menschen vor sich sehen, ohne selber daran zu zerbrechen.»

«Wenn ich mich nur erinnern könnte!» sagte er versonnen.

«Warum wollen Sie sich unbedingt erinnern?»

Darauf antwortete er ganz schlicht – dies war eines der wenigen Dinge, deren er gewiß war: «Man muß sich doch erinnern.»

Anna betrachtete ihn mit solch ernster Eindringlichkeit, daß er den Eindruck gewann, sie entschließe sich zu einem bedeutsamen Schritt. «Ich möchte mich wenigstens an Sie erinnern, und wie ich mit Ihnen sprach . . .» fuhr er fort.

«Tun Sie das nicht! Bitte, tun Sie das nicht!» fiel sie ihm ins Wort und fügte dann in so barschem Ton hinzu, daß es wie eine Kampfansage klang: «Du liebes Herz!»

«So haben wir miteinander gesprochen!» rief er triumphierend aus.

Sie nickte, ohne den Blick von ihm abzuwenden, und er flüsterte: «Mein Liebling!»

Ihre Stimme war trocken und rauh wie ein altes Ölgemälde: überall zeigten sich Risse im Firnis der gesellschaftlichen Konvention. «Du hast immer gesagt, du würdest Unmögliches für mich tun», sagte sie.

«Ja, und?»

«Tu ein paar mögliche Dinge. Verhalte dich bloß ruhig, bleib noch ein paar Wochen hier, bis dein Gedächtnis wiederkommt.»

«Wenn du mich häufig besuchen kommst . . .»

«Ich komme.»

Er drückte seinen Mund auf ihre Lippen, tat es mit der Schüchternheit eines Jünglings. «Du meine Liebe», flüsterte er, «warum sagtest du vorhin, wir seien bloß gute Freunde?»

«Weil ich dich nicht binden wollte.»

«Du hast mich aber gebunden.»

Da sagte sie zögernd, als ob sie darüber verwundert wäre: «Und ich bin so froh!»

Als er sich in sein Zimmer hinaufbegab, nahm er Annas Duft mit sich. Er hätte in jede beliebige Parfümerie gehen und den Gesichtspuder, den sie verwendete, herausgreifen können, und hätte im Dunkeln das feine Gewebe ihrer Haut jederzeit wiedererkannt. Das Erlebnis war für ihn so neu wie eine Jugendliebe; er besaß die blinde, leidenschaftliche Unschuld eines Jünglings, und wie ein Jüngling wurde er von einer mitleidlosen Gewalt zu unausweichlichem Leid, Herzensnot und Verzweiflung getrieben und nannte dies Glück.

7

Am nächsten Morgen lag keine Zeitung auf seinem Tablett. Er fragte die Pflegerin, die ihm das Frühstück brachte, danach, doch diese konnte ihm auch nicht mehr sagen, als daß sie annehme, die Zeitung sei nicht zugestellt worden. Wieder beschlich ihn die leise Beklommenheit, die er tags zuvor empfunden hatte, als Poole aus dem Krankentrakt gekommen war, und so wartete er in banger Ungeduld, bis Johns zu seinem morgendlichen Klatsch und zu einer Zigarette erschien. Aber Johns zeigte sich nicht. Digby lag im Bett, brütete eine halbe Stunde vor sich hin und drückte schließlich auf den Klingelknopf. Es war die Zeit gekommen, wo sonst seine Kleider zum Aufstehen bereitgelegt wurden. Als aber das Mädchen eintrat, behauptete es, dazu heute keinen Befehl erhalten zu haben.

«Sie brauchen doch keinen eigenen Befehl!» fuhr er sie an. «Das tun Sie doch jeden Tag.»

«Ich muß einen Befehl dazu haben», beharrte sie.

«Dann sagen Sie Mr. Johns, ich möchte mit ihm sprechen.»

«Jawohl, gnädiger Herr!» Aber Johns kam noch immer nicht, und Digby hatte das Gefühl, daß man um sein Krankenzimmer einen Cordon sanitaire gezogen habe.

Untätig wartete er eine weitere halbe Stunde. Dann stieg er aus dem Bett und ging an den Bücherschrank; der enthielt freilich nur weniges, was Zerstreuung versprach – bloß die eiserne Ration gelehrter alter Herren: Tolstojs «Worin besteht mein Glaube?», Freuds «Psychopathologie des Alltagslebens», eine Biographie Rudolf Steiners. Er griff den Band Tolstoj heraus, kehrte damit ins Bett zurück und blätterte in dem Buch. Auf einer Seite entdeckte er am Rande schwache Eindrücke, wie wenn mit dem Bleistift geschriebene Worte wieder ausradiert worden wären. Es ist immer interessant, zu erfahren, was einem anderen Menschen bemerkenswert erscheint, und so las er die Stelle durch:

«Bei der Erinnerung an all das Schlechte, das ich als Ergebnis der Feindschaft unter den Völkern selbst getan, erlitten und mit angesehen habe, ist mir klargeworden, daß die Ursache dazu in dem groben Betrug, genannt Patriotismus und Vaterlandsliebe, zu suchen ist . . .»

Dieses verblendete und niederschmetternde Dogma hatte einen gewissen Adel an sich, genauso, wie dem Versuch, die Randbemerkung auszuradieren, etwas Unedles anhaftete. Das war eine Überzeugung, die man, wenn man sie schon hatte, auch offen und ehrlich verfechten mußte. Digby ließ seinen Blick die Buchseite hinaufwandern und las: «Christus zeigte mir, daß der fünfte Fallstrick, der mich des Wohlergehens beraubt, die Trennung ist, die wir zwischen unserer Nation und den anderen machen. Ich kann nicht umhin, dies zu glauben, und wenn deshalb in einem Augenblick der Selbstvergessenheit Gefühle der Feindschaft gegenüber den Angehörigen einer anderen Nation in mir aufsteigen . . .»

Das war aber gar nicht der springende Punkt, sagte sich Digby, der keine Feindschaft gegen irgendeinen Einzelmenschen jenseits der Fronten empfand; wenn er am Kriegsgeschehen wieder teilnehmen wollte, dann war es die Liebe, die ihn dazu drängte, und nicht der Haß. Er überlegte: «Wie Johns gehöre auch ich zu den kleinen Leuten, interessiere ich mich nicht für Weltanschauungen, bin ich an die flache Landschaft von Cambridgeshire gebunden, an einen Kreidebruch, an eine Allee von Bachweiden, die sich quer durch die ausdruckslose Gegend zieht, an ein Marktstädtchen . . .» – seine Gedanken zerrten an dem Nebelschleier –, «. . . in dem ich am Samstagabend zur Tanzunterhaltung zu gehen pflegte.» Mit einer gewissen Erleichterung sammelte sich all sein Sinnen bei der Erinnerung an ein Gesicht aus jener Zeit; hier konnte es Rast und Ruhe finden. «Tolstoj hätte in einem kleinen Land leben müssen», dachte er. «Nicht in Rußland, das eher ein Kontinent ist als ein Staat. Und warum schreibt er so, als ob es das Schlimmste wäre, was wir einem andern Menschen antun können, daß wir ihn töten? Jeder muß einmal sterben, und jeder fürchtet sich vor dem Tode. Wenn wir einen Menschen töten, dann befreien wir ihn von dieser Furcht, die sonst Jahr um Jahr größer werden würde . . . Man tötet nicht unbedingt, weil man haßt. Man kann auch töten, weil man liebt . . .» Wieder befiel ihn das schon bekannte Schwindelgefühl, als ob ihm jemand einen Schlag gegen das Herz versetzt hätte.

Er legte sich auf sein Polster zurück, und der wackere alte Mann mit dem langen Bart schien ihm leise ins Ohr zu raunen: «Ich kann keinen Staat und keine Nation gelten lassen . . . ich kann nicht teilnehmen . . . ich kann nicht teilnehmen.» Im Wachen begann Digby von einem Menschen zu träumen – vielleicht war es ein Freund; er konnte sein Gesicht nicht sehen –, der auch nicht hatte teilnehmen können; irgendein persönliches Leid hatte ihn abgesondert, hatte gleich einem Bart seine Züge verborgen – was war es nur gewesen? Digby vermochte sich nicht zu entsinnen . . . Der Krieg und alles, was um ihn vorging, war anscheinend Sache anderer Leute gewesen. Der Alte mit dem Bart – davon war Digby überzeugt – hatte nicht recht. Der war zu sehr damit beschäftigt, seine eigene Seele zu retten. Und war es nicht besser, selbst an den Verbrechen von Menschen, die man liebte, teilzunehmen, wenn nötig so zu hassen, wie sie haßten, und wenn dies das Ende sein sollte, mit ihnen lieber die Verdammnis zu erleiden, als sich allein davor retten zu lassen?

Diese Schlußfolgerung, so könnte man argumentieren, entschuldigte aber auch den Feind. «Warum auch nicht?» fragte sich Digby. Sie entschuldigte jenen, der innig genug liebte, um zu töten oder sich selbst töten zu lassen. Und weshalb sollte man seinen Feind nicht entschuldigen? Das hieß doch nicht, daß man im Gefühl der eigenen Überlegenheit einsam dastehen, sich weigern müsse, zu töten, und in unerträglichem Stolz die andere Backe darzubieten habe. «Wenn ein Mensch dich beleidigt ...» – das war das Entscheidende: daß man nicht um des persönlichen Vorteils willen töten durfte. Aber um der Menschen willen, die man liebte, und in der Gemeinschaft von Menschen, die man liebte, war es nur recht und billig, die Gefahr der Verdammnis zu wagen.

Seine Gedanken kehrten zu Anna Helf zurück. Sooft er an sie dachte, befiel ihn eine lächerlich anmutende Erregung, die ihm stets den Atem raubte. Es war ihm so, wie wenn er viele Jahre jünger wäre und wieder wartend vor dem Gasthaus in seinem Heimatstädtchen stünde, während das Mädchen, das er liebte, die Straße herabgeschritten kam und die Nacht erfüllt war von Wehmut, Schönheit und Verzweiflung, weil sie beide wußten, daß sie zu jung waren, als daß ihre Liebe Erfüllung finden könnte ...

Er konnte sich nicht mehr mit Tolstoj herumärgern. Es war ihm unerträglich, daß man ihn wie einen Leidenden behandelte. Welche Frau – außer in einem Roman des 19. Jahrhunderts – konnte zu einem leidenden, gebrechlichen Menschen Zuneigung empfinden? Tolstoj konnte es sich leisten, Nachgiebigkeit gegenüber dem Feind zu predigen; er hatte in Sebastopol seine Stunde eines heroischen Kampfes erlebt.

Digby stieg aus dem Bett und betrachtete in dem langen, schmalen Spiegel seinen hageren Körper, das graue Haar und den dichten Bart. Da ging die Tür auf, und Dr. Forester trat ein. Hinter ihm schlich gesenkten Blicks wie ein ertappter Sünder Johns ins Zimmer. Der Arzt schüttelte sein würdiges Haupt und sagte vorwurfsvoll: «Das geht doch nicht, mein lieber Digby, das geht doch nicht. Ich bin bitter enttäuscht.»

Digby starrte immer noch auf die traurige, groteske Figur im Spiegel. «Ich möchte meine Kleider haben und ein Rasiermesser», erklärte er trotzig.

«Wozu ein Rasiermesser?»

«Um mich zu rasieren. Ich bin sicher, daß der Bart nicht zu mir gehört ...»

«Das beweist nur, daß Ihr Gedächtnis doch noch nicht zurückkommt.»

«Und außerdem hat man mir heute morgen keine Zeitung gebracht», klagte er in mattem Ton weiter.

Darauf erwiderte Dr. Forester: «Ich gab den Auftrag, die Zeitung einzustellen. Johns hat etwas unklug gehandelt. Diese langen Gespräche über den Krieg ... die haben Sie zu sehr aufgeregt. Poole hat mir auch mitgeteilt, wie erregt Sie gestern waren.»

Den Blick unverwandt auf seine alternde Erscheinung im bunt gestreiften Pyjama gerichtet, entgegnete Digby: «Ich lasse mich nicht wie einen Geistesgestörten oder wie ein Kind behandeln.»

«Sie scheinen es sich in den Kopf gesetzt zu haben», sagte Dr. Forester, «daß Sie ein besonderes Talent zur Aufdeckung von Verbrechen besitzen, daß Sie in Ihrem früheren Leben vielleicht Kriminalist waren.»

«Das war doch nur ein Scherz», verteidigte sich Digby.

«Ich kann Sie versichern, daß Sie etwas ganz anderes waren – etwas ganz anderes», wiederholte der Arzt.

«Was war ich denn?»

«Vielleicht wird es eines Tages notwendig sein, es Ihnen zu sagen», erklärte Dr. Forester, als spreche er damit eine Drohung aus. «Wenn sich dadurch unsinnige Irrtümer vermeiden lassen ...» Während dieser Auseinandersetzung stand Johns hinter dem Arzt und starrte zu Boden.

«Ich verlasse die Anstalt», erklärte Digby.

Die sonst so ruhigen und vornehmen Züge Dr. Foresters veränderten sich plötzlich zu einem Ausdruck des Unwillens. In schneidendem Ton fragte er: «Und Sie werden hoffentlich auch Ihre Rechnung bezahlen, wie?»

«Das hoffe ich.»

Die Miene edler Gelassenheit kehrte zurück, aber sie wirkte nun nicht mehr so überzeugend. «Mein lieber Digby», begann der Arzt, «Sie müssen vernünftig sein. Sie sind ein kranker Mensch, ein sehr kranker Mensch. Zwanzig Jahre Ihres Lebens sind einfach ausgelöscht. Da ist man doch nicht gesund. Gestern und eben jetzt wieder haben Sie eine Erregung gezeigt, die ich immer schon gefürchtet und doch auch wieder hintanhalten zu können gehofft hatte.» Beschwichtigend legte er die Hand auf den Ärmel von Digbys Pyjama und fuhr fort: «Ich möchte es vermeiden, Sie in die geschlossene Abteilung zu überstellen und offiziell für geisteskrank erklären zu lassen ...»

«Ich bin geistig so gesund wie Sie, Herr Doktor. Das müssen Sie doch wissen!»

«Das bildete sich auch Major Stone ein. Dennoch mußte ich ihn in den Krankentrakt bringen lassen. Er litt an einer fixen Idee, die jederzeit in Gewalttätigkeit hätte ausarten können.»

«Aber ich ...»

«Ihre Symptome sind leider ganz ähnlich. Diese Erregungszustände ...» Dr. Forester fuhr mit der Hand den Ärmel entlang bis zu Digbys Schulter hinauf. Er hatte eine warme, weiche, feuchte Hand. «Nein, jetzt dürfen Sie sich noch keine Sorgen machen. Wir werden es schon nicht so weit kommen lassen. Aber eine Zeitlang müssen wir uns ganz ruhig verhalten – viel essen – viel schlafen – ein paar harmlose Beruhigungsmittel einnehmen, einige Zeit keine Besuche empfangen, nicht einmal Ihren Freund Johns, und nicht diese aufregenden intellektuellen Gespräche führen ...»

«Und Miss Helf?» fragte Digby bange.

«In diesem Punkt beging ich einen Fehler», antwortete Dr. Forester. «Wir sind noch nicht kräftig genug. Ich habe Miss Helf leider sagen müssen, sie möge nicht wieder zu Besuch kommen.»

2. Der Krankentrakt

‹Weshalb weichst du vor mir zurück? Was habe ich getan, daß du mich fürchtest? Du hast auf böse Einflüsterungen gehört, mein Kind.›

Der kleine Herzog

1

Wenn jemand eine Bleistiftnotiz ausradiert, sollte er darauf achten, daß die Worte vollkommen verschwinden. Denn will man ein Geheimnis gewahrt wissen, dann können die Vorsichtsmaßregeln nicht streng genug sein. Hätte Dr. Forester seine Randbemerkung in Tolstojs «Worin besteht mein Glaube?» nicht unvollständig beseitigt, so hätte Rennit wohl nie erfahren, was Jones zugestoßen war, Johns wäre bei seiner Heldenverehrung geblieben, und es ist durchaus möglich, daß Major Stone zwischen den gummigepolsterten hygienischen Wänden seiner Zelle im Krankentrakt langsam, aber sicher völligem Wahnsinn verfallen wäre. Und Digby? Der wäre vielleicht zeit seines Lebens Digby geblieben.

Denn es war die ausradierte Bleistiftnotiz, die Digby am Ende eines Tages der Einsamkeit und tödlicher Langeweile nicht einschlafen ließ, sondern ihn zu dumpfem Brüten zwang. Er konnte einen Menschen, der seine Ansichten nicht offen zu vertreten wagte, nicht achten, und sobald die Achtung vor Dr. Forester geschwunden war, verflüchtigte sich noch manch anderes. Das edle Antlitz eines vornehmen alten Herrn wirkte nicht mehr so überzeugend; selbst seine berufliche Tüchtigkeit erschien fragwürdig. Welches Recht hatte er, ihm die Zeitung vorzuenthalten, und vor allem: welches Recht hatte er, die Besuche Anna Helfs zu untersagen?

Digby kam sich noch immer wie ein Schuljunge vor, nur mit einem Unterschied: er wußte jetzt, daß sein Direktor Geheimnisse hatte, deren er sich schämte; er war nicht mehr der strenge, untadelige und selbstgenügsame Mensch. So kam es, daß der Schuljunge an Auflehnung dachte. Es war ungefähr halb neun Uhr abends, da hörte er das Geräusch eines Autos, spähte zwischen den Vorhängen hinaus und sah den Doktor fortfahren, oder besser gesagt, Poole lenkte den Wagen, und der Arzt saß neben ihm.

Bis Digby Poole erblickte, hatte er nur eine Revolte bescheidenen Ausmaßes geplant – einen geheimen Besuch in Johns' Zimmer. Er hatte mit Sicherheit gerechnet, daß er den jungen Mann zum Reden bringen werde. Doch jetzt wurde er kühner; er konnte den Krankentrakt selbst besuchen und dort mit Stone sprechen. Die Patienten mußten sich gegen die Tyrannei verbünden. Dabei kam ihm plötzlich die Erinnerung an eine Abordnung, die einst unter seiner Führung bei seinem wirklichen Schuldirektor vorgesprochen hatte, weil seine Klasse entgegen jeglichem Brauch – es war nämlich eine Sonderklasse für Latein und Griechisch – von einem neuen Lehrer gezwungen worden war, Trigonometrie zu lernen. Das Seltsame an einer solchen Erinnerung war der Umstand, daß sie zugleich frisch und alt erschien: so wenig hatte sich seither ereignet, dessen er sich noch zu entsinnen vermochte; jegliche Erfahrung des reiferen Lebens war ihm vollkommen entschwunden.

Freudige Erregung verschlug ihm fast den Atem, als er die Tür seines Krankenzimmers öffnete und einen raschen, verstohlenen Blick durch den Gang warf. Es bangte ihm vor unklar angedrohten Strafen, weshalb er seine Tat für heldenhaft und eines Verliebten würdig hielt. Dieser Gedanke war einer unschuldigen Sinnlichkeit entsprungen: Digby glich einem Jungen, der sich vor einem Mädchen mit einer Tracht Prügel brüstet, die er ihretwegen riskiert hat, während sie miteinander am sonnbeschienenen Rand des Kricketplatzes sitzen, Ingwerbier trinken, dem dumpfen Aufklatschen des harten Lederballes auf das Schlagholz lauschen, sich verliebt und mit offenen Augen träumend dem Zauber der Stunde hingeben ...

Für jeden einzelnen Patienten war entsprechend seinem Befinden genau festgesetzt, wann er zu Bett gehen mußte, aber bis spätestens halb zehn Uhr sollten alle eingeschlafen sein. Doch der Schlaf läßt sich nicht erzwingen. Als Digby an der Tür von Davis' Zimmer vorüberging, vernahm er das unbeherrschte Schluchzen eines Menschen, der seinen Tränen nicht Einhalt gebieten kann. Weiter unten stand Johns' Tür offen, und drinnen war das Licht eingeschaltet. Digby zog die Pantoffeln aus und schlüpfte flink an der Tür vorbei; aber Johns befand sich gar nicht im Zimmer. Eine unverbesserlich gesellige Natur, tratschte er jetzt wahrscheinlich mit der Haushälterin. Auf seinem Schreibtisch lag ein

Stoß Zeitungen; offenbar hatte er sie für Digby herausgesucht, ehe der Doktor sein Verbot erlassen hatte. Er fühlte sich versucht, dazubleiben und sie durchzulesen; aber diese bescheidene Versuchung entsprach nicht seiner Stimmung, die nach größeren Abenteuern verlangte. Heute nacht würde er etwas unternehmen, was kein Patient je freiwillig getan hatte – den Krankentrakt betreten. Lautlos und behutsam schlich er die Treppe hinab; Vorstellungen wie «Pfadfinder» und «Indianer» kamen ihm in den Sinn.

Im Gemeinschaftsraum waren zwar alle Lampen ausgeschaltet, aber die Vorhänge zurückgezogen, und so flutete das Mondlicht herein und zugleich mit ihm das Plätschern des Springbrunnens aus dem Schatten silberglänzender Blätter. Die Zeitschriften auf den Tischen waren zu sauberen Stößen geordnet, die Aschenbecher weggeräumt und die Kissen in den Lehnstühlen zurechtgeschüttelt worden; der Raum sah aus wie eine Koje in einer Möbelausstellung, wo niemand das Absperrungsseil überschreitet. Die nächste Tür führte Digby in den Gang vor Dr. Foresters Arbeitszimmer. Während er geräuschlos eine Tür nach der anderen hinter sich schloß, war es ihm, als ob er sich selbst den Rückzug abschneide. Sein Herz pochte so heftig, daß die Rippen mit dem Pulsschlag mitzubeben schienen. Endlich hatte er die mit grünem Fries verhangene Tür vor sich, die er nie offen gesehen hatte, und jenseits dieser Tür begann der Krankentrakt. Wieder befand er sich in Gedanken in seiner eigenen Knabenzeit, wo er aus dem Schlafsaal der Internatsschule ausgebrochen war, wo er, nur um den anderen seinen Mut zu beweisen, mehr gewagt hatte, als er ursprünglich hatte wagen wollen. Jetzt hoffte er insgeheim, die Tür werde auf der anderen Seite verriegelt sein; dann würde er nichts weiter tun können, als ins Bett zurückzuschleichen, seine Ehre wäre aber dennoch gewahrt.

Die Tür ließ sich leicht öffnen. Dahinter befand sich eine zweite, damit kein Geräusch herüberdringen und den Doktor in seinem Arbeitszimmer stören könne. Aber auch die zweite Pforte war weder versperrt noch verriegelt. Als Digby in den anschließenden Gang trat, schlug hinter ihm der grüne Friesvorhang mit einem langen Seufzer zusammen.

2

Er stand regungslos da und lauschte. Irgendwo tickte mit einem billigen, blechernen Klang eine Uhr, und ein Wasserhahn tropfte gleichmäßig. Dieser Teil mußte einst der Dienertrakt gewesen sein. Der Fußboden war aus Stein, und Digbys Pantoffeln wirbelten bei jedem Schritt kleine Staubwolken auf. Überall stieß er auf Spuren der Vernachlässigung. Als er zur Treppe kam, bemerkte er, daß die hölzernen Stufen und Geländer schon lange nicht mehr poliert worden und daß der dünne Läufer ganz fadenscheinig war: ein seltsamer Gegensatz zu dem blitzblanken Sanatorium jenseits der Tür. Ringsum schien alles die Achseln zu zukken und zu sagen: «Wir sind nicht so wichtig. Kein Mensch sieht uns hier. Unsere Pflicht besteht einzig und allein darin, zu schweigen und den Doktor nicht zu stören.» Und was hätte verschwiegener sein können als der Staub? Wenn Digby nicht das Ticken der Uhr vernommen hätte, wären ihm Zweifel gekommen, ob in diesem Teil des Hauses überhaupt jemand wohnte. Aber er hörte die Uhr und sog den kaum spürbaren Hauch schalen Zigarettenrauchs ein – den scharfen Geruch von Caporals, der sein Herz vor Angst schneller schlagen ließ.

Wo die Uhr tickte, mußte demnach Poole hausen. Sooft er an diesen Menschen dachte, hatte er das Empfinden, daß eine unselige Erinnerung, die im tiefsten Grunde seines Hirns eingeschlossen war, ins Bewußtsein emporzutauchen trachtete. Dies erschreckte ihn in ähnlicher Weise wie ein Vogel, wenn er in einem geschlossenen Raum wild auf- und abflattert. Es gab nur eine Möglichkeit, daraus zu entrinnen – die Angst vor dem Schmerz eines Mitmenschen; dann schlug man um sich, bis der Vogel – betäubt oder tot – still am Boden lag. Für den Augenblick vergaß er Major Stone und folgte seinem Geruchssinn, um zu Pooles Zimmer zu gelangen.

Es befand sich am Ende des Ganges, wo auch der Wasserhahn tropfte, ein geräumiger, viereckiger und ungemütlicher Raum mit einem Steinboden; vermutlich war dies einmal die Küche gewesen. Ein Vorhang teilte ihn in der Mitte. Sein neuer Bewohner hatte ihm die Atmosphäre einer angriffslustigen und schmutzstarrenden Männlichkeit verliehen, als ob er damit etwas unter Beweis stellen wolle. Zigarettenstummel lagen auf dem Boden verstreut, und kein Einrichtungsgegenstand diente dem Zweck, für den er geschaffen war. Auf einem Wandschrank standen eine Weckeruhr und eine billige Teekanne aus braunem Ton als Buchstützen, um eine schäbige Sammlung – Carlyles «Über Helden und Heldenverehrung», Biographien von Napoleon und Cromwell und eine Anzahl kleiner broschierter Abhandlungen mit Ratschlägen, wie man mit der Jugend, der Arbeiterschaft, mit Europa und dem Herrgott verfahren solle – am Herabfallen zu hindern. Sämtliche Fenster waren geschlossen, und als Digby den graubraunen Vorhang in der Zimmermitte lüftete, sah er, daß das Bett nicht gemacht worden war – oder Poole hatte sich zu einem kurzen Schläfchen darauf geworfen und sich nachher nicht die Mühe genommen, es wieder in Ordnung zu bringen. Das Wasser tropfte in ein eingebautes Waschbecken, und von einem Bettpfosten baumelte ein Säckchen mit einem Badeschwamm. Eine Konservendose, die einst Hummerpaste enthalten hatte, diente jetzt zur Aufbewahrung von Rasierklingen. Der Raum war so ungemütlich wie ein Durchgangslager; sein Insasse mochte jemand sein, der sich bloß auf der Durchreise befand und nicht daran dachte, auch nur einen Fleck an der Wand beseitigen zu lassen. Ein offener Koffer voll schmutziger Wäsche erweckte den Eindruck, daß er sich nicht einmal die Mühe genommen hatte, seine Sachen auszupacken.

Es war wie die Unterseite eines Steins in der Wiese: man drehte das blitzsaubere Sanatorium um und fand darunter dies!

Überall roch es nach Caporals, und das Bett war mit Brosamen bestreut, als ob Poole dort seine Mahlzeiten einnähme. Digby starrte lange auf die Krumen; Wehmut, Unruhe und das Gefühl einer unerklärlichen Gefahr befielen ihn. Er befand sich in einer Stimmung, wie wenn seine Erwartungen in irgendeiner Weise enttäuscht worden wären, sich das Kricketmatch seiner Schule als langweilig erwiesen hätte, keiner seiner Verwandten am Schulfeiertag zu Besuch gekommen wäre, wie wenn er vor dem Gasthof «Zum Königswappen» vergebens auf ein Mädchen gewartet hätte. Er wußte nicht, womit er diesen Ort vergleichen sollte. Das Sanatorium war etwas künstlich Geschaffenes; es lag in einem Garten verborgen. War es möglich, daß dieses verwahrloste Zimmer ein Abbild des wirklichen Lebens war? Digby hatte eine Erinnerung an einen grünen Rasen, einen Nachmittagstee, an einen Salon mit Aquarellen an den Wänden und kleinen Tischchen, einem Klavier, auf dem niemand spielte, und an den Geruch von Kölnischwasser. War dies das wahre Leben der Erwachsenen, zu dem sich das seine im Laufe der Zeit entwickelt hatte? War dies die Welt, der auch er als Mann angehört hatte? Das Gefühl, daß ihm dies alles einst vertraut gewesen war, bedrückte ihn jetzt. Zwar hatte er in seiner Schulzeit davon nicht geträumt, aber es fiel ihm ein, daß seither nicht wenige, sondern unendlich viele Jahre vergangen sein mußten.

Endlich rief ihm die dunkel empfundene Gefahr den armen, eingekerkerten Stone ins Gedächtnis. Vielleicht stand ihm bis zur Rückkehr des Doktors und Pooles nur ganz kurze Zeit zur Verfügung, und obschon er nicht ernstlich daran glaubte, daß sie ihn in der Gewalt hatten, bangte ihm doch vor Strafen, die er sich gar nicht ausmalen konnte. In seinen Pantoffeln schlich er den Gang zurück und wieder die vernachlässigte Treppe zum ersten Stock hinauf. Hier herrschte lautlose Stille; das Ticken der Uhr drang nicht so weit. Vor einem Raum, der vielleicht einmal die Anrichte des Butlers gewesen war, hingen an rostigen Drahtzügen große Glocken. Jede war beschrieben, mit Worten wie Arbeitszimmer, Salon, 1. Gästezimmer, 2. Gästezimmer, Kinderzimmer ... Die Drähte, die jahrelang nicht betätigt worden waren, hingen schlaff durch, und über die Glocke mit der Bezeichnung Speisezimmer hatte eine Spinne das feine Gewebe ihres Netzes gezogen.

Die vergitterten Fenster, die er über der Gartenmauer gesehen hatte, lagen im zweiten Stockwerk, und so stieg Digby widerstrebend noch höher hinauf. Mit jedem Schritt steigerte er die Gefahr, die seinen eigenen Rückzug bedrohte. Aber er hatte sich selbst die Aufgabe gestellt, mit Stone zu sprechen, und wenn es nur eine Silbe wäre, sagen mußte er sie. Nun schlich er auf leisen Sohlen den Gang entlang und rief immer wieder kaum hörbar: «Stone! Stone!»

Er erhielt keine Antwort. Das alte, zerrissene Linoleum knarrte unter seinen Füßen, und ab und zu blieb er mit der Spitze eines Pantoffels hängen. Wiederum schien ihm alles seltsam vertraut, wie wenn dieses behutsame Dahinschleichen und dieser verlassene Gang eher seiner normalen Umwelt angehörten als das elegante Krankenzimmer im anderen Flügel des Gebäudes. «Stone!» rief er wieder. «Stone!»

Plötzlich antwortete ihm eine Stimme: «Barnes! Sind Sie's, Barnes?» Sie drang durch eine Tür unmittelbar an seiner Seite, so daß er erschrocken zusammenfuhr.

«Pst!» zischte er, dann brachte er seine Lippen nahe ans Schlüsselloch und flüsterte: «Es ist nicht Barnes. Hier ist Digby.»

Deutlich vernahm er, wie Stone seufzte. «Natürlich! Barnes lebt ja nicht mehr. Ich träumte ...» sagte der Major.

«Stone, sind Sie wohl gesund?»

«Mir ist es abscheulich ergangen», antwortete Stone so leise, daß Digby ihn kaum hören konnte, «ganz abscheulich. Ich hatte nie behauptet, daß ich nicht essen wolle ...»

«Kommen Sie näher an die Tür, damit ich Sie besser hören kann.»

Stone erwiderte: «Man hat mich in eine dieser Zwangsjacken gesteckt. Sie behaupteten, ich sei gemeingefährlich. Das glaube ich aber nicht. Es handelt sich bloß um Verrat ...» Mittlerweile schien er näher an die Tür herangetreten zu sein, denn seine Stimme klang viel deutlicher. Er fuhr fort: «Mein lieber Freund, ich weiß, daß ich einen Vogel habe. Aber den haben wir doch alle, nicht wahr? Verrückt bin ich aber nicht. Das ist einfach nicht wahr!»

«Was hatten Sie denn angestellt?»

«Ich wollte ein Zimmer ausfindig machen, von dem aus man die Insel unter Feuer nehmen könnte. Dort hatten sie schon vor Monaten zu graben begonnen. Ich beobachtete sie einmal am Abend nach Einbruch der Dämmerung. Da durfte ich doch nicht untätig zusehen. Die Deutschen verschwenden keine Zeit! Deshalb bin ich in diesen Trakt herübergegangen und dabei zufällig in Pooles Zimmer geraten ...»

«Ja, und?»

«Ich wollte sie nicht erschrecken, wollte ihnen bloß erklären, was ich vorhatte.»

«Erschreckt haben Sie sie? Wen?»

«Poole und den Doktor, der auch da war. In der Finsternis waren sie mit irgend etwas beschäftigt ...» Stone versagte plötzlich die Stimme; für Digby war es grauenhaft, hinter einer versperrten Tür einen erwachsenen Mann hilflos schluchzen zu hören.

«Aber das Graben auf der Insel?» fragte Digby. «Das können Sie doch bloß geträumt haben.»

«Dieser Schlauch ... er war schrecklich. Ich hatte nicht die Absicht gehabt, die Nahrungsaufnahme zu verweigern. Ich fürchtete mich nur vor Gift.»

«Vor Gift?»

«Ja, ist ja alles verraten», flüsterte der Major. «Hören Sie zu, Barnes ...»

«Ich bin nicht Barnes.»

Wieder kam ein Seufzer. «Natürlich nicht. Entschuldigen Sie! Aber diese Einzelhaft bringt mich noch ganz auf den Hund, Digby. Jetzt bin ich wirklich verrückt. Jeden Tag geht es mit mir in jeder Beziehung ein Stück weiter abwärts.»

Plötzlich vernahm Digby aus großer Entfernung, vermutlich durch ein offenes Fenster im darunterliegenden Stockwerk, das Surren eines Autos. Er drückte den Mund an das Schlüsselloch und raunte ins Zimmer hinein: «Stone! Ich kann nicht mehr dableiben. Hören Sie: Sie sind nicht verrückt. Sie haben bloß ein paar fixe Ideen, weiter nichts. Es ist eine Gemeinheit, daß man Sie hier einsperrt. Aber irgendwie kriege ich Sie heraus. Halten Sie nur durch!»

«Sie sind ein feiner Kerl, Digby.»

«Mir hat man das auch angedroht.»

«Ihnen?» flüsterte Stone zurück. «Aber Sie sind doch vollkommen normal! Mein Gott, vielleicht bin ich gar nicht so ein Narr. Wenn man mich aber trotzdem hierher geschafft hat, dann muß irgendein Verrat dahinterstecken.»

«Halten Sie nur durch.»

«Das werde ich, alter Freund. Die Ungewißheit war es. Ich dachte mir schon, die Kerle hätten am Ende doch recht.»

Das Geräusch des Autos verklang wieder.

«Haben Sie keine Verwandten?»

«Nicht eine Seele», antwortete Stone. «Ich hatte eine Frau, die ging mir aber davon. Ganz recht hatte sie, mein lieber Freund, ganz recht. Es gab soviel Verrat.»

«Ich hole Sie heraus, Stone. Wie, das weiß ich noch nicht; aber ich hole Sie heraus.»

«Diese Insel – Digby, die müssen Sie beobachten. Ich kann hier nichts unternehmen, und außerdem zähle ich allein nicht. Aber wenn ich nur fünfzig Mann von meinem alten Haufen zur Verfügung hätte ...»

Digby suchte ihn zu beruhigen, indem er ihm leise das Versprechen gab: «Ich werde die Insel schon im Auge behalten.»

«Ich dachte mir schon, die Deutschen hätten sie in ihre Hand bekommen. Die verlieren keine Zeit ... Aber ich bin manchmal ganz durcheinander, alter Freund.»

«Jetzt muß ich wirklich gehen. Ich bitte Sie: halten Sie durch!»

«Ich werde schon durchhalten, war schon in übleren Lagen. Aber ich wollte, Sie müßten jetzt nicht gehen.»

«Ich komme bestimmt zurück und hole Sie heraus.»

Er hatte allerdings keine Ahnung, wie er dies bewerkstelligen sollte. Furchtbares Mitleid rührte ihn; er fühlte, daß er zu einem Mord fähig wäre, nur um diesen feinen und gequälten Menschen zu befreien. Das Bild, wie Stone in den schlammigen Teich hineingewatet war, verließ ihn nicht, und er hatte immer noch seine klaren blauen Augen, den borstigen, militärisch gestutzten Schnurrbart und die Falten im Gesicht in Erinnerung, aus denen Sorge und Verantwortungsbewußtsein sprachen. Das lernte man an diesem Ort: daß ein Mann seinen Charakter bewahrte, auch wenn sein Geist gestört war. Kein irrer Wahn würde je imstande sein, im Major das militärische Gefühl der Pflicht gegen andere zu trüben.

Digbys Erkundung hatte sich als leichter erwiesen, als er anzunehmen berechtigt gewesen war; Dr. Forester schien eine ausgedehnte Autofahrt zu unternehmen. Völlig unangefochten erreichte er die Tür mit dem grünen Vorhang, und als dieser wieder seufzend hinter ihm zusammenfiel, da war es ihm, als ob Stones ermattetes und geduldiges Ausharren ihn zur Umkehr auffordere. Rasch durchmaß er den Gesellschaftsraum und schlich dann wesentlich vorsichtiger die Treppe hinauf, bis er sich wieder vor Johns' offener Tür befand. Der junge Mann war noch immer nicht da. Die Zeiger der Uhr auf seinem Schreibtisch waren nur zwölf Minuten weitergerückt; im Lampenlicht lag der Stoß von Zeitungen. Digby überkam ein Gefühl, als ob er ein fremdes Land erforscht habe und nach Hause zurückgekehrt sei, nur um feststellen zu müssen, daß alles ein Traum gewesen war. Während seiner weiten Reise war vom Kalender nicht ein einziges Blatt abgerissen worden.

3

Vor Johns hatte er keine Angst. Er betrat also dessen Zimmer und nahm eine der Zeitungen vom Tisch, die den Ärger des jungen Assistenten erregt hatte. Er hatte sie zeitlich geordnet und die Artikel rot angestrichen. Offenbar war er von dem leidenschaftlichen Wunsch beseelt gewesen, die geheimnisvolle Sache aufzuklären. Schon vor Monaten hatte der Minister für innere Sicherheit, so las Digby jetzt, eine parlamentarische Anfrage über den Verbleib eines verschwundenen Staatsdokumentes in ziemlich ähnlich lautender Weise beantwortet wie im späteren Falle: das Papier sei nie vermißt worden. Schlimmstenfalls könne man von einer kleinen Indiskretion sprechen, aber das Dokument sei niemals aus dem persönlichen Besitz von – hier folgte der große, der gewichtige, der hochangesehene Name – gekommen. Das war der Name, der Johns' Gedächtnis entfallen war. Wie konnte angesichts einer solchen Antwort aus dem Munde des Ministers noch jemand bei der Behauptung bleiben, das Dokument sei fotografiert worden? Das hieße doch, den großen, den gewichtigen Namen nicht bloß einer Indiskretion, sondern des Hochverrats zeihen. Es sei vielleicht ein Fehler gewesen, daß man die Akte über Nacht nicht im Tresor des Ministeriums hinterlegt habe, aber der Herr mit dem großen Namen habe dem Minister persönlich versichert, daß die Papiere nicht eine Sekunde aus seiner Obhut gekommen seien. Er habe buchstäblich mit dem Dokument unterm Kopfpolster geschlafen . . . Die «Times» deutete an, daß es interessant wäre, zu untersuchen, wie diese verleumderischen Anschuldigungen in Umlauf gesetzt worden seien. Versuchte etwa der Feind, das Vertrauen des englischen Volkes in seine angestammte Führerschicht durch Flüsterpropaganda zu unterhöhlen? Noch zwei oder drei weitere Ausgaben der «Times» enthielten Hinweise auf die Affäre, dann herrschte völliges Schweigen.

Diese mehrere Monate alten Zeitungsblätter übten auf Digby einen Zauber aus, der ihn erschauern ließ. Ganz langsam hatte er sich die meisten der Namen, die offenbar in aller Munde waren, von neuem einprägen müssen, und dennoch konnte er auch jetzt noch keine Zeitung lesen, ohne immer wieder auf die Namen bedeutender Männer zu stoßen, von denen er noch nie gehört hatte. Nur gelegentlich tauchte einer auf, den er kannte, der Name einer Persönlichkeit, die schon vor zwanzig Jahren im öffentlichen Leben eine Rolle gespielt hatte. Digby kam sich vor wie ein Rip Van Winkle, der nach fünfundzwanzigjährigem Schlaf in die Welt zurückkehrt; die Menschen, von denen er gehört hatte, standen mit seiner Jugendzeit kaum in engerer Verbindung als er selbst. Männer, die einen glänzenden Aufstieg zu nehmen versprochen hatten, waren sang- und klanglos im Handelsministerium untergetaucht; andererseits war ein bedeutender Politiker, der stets als zu begabt und zu wagemutig gegolten hatte, als daß man ihm ein verantwortungsvolles Amt anvertraut hätte, zum Führer der Nation geworden. Eine von Digbys letzten Erinnerungen an ihn war eine Szene in einem Gerichtshof, wo ehemalige Kriegsteilnehmer den großen Mann ausgepfiffen hatten, weil er in seiner schroffen Art unangenehme Wahrheiten über einen alten Feldzug ausgesprochen hatte. Und jetzt hatte er ganz England gelehrt, sich seine unangenehmen Wahrheiten widerspruchslos sagen zu lassen.

Digby blätterte in der Zeitung und las gleichgültig unter einer Fotografie die Worte: «Arthur Rowe, von der Polizei gesucht im Zusammenhang mit . . .» Aber für Verbrecher interessierte er sich nicht. Das Bild zeigte einen hageren, schäbig gekleideten, glattrasierten Mann. Alle Verbrecherfotografien sahen einander sehr ähnlich; vielleicht lag das an den kleinen Punkten, an der pointillistischen Technik der

Wiedergabe von Fotos im Zeitungsdruck. Außerdem hatte er so viel über die Vergangenheit zu lernen, daß er sich um Verbrecher – zumindest um die alltäglichen – nicht kümmern konnte.

Da knarrte der Fußboden, und er fuhr herum. In der Tür tänzelte Johns umher und blinzelte ihn kurzsichtig an. «Guten Abend, Johns», begrüßte ihn Digby.

«Was tun Sie hier?» herrschte ihn der Assistent an.

«Ich lese die Zeitung.»

«Sie haben doch gehört, daß der Doktor . . .»

«Wir sind doch hier nicht im Gefängnis, mein lieber Johns», erwiderte Digby, «ausgenommen der arme Stone! Wir sind in einem entzükkenden Sanatorium, und ich bin ein Privatpatient, dem weiter nichts fehlt, als daß er durch eine Bombenexplosion das Gedächtnis verloren hat.» Er bemerkte, daß Johns mit gespannter Aufmerksamkeit seinen Worten folgte. «So ist es doch ungefähr, nicht?» fragte er.

«Dürfte schon stimmen», gestand ihm Johns zu.

«Also müssen wir die Dinge im richtigen Maßstab sehen, und es besteht nicht der geringste Grund, warum ich, wenn ich keinen Schlaf habe, nicht in Ihr Zimmer gehen soll, um mit Ihnen zu plaudern oder eine Zeitung zu lesen.»

«Ja, wenn Sie die Dinge so darstellen, dann klingen sie sehr einleuchtend.»

«Der Doktor aber verlangt von Ihnen, daß Sie sie in einem anderen Licht besehen, nicht wahr?»

«Trotzdem sollte jeder Patient die Vorschriften seiner Behandlung genauestens befolgen . . .»

«Oder den Arzt wechseln», ergänzte Digby. «Ich habe mich nämlich entschlossen, den Arzt zu wechseln.»

«Sie wollen gehen?» fragte Johns, und seiner Stimme war die Bestürzung deutlich anzuhören.

«Ja, ich will gehen.»

«Ich bitte Sie, tun Sie nichts Unüberlegtes», flehte Johns ihn an. «Der Doktor ist ein großer Mann. Er hat soviel durchgemacht, und das hat ihn vielleicht ein bißchen exzentrisch werden lassen. Aber Sie können nichts Besseres tun als hierbleiben, wirklich nicht.»

«Ich gehe auf jeden Fall, Johns.»

«Bleiben Sie noch einen Monat», bettelte der junge Mann. «Sie haben schon so schöne Fortschritte gemacht – bis die junge Dame kam. Bleiben Sie doch noch einen Monat. Ich werde mit dem Doktor sprechen. Er wird Ihnen die Zeitungen wieder gestatten. Vielleicht wird er sogar *sie* wieder kommen lassen. Aber überlassen Sie es mir, mit ihm zu reden. Ich weiß, wie man es machen muß. Er ist so empfindlich, so schnell gekränkt.»

«Johns», sagte darauf Digby, «weshalb haben Sie Angst davor, daß ich die Anstalt verlassen könnte?»

In den randlosen Augengläsern brach sich das Lampenlicht, und sein Widerschein huschte blitzend über die Wand. Einen Augenblick verlor Johns die Fassung und gestand: «Ich habe nicht Angst davor, daß Sie fortgehen könnten. Ich fürchte vielmehr, daß er Sie nicht fortlassen wird.» In diesem Moment vernahmen beide aus weiter Ferne das leise Brummen eines nahenden Kraftwagens.

«Was stimmt beim Doktor nicht?» fragte Digby. Johns schüttelte den Kopf, und wieder tanzten die Linsenreflexe an der Wand. «Etwas stimmt bei ihm nicht.» Digby ließ nicht locker. «Der arme Stone sah etwas Ungehöriges und wurde deshalb interniert . . .»

«Zu seinem eigenen Vorteil», ergänzte Johns in kläglichem Ton. «Dr. Forester weiß schon, was er tut. Er ist ein großer Mann.»

«Zum Teufel mit dieser blöden Phrase: ‹Zu seinem eigenen Vorteil›! Ich war drüben im Krankentrakt und habe mit Stone gesprochen . . .»

«Sie waren drüben?» fragte Johns ungläubig.

«Waren Sie noch nie dort?»

«Nein, es ist doch streng verboten.»

Darauf fragte Digby: «Tun Sie immer genau das, was Dr. Forester Ihnen vorschreibt?»

«Es ist ein bedeutender Arzt, Digby. Das verstehen Sie nicht. Das menschliche Gehirn ist der feinste Mechanismus. Die geringste Störung seines Gleichgewichtes, und alles gerät in Unordnung. Sie müssen zum Doktor schon Vertrauen haben.»

«Ich habe aber keines.»

«Das dürfen Sie nicht sagen. Wenn Sie bloß wüßten, wie geschickt er ist, wie eingehend er sich mit jedem einzelnen Fall beschäftigt. Er sucht Sie hier zu beschützen, bis Sie wirklich wieder bei Kräften sind . . .»

«Aber Stone bemerkte etwas Ungehöriges, und Stone wurde abgeschoben», sagte Digby hartnäckig.

«Nein! Nein!» protestierte Johns. Er streckte eine bebende Hand aus und legte sie auf den Stoß Zeitungen wie ein in die Enge getriebener Politiker, der sich auf seine Mappe mit Dokumenten stützt, um sein Selbstvertrauen wiederzugewinnen. «Wenn Sie nur genau Bescheid wüßten, Digby! Mit ihren Eifersüchteleien und absichtlichen Mißverständnissen haben ihm die Menschen soviel Leid zugefügt; aber er ist so bedeutend, so gütig und freundlich . . .»

«Fragen Sie mal Stone, was der von ihm hält.»

«Wenn Sie nur wüßten . . .»

Eine leise, aber zornbebende Stimme unterbrach ihr Zwiegespräch: «Ich glaube, er wird es wissen müssen.» Dr. Forester stand im Zimmer, und wieder ließ das Bangen vor allen möglichen, aber unausdenkbaren Vergeltungsmaßnahmen Digbys Herz schneller schlagen.

Johns begann: «Herr Doktor, ich habe ihm nicht erlaubt . . .»

«Schon gut, Johns. Ich weiß, Sie sind mir treu ergeben», erwiderte der Arzt. «Und ich schätze Treue.» Er begann die Handschuhe abzustreifen, die er während der Autofahrt getragen hatte; langsam zog er sie von den schmalen, schön geformten Fingern. «Ich erinnere mich, wie Sie mir nach Conways Selbstmord zu Seite gestanden sind, und ich vergesse meine Freunde nie. Haben Sie übrigens Digby je von Conways Selbstmord erzählt?»

«Niemals!» erklärte Johns mit Entschiedenheit.

«Er sollte aber davon wissen, Johns. Der Fall paßt nämlich durchaus zu dieser Erörterung. Auch Conway litt an Gedächtnisschwund. Sehen Sie: das Leben war ihm zuviel geworden, und der Verlust des Gedächtnisses war sein Ausweg aus unüberwindlichen Schwierigkeiten. Ich versuchte, ihn wieder zu Kräften zu bringen, seine Widerstandsfähigkeit zu steigern, damit er, wenn sein Gedächtnis wiederkam, imstande wäre, seine äußerst mißliche Lage zu meistern. Die Zeit, die ich auf Conway verwandte, vergeudete! Johns wird Ihnen bestätigen, daß ich unendliche Geduld mit ihm hatte, und er war unerträglich anmaßend. Schließlich bin ich auch nur ein Mensch, Digby, und so riß mir eines Tages die Geduld. Ich verliere tatsächlich mitunter die Beherrschung – sehr selten, aber manchmal doch. Ich sagte Conway alles, und noch am selben Abend nahm er sich das Leben. Sie sehen: sein Geist hatte nicht Zeit gehabt, wieder gesund zu werden. Es gab eine Unmenge von Scherereien, aber Johns stand mir treu zur Seite. Er ist sich bewußt, daß der Arzt, soll er ein guter Psychologe sein, mitunter die geistige Schwäche seines Patienten teilen muß: er kann nicht die ganze Zeit bei kühler Vernunft bleiben. Das verleiht ihm erst das nötige Mitgefühl – und das Gegenteil davon!»

Er hatte leise und ruhig gesprochen, als hätte er einen Vortrag über irgendein abstraktes Thema gehalten, aber seine langen Chirurgenfinger hatten unterdessen eine der Zeitungen ergriffen und sie in schmale Streifen gerissen.

«Mein Fall liegt aber ganz anders, Herr Doktor!» wandte Digby ein. «Bei mir war es nur eine Bombe, die mein Gedächtnis zerstörte, nicht persönliche Schwierigkeiten.»

«Das glauben Sie doch nicht im Ernst?» sagte darauf der Arzt. «Dann glauben Sie wahrscheinlich auch, daß es bloß Geschützfeuer, eine Gehirnerschütterung war, die Stones Geistesverwirrung verursachte? Nein, so arbeitet unser Verstand nicht; wir tragen selbst die Schuld an unserem Wahnsinn. Stone versagte als Offizier – in schändlicher Weise, weshalb er jetzt alles mit seinem Gefasel von Verrat zu beschönigen trachtet. Aber es war nicht der Verrat anderer, der seinen Freund Barnes im Stich ließ . . .»

«Und für mich haben Sie auch eine solche Enthüllung auf Lager, Herr Doktor?» spottete Digby. Die Bleistiftnotiz in dem Buch von Tolstoj, die von einem Menschen, der nicht den Mut besaß, zu seiner Überzeugung zu stehen, wieder ausradiert worden war, fiel ihm ein, und das gab ihm den Mut zu seinem kecken Auftreten. «Was taten Sie mit Poole in der Dunkelheit, als Stone Sie überraschte?» Er warf diese Äußerung bloß als dreiste Herausforderung hin, in der Meinung, die Szene habe sich nur in Stones Einbildung abgespielt und sei das Ergebnis eines Verfolgungswahnes – wie der Gedanke, die Deutschen verschanzten sich auf der Insel. Er hatte aber nicht damit gerechnet, daß Dr. Forester daraufhin mitten in seiner leisen Tirade jäh innehalten werde. Das Schweigen war im höchsten Grade peinlich; deshalb brach Digby nach den Worten: «Und das Graben . . .?» verlegen ab.

Das Gesicht mit den vornehmen Zügen eines feinsinnigen alten Herrn starrte ihn unverwandt an; der Mund stand halb offen; ein dünner Speichelfaden rann über das Kinn hinab.

«Bitte, gehen Sie zu Bett, Digby», sagte Johns. «Sprechen wir in der Früh darüber.»

«Ich bin gerne bereit, zu Bett zu gehen», entgegnete Digby. In seinem langen Schlafrock und in den flachen Pantoffeln kam er sich plötzlich lächerlich vor; zugleich empfand er wieder das Gefühl der Beklemmung; es war ihm, wie wenn er einem Menschen, der ein Gewehr in der Hand hielt, den Rücken zukehren müsse.

«Warten Sie!» rief ihm Dr. Forester nach. «Ich habe Ihnen noch nicht alles gesagt. Wenn Sie es aber erfahren haben, dann können Sie zwischen Conways Schicksal und dem von Major Stone wählen. Im Krankentrakt ist Platz genug . . .»

«Dorthin gehören Sie selbst, Herr Doktor!»

«Sie sind ein Narr, Digby, ein verliebter Narr!» erwiderte der Arzt. «Ich beobachte meine Patienten scharf, ich weiß alles. Wozu soll denn Ihre Verliebtheit führen? Sie kennen doch nicht einmal Ihren wahren Namen.» Von einer der Zeitungen riß er ein Stück ab und reichte es dem andern. «Da, sehen Sie her! Das sind Sie: ein Mörder! So, jetzt gehen Sie und denken Sie darüber nach!»

Es war die Fotografie, der er vorhin keine Aufmerksamkeit geschenkt hatte. Das Ganze war einfach lächerlich! «Das bin doch niemals ich!» erklärte er.

«So, dann schauen Sie einmal in einen Spiegel!» forderte der Arzt ihn auf. «Und dann lassen Sie sich alles hübsch wieder einfallen. Es gibt eine ganze Menge von Dingen, die Ihnen wieder einfallen müssen.»

Johns legte sich zaghaft ins Mittel. «Herr Doktor, das ist doch nicht die richtige Art . . .»

«Er wollte es ja so haben, genau wie Conway», entgegnete Dr. Forester.

Doch Digby hörte nicht mehr, was Johns darauf erwiderte, denn er lief bereits den Gang hinab zu seinem Zimmer. Auf halbem Wege stolperte er über die herabhängende Schnur seines Schlafrockes und fiel der Länge nach hin. Er spürte es kaum. Nur ein wenig schwindlig war er, als er sich erhob. Er wollte zu einem Spiegel gelangen.

In dem vertrauten Zimmer blickte ihm das hagere, bärtige Antlitz entgegen. Der Duft frischer Blumen erfüllte den Raum. Hier war er glücklich gewesen. Wie konnte er da den Worten des Arztes Glauben schenken? Es mußte ein Irrtum vorliegen, da doch kein Zusammenhang bestand ... Die Fotografie vermochte er zunächst kaum auszunehmen; sein Herz pochte wild, und in seinem Kopf herrschte größte Verwirrung. «Das bin doch nicht ich», sagte er sich, als das schmale, glattrasierte Gesicht mit den traurigen Augen und der abgetragene Anzug endlich feste Gestalt gewonnen hatten. Der Anblick paßte nicht zu seiner Vergangenheit. Da waren die Erinnerungen, die er aus seiner Jugendzeit vor zwanzig Jahren herübergerettet hatte, und daneben stand Arthur Rowe, den die Polizei suchte, und zwar im Zusammenhang mit – aber Dr. Forester hatte das Bild allzu unbekümmert aus der Zeitung gerissen. In jenen zwanzig vergessenen Jahren konnte er nicht so weit in die Irre gegangen sein. «Was immer die beiden behaupten mögen», überlegte er, «der Mann, der hier im Spiegel vor mir steht, der bin ich. Ich bin doch kein anderer geworden, bloß weil ich das Gedächtnis verloren habe. Aber diese Fotografie und Anna Helf – die passen eigentlich nicht zu meinem jetzigen Ich», sagte er sich erregt. Da fiel ihm plötzlich etwas ein, was ihm unerklärlich vorgekommen war und was er mittlerweile wieder vergessen hatte: Annas Worte: «Das ist meine Aufgabe – Arthur.» Rasch legte er die Hand ans Kinn und verdeckte damit den Bart. Die lange, etwas schief verlaufende Nase redete eine deutliche Sprache, und ebenso die Augen, die jetzt unglücklich genug dreinsahen. Mit beiden Händen stützte er sich auf den Toilettentisch, um sein Gleichgewicht wiederzugewinnen, und dachte: «Ja, ich bin Arthur Rowe.» Dann murmelte er leise vor sich hin: «Aber ich bin nicht Conway. Ich werde mich nicht umbringen!»

Er war Arthur Rowe, aber mit einem Unterschied: er stand nun am Ausgang seiner Jugendzeit, von der aus er sein Leben neu begonnen hatte, und sagte sich: «Im nächsten Augenblick wird alles wieder auf mich eindringen; aber ich bin nicht Conway, und ich will auch nicht Stone sein. Ich bin mir selbst lange genug entronnen; mein Geist kann die Wahrheit ruhig ertragen.» Was er empfand, war nicht nur Bangigkeit; er besaß auch den frischen Mut und die Ritterlichkeit eines reifenden jungen Mannes. Jetzt war er nicht mehr zu alt und zu sehr Gewohnheitstier, um einen neuen Anfang machen zu können. Er schloß die Augen und dachte an Poole, indessen sich an der Schwelle seines Bewußtseins ein wunderliches Wirrsal von Sinneseindrücken drängte und stürmisch Einlaß begehrte: ein Buch mit dem Titel «Der kleine

Herzog» und das Wort Neapel – «Neapel sehen und sterben!» – und wiederum Poole, Poole, wie er in einem engen, dürftig eingerichteten Zimmer zusammengekauert in einem Lehnstuhl hockte, und Dr. Forester, Dr. Forester, wie er sich über eine dunkle, blutende Gestalt beugte ... Die Erinnerungen verdichteten sich, ein Frauenantlitz, von unsagbarer Trauer gezeichnet, tauchte kurz empor und versank wieder wie eine Ertrinkende. Sein Kopf bereitete ihm rasende Schmerzen, während andere Vorstellungen – wie ein Kind aus dem Mutterleib – aus dem Dunkel der Vergessenheit ans Tageslicht strebten. Er stützte sich auf den Toilettentisch und ließ ihn nicht mehr los. Immer wieder sagte er sich: «Ich muß mich auf den Beinen halten», als ob es eine heilsame Tugend wäre, sich bloß aufrecht zu halten, während ihn das Grauen vor dem wiederkehrenden Leben schwindeln machte.

Stückwerk

1. Tod nach Römerart

‹Ein Geschäft, das kaum angenehm sein kann.›

Der kleine Herzog

1

Rowe folgte dem Beamten in der blauen Uniform die steinerne Treppe hinauf und dann durch einen Korridor, der beiderseits von Türen gesäumt war; einige von diesen standen offen, und Rowe konnte sehen, daß sie in kleine Zimmer führten, die gleich Beichtstühlen alle dieselbe Größe und Form aufwiesen. Jeder Raum enthielt einen Tisch und drei Stühle, sonst nichts, und die Stühle waren ungepolstert und hatten gerade Lehnen. Der Beamte öffnete eine der Türen – es schien kein Grund zu bestehen, weshalb er nicht eine x-beliebige andere hätte wählen sollen – und sagte: «Warten Sie hier, mein Herr.»

Es war zeitig am Morgen; der eiserne Fensterrahmen umschloß einen kalten, grauen Himmel. Eben waren die letzten Sterne verblaßt. Rowe saß in stumpfer, erschöpfter Geduld da, die Hände zwischen die Knie gelegt; er war kein großer Mann, kein bedeutender Forschungsreisender; er war bloß ein Verbrecher. Die Anstrengung, die es ihn gekostet hatte, diesen Ort zu erreichen, hatte seine letzte Kraft verzehrt; er konnte sich nicht einmal deutlich entsinnen, was er getan hatte – nur an den langen Fußmarsch zum Bahnhof über das nachtdunkle Land konnte er sich erinnern, auf dem er ängstlich zusammengezuckt war, wenn hinter einer Hecke dumpf eine Kuh hustete oder in den Bäumen kreischend ein Käuzchen schrie, und an das endlose Auf- und Abgehen auf dem Bahnsteig, bis der Zug einfuhr, an den Geruch von feuchtem Gras und Dampf. Der Schaffner hatte seine Fahrkarte sehen wollen; er besaß aber keine und auch kein Geld, sich eine zu lösen. Er wußte seinen Namen oder glaubte ihn zu wissen, aber er vermochte keine Wohnungsanschrift anzugeben. Der Beamte war sehr freundlich und rücksichtsvoll; vielleicht sah er krank aus. Der Schaffner fragte ihn, ob er keine Freunde habe, zu denen er vielleicht unterwegs sei, und er antwortete, er besitze keine Freunde. «Zur Polizei möchte ich», sagte er, und der Schaffner wies ihn milde zurecht, indem er ihm bedeutete: «Wenn Sie das wollen, dann brauchen Sie nicht den weiten Weg nach London zu machen.»

Dann folgte ein Augenblick furchtbarer Spannung, während Rowe ängstlich darauf wartete, wie ein Schulschwänzer zurückgeschickt zu werden. «Sie sind einer von Dr. Foresters Patienten, nicht wahr? Wenn Sie im nächsten Bahnhof aussteigen wollen, werden wir um einen Wagen telefonieren. Der kann in einer halben Stunde da sein.»

«Nein, das will ich nicht.»

«Sie haben sich verlaufen, nehme ich an, aber bei einem Gentleman wie Dr. Forester brauchen Sie sich deshalb keine Sorgen zu machen.»

Da raffte Rowe alle verfügbare Kraft zusammen und erwiderte: «Ich gehe nach Scotland Yard. Man sucht mich dort. Wenn Sie mich aufhalten, tragen Sie die Verantwortung.»

Als der Zug das nächste Mal hielt – es war an einer kleinen Haltestelle, bestehend aus einem kurzen Bahnsteig und einem hölzernen Schuppen inmitten der dunklen, flach hingebreiteten Felder –, erblickte er Johns; offenbar war man in sein Zimmer gegangen und hatte es leer gefunden, worauf Johns an die Bahn gefahren war. Der junge Mann entdeckte ihn sofort und trat mit gespielter Natürlichkeit an das Fenster seines Abteils, während der Schaffner unruhig im Hintergrund auf und ab ging.

«Hallo, alter Freund!» rief Johns sichtlich verlegen. «Springen Sie nur rasch heraus. Ich habe den Wagen hier. Da sind wir gleich wieder daheim.»

«Ich komme nicht mit.»

«Der Doktor ist außer sich. Er hatte einen anstrengenden Tag hinter sich und verlor die Beherrschung. Er hat die Hälfte von dem, was er sagte, gar nicht so gemeint.»

«Trotzdem komme ich nicht mit.»

Der Schaffner trat näher heran, um Johns anzudeuten, daß er zum Eingreifen bereit wäre, falls man Gewalt anwenden müsse. «Sie haben noch kein Attest ausgestellt, daß ich geisteskrank bin», schleuderte Rowe ihm wutentbrannt entgegen. «Da können Sie mich nicht einfach aus dem Zug herausholen!» Der Schaffner schlich näher und flüsterte Johns ins Ohr: «Der Herr hat keine Fahrkarte.»

Zu Rowes nicht geringer Überraschung entgegnete Johns: «Schon gut! Es ist alles in bester Ordnung.» Er beugte sich zum Fenster und wisperte: «Viel Glück, alter Freund!» Dann setzte sich der Zug in Bewegung und legte seinen weißen Dampf gleich einem Schleier über das Auto, den Schuppen und die einsame Gestalt, die es nicht wagte, ihm nachzuwinken.

Nun waren alle Sorgen vorbei; was ihm noch bevorstand, war ein Gerichtsverfahren wegen Mordes.

Rowe saß und wartete; der stahlgraue Himmel wurde immer lichter, und ein paar Taxis hupten. Einmal öffnete ein kleiner, dicker und offensichtlich zerstreuter Herr die Tür, warf einen kurzen Blick auf ihn, fragte: «Wo ist Beale?» und verschwand wieder, ohne eine Antwort abzuwarten. Aus dem Themsehafen drang der langgezogene Klageruf einer Dampfersirene herauf. Draußen im Korridor ging jemand lustig pfeifend vorüber; später vernahm Rowe das Klirren von Teegeschirr, von irgendwoher wehte der Geruch gebratener Räucherheringe in den Raum.

Der kleine, untersetzte Herr kam mit flinken Schritten zurück; er hatte ein rundes Vollmondgesicht und darin ein schmales, blondes Schnurrbärtchen. Er hielt den Zettel in der Hand, den Rowe unten am Eingang ausgefüllt hatte. «Sie sind also Mr. Rowe», sagte er in gestrengem Ton. «Wir freuen uns, daß Sie endlich den Weg zu uns gefunden haben.» Dann drückte er auf eine Klingel, worauf ein Polizeibeamter in Uniform eintrat. Der Dicke fragte ihn: «Hat Beavis Dienst? Wenn ja, dann sagen Sie ihm, er soll herkommen.»

Er setzte sich, kreuzte die feisten Schenkel in der tadellos gebügelten Hose und betrachtete stumm seine Fingernägel. Sie waren sauber manikürt. Von allen Seiten besah er sie und schien über die Haut am linken Daumennagel bekümmert zu sein. Er sprach kein Wort. Es war offenkundig, daß er ohne einen Zeugen nichts sagen wollte. Dann kam ein kräftiger Mann in einem Konfektionsanzug herein, der Schreibblock und Bleistift in der Hand hielt und auf dem dritten Stuhl Platz nahm. Seine Ohren waren riesengroß und standen im rechten Winkel vom Schädel ab; aus seinem Auftreten sprach stumme Verschämtheit, als sei er ein Elefant, dem eben die Erkenntnis aufzudämmern beginnt, daß er in einem Porzellanladen fehl am Platz ist. Als er den Bleistift auf den Schreibblock setzte, erwartete Rowe unwillkürlich, daß entweder das eine oder das andere in seinem unbeholfenen Griff zu Schaden kommen werde, und hatte das Gefühl, daß der Beamte dies wußte und sich vor dem Ereignis fürchtete.

«Also!» begann der adrette kleine Detektiv mit einem Seufzer und schob die Finger unter seine Schenkel, als ob er die Nägel vor Beschädigung schützen müsse. «Sie sind aus freien Stücken zu uns gekommen, Mr. Rowe, um eine Aussage zu machen. Stimmt das?»

«Ja, ich sah eine Fotografie in der Zeitung», sagte Rowe.

«Wir haben Sie seit Monaten immer wieder aufgefordert, zum Vorschein zu kommen.»

«Und ich erfuhr davon erst gestern abend.»

«Sie scheinen ein bißchen abseits der großen Welt gelebt zu haben.»

«Ich befand mich in einer Nervenheilanstalt. Das war so . . .»

Jedesmal, wenn er etwas sagte, fuhr der Bleistift des zweiten Beamten kratzend übers Papier und verknüpfte seine hingeworfenen Sätze zu einer zusammenhängenden Schilderung in trockenem Amtsstil.

«Was für eine Nervenheilanstalt war das?»

«Sie steht unter der Leitung eines gewissen Dr. Forester.» Dann nannte er den Namen des Bahnhofs, von dem er abgereist war; eine nähere Ortsbezeichnung wußte er nicht. «Anscheinend passierte es mir während eines Luftangriffs», fuhr er fort und tastete nach der Narbe an seiner Stirn. «Ich verlor das Gedächtnis; auf einmal befand ich mich in dem Sanatorium und wußte gar nichts – abgesehen von ein paar Kindheitserinnerungen. Man sagte mir, mein Name laute Richard Digby. Zuerst erkannte ich nicht einmal mein Bild. Dieser Bart ...»

«Und Ihr Erinnerungsvermögen ist jetzt wiedergekehrt, hoffe ich», sagte der kleine Dicke in scharfem Ton und mit einer Spur – einer ganz schwachen Spur – von Sarkasmus.

«Ich kann mich an manches erinnern, aber nicht an alles.»

«Ein sehr vorteilhaftes Gedächtnis!»

«Ich bemühe mich doch, Ihnen alles zu erzählen, was ich weiß», entgegnete Rowe in einer plötzlichen Zornesaufwallung. «Ist nach englischem Recht ein Mensch nicht so lange unschuldig, bis dem Gericht der Nachweis seiner Schuld gelingt? Ich bin gern bereit, Ihnen über den Mordfall alles zu sagen, woran ich mich erinnern kann; aber Mörder bin ich keiner!»

Der Dicke begann zu lächeln. Er zog die Hände unter seinen Schenkeln hervor, betrachtete prüfend die Nägel und versteckte sie dann wieder. «Sehr interessant, Mr. Rowe», sagte er endlich. «Sie sprechen von einem Mord, aber ich habe zu Ihnen kein Wort von einem Mord gesagt, und keine Zeitung hat – bis heute – das Wort Mord erwähnt.»

«Das ist mir unbegreiflich.»

«Wir spielen mit offenen Karten. Lesen Sie ihm seine bisherigen Aussagen einmal vor, Beavis!»

Der Beamte kam diesem Befehl nach, wobei er vor Verlegenheit errötete wie ein langer, schlaksiger Schuljunge, der in der Kirche am Bibelpult steht und aus dem 5. Buch Moses vorliest: «Ich, Arthur Rowe, mache die nachstehenden Aussagen freiwillig und ohne Zwang. Als ich gestern abend in einer Zeitung eine Fotografie von mir sah, erfuhr ich zum erstenmal, daß die Polizei mich sucht, um mich einem Verhör zu unterziehen. Die letzten vier Monate verbrachte ich in einer Nervenheilanstalt, die unter der Leitung eines gewissen Dr. Forester steht, weil ich als Folge eines Luftangriffs mein Gedächtnis verlor. Dieses ist nicht völlig wiederhergestellt, aber ich will alles aussagen, was mir bekannt ist. Es handelt sich um den Mord an ...»

«Halt!» sagte der Detektiv zum Protokollführer. «Das ist doch ganz fair, nicht wahr?» wandte er sich an Rowe.

«Ich glaube, ja.»

«Sie werden dann gleich aufgefordert werden, das Protokoll zu unterschreiben. Jetzt nennen Sie uns den Namen des Ermordeten.»

«An den kann ich mich nicht erinnern.»

«Ach so! Wer sagte Ihnen überhaupt, daß wir Sie wegen eines Mordes einvernehmen wollten?»

«Dr. Forester.»

Die Promptheit, mit der Rowe diese Frage beantwortete, schien den Detektiv zu überraschen. Sogar Beavis zögerte, ehe er seinen Bleistift wieder aufs Papier drückte. «Dr. Forester sagte Ihnen das?»

«Jawohl.»

«Und woher wußte er es?»

«Ich nehme an, er las es in der Zeitung.»

«Wir haben in den Zeitungen nicht ein Wort über einen Mord verlauten lassen.»

Rowe stützte seinen Kopf müde in die Hand. Wieder fühlte er, wie die Assoziationen sein Hirn bedrängten. «Vielleicht . . .» begann er. Die grauenhafte Erinnerung wallte empor, kristallisierte sich und zerfloß . . . «Ich weiß es nicht», stammelte er.

Er gewann den Eindruck, daß das Verhalten des Detektivs etwas freundlicher geworden war. «Erzählen Sie uns einfach – mit Ihren eigenen Worten und so, wie es Ihnen gerade einfällt – alles, woran Sie sich tatsächlich erinnern können.»

«Es wird schon nicht anders gehen, als so, wie es mir gerade einfällt. Also, da ist zunächst Poole. Er ist ein Wärter in Dr. Foresters geschlossener Abteilung, dem sogenannten Krankentrakt, wo die gemeingefährlichen Fälle hinkommen; nur glaube ich, daß die Patienten dort gar nicht gefährlich sind. Ich weiß, daß ich diesem Poole schon einmal in früheren Zeiten begegnete, bevor mein Gedächtnis zum Teufel ging. Ich kann mich an ein kleines, schäbig eingerichtetes Zimmer erinnern mit einem Bild der Bucht von Neapel. Anscheinend wohnte ich dort – warum, das weiß ich nicht; es war nämlich nicht die Sorte von Zimmer, die ich mir aussuchen würde. Wissen Sie, so vieles von dem, was mir nach und nach wieder einfällt, ist bloß Gefühl, Stimmung – nicht Tatsache.»

«Das stört uns nicht», sagte der Detektiv.

«Es ähnelt der Erinnerung an einen Traum, von dem einem das meiste schon wieder entfallen ist. Ich erinnere mich an eine große Traurigkeit, an Angst und – ja, auch an eine Vorahnung drohender Gefahr und an einen eigenartigen Geschmack.»

«Was für ein Geschmack war das?»

«Wir tranken gerade Tee, und er wollte, daß ich ihm etwas gebe.»

«Was?»

«Daran kann ich mich nicht erinnern. Was mir in diesem Zusammenhang immer wieder einfällt, das ist geradezu absurd: ein Kuchen.»

«Ein Kuchen?»

«Ja, mit echten Eiern zubereitet. Und dann ereignete sich irgend etwas . . .»

Rowe fühlte sich mit einemmal furchtbar müde. Draußen ging die Wintersonne auf. In der ganzen Stadt eilten die Menschen zur Arbeit.

Er kam sich wie ein Todsünder vor, der in der Kirche anderen zusieht, wie sie vor den Altar treten, um das Sakrament zu empfangen – einsam und verlassen. Wenn er nur wüßte, was *seine* Arbeit, *sein* Beruf gewesen war!

«Möchten Sie eine Tasse Tee?»

«Ja, bitte. Ich bin ziemlich abgespannt.»

«Holen Sie ihm Tee, Beavis, und ein paar Keks – oder ein Stück Kuchen.»

Der Detektiv unterbrach sein Verhör, bis der andere Beamte zurückgekehrt war; als aber Rowe nach dem Kuchenstück langte, sagte er unvermittelt: «In dem da sind leider keine echten Eier. Ihr Kuchen muß also hausgemacht gewesen sein. Gekauft können Sie ihn nicht haben.»

Ohne seine Antwort zu überlegen, erwiderte Rowe: «Ach nein, gekauft habe ich ihn nicht, ich habe ihn gewonnen ...» und hielt plötzlich inne. «Das ist doch zu dumm; ich habe das jetzt ganz gedankenlos gesagt.» Der Tee belebte ihn. Er fuhr fort: «Sie behandeln Ihre Mörder gar nicht so schlecht.»

«Fahren Sie mit Ihren Erinnerungen fort», ermahnte ihn der Detektiv.

«Ich erinnere mich, daß in einem Zimmer eine Schar von Leuten in einem Kreis sitzt und daß plötzlich das Licht ausgeht. Und ich fürchte mich, daß sich in der Finsternis jemand von hinten an mich anschleichen und mich erstechen oder erwürgen könnte. Und dann spricht eine Stimme. Das ist das Allerschlimmste – das Gefühl von Schmerz und Verzweiflung! Aber ich kann mich an kein Wort erinnern, das gesprochen wurde, und dann flammt das Licht wieder auf, und ein Mann liegt tot da. Und jetzt werden Sie vermutlich sagen, ich hätte es getan. Aber ich glaube, ich war es gar nicht.»

«Würden Sie das Gesicht des Ermordeten wiedererkennen?»

«Ich glaube, schon.»

«Die Akte, Beavis!»

In dem winzigen Raum wurde es allmählich heiß. Dem Detektiv stand der Schweiß auf der Stirn, und sein kleiner blonder Schnurrbart glänzte feucht. «Wenn Sie wollen, können Sie den Rock ausziehen», sagte er und entledigte sich seines eigenen; dann saß er in einem perlmuttergrauen Hemd mit silbernen Armreifen da, die die Manschetten in genau der richtigen Länge festhielten. Wie eine Puppe wirkte er, und es sah so aus, als wäre bloß der Rock so gemacht worden, daß er ihn ausziehen konnte.

Beavis brachte eine in Papier gebundene Akte und legte sie auf den Tisch. Der Detektiv sagte: «Gehen Sie das in aller Ruhe durch – Sie werden auch etliche lose eingelegte Fotografien finden – und sehen Sie nach, ob Sie den Ermordeten entdecken können.»

Eine von der Polizei gemachte Aufnahme gleicht einer Paßfotografie: die Intelligenz, die über derbe, gewöhnliche Gesichtszüge ihren Schleier breitet, wird von dem minderwertigen Objekt niemals verzeichnet. Niemand kann leugnen, daß die Konturen der Wangen, die Form von Nase und Mund vorhanden sind, und doch ruft man unwillkürlich aus: «Das bin nicht ich!»

Mit der Zeit wandte Rowe die Seiten nur mehr ganz mechanisch um. Er konnte nicht glauben, daß sich sein Leben unter solchen Menschen abgespielt hatte. Nur ein einziges Mal zögerte er sekundenlang: eine Erinnerung regte sich in ihm beim Anblick der lose eingelegten Fotografie eines Mannes, der sein schütteres Haar glatt nach hinten gekämmt, einen Bleistift in der Brusttasche festgeklemmt hatte und dessen von Fältchen umringte scheue Augen dem Blick des Betrachters auswichen, als hätten sie dem grellen Scheinwerfer des Fotografen entgehen wollen.

«Kennen Sie ihn?» erkundigte sich der Detektiv.

«Nein. Wie könnte ich? Oder ist er vielleicht ein Geschäftsmann? Einen Moment glaubte ich das. Aber nein, ich kenne ihn doch nicht.» Er blätterte weiter. Einmal blickte er auf und bemerkte, daß der Detektiv seine Hand unter dem Schenkel hervorgezogen hatte; er schien jedes Interesse verloren zu haben. Nur noch wenige Seiten hatte er umzublättern – und da hatte er zu seiner Überraschung plötzlich das Gesicht vor sich: eine breite, nichtssagende Stirn, einen dunklen Stadtanzug; mit diesem Bild quoll eine ganze Schar von Gesichtern über die Schwelle seines Bewußtseins, drängte sie sich ungestüm in sein Gedächtnis. «Der da!» rief er aus und lehnte sich auf seinem Stuhl zurück, mit einemmal so schwindlig, daß sich seine Umgebung im Kreis zu drehen schien.

«So ein Unsinn!» fuhr der Detektiv ihn an. Seine barsche Stimme kam Rowe kaum zu Bewußtsein; er hörte nur ein paar abgerissene Sätze: «Einen Moment habe ich wirklich gedacht ... ein guter Schauspieler, sonst nichts ... reine Zeitverschwendung ...»

«Die Kerle taten es mit meinem Taschenmesser.»

«Hören Sie mit dem Theater auf!» befahl ihm der Detektiv. «Dieser Mensch ist nicht ermordet worden. Der ist genauso lebendig wie Sie oder ich.»

2

«Lebendig?»

«Ja, natürlich. Ich weiß nicht, wieso Sie ausgerechnet auf den verfallen sind.»

Rowes Müdigkeit war plötzlich verflogen; er bemerkte, daß draußen ein schöner Tag angebrochen war. «Dann bin ich doch gar kein Mörder!» rief er aus. «War er schwer verletzt?»

«Sie bleiben also wirklich dabei?» fragte der Detektiv ungläubig. Beavis hatte es aufgegeben, jedes Wort mitzuschreiben. «Ich weiß nicht, wovon Sie reden, Rowe. Wie geschah es? Wann? Was glauben Sie gesehen zu haben?» forschte er weiter.

Während Rowe die Fotografie unverwandt betrachtete, kam ihm das Bild stückweise wieder ins Gedächtnis. «Die wundervolle Mrs. ... – Mrs. Bellairs! Es war in ihrem Haus, eine Séance.» Plötzlich sah er eine schmale, blutbefleckte Hand vor sich. Er sagte: «Oh, da war ja auch – Dr. Forester. Natürlich, der war dort! Und er sagte uns, der Mann sei tot. Dann holten sie die Polizei.»

«Derselbe Dr. Forester?»

«Derselbe.»

«Und Sie ließ man laufen?»

«Nein, ich brannte durch.»

«Und dazu hat Ihnen jemand verholfen?»

«Ja.»

«Wer?»

Jetzt flutete die Vergangenheit in seinen Geist zurück, als ob ihr nun, da er nichts mehr zu fürchten hatte, alle Schleusen geöffnet worden wären. Annas Bruder hatte ihm zur Flucht verholfen; Rowe sah das frohgelaunte, jugendliche Antlitz deutlich vor sich, fühlte an seinen Knöcheln noch den Schlag, durch den er ihn niedergestreckt hatte. Diesen Freund würde er nicht verraten. «Daran kann ich mich nicht erinnern», log er.

Der kleine beleibte Detektiv stieß einen Seufzer aus. «Das ist kein Fall für uns», sagte er zu Beavis. «Wir müssen ihn nach 59 hinüberführen.» Er griff nach dem Telefon und rief jemanden an, der Prentice hieß. Zu diesem sagte er in jammervollem Ton: «Wir liefern euch laufend eure Burschen, aber wie oft bekommen wir einen von euch?» Dann begleitete er Rowe über den großen Innenhof, der von den mächtigen grauen Gebäuden von Scotland Yard umschlossen wird. Draußen am Themsekai summten und quietschten die Straßenbahnen, während sie den Hof durchschritten, dem der Taubenkot auf den ringsum gestapelten Sandsäcken ein ländliches Aussehen verlieh. Rowe war es völlig gleichgültig, daß die beiden Beamten links und rechts von ihm dahingingen, offensichtlich zu seiner Bewachung. Er war noch immer ein freier Mann, er hatte keinen Mord begangen, und auch sein Gedächtnis kam Schritt für Schritt zurück. Plötzlich sagte er ganz unvermittelt: «Den Kuchen wollte er von mir haben!» und lachte hell auf.

«Behalten Sie Ihren Kuchen für Prentice!» sagte der kleine Dicke in säuerlichem Ton. «Der ist in unserem Betrieb der Surrealist.»

Endlich kamen sie in einem anderen Gebäudeteil zu einem Zimmer, das beinahe in jeder Einzelheit dem ersten glich. Dort saß ein Herr in einem Anzug aus rauhem Tweed an der vordersten Kante seines Stuhls, als wäre dieser ein Jagdstock. Ein grauer, wehmütig herabhängender Schnurrbart gab ihm ein altmodisches Aussehen. «Das ist Mr. Arthur

Rowe, nach dem wir so lange gefahndet haben», sagte der kleine Dicke und legte das Aktenbündel auf den Tisch. «Zumindest behauptet er, es zu sein. Keine Identitätskarte. Sagt, er hat mit Gedächtnisschwund in einer Nervenheilanstalt gelegen. Wir sind die Glücklichen, die sein Gedächtnis wieder in Schwung gebracht haben. Und was für ein Gedächtnis! Wir sollten selbst eine Klinik einrichten. Es wird Sie interessieren, zu hören, daß er gesehen hat, wie Cost ermordet wurde.»

«Na, das ist aber wirklich interessant!» erwiderte Prentice und bedankte sich mit altertümlicher Höflichkeit. «Am Ende gar *mein* Mr. Cost?»

«Ja, *Ihr* Mr. Cost. Und ein Dr. Forester war bei seinem Tod zugegen.»

«Was, *mein* Dr. Forester?»

«Es scheint so. Dieser Herr war einer seiner Patienten.»

Prentice sagte: «Bitte, nehmen Sie Platz, Mr. Rowe. Und Sie auch, Graves.»

«Danke, ich nicht. *Sie* haben eine Vorliebe für das Phantastische, nicht ich. Ich gehe wieder, aber ich lasse Ihnen Beavis da für den Fall, daß Sie ein Stenogramm aufnehmen wollen.» An der Tür wandte er sich noch einmal um und rief zurück: «Angenehme Alpträume!»

«Netter Kerl, dieser Graves», sagte Prentice, als der andere gegangen war. Er beugte sich vor, wie wenn er aus der Hüfttasche eine Flasche hervorziehen und sie Rowe anbieten wolle. Der herbe Duft seines edlen Tweed drang über den Schreibtisch zum andern hinüber. «Würden Sie behaupten, daß es ein gutes Sanatorium ist?»

«Solange man nicht mit dem Doktor in Streit gerät.»

«Haha! Ganz richtig! Und was geschieht dann?»

«Dann kann es einem passieren, daß man sich plötzlich im Krankentrakt befindet, wo die gewalttätigen Fälle untergebracht werden.»

«Herrlich!» äußerte sich Prentice und streichelte seinen langen Schnurrbart. «Es ist geradezu bewundernswert, wie gerissen . . . Sie hätten also keine Klage vorzubringen?»

«Nein, man hat mich einwandfrei behandelt.»

«Hm, das habe ich fast befürchtet. Wenn sich nur einmal jemand beschwerte – alle Patienten sind doch freiwillig dort –, hätten wir einen Grund, uns den Laden mal näher anzusehen. Das wollte ich schon längst tun.»

«Sobald man einmal im Krankentrakt ist, ist es zu spät. Wenn man nicht schon verrückt ist, dann bringen sie einen dort bald soweit.» In seinem blinden Ringen um Klarheit hatte er Stone vorübergehend vergessen. Nun fiel ihm die matte Stimme hinter der verschlossenen Tür wieder ein, und Schuldbewußtsein beschlich ihn. «Eben jetzt haben sie einen im Krankentrakt. Der ist auch nicht gewalttätig.»

«Wegen einer kleinen Meinungsverschiedenheit mit Dr. Forester, nehme ich an?»

«Ja. Er behauptet, gesehen zu haben, wie der Doktor und Poole – das ist der Wärter – in Pooles finsterem Zimmer herumhantierten. Er sagte ihnen, er sei auf der Suche nach einem Fenster, von dem aus er die kleine Insel im Teich unter Feuer nehmen könne.» Da unterbrach sich Rowe und fuhr nach einer kleinen Pause fort: «Ich glaube, er ist tatsächlich ein bißchen verrückt, aber ganz harmlos und bestimmt nicht gefährlich.»

«Erzählen Sie weiter», ermunterte ihn Prentice.

«Er bildete sich ein, die Deutschen hätten die kleine Insel besetzt. Er sagt, er habe zugesehen, wie sie sich dort eingruben.»

«Und das erzählte er dem Doktor?»

«Ja. Können Sie ihn nicht herausholen?» sagte Rowe in flehentlichem Ton. «Man hat ihn in eine Zwangsjacke gesteckt; aber er würde keinem Menschen ein Haar krümmen ...»

«Das müssen wir uns gut überlegen», erwiderte Prentice und strich sich mit einer melkenden Bewegung den Schnurrbart. «Wir müssen die Angelegenheit von den verschiedensten Gesichtspunkten betrachten.»

«Der Bedauernswerte wird dort wohl wirklich noch verrückt werden.»

«Armer Kerl!» sagte Prentice, aber seine Anteilnahme klang nicht überzeugend. Hinter seiner sanftmütigen Art steckte kalte Erbarmungslosigkeit. Plötzlich wechselte er das Thema, indem er fragte: «Und was ist mit Poole?»

«Der kam einmal zu mir – wie lange das schon zurückliegt, vermag ich nicht zu sagen – und wollte von mir einen Kuchen haben, den ich auf einem Wohltätigkeitsfest gewonnen hatte. Es war gerade ein Luftangriff im Gang. Ich habe das dunkle Gefühl, daß er mich umbringen wollte, weil ich ihm den Kuchen nicht aushändigte. Der war mit echten Eiern gemacht. Glauben Sie, daß ich auch einen Vogel habe?» fragte er besorgt.

Nachdenklich antwortete Prentice: «Das möchte ich nicht unbedingt behaupten. Wissen Sie, das Leben kann sehr merkwürdig sein. Oh, sehr merkwürdig! Sie sollten Geschichte studieren. Es ist Ihnen vielleicht bekannt, daß Seidenraupen in einem hohlen Spazierstock aus China herausgeschmuggelt wurden. Die Stellen, die die Diamantenschmuggler als Versteck benützen, kann man gar nicht erwähnen. In diesem Augenblick suche ich wie eine Stecknadel einen Gegenstand, der vielleicht kaum größer ist als ein Diamant. Ein Kuchen ... na, warum nicht? Aber der Mann hat Sie nicht umgebracht.»

«Ich habe so viele leere Stellen in meinem Gedächtnis!» klagte Rowe.

«Und wo hat er Sie aufgesucht?»

«Daran kann ich mich auch nicht erinnern. So viele Jahre meines

Lebens sind einfach ausgelöscht.»

Darauf erwiderte Prentice: «Wir vergessen sehr leicht, was uns weh tut.»

«Ja, ich wünschte beinahe, ich wäre ein Verbrecher; dann würde hier wenigstens meine Strafkarte aufliegen.»

Mit sanfter Stimme sagte Prentice: «Wir kommen sehr schön vorwärts, wirklich sehr schön. Jetzt wollen wir aber zum Mord zurückkehren – an Cost, sagten Sie? Anscheinend gingen Sie weder in ein Versteck, noch kamen Sie zu uns. Und was war das, was Sie wußten ... oder wir wußten?» Er legte seine Hände flach auf den Tisch und fuhr fort: «Ein nettes Problem. Fast ließe es sich in algebraischen Werten ausdrükken. Erzählen Sie mir alles, was Sie schon Graves mitgeteilt haben.»

Zum zweitenmal schilderte Rowe im einzelnen, woran er sich erinnern konnte. Er erzählte von dem menschengefüllten Salon, wie das Licht ausging, wie eine Stimme sprach und die Angst ihn packte ...

«Graves hat Ihre Schilderung wohl nicht entsprechend zu würdigen verstanden», sagte endlich Prentice. «Der arme Graves! Seine geistige Provinz sind Eifersuchtsverbrechen unter Eisenbahnern. In unserer Abteilung aber müssen sich die Interessen auf weniger alltägliche Vorfälle richten. Und so begegnet er uns mit Mißtrauen – ja, mit ausgesprochenem Mißtrauen.»

Er begann in der Akte zu blättern, als wäre diese ein Familienalbum, und aus seiner Miene sprach leiser Spott. «Studieren Sie das Wesen Ihrer Mitmenschen, Mr. Rowe?» fragte er plötzlich.

«Ich weiß nicht, was ich eigentlich tue.»

«Zum Beispiel dieses Gesicht ...»

Es war die Fotografie, bei der Rowe schon einmal gezögert hatte; jetzt tat er es wieder.

«Was für einen Beruf, meinen Sie, hat dieser Mensch gehabt?» fragte ihn Prentice.

Der Bleistift, der in die Brusttasche geklemmt war, der abgetragene Anzug, die Miene eines Menschen, der stets auf Zurücksetzung gefaßt ist, die feinen Linien der Lebenserfahrung rund um die Augen: als Rowe dies alles prüfend betrachtete, empfand er nicht den leisesten Zweifel. «Ein Privatdetektiv», erklärte er ohne Zaudern.

«Richtig geraten – auf den ersten Anhieb! Und dieser kleine, namenlose Mann hatte natürlich auch einen ganz unauffälligen Namen ...»

Rowe lächelte. «Jones, würde ich sagen», erwiderte er.

«Sie werden es nicht für möglich halten, Mr. Rowe, aber Sie und dieser – na, nennen wir ihn ruhig Jones! – hatten eines gemeinsam. Sie verschwanden beide spurlos. Aber Sie sind wiederaufgetaucht. Wie hieß doch gleich das Detektivbüro, das ihn beschäftigte, Beavis?»

«Ich kann mich nicht entsinnen, Sir. Aber ich könnte ja nachsehen gehen.»

«Ist nicht so wichtig. Das einzige Unternehmen, an das ich mich erinnern kann, ist die Agentur Clifford. Die war es aber nicht.»

«Vielleicht Orthotex?» schlug Rowe vor. «Ich hatte einmal einen Freund . . .» Er stockte.

«Es kommt doch allmählich wieder, nicht wahr, Mr. Rowe? Der Mann hieß tatsächlich Jones, und er arbeitete auch für Orthotex. Was veranlaßte Sie dazu, sich dorthin zu wenden? Das können wir Ihnen sagen, falls Sie sich nicht erinnern sollten. Sie glaubten, irgend jemand wolle Sie ermorden – wegen eines Kuchens. Den hatten Sie in unfairer Weise auf dem Fest gewonnen, weil Ihnen eine gewisse Mrs. Bellairs das Gewicht angegeben hatte. Dann suchten Sie herauszukriegen, wo diese Mrs. Bellairs wohnte, und zwar taten Sie das im Büro des Unterstützungsfonds der freien Nationen (wenn ich diese ausgefallene Bezeichnung richtig in Erinnerung habe!), und Jones folgte Ihnen, bloß um die Herrschaften und auch Sie im Auge zu behalten. Aber irgendwie müssen Sie ihm durch die Finger geschlüpft sein, Mr. Rowe, weil Jones nie wieder zum Vorschein kam. Und als Sie am nächsten Tag Rennit anriefen, da erzählten Sie ihm, Sie würden wegen eines Mordes gesucht.»

Rowe saß da und hielt die Hände vor die Augen – in dem Versuch, sich zu erinnern? Oder die Erinnerung zu unterdrücken? Unterdessen sprach der Detektiv präzis und wohlüberlegt weiter: «Und doch war – soweit wir dies wußten – während der vorhergegangenen vierundzwanzig Stunden in London kein Mord vorgekommen, wenn nicht der arme Jones einem zum Opfer gefallen war. Sie wußten offenbar etwas; vielleicht wußten Sie sogar alles. Wir erließen Aufrufe in den Zeitungen, Sie möchten sich melden, aber Sie kamen nicht zum Vorschein – bis heute, wo Sie auf einmal mit einem Vollbart auftauchen, den Sie früher gewiß nicht trugen, wo Sie behaupten, das Gedächtnis verloren zu haben, sich aber wenigstens daran erinnern können, daß Sie wegen Mordes angeklagt worden wären; und als angebliches Opfer suchen Sie einen Mann heraus, von dem wir positiv wissen, daß er lebt. Wie kommt Ihnen das alles vor, Mr. Rowe?»

«Ich warte nur noch auf die Handschellen», antwortete er mit einem unglücklichen Lächeln.

«Sie können unserem Freund Graves kaum einen Vorwurf machen», sagte Prentice.

«Ist das Leben wirklich so?» fragte Rowe, und Prentice beugte sich mit interessierter Miene vor, als ob er stets gern bereit wäre, die Erörterung des besonderen Falles zugunsten der Debatte über ein allgemeines Problem zurückzustellen.

Er sagte: «Ja, das ist das Leben; folglich kann man wohl auch behaupten, daß es wirklich so ist.»

«Ich habe es mir aber ganz anders vorgestellt», erwiderte Rowe. «Sehen Sie: ich lerne erst», fuhr er fort. «Ich stehe ganz am Anfang, versuche mich zurechtzufinden. Ich hielt das Leben für wesentlich einfacher – und auch großartiger. Ich glaube, einen Knaben mutet es so an. Ich wurde großgezogen mit Geschichten, wie Captain Scott am Südpol seine letzten Briefe in die Heimat schreibt, wie Oates in den Schneesturm hinauswankt. Ich habe vergessen, wie der Mann hieß, der bei Experimenten mit Radium beide Hände verlor. Wie Damien unter den Leprakranken weilte . . .» Die Erinnerungen, die von dem wirklich erlebten Leben überschichtet worden waren, kamen ihm nun in dem kleinen, muffigen Kanzleiraum im mächtigen grauen Scotland Yard mit ihrer ursprünglichen Frische wieder ins Gedächtnis. Es bedeutete ihm eine Erleichterung, darüber zu sprechen. «Das war ein Buch, das hieß ‹Das Buch goldener Taten› von einer Frau, die Yonge hieß . . . dann ‹Der kleine Herzog› . . .» Er sprach weiter: «Wenn man aus jener Welt plötzlich in den Beruf versetzt würde, den Sie ausüben, wäre man völlig verwirrt: Jones und der Kuchen, die Heilanstalt mit der geschlossenen Abteilung, der arme Major Stone . . . dieses ganze Gerede über einen Menschen namens Hitler . . . ein Aktenbündel voll jämmerlicher Gesichter, die Grausamkeit und die Sinnlosigkeit! Es ist so, wie wenn man auf eine Reise geschickt worden wäre und die falsche Landkarte mitbekommen hätte. Ich bin bereit, alles zu tun, was Sie verlangen. Aber bedenken Sie, daß ich mich noch nicht zurechtgefunden habe. Jeder andere Mensch hat sich allmählich verändert und immer dazugelernt. Dieser ganze Krieg, dieser Haß – selbst die sind mir fremd. Ich bin erst langsam in die richtige Stimmung hineingesteigert worden. Wäre es da nicht weitaus am einfachsten, mich aufzuhängen?»

«Ja, ja, ein hochinteressanter Fall», fiel ihm Prentice eifrig ins Wort. «Ich kann verstehen, daß nach Ihren Begriffen –» zu Rowes Erstaunen verfiel er in die Umgangssprache – «dieses Büro ein lausiges kleines Loch ist. Wir haben uns natürlich damit abgefunden.»

«Was mich dabei erschreckt», sprach Rowe weiter, «ist die Tatsache, daß ich nicht weiß, wie ich mich mit dieser Entwicklung abfand, bevor mir das Gedächtnis verlorenging. Als ich heute nacht nach London hereinkam, hatte ich noch keine Ahnung, daß ich so viele Ruinen antreffen werde. Nichts wird mir jemals so wunderlich vorkommen wie gerade das. Weiß Gott, was für eine Ruine ich selbst bin. Am Ende bin ich doch ein Mörder?»

Prentice schlug hastig die Akte wieder auf und sagte: «Ach, wir glauben schon nicht mehr daran, daß Sie Jones ermordeten.» Er glich einem Menschen, der über eine Mauer gespäht, dahinter etwas Unerquickliches gesehen hat, sich nun rasch und bewußt davon abwendet und währenddessen ununterbrochen von etwas anderem redet. «Jetzt erhebt sich die Frage: wieso verloren Sie Ihr Gedächtnis? Was wissen Sie darüber?»

«Nur was man mir gesagt hat.»

«Und was hat man Ihnen gesagt?»

«Daß eine Bombe die Ursache war. Davon habe ich auch diese Narbe.»

«Waren Sie allein?»

Ehe er seine Zunge zügeln konnte, platzte er schon heraus: «Nein.»

«Wer war bei Ihnen?»

«Eine junge Frau.» Jetzt war es zu spät; er mußte sie in die Sache hineinziehen; und schließlich: wenn er kein Mörder war, was konnte es da schon ausmachen, wenn er zugab, daß ihr Bruder ihm zur Flucht verholfen hatte? «Sie heißt Miss Anna Helf.» Die schlichten Worte klangen ihm selbst süß in den Ohren.

«Wieso waren Sie mit ihr beisammen?»

«Ich glaube, wir waren ineinander verliebt.»

«Sie glauben das nur?»

«Ja, ich erinnere mich nicht deutlich daran.»

«Und was sagt sie darüber?»

«Sie behauptet, ich hätte ihr das Leben gerettet.»

«Die Freien Mütter!» Prentice wurde nachdenklich. «Hat sie Ihnen erklärt, wie Sie zu Dr. Forester kamen?»

«Man verbot es ihr», antwortete Rowe, worauf Prentices Augenbrauen in die Höhe fuhren. «Man wollte erreichen – so sagte Miss Helf wenigstens –, daß mein Gedächtnis auf ganz natürlichem Wege und ganz langsam von selbst zurückkommt, ohne Hypnose, ohne Psychoanalyse.»

Prentice blickte sein Gegenüber strahlend an und schaukelte dabei auf der Kante seines Stuhles, auf dem er wieder wie auf einem Jagdstock hockte, ganz leicht vorwärts und rückwärts. Rowe hatte das Gefühl, daß er sich mitten in einer erfolgreichen Jagd eine wohlverdiente Rast gönnte. «Ja, ja, es wäre höchst peinlich gewesen, wenn Ihr Gedächtnis zu schnell wiedergekommen wäre – obwohl natürlich jederzeit der Krankentrakt zur Verfügung stand.»

«Wollen Sie mir nicht endlich sagen, worum es sich bei der ganzen Geschichte dreht?»

Prentice strich sich den Schnurrbart; er hatte das Gehaben eines vornehmen Müßiggängers im Stile Lord Balfours; aber man gewann den Eindruck, daß er dies wohl wußte. Er hatte sich gewissermaßen selbst stilisiert – so war das Leben leichter –, hatte sich einen körperlichen Erscheinungstypus zurechtgelegt, ähnlich wie sich ein Schriftsteller eine ganz bestimmte Technik zurechtlegt. «Waren Sie jemals ständiger Gast des Regal Court?»

«Das ist doch ein Hotel, nicht?»

«Aha, soweit erinnern Sie sich!»

«Na, das war unschwer zu erraten.»

Prentice schloß die Augen; das war vielleicht Affektiertheit; aber wer kommt schon ohne sie durchs Leben?

«Weshalb fragen Sie mich nach dem Regal Court?»

«Es war ein Schuß auf gut Glück», antwortete Prentice. «Wir haben ja so wenig Zeit.»

«Wozu?»

«Um in einem Heuschober eine winzige Stecknadel zu finden.»

3

Man hätte von Prentice kaum behauptet, daß er zu großen körperlichen Anstrengungen befähigt sei. Eine beschwerliche Pirsch, so hätte man gesagt, würde seine Kräfte übersteigen. Vom Jagdhaus zum Wagen und vom Wagen zum Anstand war ungefähr der weiteste Weg, den man von ihm an einem Tag erwarten konnte. Und doch sollte er sich in den nächsten Stunden als höchst ausdauernd erweisen, und die Jagd war ohne Zweifel äußerst beschwerlich . . .

Kaum hatte er die wenigen Worte seiner rätselhaften Andeutung zu Ende gesprochen, da war er auch schon auf seinen langen Beinen, die er so steif wie Stelzen bewegte, aus dem Zimmer gerannt. Rowe blieb mit Beavis allein zurück; langsam schleppte sich der Tag weiter. Der morgendliche Sonnenschein war ein trügerisches Versprechen gewesen; vorm Fenster fiel wie Staub ein kalter, unfreundlicher Sprühregen. Nach einer langen Wartezeit brachte man ihm ein Tablett mit kalter Fleischpastete und einer Tasse Tee.

Beavis war nicht zu einer Unterhaltung zu bewegen, und Rowe hatte das Gefühl, der andere fürchte sich, seine Worte könnten als Beweismaterial gegen ihn verwendet werden. Deshalb unternahm er nur einen Versuch, das lastende Schweigen zu brechen. Er sagte: «Wenn ich nur wüßte, worum es sich bei der ganzen Sache handelt.» Er sah, wie bei dieser Äußerung Beavis seinen Mund mit den langen Zähnen auf- und zuklappte, als wäre er eine Wildfalle. «Amtsgeheimnis!» erklärte der Beamte und starrte mit ausdruckslosen Augen gegen die kahle Wand.

Dann war Prentice mit einemmal wieder im Zimmer; mit seinem steifen und doch lässigen Gang kam er hereingestürzt, und hinter ihm folgte ein Mann in Schwarz, der eine steife Melone wie eine Schüssel Wasser mit beiden Händen trug und Prentice leicht keuchend an den Fersen blieb. In der Tür blieb er stehen und starrte Rowe wutschnaubend an. «Das ist der Schurke!» rief er. «Darüber besteht kein Zweifel. Ich sehe durch den Bart hindurch; der ist bloß Tarnung!»

Prentice kicherte belustigt. «Ausgezeichnet! Es fügt sich Stück um Stück zusammen», sagte er.

Der Mann mit dem steifen Hut sprudelte hervor: «Er trug den Koffer ins Hotel und wollte ihn bloß abgeben. Aber ich hatte meine Weisungen. Ich sagte ihm, er müsse auf Mr. Travers warten. Er wollte aber nicht warten. Natürlich wollte er nicht, weil er genau wußte, was im Koffer war ... Irgend etwas muß dabei schiefgegangen sein. Er erwischte mit seiner Bombe nicht Travers, hätte aber um ein Haar das arme Mädel umgebracht ... und als sich die allgemeine Verwirrung gelegt hatte, war der Gauner verschwunden.»

«Ich erinnere mich nicht, diesen Herrn je gesehen zu haben», verteidigte sich Rowe.

Der Mann fuchtelte mit seinem Hut wild herum und sagte: «Vor jedem Gericht würde ich einen Eid darauf leisten, daß er es war.»

Beavis besah sich die Szene mit halboffenem Mund, während Prentice von neuem zu grinsen begann. «Jetzt haben wir keine Zeit zum Zanken», erklärte er. «Ihr zwei könnt euch später noch näher kennenlernen. Jetzt brauche ich euch.»

«Wollen Sie mir nicht wenigstens eine Andeutung geben?» bettelte Rowe und dachte sich dabei: «Da bin ich, auf eine Mordanklage gefaßt, den ganzen weiten Weg nach Scotland Yard gefahren, nur um eine noch viel größere Verwirrung vorzufinden.»

«Im Taxi», sagte Prentice abwehrend. «Im Taxi werde ich Ihnen alles erklären.» Er stürmte zur Tür hinaus.

«Sie verhaften ihn nicht?» fragte der Mann mit dem steifen Hut entrüstet und rannte keuchend hinterher.

Ohne sich umzudrehen, erwiderte Prentice: «Sofort, sofort, vielleicht ...» und fügte dann die rätselhafte Frage hinzu: «Wen?»

Mit Riesenschritten eilten sie in den Hof und durchs Tor hinaus in die breite, steinerne Northumberland Avenue; Polizisten salutierten, während sie in ein Taxi sprangen und davonbrausten, vorbei an der zerstörten Häuserfront des «Strand», an den leeren Fensterhöhlen des Gebäudes einer Versicherungsgesellschaft, an bretterverschlagenen Auslagen, an einer Konditorei, in deren Schaufenster sich eine einzige Schüssel blaßvioletter Cachous befand.

Mit gedämpfter Stimme begann Prentice: «Ich möchte, daß sich die beiden Herren vollkommen natürlich und ungezwungen benehmen. Wir fahren jetzt zu einem Schneidergeschäft in der City, wo ich mir Maß nehmen lassen werde. Ich gehe als erster hinein. Nach ein paar Minuten folgen Sie, Rowe; und zuletzt kommen Sie, Davis.» Dabei berührte er mit der Fingerspitze den steifen Hut, den der Mann in Schwarz auf seinen Knien balancierte.

«Worum dreht es sich bei der ganzen Sache?» wollte Davis wissen. Er war von Rowe abgerückt, und Prentice, der den beiden anderen auf einem Klappsitz gegenübersaß, streckte seine langen Beine quer durch den Fond des Taxis.

«Lassen wir das jetzt! Halten Sie nur die Augen offen und schauen Sie, ob Sie in dem Laden jemanden erkennen.» Während der Wagen im Bogen um die ausgebrannte Ruine von St. Clement Danes schwenkte, verglomm in Prentices Augen das boshafte Funkeln. «Das Haus wird umstellt sein. Sie brauchen also keine Angst zu haben.»

«Ich habe keine Angst», entgegnete Rowe. «Ich möchte nur endlich wissen ...» Dabei starrte er auf das wunderliche Bild der verwüsteten und von Bretterzäunen gesäumten Straßen Londons.

«Es ist wirklich ernst», bedeutete Prentice seinen Begleitern. «Und ich weiß nicht einmal genau, wie ernst. Aber man könnte ruhig behaupten, daß vielleicht unser aller Schicksal davon abhängt.» Er erschauerte, als ihm diese Äußerung, in der fast so etwas wie ein persönliches Gefühl mitschwang, über die Lippen kam, kicherte, zupfte verlegen an den seidigen Spitzen seines Schnurrbarts und sagte mit trauriger Stimme: «Wissen Sie, es gibt immer Schwächen, die verheimlicht werden müssen. Hätten nach Dünkirchen die Deutschen gewußt, wie schwach wir waren ... Und so gibt es auch heute noch solche Schwächen, und wenn dem Feind die Tatsachen genau bekannt werden ...»

Die Ruinenfelder um die St.-Pauls-Kathedrale taten sich vor ihnen auf und die Schutt- und Aschenfelder an der Paternoster Row, die der Landschaft von Pompeji glichen. «Das ist nichts im Vergleich mit dem, was uns dann blühen würde», meinte Prentice mit einem Blick durchs Fenster und fuhr nach einem kurzen Schweigen bedächtig fort: «Vielleicht erweckte ich vorhin einen falschen Eindruck, als ich sagte, die Sache sei ganz ungefährlich. Wenn wir auf der richtigen Spur sind, dann muß sie doch gefährlich sein, nicht wahr? Was wir suchen, ist unseren Feinden – ach, mindestens tausend Menschenleben wert.»

«Wenn ich irgendwie von Nutzen sein kann ...» begann Rowe. «Für mich ist das Ganze höchst seltsam. Ich hatte keine Ahnung, daß der Krieg so aussieht», sagte er und starrte auf das Bild der Vernichtung hinaus. So ähnlich mußte Jerusalem vor dem geistigen Auge Christi gestanden haben, als er das Schicksal jener Stadt beweinte ...

«Ich fürchte mich nicht», verteidigte sich der Mann mit dem steifen Hut nicht ohne Schärfe.

Prentice, der mit den Händen seine knochigen Knie umfaßt hatte und jede Schwingung des Taxis mit dem ganzen Körper mitmachte, sagte nach einer Weile: «Wir suchen eine winzige Filmspule – vielleicht wesentlich kleiner als eine Zwirnspule, kleiner als eine Filmpatrone für die Leica. Sie haben sicher die Zeitungsartikel über die parlamentarischen Anfragen wegen gewisser Staatsdokumente gelesen, die einige Stunden abgängig waren. Der Vorfall wurde in der Öffentlichkeit totgeschwiegen. Es ist niemand geholfen, wenn das Vertrauen zu einem großen Mann erschüttert wird, und es ist uns nicht geholfen, wenn wir dem Publikum und der Presse erlauben, die Spur zu verwischen. Ich sage Ihnen das nur deshalb, weil wir – na, weil wir Sie in aller Stille auf Kriegsdauer verschwinden lassen könnten, wenn irgend etwas durchsikkern sollte. Zweimal passierte so etwas – das erste Mal war die Filmspule in einem Kuchen versteckt, und der Kuchen sollte von einem ganz bestimmten Wohltätigkeitsfest abgeholt werden. Aber Sie gewannen ihn –» Prentice nickte zu Rowe hinüber –, «denn das Losungswort wurde aus Versehen dem Falschen gegeben.»

«Mrs. Bellairs?» fragte Rowe überrascht.

«Die wird gerade in diesem Augenblick unter die Lupe genommen», antwortete Prentice und setzte mit einer vagen Geste seiner unbeholfen wirkenden Hände die Schilderung der Ereignisse fort: «Der erste Versuch schlug fehl. Eine Bombe, die Ihr Haus traf, zerstörte den Kuchen samt seinem Inhalt – und rettete wahrscheinlich Ihnen das Leben. Aber der Bande mißfiel die Art, wie Sie den Fall auf eigene Faust weiterverfolgten. Man versuchte Sie einzuschüchtern, damit Sie verschwinden, sich in ein Versteck begeben. Aber aus irgendeinem Grunde schien ihnen das nicht ausreichend. Deshalb wollten die Kerle Sie in die Luft sprengen; als sie aber entdeckten, daß Sie das Gedächtnis verloren hatten, gaben sie sich damit zufrieden. Es war sogar besser, als Sie umzubringen, weil Sie durch Ihr Verschwinden die Schuld an der Bombenexplosion auf sich luden – und auch die am Schicksal des armen Jones.»

«Weshalb trachtete die Bande aber Miss Helf nach dem Leben?»

«Lassen wir die unlösbaren Rätsel zunächst beiseite», sagte Prentice. «Vielleicht taten sie es, weil ihr Bruder Ihnen behilflich war. Einen solchen Racheakt könnte man ihnen ohne weiteres zutrauen. Aber jetzt ist nicht die Zeit, auf das alles näher einzugehen.» Sie fuhren am Rathaus der City vorbei. «Was wir sicher wissen, ist folgendes: die Bande mußte warten, bis sich die nächste Gelegenheit ergab. Wieder fiel ihr ein bedeutender Mann – und ein großer Narr zum Opfer. Mit dem ersten Narren hatte er eines gemein – er ging zum selben Schneider.» Nun hielt das Taxi an einer Straßenecke in der Altstadt.

«Von hier gehen wir zu Fuß», erklärte Prentice; während sie dem Taxi entstiegen, setzte sich auf dem gegenüberliegenden Gehsteig ein Mann in Bewegung.

«Haben Sie einen Revolver bei sich?» fragte Davis ängstlich.

«Wüßte nicht, wie ich damit umgehen soll», brummte Prentice. «Wenn es zu – Unannehmlichkeiten dieser Art kommen sollte, dann legen Sie sich einfach flach auf den Boden.»

«Sie hatten kein Recht, mich in diese Sache hineinzuziehen», sagte Davis.

Prentice fuhr rasch herum. «O doch!» sagte er mit schneidender Schärfe. «Dazu hatte ich jedes Recht. In diesen Zeiten hat niemand ein Recht auf sein eigenes Leben. Mein lieber Mann, Sie sind jetzt zum Dienst fürs Vaterland einberufen.» Sie standen in einer kleinen Gruppe auf dem Gehsteig. Bankboten gingen vorüber, unterm Arm die angekettete Stahldose und auf dem Kopf den traditionellen Zylinderhut; Stenotypistinnen und Handelsangestellte eilten vorüber; sie hatten sich beim Lunch verspätet. Hier waren keine Ruinen zu sehen; es war wie im Frieden. «Wenn diese Fotografien England verlassen, dann wird es eine Unzahl von Selbstmorden geben ... so war es zumindest in Frankreich», sagte Prentice.

«Woher wissen Sie, daß sie noch im Lande sind?»

«Wir wissen es nicht, wir hoffen es nur. Aber das Schlimmste werden wir früh genug erfahren.» Dann traf er seine Anordnungen: «Sehen Sie mir zu, wie ich hineingehe. Lassen Sie mich mit unserem Mann fünf Minuten im Probierzimmer allein, und dann gehen Sie, Rowe, in den Laden und fragen nach mir. Ich möchte den Burschen dort haben, wo ich ihn genau im Auge behalten kann, und das ist in dem Raum mit den vielen Spiegeln. Dann zählen Sie, Davis, bis hundert und folgen sodann Rowe. Wenn Sie auch noch auftauchen, dann wird ihm das zuviel sein, wird er es nicht für einen bloßen Zufall halten können. Sie werden sozusagen dem Faß den Boden ausschlagen.»

Rowe und Davis blickten der ungelenken, altmodischen Erscheinung nach, während sie die Straße hinabging. Prentice war genau der Typ, der zu einem Schneider in der City gehen würde – zu einem verläßlichen, nicht allzu teuren Handwerker, den er noch seinem Sohn empfehlen konnte. Nach etwa fünfzig Schritten betrat der Detektiv ein Geschäftslokal; an der nächsten Straßenecke stand ein Herr, der sich eben eine Zigarette anzündete. Vor dem Haus neben der Schneiderei fuhr ein Auto vor; eine Dame stieg aus, offenbar um Einkäufe zu besorgen, und ließ den Chauffeur im Wagen zurück.

«Es ist Zeit, daß ich gehe», sagte Rowe. Seine Pulse hämmerten vor Erregung; es war ihm, wie wenn er sich ohne jede traurige Lebenserfahrung und mit der Frische eines unternehmungslustigen Jungen auf dieses Abenteuer einließe. Argwöhnisch blickte er auf Davis, der mit einem nervösen Zucken im Gesicht neben ihm stand. «Also bis hundert, und dann folgen Sie mir», sagte er zu ihm. Davis erwiderte nichts, und so wiederholte er: «Sie zählen jetzt bis hundert, haben Sie mich verstanden?»

«Ach, dieses ganze Theater! Ich bin ein einfacher Mann», brauste Davis auf.

«So war es befohlen.»

«Wer ist denn schon dieser Prentice, daß er mir Befehle geben kann?»

Rowe konnte nicht stehenbleiben und sich auf einen Wortwechsel einlassen; die Zeit war um.

Der Krieg hatte das Schneiderhandwerk schwer getroffen. Auf dem Ladentisch lagen ein paar Ballen minderwertigen grauen Stoffs; die Regale waren fast leer. «Womit kann ich dienen?» fragte ihn ein Verkäufer in schwarzem Gehrock; er hatte ein müdes, vergrämtes, von Sorgenfalten durchzogenes Gesicht.

«Ich bin hergekommen, um mich hier mit einem Bekannten zu treffen», antwortete Rowe. Er warf einen Blick in den schmalen Gang zwischen den kleinen, mit Spiegeln versehenen Probierkabinen. «Ich glaube, er ist gerade bei der Anprobe.»

«Wollen Sie bitte Platz nehmen, mein Herr?» sagte er einladend und rief dann: «Mr. Ford! Mr. Ford!»

Aus einer der Kabinen trat ein Mann, ein Maßband um den Hals geschlungen, ein kleines Bukett von Stecknadeln auf dem Rockrevers, solid – eine typische Erscheinung der City. Es war Cost, den Rowe zuletzt tot über dem Tisch zusammengesunken gesehen hatte, als in Mrs. Bellairs' Salon das Licht wiederaufgeflammt war. Genau wie sich in einem Zusammensetzspiel ein Stein plötzlich in seine Lücke fügt und einer bis dahin verwirrenden Fläche erst ihren Sinn verleiht, so nahm jetzt diese vierschrötige Gestalt zwischen dem Gast aus Welwyn, dem Proletarierdichter und Annas Bruder den ihr zukommenden Platz in seinem Gedächtnis ein. Wie hatte ihn Mrs. Bellairs doch nur bezeichnet? Er erinnerte sich noch genau an ihre Beschreibung: «Er ist der große Geschäftsmann.»

Rowe erhob sich, als ob es sich um eine bedeutende Persönlichkeit handle, die mit ausgesuchter Höflichkeit zu begrüßen sei. Aber in den glanzlosen Augen dieses behäbigen, ehrbaren Geschäftsmanns leuchtete kein Funke des Wiedererkennens auf. «Bitte, Mr. Bridges?» sagte er zu seinem Angestellten. Das waren die ersten Worte, die Rowe jemals aus seinem Munde vernommen hatte; bisher hatte seine einzige Aufgabe darin bestanden, sich totzustellen.

«Dieser Herr möchte sich hier mit dem andern Herrn treffen.»

Langsam wandte Cost ihm seine großen Augen zu; ihr ruhiges Grau zeigte keine Spur eines plötzlichen Erkennens. Oder blieb ihr Blick eine Sekunde länger, als unbedingt nötig war, an seinem Gesicht hängen? «Ich bin mit dem Maßnehmen bei dem andern Herrn so gut wie fertig. Wenn Sie sich nur zwei Minuten gedulden wollen . . .»

Rowe überlegte: «Zwei Minuten! Da kommt eher noch der andere herein, der dem Faß den Boden ausschlagen soll.»

Mr. Ford – wenn er sich jetzt schon so nannte – trat mit gemessenen Schritten an den Ladentisch; Rowe hatte das Empfinden, daß alles, was er tat, sorgfältig überlegt war. Seine Anzüge mußten stets gut gearbeitet sein. Man hätte meinen sollen, daß diese Genauigkeit keinen Raum für das Exzentrische, das Eigenwillige ließ; und doch: welch tolle Ungereimtheit verbarg sich hinter dieser ruhigen Maske! Wieder sah er Dr. Forester vor sich, wie dieser mit langen Fingern in einem dunklen, feuchten Fleck umhertastete, den er für Blut gehalten hatte.

Auf dem Ladentisch stand ein Telefon; Mr. Ford hob den Hörer ab und wählte eine Nummer. Die Wahlscheibe war Rowe zugewandt. Aufmerksam beobachtete er, in welche Löcher der andere seinen Finger steckte. Ford wählte zunächst die Buchstaben B – A – T. Das sah Rowe ganz deutlich. Aber die letzte der Ziffern entging ihm, da sein Blick einmal nervös flackerte und sich in dem ruhigen, nachdenklichen des Schneiders verfing, während dieser wartete, bis die Wahlscheibe abgelaufen war. Rowe wurde unsicher und wünschte sehnlichst Prentice herbei.

«Hallo!» rief Ford jetzt in den Apparat. «Hier Pauling und Crosthwaite.»

Am Schaufenster vorbei schlich mit sichtlichem Widerstreben Davis mit seinem steifen Hut; unwillkürlich strafften sich Rowes Hände, die ineinanderlagen. Mr. Bridges strich mit betrübter Miene die mageren Stoffballen glatt; er wandte Rowe den Rücken zu. Seine gleichgültigen Bewegungen waren wie eine vernichtende Kritik im Fachblatt des Schneidergewerbes.

«Der Anzug wurde heute früh geliefert», sagte Ford in diesem Augenblick. «Ich hoffe, noch rechtzeitig für Ihre Abreise.» Gelassen, mit einer fast übermenschlichen Gemütsruhe, quittierte er das Lob seines Kunden: «Danke vielmals, mein Herr. Ja, ich war bei der letzten Probe selbst äußerst zufrieden.» Sein Blick schwenkte zur klirrenden Eingangstür hinüber, als Davis mit einer Großspurigkeit, bei der ihm alles eher als wohl zumute war, den Laden betrat. «Ganz richtig! Ich glaube, wenn Sie ihn ein paarmal getragen haben, dann werden sich die Schultern schon richtig anpassen . . .» Prentices fein ausgeklügelter Plan war offensichtlich ein Fehlschlag: Fords Gelassenheit schien unerschütterlich.

Da rief Davis erstaunt aus: «Mr. Travers!?»

Behutsam legte Ford die Hand auf die Sprechmuschel und wandte sich an den neuen Besucher: «Entschuldigen Sie, aber ich weiß nicht, mit wem . . .»

«Sie sind doch Mr. Travers!» Dann begegnete Davis dem klaren, ruhigen Blick der grauen Augen und fügte lahm hinzu: «Oder etwa nicht?»

«Nein, mein Herr!»

«Ich dachte . . .»

«Mr. Bridges, bitte, bedienen Sie den Herrn.»

«Gewiß, Mr. Ford.»

Die Hand glitt von der Sprechmuschel, und Ford sprach mit ruhiger, fester, geradezu gebieterischer Stimme weiter ins Telefon: «Nein, mein Herr. Ich sehe eben erst, daß wir die Hose nicht noch einmal anfertigen können. Nein, es ist nicht eine Frage der Punkte. Wir können einfach das Muster vom Fabrikanten nicht mehr erhalten – überhaupt nicht mehr.» Wieder traf sich sein Blick mit dem Rowes und wanderte gleich der Hand eines Blinden an den Umrissen seines Gesichtes entlang. «Ich persönlich habe keine Hoffnung, mein Herr, nicht die geringste Hoffnung.» Er legte den Hörer auf und ging ans andere Ende des Ladentisches. Dort ergriff er eine Zuschneideschere und sagte zu seinem Angestellten: «Können Sie sie einen Moment entbehren, Mr. Bridges?»

«Aber gewiß, Mr. Ford!»

Wortlos und ohne ihn eines Blickes zu würdigen, ging er an Rowe vorüber und in den engen Gang – bedächtig, ernst, mit der gewichtigen Würde seines Berufes. Rowe erhob sich rasch; er spürte, daß irgend etwas getan oder gesagt werden mußte, wenn ihr ganzer Plan nicht mit einem Fiasko enden sollte. «Cost!» rief er der Gestalt nach. «Cost!» Erst dann empfand er die unglaubliche Ruhe und Bedächtigkeit des andern, den starren Blick, mit dem er sein Gesicht betrachtet hatte, als höchst auffällig. «Prentice!» rief er, um diesen zu warnen, als der Schneider in eine der Kabinen trat.

Aber es war nicht die Koje, aus der jetzt Prentice auftauchte. Verwirrt kam er in seidenen Hemdärmeln aus der gegenüberliegenden Kabine hervor. «Was ist los?» fragte er, aber Rowe stand bereits vor der anderen Tür und suchte einzudringen. Er warf einen kurzen Blick zurück und bemerkte, daß Bridges tief schockiert dreinsah und Davis die Augen fast aus den Höhlen traten.

«Schnell! Ihren Hut!» schrie er, entriß Davis seinen steifen Hut und boxte ihn durch das Glasfenster der Kabine.

Unter den Eiszapfen des zersplitterten Glases sah er Cost – Travers – Ford. Vor dem mannshohen, dreiteiligen Spiegel saß er vornübergesunken in dem für die Kunden bestimmten Armsessel; sein Hals war von der Spitze der Schere durchbohrt, deren Griff er fest zwischen die Knie geklemmt hatte. Es war ein Tod nach alter Römer Sitte.

«Diesmal habe ich ihn wirklich umgebracht», dachte sich Rowe, und er hatte noch die Worte in den Ohren, die Costs ruhige, respektvolle, aber auch gebieterische Stimme ins Telefon gesprochen hatte: «Ich persönlich habe keine Hoffnung, mein Herr, nicht die geringste Hoffnung.»

2. Es wird aufgeräumt

‹Ihr solltet euch lieber geschlagen geben!›
Der kleine Herzog

1

Mrs. Bellairs besaß weniger Würde.

Prentice, Rowe und ein Detektiv waren schnurstracks nach Campden Hill hinausgefahren und hatten Davis mit seinem ruinierten Hut in der City zurückgelassen. Prentice machte ein bekümmertes, niedergeschlagenes Gesicht. «Das ist nicht das richtige», äußerte er sich. «Wir müssen sie lebendig erwischen und zum Reden bringen.»

«Einen Moment war es für mich ein furchtbarer Schock», sagte Rowe. «Der Mensch muß großen Mut besessen haben. Ich weiß nicht, weshalb ich das so erstaunlich finde, aber irgendwie verbindet man Unerschrockenheit nicht mit der Vorstellung von einem Schneider. Abgesehen von jenem, der im Märchen den Riesen tötete. Sie würden wohl sagen, daß Cost auf seiten des Riesen stand. Ich möchte nur wissen, warum.»

Während sie in dem feinen Regen, den der Wind vor sich hertrieb, durch den Hyde Park fuhren, rief Prentice plötzlich aus: «Das Mitleid ist etwas Fürchterliches. Die Menschen reden von der Leidenschaft der Liebe. Aber die schlimmste aller Leidenschaften ist doch das Mitleid. Dieses überleben wir niemals so, wie wir die geschlechtliche Liebe überleben.»

«Schließlich haben wir doch Krieg!» erwiderte Rowe in einer gewissen freudigen Erregung. Jetzt zeigte ihm dieser abgedroschene und unwahre Gemeinplatz – so wie in der Hand eines Kindes ein Stück Schwefelkies zerspringt und ihm sein funkelndes Inneres offenbart – seine strahlende Seite: er nahm an den Geschehnissen tätigen Anteil . . .

Prentice warf ihm einen erstaunten, neugierigen Blick zu. «Sie empfinden es wohl nicht? Junge Menschen empfinden kein Mitleid; es ist eine Leidenschaft reiferer Jahre.»

«Ich habe so das Gefühl, daß ich früher ein recht beschauliches, eintöniges und nüchternes Leben geführt haben muß und daß mich deshalb diese Ereignisse furchtbar aufregen. Jetzt, da ich weiß, daß ich kein Mörder bin, kann ich an solchen Geschehnissen sogar Vergnügen finden . . .»

Beim Anblick des Hauses, das in ihm eine nebelhafte Erinnerung wie an ein Traumbild wachrief, brach er unvermittelt ab. Da war wieder der von Unkraut überwucherte kleine Garten mit der grauen, gestürzten und verstümmelten Statue und dem schmalen Eisentor, das sich immer noch krächzend um die Angeln drehte. Alle Vorhänge waren herabgelassen, als ob im Haus jemand gestorben wäre, und die Eingangstür stand offen. Rowe hatte das Gefühl, er werde an den Möbelstücken Preiszettel für eine Versteigerung entdecken.

«Wir haben sie zur gleichen Zeit hoppgenommen», erklärte Prentice.

Lautlose Stille herrschte im Hause. In der Diele stand ein Mann in einem schwarzen Anzug, der ein Beamter der Bestattungsanstalt hätte sein können. Er öffnete für Prentice eine Tür, und sie traten in ein Zimmer. Es war nicht der Salon, an den sich Rowe dunkel erinnerte, sondern das kleine Speisezimmer, das mit häßlichen Stühlen und einem viel zu großen Tisch möbliert war und in dem der Schreibtisch mit dem Telefon stand. Mrs. Bellairs saß in einem Lehnstuhl am Ende des Tisches; ihre Gesichtsfarbe war ein teigiges Grau; auf dem Kopf trug sie einen schwarzen Turban.

«Aber, gnädige Frau!» begrüßte Prentice sie zugleich galant und keck.

Mrs. Bellairs blieb stumm.

«Ich habe Ihnen Besuch mitgebracht», sagte darauf Prentice und trat zur Seite, damit sie Rowe sehen könne.

Es ist ein überwältigendes Erlebnis, plötzlich erfahren zu müssen, daß man ein Gegenstand des Schreckens ist. Kein Wunder, daß die Neuheit dieses Gefühls auf manche Menschen berauschend wirkt. Für Rowe war es furchtbar – als ob er plötzlich entdeckt hätte, daß er einer Greueltat fähig wäre. Mrs. Bellairs saß in ihrer grotesken Aufmachung am Tisch und rang nach Atem, als drohe sie zu ersticken; es sah so aus, wie wenn sie bei einer erlesenen Dinnergesellschaft eine Fischgräte verschluckt hätte. Offenbar hatte sie sich mit größter Mühe beherrscht, und der Schock hatte einen Krampf der Halsmuskeln verursacht.

Prentice war als einziger der Lage gewachsen. Er wand sich zwischen den Stühlen und der Wand hindurch, trat hinter die Frau und schlug ihr kräftig auf den Rücken. «Tief atmen! Sie haben sich verschluckt! So, gleich wird's wieder gut sein.»

«Ich habe diesen Herrn nie gesehen», brachte sie stöhnend hervor. «Niemals!»

«So? Sie haben ihm doch wahrgesagt», hielt ihr Prentice vor. «Können Sie sich nicht mehr erinnern?»

Ein letzter Hoffnungsschimmer glitt über ihre geröteten und hervorgequollenen Augen. «Wenn diese ganze Aufregung wegen eines bißchens Wahrsagerei ist . . . ich tat es doch nur aus Wohltätigkeit.»

«Natürlich, verstehen wir vollkommen», pflichtete ihr Prentice bei.

«Und ich sage nie die Zukunft voraus.»

«Ach, gnädige Frau, wenn wir in die Zukunft schauen könnten!»

«Nur den Charakter beschreibe ich.»

«Und das Gewicht von Kuchen», ergänzte Prentice. Auf einen Schlag erlosch alle Hoffnung in ihr. Zum Schweigen war es jetzt zu spät.

«Und Ihre kleinen Séancen? Was ist mit denen?» fuhr Prentice munter fort, als ob er sie an einen Witz erinnern wollte, den nur sie beide kannten.

«Im Interesse der Wissenschaft», verteidigte sie sich.

«Kommt Ihr kleiner Cercle noch zusammen?»

«Jeden Mittwoch.»

«Und erhalten Sie nicht viele Absagen?»

«Es sind lauter persönliche Bekannte», lautete Mrs. Bellairs' ausweichende Antwort. Nun, da sie sich wieder auf sicherem Boden fühlte, streckte sie eine feiste, gepuderte Hand aus und rückte den Turban auf ihrem Kopf zurecht.

«Was Mr. Cost anlangt – der wird sich jetzt kaum mehr beteiligen können.»

«Natürlich, jetzt erkenne ich diesen Herrn», sagte Mrs. Bellairs. «Der Bart hat mich zunächst irregeführt. Das war ein dummer Scherz von Mr. Cost. Aber ich wußte nichts davon. Ich war weit, weit fort.»

«Weit fort?»

«Ja, wo die Seligen wohnen.»

«Ach ja, so. Jedenfalls wird Mr. Cost keine so üblen Späße mehr treiben.»

«Ich bin überzeugt, daß er es ganz harmlos meinte. Vielleicht störte ihn die Anwesenheit von zwei Fremden. Wir sind eine kleine, fest geschlossene Gesellschaft. Und Mr. Cost war nie wirklich gläubig.»

«Na, hoffentlich ist er es jetzt.» Im Augenblick schien Prentice das, was er die schreckliche Leidenschaft des Mitleids genannt hatte, nicht sonderlich zu bedrücken, denn er sagte: «Sie müssen versuchen, mit ihm in Kontakt zu kommen, Mrs. Bellairs. Er hat sich nämlich heute morgen die Gurgel durchgeschnitten.»

Die Frau saß mit weit aufgerissenen Augen da und brachte kein Wort hervor. Die grauenhafte Stille wurde plötzlich durch das Schrillen des Telefons zerrissen. Es läutete in einem fort, und in dem kleinen, gedrängt vollen Raum waren zu viele Menschen, als daß einer schnell an den Apparat gelangt wäre. In Rowe regte sich eine dumpfe Erinnerung: das hatte er schon einmal erlebt.

«Warten Sie einen Augenblick!» rief Prentice den anderen zu. «Sie gehen ans Telefon, gnädige Frau!»

«Die Gurgel durchgeschnitten . . .» wiederholte sie dumpf.

«Ja, es blieb ihm nichts anderes übrig, außer am Leben zu bleiben und gehenkt zu werden.»

Das Telefon klingelte weiter; es war, als ob in der Ferne jemand seine Gedanken gerade auf dieses Zimmer konzentriert hätte und das rätselhafte Schweigen darin zu ergründen suchte.

«So sprechen Sie doch schon, gnädige Frau», befahl Prentice von neuem.

Mrs. Bellairs war nicht aus demselben Holz geschnitzt wie der Schneidermeister. Gehorsam erhob sie sich aus dem Lehnstuhl; ihr Schmuck klirrte ein wenig, als sie sich schwerfällig zum Telefon begab. Sekundenlang blieb sie zwischen dem Tisch und der Wand stecken, und der Turban rutschte ihr über ein Auge herab. Endlich hob sie den Hörer ab und rief in den Apparat: «Hallo! Wer spricht?»

Die drei Männer im Raum rührten sich nicht; sie hielten den Atem an. Plötzlich schien Mrs. Bellairs die Fassung wiederzugewinnen, als fühle sie ihre Macht. Denn sie war der einzige Mensch im Zimmer, der den Anruf beantworten konnte. «Es ist Dr. Forester. Was soll ich zu ihm sagen?» fragte sie über die Schulter hinweg, hielt aber dabei den Mund ganz nahe an die Sprechmuschel. Ihre Augen blitzten boshaft und klug; mit einemmal wirkte die Beschränktheit, die sie vorher gezeigt hatte, wie eine Tarnung, die jetzt achtlos abgestreift wurde. Prentice nahm ihr den Hörer aus der Hand und legte ihn auf die Gabel. «Das wird Ihnen nichts helfen», sagte er grimmig.

Die Frau fuhr beleidigt in die Höhe. «Ich habe ja nur gefragt . . .»

Prentice befahl einem der Detektive: «Rasch einen schnellen Wagen von Scotland Yard! Weiß Gott, was die Polizei in dem Nest dort draußen treibt. Sie sollte längst im Sanatorium sein.» Zum zweiten Beamten sagte er: «Geben Sie acht, daß sich diese Dame nicht auch den Hals abschneidet. Für den haben wir eine andere Verwendung.»

Dann durchsuchten sie jeden Raum des Hauses und ließen ein Bild der Verwüstung zurück wie ein Tornado. Prentice war bleich vor Wut. «Ich sorge mich um Ihren Freund – wie heißt er nur gleich? – Major Stone», sagte er zu Rowe. «Dieses alte Mistvieh!» zischte er hervor, und die Worte klangen aus seinem vornehmen Munde sehr sonderbar. Im Schlafzimmer fuhr er mit dem Finger in jeden Cremetiegel – es gab deren eine ganze Menge. Mit boshaftem Vergnügen riß er eigenhändig sämtliche Polster auf. Auf dem Nachttisch lag unter einer Lampe mit einem rosa Schirm ein schlüpfriges Buch, betitelt: «Liebe im Orient». Prentice fetzte den Einband herunter und zerschlug den Porzellanständer der Lampe. Erst das eindringliche Hupen eines Autos gebot seiner Zerstörungswut Einhalt. «Sie müssen mit. Ich brauche Sie – zur Identifizierung», wandte er sich an Rowe und stürmte dann mit drei Riesensätzen und einem abschließenden Sprung die Treppe hinab. Mrs. Bellairs saß jetzt im Salon; sie weinte, und der Detektiv machte ihr gerade eine Tasse Tee.

«Hören Sie auf mit dem Unsinn!» schrie ihn Prentice an. Er schien entschlossen, weichherzigen Untergebenen ein Beispiel erbarmungsloser Gründlichkeit zu geben. «Der fehlt gar nichts! Wenn sie nicht reden will, dann reißen Sie das ganze Haus auseinander.» Rowe gewann den Eindruck, daß er sich in leidenschaftlichem Haß und vielleicht auch an Verzweiflung verzehrte. Mrs. Bellairs entriß er die Tasse, aus der sie eben trinken wollte, und schüttete den Inhalt auf den Teppich. «Dazu haben Sie kein Recht», jammerte sie.

«Ist das Ihr bestes Teeservice?» fuhr er sie an und zuckte beim Anblick des grellen Preußischblaus schmerzlich zusammen.

«Stellen Sie die Tasse hin!» flehte Mrs. Bellairs, aber er hatte sie bereits an der Wand zerschmettert. «Die Griffe sind hohl», sagte er zum Detektiv. «Wir wissen nicht, wie klein diese Mikrofilme sind. Sie müssen im ganzen Haus das Unterste zuoberst kehren.»

«Dafür werden Sie zur Verantwortung gezogen werden», zischte ihn die Frau an.

«O nein, gnädige Frau, Sie werden zur Verantwortung gezogen werden. Dem Feind Kriegsgeheimnisse verraten – das ist ein Verbrechen, für das man an den Galgen kommt!»

«Frauen werden nicht aufgehängt. In diesem Krieg nicht!»

Prentice war bereits draußen in der Diele, wandte sich aber noch einmal um und rief zurück: «Wir hängen mehr Leute auf, als Ihnen die Zeitungen sagen.»

2

Es war eine lange, düstere Fahrt. Enttäuschung und Bangigkeit schienen auf Prentice zu lasten. Zusammengekauert saß er in seiner Ecke des Polizeiautos und summte eine wehmütige Weise vor sich hin. Der Abend brach herein, bevor sie sich von dem schmutzigen Stadtrand Londons gelöst hatten, und die Nacht kam, ehe sie die ersten ländlichen Heckenzäune erreichten. Rückschauend konnte man nur den erleuchteten Himmel ausnehmen – helle Streifen und Lichtflecken gleich dem Bild der Straßen und Plätze in einem Stadtplan, als ob die bewohnte Erde hoch oben in den Lüften wäre und unten in der Tiefe der dunkle, lichtlose Nachthimmel.

Es war eine lange, düstere Fahrt. Aber um seines Begleiters willen bemühte sich Rowe, ein Gefühl freudiger Erregung zu unterdrücken; Gefahr und Tatendrang hatten ihn berauscht. Dieses Abenteuer entsprach mehr als alle bisherigen Geschehnisse dem Leben, wie er es sich vor Jahren vorgestellt hatte. Er half in einem gewaltigen Ringen und würde beim Wiedersehen mit Anna stolz sagen können, daß auch er ihre Feinde bekämpft habe. Um Stone sorgte er sich nicht sonderlich; keiner der Abenteuerromane, die er als Junge gelesen hatte, war unglücklich ausgegangen, und in keinem war die Stimmung durch Mitleid mit den Unterlegenen getrübt worden.

Die Bombenruinen, aus denen sie jetzt aufs flache Land hinauskamen, bildeten nur den heroischen Hintergrund zu seinem persönlichen Abenteuer; es kam ihnen keine größere Echtheit zu als den Fotografien in einer Propagandaschrift; die Überreste eines eisernen Bettgestells im dritten Stockwerk eines halbzerstörten Zinshauses sagten nur: «Sie werden nicht durchkommen», nicht aber: «In diesem Zimmer, in diesem Heim, werden wir nie wieder wohnen.» Er begriff fremdes Leid nicht, weil er vergessen hatte, daß er es jemals selbst erlebt hatte.

«Im Sanatorium kann doch nichts passiert sein», meinte Rowe. «Schließlich war ja die Ortspolizei zur Stelle.»

Dazu bemerkte Prentice bitter: «England ist ein sehr schönes Land. Die normannischen Kirchen, rings um sie die alten Grabsteine, die Dorfwiese und das Wirtshaus, das Häuschen des Polizisten mit dem kleinen Gärtchen dahinter. Jedes Jahr gewinnt er auf der Gemüseschau mit seinen Kohlköpfen einen Preis . . .»

«Aber die Grafschaftspolizei ist doch besser?»

«Der Polizeipräsident diente vor zwanzig Jahren in der indischen

Armee. Ein netter Kerl! Besitzt einen feinen Gaumen für Portwein. Redet zuviel von seinem alten Regiment; aber Sie können sich darauf verlassen, daß er für jede wohltätige Sache eine ansehnliche Summe spendet. Der Oberinspektor – der war einmal ein anständiger Mensch, aber man hätte ihn nach ein paar Dienstjahren ohne Pension aus der Londoner Polizei entlassen, und so ergriff er die erste Gelegenheit, die sich ihm bot, um eine Versetzung aufs Land zu erwirken. Denn sehen Sie: als ehrlicher Mensch wollte er von unanständigen Buchmachern keine Bestechungsgelder annehmen, von denen er sich eine kleine Reserve für seine alten Tage hätte beiseite legen können. In einer kleinen Grafschaft ist natürlich nicht viel los, was seinen Verstand scharf erhalten würde. Man steckt ein paar Betrunkene in den Arrest, verhaftet hie und da einen Gelegenheitsdieb. Anläßlich der Schwurgerichtssession macht der Richter der Grafschaft das Kompliment, daß sie fast keine schweren Verbrechen aufzuweisen habe.»

«Sie kennen alle diese Beamten?»

«Die hiesigen Beamten im besonderen kenne ich nicht, aber wenn Sie England kennen, dann läßt sich das alles leicht erraten. Und in dieses friedliche Dasein – denn sogar mitten im Krieg ist es immer noch ein friedliches Dasein – dringt der intelligente, der moralisch völlig verkommene, der skrupellose, der ehrgeizige, der hochgebildete Verbrecher. Gar kein Verbrecher in dem Sinn, wie die Grafschaft ihn kennt. Denn er stiehlt nicht, er besäuft sich nicht, und wenn er mordet, dann hat man hier seit fünfzig Jahren keinen Mord erlebt und ist unfähig, ihn als solchen zu erkennen.»

«Und was erwarten Sie am Ziel unserer Fahrt zu finden?» fragte Rowe.

«Alles, nur nicht das, wonach wir suchen: eine winzige Filmspule.»

«Zu diesem Zeitpunkt können die Spione schon zahllose Kopien angefertigt haben.»

«Vielleicht. Aber sie besitzen nicht zahllose Möglichkeiten, sie außer Landes zu bringen. Der Mann muß gefunden werden, der den Schmuggel durchführt, und der Organisator des ganzen Unternehmens. Wenn wir die haben, dann ist alles übrige von untergeordneter Bedeutung.»

«Glauben Sie, daß Dr. Forester . . .?»

«Dr. Forester ist selbst ein Opfer», antwortete Prentice. «Ohne Zweifel ein gefährliches Opfer. Er ist einer der Ausgenützten, der Erpreßten. Das heißt aber noch lange nicht, daß er nicht auch der Kurier ist. Wenn er es ist, dann haben wir Glück gehabt. Er entkommt uns nicht . . . Außer, diese Landpolizisten . . .» Wiederum legte sich die düstere Stimmung der Angst vor einem Fehlschlag auf sein Gemüt.

«Er könnte den Film aber weitergeben.»

«Das ist nicht so leicht», erwiderte Prentice. «Es treiben sich nicht viele Leute herum, die ihn fortschaffen können. Bedenken Sie nur: wenn

Sie jetzt Großbritannien verlassen wollen, müssen Sie einen sehr triftigen Grund nachweisen können. Wenn nur die Ortspolizei . . .»

«Ist es von solch überragender Bedeutung?»

Prentice dachte nach: «Wir haben seit Ausbruch dieses Krieges so viele Fehler gemacht, und die anderen so wenige. Vielleicht wird das der letzte sein, der uns unterläuft. Einem Menschen wie Dunwoody irgendein Geheimnis anzuvertrauen!»

«Dunwoody?»

«Ich hätte nicht davon reden dürfen, aber man verliert allmählich die Geduld. Sie haben den Namen schon gehört? Die Sache wurde vertuscht, weil er der Sohn des berühmten alten Herrn ist.»

«Nein, ich habe – noch nie von ihm gehört. Ich glaube, ich habe noch nie von ihm gehört.»

Über die flachen, nachtdunklen Felder drang der Schrei eines Käuzchens. Die abgeblendeten Scheinwerfer des Autos streiften eben noch die nahe Hecke; weiter drangen sie nicht in das weite Reich der Nacht ein. Das Bild glich dem farbigen Rand der weißen Flecken, die in einer Landkarte die noch unerforschten Gebiete andeuten. Dort drüben unter den unbekannten Volksstämmen gebar eine Frau, schnüffelten Ratten unter Mehlsäcken, hauchte ein Greis sein Leben aus, begegneten zwei Menschen einander zum erstenmal im Lampenschein; was in jener Dunkelheit verborgen lag, war von solch überragender Wichtigkeit, daß der Auftrag der Männer im Kraftwagen – diese wilde, oberflächliche Jagd, dieses unwirkliche Abenteuer, dieses Dahinrasen im Achtzigkilometertempo bloß am Rande tiefen, allgemeingültigen menschlichen Erlebens – ihm nie an Bedeutung gleichkommen konnte. Rowe empfand den heißen Wunsch, in jene Welt zurückzukehren: in die Welt traulicher Heimstätten, in die Welt von Kindern und stiller Liebe und den nicht näher bestimmten kleinen Sorgen und Nöten des Alltags, die der Nachbar mit einem teilt, und er trug den Gedanken an Anna gleich einem verborgenen Brief, der ihm gerade solches versprach, mit sich herum. Seine Sehnsucht glich der ersten Regung männlicher Reife, wenn das seltene, das ungewohnte Erlebnis mit einemmal seinen Reiz zu verlieren beginnt.

«Das Schlimmste werden wir bald erfahren», ließ sich Prentice jetzt vernehmen. «Wenn wir es hier nicht finden . . .» Seine zusammengekauerte Stellung drückte nur zu deutlich seine verzweifelte Stimmung und seinen Überdruß an einer aussichtslosen Sache aus.

Jetzt winkte ihnen aus beträchtlicher Entfernung ein Mann mit einer Taschenlampe entgegen. «Zum Teufel! Was treiben die denn hier?» entfuhr es Prentice. «Die Kerle machen ja jeden aufmerksam. Offenbar trauen sie es einem Ortsfremden nicht zu, daß er sich in ihrer Gegend ohne Kompaß zurechtfindet.»

Dann fuhren sie langsam an einer hohen Mauer entlang und hielten endlich vor einem breiten, von Wappen gekrönten Einfahrtstor. Für

Rowe war dies ein ungewohnter Anblick; zum erstenmal betrachtete er jetzt von außen, was er bisher nur von innen gesehen hatte. Der Wipfel einer Zeder, der sich vom Nachthimmel abzeichnete, war nicht derselbe wie jener, der bei Tag seinen Schatten um den Stamm breitete. Ein Polizist in Uniform trat an den Wagen und sagte: «Ihren Namen, bitte!»

Prentice zeigte ihm seinen Ausweis. «Alles in Ordnung?» fragte er.

«Nicht ganz. Sie werden den Oberinspektor im Haus finden.»

Sie stiegen aus dem Auto und gingen dann verstohlen und ein wenig unsicher durch das riesige Tor. Ihr Auftreten verriet wenig von der Autorität, die sie hatten, denn ihre Glieder waren von der langen Fahrt steif und ihre Stimmung gedrückt. So glichen sie eher einer Gruppe von Ausflüglern, die sich, von Ehrfurcht überwältigt, durch den Haushofmeister das alte Stammschloß einer Adelsfamilie zeigen lassen. «Hier führt der Weg, Sir», sagte der Polizist von Zeit zu Zeit und schwenkte seine Taschenlampe hin und her, obwohl es eigentlich nur einen Weg gab.

Es schien Rowe seltsam, daß er auf solche Weise in die Anstalt zurückkehren sollte. Das große Haus lag schweigend da; selbst der Springbrunnen war verstummt. Jemand mußte den Zufluß abgedreht haben. Nur in zweien der Zimmer brannte Licht. Dies war die Stätte, wo er, umgeben von einem eigenartigen Frieden, etliche Monate in glücklicher Stimmung verbracht hatte. Durch die sonderbare Wirkung einer Bombe war diese Szene gleichsam seiner Kindheit aufgepflanzt worden. Die Hälfte seines in der Erinnerung vorhandenen Lebens hatte sich hier abgespielt, und nun, da er gleichsam als Feind wiederkam, schämte er sich. Er sagte: «Wenn es Ihnen nichts ausmacht, möchte ich Dr. Forester lieber nicht sehen . . .»

Darauf antwortete der Polizist mit der Taschenlampe: «Es braucht Ihnen nicht zu grausen, Sir. Er sieht ganz ordentlich aus.» Prentice hatte nicht zugehört; er fragte vielmehr: «Dieser Wagen da – wem gehört der?»

In der Auffahrt stand ein Ford V 8 – den hatte er nicht gemeint, sondern einen alten, verbeulten Kasten mit einer gesprungenen und fleckig gewordenen Windschutzscheibe, einen jener Wagen, die unter hundert anderen auf einsamen, verwilderten Feldern längs der Straße stehen und die man um fünf Pfund erwerben kann, sofern es einem gelingt, sie in Gang zu bringen.

«Der dort? Der gehört dem Herrn Pfarrer.»

«Ja, findet denn hier eine Unterhaltung statt?» fragte Prentice unwirsch.

«Nein, nein, Sir. Aber da einer von den Leuten noch am Leben war, so hielten wir es für angebracht, den Vikar zu verständigen.»

«Es scheint also doch passiert zu sein», murmelte Prentice trübsinnig vor sich hin. Am Abend hatte es geregnet, und der Polizist versuchte sie mit dem Licht seiner Lampe zwischen den Pfützen im aufgewühlten Kies hindurchzusteuern und über die Steintreppe zum Eingangstor zu geleiten.

Im Gemeinschaftsraum, wo die illustrierten Zeitungen in glänzenden Stößen lagen und wo Davis in seiner Ecke still vor sich hingeweint und die beiden reizbaren Herren beim Schachspiel getobt hatten, saß Johns in einem Lehnstuhl, das Gesicht in den Händen vergraben. Rowe ging auf ihn zu und sagte leise: «Johns!»

Er blickte auf. «Er war so ein großer Mann – so ein bedeutender Mann . . .»

«War?»

«Ja, ich habe ihn getötet.»

3

Es war ein Gemetzel im Ausmaß einer elisabethanischen Tragödie gewesen. Rowe war der einzige, der von den Ereignissen eigentlich unberührt blieb – bis er Stone sah. Die Leichen lagen, wo man sie gefunden hatte: Stone in eine Zwangsjacke geschnürt und auf dem Boden neben ihm ein Schwamm, getränkt mit einem Betäubungsmittel. Seine qualvoll verzerrte Haltung sprach davon, daß er sich verzweifelt bemüht hatte, die Hände freizubekommen. «Er hatte keine Chance», sagte Rowe. Da war der Korridor, durch den er aufgeregt wie ein Junge, der die Schulordnung übertritt, geschlichen war. Nun stand er in demselben Korridor und reifte beim Anblick durch die offene Tür plötzlich zum Erwachsenen heran, denn er lernte, daß ein Abenteuer meist nicht dem literarischen Vorbild folgt, daß es nicht immer einen glücklichen Ausgang hat, und verspürte die schreckliche Regung des Mitleids, die ihm sagte, daß etwas geschehen müsse, daß man solche Zustände nicht angehen lassen dürfe, solange Unschuldige vergebens nach Luft rangen und sinnlos hingemordet wurden. «Ich möchte . . . ich möchte die Kerle . . .» flüsterte er zornbebend vor sich hin und fühlte, wie in seinem Herzen neben dem Mitleid dessen alte und erprobte Gefährtin, die Grausamkeit, erwachte.

«Wir müssen dankbar sein, daß er keine Schmerzen litt», sagte eine unbekannte Stimme. Diese alberne, selbstgefällige und im Falle Stones ganz unzutreffende Phrase empörte alle Anwesenden.

«Wer zum Teufel sind denn Sie?» fuhr Prentice den Fremden an. Doch dann entschuldigte er sich mit einigem Widerstreben, indem er sagte: «Verzeihen Sie! Ich nehme an, Sie sind der Vikar.»

«Ja, mein Name ist Sinclair.»

«Sie haben doch hier nichts zu tun.»

«Ich hatte schon etwas zu tun», verbesserte ihn der Geistliche. «Dr.

Forester war noch am Leben, als man mich holte. Er war eines meiner Pfarrkinder.» Im Ton eines sanften Vorwurfs fügte er hinzu: «Es ist Ihnen doch bekannt, daß wir auch ein Schlachtfeld betreten dürfen?»

«Ja, ja, selbstverständlich. Aber eine amtliche Leichenschau findet bei diesen Toten nicht statt. Ist das Ihr Wagen vor der Tür?»

«Ja.»

«Dann würde ich Sie bitten, jetzt ins Pfarrhaus zurückzukehren und dort zu bleiben, bis wir hier fertig sind.»

«Gewiß. Ich möchte nicht im Wege sein.»

Rowe betrachtete ihn genauer: die schwarze, zylindrische Gestalt, das runde Kollar, das im elektrischen Licht weiß schimmerte, das derbfröhliche und doch intellektuelle Gesicht. Sinclair wandte sich an ihn und sagte zögernd: «Haben wir uns nicht schon irgendwo ...?» Dabei starrte er ihn mit einem seltsam herausfordernden Blick an.

«Nein», antwortete Rowe.

«Vielleicht waren Sie einer von den Patienten hier im Haus?»

«Ja, das war ich.»

«Na, freilich! So muß es gewesen sein», sagte der Vikar mit einer Begeisterung, aus der deutlich die Nervosität herausklang. «Ich war überzeugt, daß wir uns schon irgendwo ... wahrscheinlich bei einem der geselligen Abende, die der Doktor veranstaltete. Gute Nacht, meine Herren.»

Rowe wandte sich von ihm ab und betrachtete wiederum den Mann, der angeblich keine Schmerzen gelitten hatte. Er erinnerte sich, wie Stone außer sich vor Sorge ins schmutzige Teichwasser gestiegen und später wie ein erschrecktes Kind in den Gemüsegarten geflüchtet war. Immer hatte er an Verrat gedacht; er war also gar nicht so verrückt gewesen.

Sie mußten über Dr. Foresters Leiche klettern, die am Fuß der Treppe lag. Ein sechster Fallstrick hatte den Sturz des Doktors herbeigeführt: nicht die Liebe zum Vaterland, sondern die Liebe eines Mitmenschen, eine Liebe, die, höchst überraschend, den braven, von Heldenverehrung erfüllten Johns zum Handeln getrieben hatte. Dr. Forester war seiner allzu sicher gewesen; er hatte übersehen, daß man sich auf die Wertschätzung eines andern in Wahrheit weniger verlassen kann als auf seine Furcht; mancher wird einen Menschen, den er verehrt, eher töten als ihn an die Polizei verraten. Als Johns die Augen schloß und den Revolver abfeuerte, der einst Davis abgenommen worden war und seither in einer versperrten Lade gelegen hatte, da vernichtete er nicht den Mann, den er verehrte; er rettete ihn vielmehr vor dem endlosen Gerichtsverfahren, vor den Grobheiten des Staatsanwaltes, der bodenlosen Unkenntnis des Richters und der Schmach, sein Leben der oberflächlichen Meinungsbildung von zwölf aufs Geratewohl ausgewählten Männern anvertraut zu wissen. Wenn die Liebe zu einem Mitmenschen es Johns nicht gestattete, bei der Beseitigung Stones stillschweigend zuzusehen, dann diktierte ihm diese Liebe auch die Form seiner Weigerung.

Seit dem Augenblick von Rowes Flucht hatte Dr. Forester einen verstörten Eindruck gemacht. Er hatte ein unerklärliches Widerstreben bekundet, die Polizei zu verständigen, und schien sich mit einemmal auch um Stone zu sorgen. Es gab Beratungen mit Poole, von denen Johns ausgeschlossen wurde, und im Laufe des Nachmittags hatte er ein Ferngespräch mit London geführt. Johns trug einen Brief zur Post, und es entging ihm nicht, daß vor dem Eingangstor ein Mann stand und das Haus beobachtete. Im Dorf bemerkte er ein Polizeiauto aus der Hauptstadt der Grafschaft. Er begann sich Gedanken zu machen.

Auf dem Heimweg traf er Poole. Auch dem schienen diese Anzeichen einer gefährlichen Entwicklung aufgefallen zu sein. In Johns erwachten die phantastischen Vermutungen und die Verstimmungen der letzten Tage aufs neue. Reuig und zerknirscht saß er im Salon und konnte sich trotz allen Grübelns nicht erklären, wie es gekommen war, daß diese Fingerzeige sich in ihm zu dem Verdacht verdichtet hatten, der Doktor plane die Ermordung Stones. Theoretische Erörterungen über Euthanasie fielen ihm ein, die er zu wiederholten Malen mit dem Doktor gehabt hatte, Auseinandersetzungen mit dem Arzt, auf den die Berichte über die Beseitigung alter und unheilbar kranker Menschen durch die Nationalsozialisten nicht den geringsten Eindruck machten. Einmal hatte Dr. Forester sogar erklärt: «Damit muß sich jeder staatliche Gesundheitsdienst früher oder später befassen. Wenn die Kranken in Anstalten, die der Staat leitet und erhält, gepflegt werden, dann muß man dem Staat auch das Recht einräumen, im Notfall Einsparungen vorzunehmen . . .» Einmal hatte Johns durch sein Erscheinen ein Zwiegespräch zwischen Poole und Forester gestört, das daraufhin sofort abgebrochen wurde; wachsende Unruhe bemächtigte sich seiner, und das Sanatorium wurde ihm von Stunde zu Stunde unheimlicher. Es war ihm, als ob es schon den tödlichen Keim der zukünftigen Entwicklung in sich trage; in den Gängen lauerte die Angst. Beim Tee machte Dr. Forester eine Bemerkung über den «armen Stone».

«Warum der ‹arme Stone›?» fragte Johns in scharfem, anklagendem Ton.

«Weil er rasende Schmerzen leidet», antwortete Dr. Forester. «Ein Tumor . . . Der Tod wäre die größte Gnade, die wir für ihn erflehen können.»

In der Abenddämmerung ging Johns, von innerer Unruhe getrieben, in den Garten hinaus; die steinerne Sonnenuhr am Eingang zum Rosengarten schimmerte hell im Mondlicht und glich einem Toten im weißen Leichentuch. Plötzlich hörte er Stone angstvoll aufschreien . . . Danach wurde seine Schilderung der Ereignisse noch verworrener als zuvor. Allem Anschein nach war er schnurstracks in sein Zimmer geeilt und hatte den Revolver geholt. Es war bezeichnend für Johns, daß er den Schlüssel zur Lade verlegt hatte und ihn schließlich in der eigenen Tasche entdeckte. Wieder hörte er Stones gellenden Entsetzensschrei. Er rannte durch den Gemeinschaftsraum in den Krankentrakt hinüber und stürmte auf die Treppe zu. Der widerlich süßliche Geruch von Chloroform erfüllte den Gang, und am Fuß der Stiege hielt Dr. Forester Wache. «Was wollen Sie hier, Johns?» fuhr er ihn nervös und gereizt an, und Johns, der immer noch an den irregeleiteten Idealismus von Dr. Foresters fanatischer Überzeugung glaubte, sah nur einen Ausweg: er schoß ihn über den Haufen. Am oberen Ende der Treppe erschien Poole mit seinem Höcker und seinem tückischen arroganten Gesicht und fuhr entsetzt wieder zurück. Sinnlose Wut packte Johns, weil er mit Recht vermutete, daß er zu spät gekommen war. Er stürmte die Treppe hinauf und streckte auch den Buckligen durch einen Schuß nieder.

Dann erst hämmerte die Polizei an die Eingangstür. Er ging hinunter, um sie einzulassen, denn anscheinend hatte das gesamte Personal für diesen Abend Ausgangserlaubnis erhalten, und diese kleine, läppische Tatsache, von der er schon so oft in Mordgeschichten gelesen hatte, brachte ihm die ekelerregende Wahrheit erst in ihrem vollen Umfang zum Bewußtsein. Dr. Forester war noch am Leben, und die Ortspolizei hielt es nur für recht und billig, nach dem Pfarrer zu schicken . . . Das war alles, was Johns zu berichten hatte. Es war unglaublich, welche Verheerung an einem einzigen Abend in einem Haus angerichtet worden war, das Rowe einstmals als ein irdisches Paradies empfunden hatte. Ein Bombengeschwader hätte den Frieden nicht gründlicher austilgen können, als dies drei Männer getan hatten.

Dann begann die Durchsuchung des Gebäudes. Es wurde vom Dachboden bis zum Keller durchwühlt. Polizeiverstärkungen wurden angefordert. Bis in die frühen Morgenstunden flammten in sämtlichen Stockwerken die Lichter auf und verloschen wieder. «Wenn wir nur eine einzige Kopie finden könnten . . .» äußerte sich Prentice, aber sie fanden nichts. Einmal im Laufe der schier endlosen Nachtwache kam Rowe plötzlich in den Raum, wo Digby gewohnt hatte. Er dachte an ihn wie an einen fremden Menschen – an einen ziemlich unfeinen, selbstzufriedenen Parasiten, dessen Glücksgefühl die Folge allzugroßer Unwissenheit gewesen war. Das Glück sollte immer durch das Wissen um Elend und Jammer geläutert sein. Auf dem Bücherbrett stand der Band Tolstoj mit den ausradierten Randbemerkungen, und Rowe dachte sich, daß Wissen das Wichtigste sei, nicht das abstrakte Wissen, das Dr. Forester in so reichem Maße besessen hatte, die Theorien, die ihre Anhänger durch ihr Mäntelchen von Edelmut, von unübertrefflicher Tugend anlocken und verführen, sondern eine eingehende, von leidenschaftlicher Anteilnahme getragene Kenntnis selbst der belanglosesten menschlichen Dinge. Er schlug das Buch noch einmal auf und las die Worte: «Was mir früher gut und erhaben erschienen war – Liebe zum Vaterland, zum eigenen Volk –, wurde für mich abstoßend und beklagenswert. Was mir böse und schändlich erschienen war – Ablehnung der Vaterlandsidee und Weltbürgertum –, kam mir jetzt im Gegensatz dazu gut und edel vor.» Der Idealismus hatte mit einer Kugel im Leib am Fuße der Treppe geendet; der Idealist hatte sich in Mord und Hochverrat verstrickt. Rowe glaubte nicht, daß die Bande im Falle Foresters besondere Erpressungsmittel anwenden mußte. Sie brauchte nur an seine Qualitäten zu appellieren, an seinen geistigen Hochmut, seine abstrakte Liebe zum Menschentum. Das Menschentum kann man nicht lieben, nur Menschen kann man lieben.

«Nichts», seufzte Prentice. In gedrückter Stimmung stelzte er auf seinen langen, steifen Beinen durchs Zimmer und zog einen der Fenstervorhänge einen Spaltbreit zur Seite. Ein einziger Stern war noch sichtbar; die anderen waren in dem heller werdenden Morgenhimmel verblaßt. «Eine solche Zeitvergeudung», sagte er.

«Und drei Tote, und ein Mann im Gefängnis.»

«Die Bande kann ein Dutzend auftreiben, die an ihre Stelle treten. Die Filme muß ich haben, den Mann an der Spitze. In dem Waschbekken in Pooles Zimmer sind fotografische Chemikalien verwendet worden. Dort haben sie vermutlich den Film entwickelt. Ich glaube nicht, daß sie mehr als einen Abzug auf einmal machen würden. Denn sie wollen so wenige Leute wie möglich einweihen, und solange sie das Negativ besitzen . . .» Traurig fügte er hinzu: «Poole war ein erstklassiger Fotograf. Er spezialisierte sich auf die Entwicklung und das Leben der Biene. Ganz wundervolle Studien! Ich habe einige gesehen. Aber jetzt möchte ich Sie auf die Insel mitnehmen. Ich fürchte, dort werden wir auf etwas Unerquickliches stoßen, das Sie identifizieren müssen.»

Dann standen sie an der Stelle, wo schon Stone gestanden hatte. Drei kleine rote Lichter, die vor ihnen über die Fläche des Teiches blinkten, verliehen diesem in der schwindenden Dunkelheit das Aussehen unbegrenzter Weite, als sei er ein Hafenbecken unmittelbar vor dem Tagesgrauen, mit den Ankerlichtern von Dampfern, die sich zu einem Geleitzug sammeln. Prentice watete in den Teich, und Rowe folgte ihm. Eine dünne Wasserschicht lag über einem Viertelmeter Schlamm. Die roten Lichter waren Laternen – von der Art, wie sie bei Nacht an aufgerissenen Straßen zur Warnung aufgestellt werden. In der Mitte der winzigen Insel schaufelten drei Polizisten. Neben ihnen fanden die beiden Neuankömmlinge kaum Platz zum Stehen. «Das hat Stone beobachtet! Männer beim Graben!» sagte Rowe.

«Ganz richtig!»

«Was hoffen Sie hier zu finden?» Plötzlich hielt er inne. Aus der Haltung der grabenden Männer sprach jetzt gespannte Aufmerksamkeit. Sie stießen ihre Spaten ganz vorsichtig in den Boden, als fürchteten sie sich, damit etwas Zerbrechliches zu beschädigen; sie schienen das Erdreich mit einem gewissen Widerwillen aus der Grube zu schaufeln. Die dunkle Szene erinnerte Rowe an irgend etwas, an ein fernes, bedrückendes Erlebnis. Dann fiel es ihm ein: ein düsterer Kupferstich in einem Buch aus dem 19. Jahrhundert war es, und seine Mutter hatte es ihm weggenommen; das Bild zeigte in Mäntel gehüllte Männer, die nächtlicherweise in einem Friedhof ein Grab aushoben; das Mondlicht schimmerte fahl auf ihren Spaten.

«Einen haben Sie anscheinend vergessen – von dem wir noch gar keine Spur haben.»

Mit jedem Spatentisch steigerte sich Rowes ängstliche Spannung; die Furcht vor seinem eigenen Ekel hielt ihn in Bann.

«Wieso wissen Sie, wo Sie graben müssen?»

«Die Verbrecher hinterließen Spuren. Darin sind sie Laien. Das war vermutlich auch der Grund, warum sie vor allfälligen Enthüllungen durch Stone solche Angst hatten.»

Ein Spaten verursachte in dem weichen Erdreich plötzlich ein unangenehm scharrendes Geräusch. «Vorsicht!» rief Prentice.

Der Mann, der den Spaten führte, hielt inne und wischte sich den Schweiß vom Gesicht, obwohl die Nacht kühl war. Dann zog er das Werkzeug langsam aus der Erde und blickte auf das eiserne Blatt. «Graben Sie auf dieser Seite», befahl ihm Prentice, «aber ganz behutsam, und nicht zu tief hineinfahren!» Die anderen Polizisten stellten ihre Arbeit ein und sahen ihrem Kameraden zu; aber es war ihnen anzusehen, daß sie es nur ungern taten.

«Da ist es!» sagte der Mann nach einer Weile. Er ließ den Spaten im Boden stecken und begann mit den Händen in der Erde zu wühlen, ganz zart, als ob er Setzlinge einpflanze. Dann sagte er mit hörbarer Erleichterung: «Es ist nur eine kleine Kiste.»

Wieder griff er nach dem Spaten und hob sie mit einem einzigen kräftigen Ruck aus ihrer Grube. Es war eine Holzkiste von der Art, wie sie zum Versand von Kolonialwaren verwendet werden, und der Deckel war nur lose daraufgenagelt. Der Polizist stemmte ihn mit dem Spaten los, während ein zweiter seine Lampe näher heranbrachte. Dann wurde Stück für Stück eine seltsame Sammlung von Gegenständen herausgenommen; sie glichen den Habseligkeiten, die ein Kompaniechef in die Heimat schickt, wenn einer seiner Soldaten gefallen ist. Freilich bestand ein Unterschied: hier fanden sich weder Briefe noch Fotografien.

«Lauter Sachen, die sie nicht verbrennen konnten», urteilte Prentice.

Ein gewöhnliches Feuer würde diese Dinge auch nicht zerstören: eine Halteklammer für eine Füllfeder und ein Klips, der wahrscheinlich zur Befestigung eines Bleistifts gedient hatte.

«In einem vollelektrischen Haushalt ist es nicht leicht, Sachen zu verbrennen», sagte Prentice.

Als nächstes kam eine Taschenuhr zum Vorschein. Prentice klappte den soliden Rückendeckel auf und las laut vor: «Für F.G.J. von N.L.J. an unserem silbernen Hochzeitstag, 3. 8. 15.» Darunter waren die Worte hinzugefügt worden: «Meinem lieben Sohn zur Erinnerung an seinen Vater, 1919».

«Ein guter, verläßlicher Chronometer», urteilte Prentice.

Dann erschienen zwei aus Metall geflochtene elastische Armreifen, ferner die Schließen von einem Paar Sockenhalter und endlich eine ganze Sammlung von Knöpfen: kleine Perlmutterknöpfe von einem Unterhemd, große, häßliche braune Anzugknöpfe, Knöpfe von Unterhose und Hose – man würde gar nicht glauben, daß die einfache Bekleidung eines Mannes so viele Verschlüsse erfordert. Ferner gab es Westenknöpfe, Hemdknöpfe, Manschettenknöpfe und schließlich die Metallteile eines Hosenträgers. Solcherart wird die arme menschliche Kreatur in ehrbarer Weise wie eine Puppe zusammengehalten. Man nehme sie auseinander, und was bleibt? Ein Holzkistchen, gefüllt mit einer Musterkollektion von Schließen, Schnallen und Knöpfen.

Zuunterst lag ein Paar schwerer, altmodischer Stiefel mit großen Eisennägeln, die von der ewigen Wanderung auf harten Pflastersteinen und vom Herumlungern an Straßenecken ganz abgeschliffen waren.

«Ich möchte nur wissen, was sie mit dem Rest taten», sagte Prentice.

«Wer war es denn?»

«Jones, der Privatdetektiv.»

3. Falsch verbunden

‹Eine sehr schlüpfrige, unsichere, tückische Straße war es.›
DER KLEINE HERZOG

Rowe reifte heran; jede Stunde brachte ihn seinem tatsächlichen Alter ein Stück näher, bis er es gewissermaßen schon auf Rufweite vor sich hatte. In kleinen Flecken ergänzte sich das Bild seiner Vergangenheit. So konnte er Rennits Worte: «Ich pflichte Jones bei», jetzt deutlich hören; auch sah er wieder den Teller mit der Wurstsemmel neben dem Telefon. Das Mitleid regte sich in ihm; aber die jugendliche Unreife in seinem Herzen setzte sich verbissen zur Wehr. Der Abenteuergeist rang mit der klaren, nüchternen Vernunft, als stünde er auf seiten des Glücks, während die Vernunft mit allem möglichen Unglück, mit Enttäuschungen und peinlichen Enthüllungen im Bunde war . . .

Es war ein Zeichen seiner Unreife, daß er das Geheimnis der Telefonnummer, die er Cost in seinem Schneideratelier um ein Haar vollständig abgeluchst hätte, für sich behielt. Er wußte, daß die Vermittlung B.A.T. hieß, und kannte auch die ersten drei Ziffern: 2 7 1. Nur die letzte war ihm entgangen. Diese Kenntnis mochte wertlos oder von unschätzbarem Wert sein. Was immer sie war, er behielt sie für sich. Prentice hatte seine große Chance gehabt und hatte versagt. Jetzt war die Reihe an ihm. Wie ein kleiner Junge wollte er sich vor Anna brüsten: «Ich habe es fertiggebracht.»

Etwa um halb fünf Uhr morgens hatte sich ein junger Mann namens Brothers zu ihnen gesellt. Mit seinem Regenschirm, Schnurrbart und schwarzen Hut hatte er sich ganz offenkundig Prentice zum Vorbild genommen. In zwanzig Jahren würde das Porträt vielleicht eine gelungene Kopie sein. Derzeit fehlte ihr noch die Patina des Alters – die feinen Sprünge von Wehmut, Enttäuschung und Resignation. Prentice überließ jetzt sozusagen die abgeknabberten Knochen der Erhebungen seinem jüngeren Kollegen und bot Rowe für die Fahrt nach London einen Platz in seinem schnellen Wagen an. Während sie spritzend eine Landstraße hinabfuhren, in deren Pfützen sich matt das Mondlicht spiegelte, zog er den Hut tief in die Stirn, ließ sich in die Polsterung seines Sitzes sinken und erklärte: «Wir sind geschlagen.»

«Was werden Sie jetzt unternehmen?»

«Mich gründlich ausschlafen.» Vielleicht schmeckte dieser Satz seinem feinen Gaumen ein wenig zu patzig, denn ohne die Augen zu öffnen, fuhr er fort: «Man muß sich vor Selbstüberschätzung hüten. Für den Historiker, der in fünfhundert Jahren über den Abstieg und Untergang des Britischen Reiches schreiben wird, würde diese Episode gar nicht existieren. Es wird eine ganze Reihe anderer Gründe anzuführen geben. Sie und ich und der arme Jones werden nicht einmal in einer Fußnote Erwähnung finden. Nur von wirtschaftlichen Problemen, von Politik und Schlachten wird dort die Rede sein.»

«Was glauben Sie, machten die Schurken mit Jones?»

«Das werden wir wohl nie erfahren. In Kriegszeiten sind viele Leichen nicht mehr zu identifizieren. Und viele Leichen», sagte er mit schläfriger Stimme, «warten nur auf einen günstigen Luftangriff.» Überraschend und in geradezu schockierender Weise begann er plötzlich zu schnarchen.

Sie erreichten London, als die ersten Arbeiter unterwegs waren. Entlang den Hauptstraßen in den Industriebezirken kamen Männer und Frauen aus den Untergrundbahnstationen hervor; sauber gekleidete ältliche Herren, die Aktentasche in der Hand und den zusammengerollten Schirm am Arm, tauchten aus öffentlichen Bunkern auf. In der Gower Street fegten die Hausbesorger Glassplitter zusammen, und ein Gebäude qualmte in den jungen Tag gleich einer Kerze, die ein verspäteter Nachtschwärmer auszulöschen vergessen hat. Es war ein seltsamer Gedanke, daß die allnächtliche Schlacht geschlagen worden war, während sie auf der winzigen Insel im Teich gestanden und nichts als das scharrende Geräusch der Spaten gehört hatten. Eine Tafel lenkte sie von ihrer Richtung ab, und an einem Seil, das quer über die Straße gespannt war, schaukelten bereits ein paar handgeschriebene Ankündigungen: «Barclay's Bank. Auskünfte bei . . .» «Molkerei Cornwallis. Neue Anschrift . . .» «Marquis's Fischrestaurant . . .» Auf einem langen, stillen und verlassenen Straßenstück schlenkerten in gemächlicher Unterhaltung und nicht ohne Besitzerstolz ein Polizist und ein Luftschutzwart auf und ab. Eine Warnungstafel verkündete: «Achtung! Blindgänger!» Das war dieselbe Route, die sie am vergangenen Abend bei der Ausfahrt aus London benützt hatten, aber sie war unter Aufwand von viel Mühe kaum merklich abgeändert worden. «Was ist hier in wenigen Stunden alles geleistet worden!» überlegte Rowe. «Wegweiser hat man angebracht, den Verkehr umgeleitet, und die Menschen haben sich wiederum an ein etwas verändertes Stück London gewöhnt.»

Er bemerkte die Unternehmungslust und die Fröhlichkeit in den Gesichtern; man hätte meinen können, es sei der Anbruch eines nationalen Feiertags. Rowe vermutete aber, daß es nichts weiter war als die Auswirkung der überraschenden Feststellung, daß man noch am Leben war.

Prentice murmelte etwas vor sich hin und erwachte. Er gab dem Fahrer die Adresse eines kleinen Hotels unweit des Hyde Park Corner an – «wenn es noch da ist», sagte er und bestand mit peinlichster Höflichkeit darauf, daß er beim Manager persönlich ein Zimmer für Rowe mietete. Erst als er vom Auto noch einmal zurückgewinkt hatte – «Ich rufe Sie später an, mein lieber Junge» –, kam Rowe die Erkenntnis, daß seine Zuvorkommenheit natürlich auch ihren Zweck gehabt hatte. Hier war er jederzeit greifbar, er war sicher im richtigen Fach untergebracht und würde wenn nötig, auch wieder daraus hervorgeholt werden. Prentice hatte ihm sogar fünf Pfund geliehen – und damit konnte man keine weiten Sprünge machen.

Rowe nahm zeitig am Morgen ein kleines Frühstück ein. Anscheinend war die Gasleitung getroffen worden, denn das Gas wollte nicht ordentlich brennen. Es war kaum mehr als der Geruch vorhanden, erzählte ihm die Kellnerin, nicht genug, um Teewasser zu kochen und Brot zu rösten. Aber es gab Milch, Weißgebäck und Marmeladebrot – geradezu ein arkadisches Mahl; und hernach ging er in der frischen Morgensonne durch den Hyde Park; dabei vergewisserte er sich durch einen gelegentlichen Blick über die weite, menschenleere Grasfläche hinter sich, daß er nicht verfolgt wurde. Er begann die einzige Melodie, die er kannte, vor sich hinzupfeifen. Frohe Beschwingtheit und ein Gefühl des Wohlbehagens erfüllten ihn, weil er kein Mörder war. Die vergessenen Jahre hatten ihn in den letzten Stunden seelisch mehr bedrückt als in den ersten Wochen, die er in Dr. Foresters Anstalt verbracht hatte. «Wie herrlich ist es, im Leben wieder die Rolle eines Erwachsenen zu spielen!» sagte er sich und steuerte mit seinem Bubengeheimnis auf eine Telefonzelle zu. Im Hotel hatte er einen kleinen Vorrat an Pennymünzen gesammelt.

Stille Heiterkeit beseelte ihn, als er die ersten zwei Münzen in den Automaten steckte und eine Nummer wählte. Eine muntere Stimme meldete sich: «Hier Hygienische Backwaren A. G.», und Rowe hängte sofort den Hörer auf. Erst dann begann ihm aufzudämmern, welche Schwierigkeiten zu überwinden waren. Er konnte nicht damit rechnen, Costs Kunden durch einen sechsten Sinn zu erraten. Wieder wählte er eine Nummer, und eine brüchige alte Stimme sagte: «Hallo!»

«Was wollen Sie denn?» fragte die Stimme beharrlich. Sie war so alt, daß sie den Charakter des Geschlechts verloren hatte, weshalb Rowe nicht feststellen konnte, ob sie einem Mann oder einer Frau gehörte.

«Hier spricht die Vermittlung», antwortete er; diese Eingebung hatte er im Moment der Ratlosigkeit, als ob sein Hirn sie schon die ganze Zeit bereitgehalten hätte. «Wir überprüfen nach dem gestrigen Angriff die Anschlüsse.»

«Wozu?»

«Weil das automatische Wählersystem durcheinandergeraten ist, durch einen Bombentreffer in der Bezirksvermittlung. Ist dort Mr. Isaacs, Prince of Wales Road?»

«Nein, hier ist Wilson.»

«Aha! Sehen Sie: Nach unserem Schaltplan müßten Sie Mr. Isaacs sein.»

Wieder hängte er auf, er war nicht klüger geworden, denn schließlich mochte sich auch hinter einer hygienischen Bäckerei Costs Kunde verbergen; ja, es bestand sogar die Möglichkeit, daß sein Gespräch vollkommen echt gewesen war. Doch nein! Das glaubte er nicht, weil er die tieftraurigen, stoischen Worte des Schneiders immer noch im Ohr hatte: «Ich persönlich habe gar keine Hoffnung, mein Herr, nicht die geringste Hoffnung.» Der Nachdruck war auf den ersten Worten «Ich persönlich» gelegen. Damit hatte er so deutlich, wie er es wagen durfte, ausgesprochen, daß der Kampf für ihn allein vorüber war.

Rowe steckte weitere Münzen in den Schlitz. Die Vernunft sagte ihm, daß dies ein zweckloses Unterfangen war, daß er nur einen Weg einschlagen konnte, nämlich Prentice in sein Geheimnis einzuweihen. Und doch wollte er nicht glauben, daß er nicht irgendwie auch durchs Telefon den Tonfall, den stimmlichen Eindruck eines Willens und eines gewalttätigen Geistes auffangen werde, die zusammen stark genug waren, zahlreiche Menschen zu töten – Stone, der im Krankentrakt erstickt worden war, Forester und Poole, die erschossen auf der Treppe lagen, Cost, der sich die Schere durch den Hals gerannt hatte, endlich

Jones ... Die Sache, um die es hier ging, war ohne Zweifel zu bedeutend, als daß sie in einem alltäglichen Tonfall und in Worten wie «Hier Westminster Bank» zu ihm dringen werde.

Plötzlich fiel ihm ein, daß Cost am Telefon nicht nach einer bestimmten Person gefragt hatte. Er hatte einfach eine Nummer gewählt und zu sprechen begonnen, sowie er die Stimme des Angerufenen vernahm. Das bedeutete, daß er nicht mit einer Firma telefonierte, wo sich zunächst irgendein Angestellter melden würde.

«Hallo!» rief er wieder.

Eine Stimme ließ ihn gar nicht erst zu Worte kommen, denn sie begann wie ein Sturzbach: «Ach, Ernest, ich wußte ja, daß du gleich anrufen wirst. David hat dir wohl schon erzählt, daß unsere Minnie nicht mehr ist. Heute nacht beim Angriff – es war grauenhaft. Wir hörten sie draußen rufen, konnten aber natürlich nichts unternehmen. Wir konnten doch nicht aus dem Keller raus. Und dann fiel eine Luftmine – es muß eine Luftmine gewesen sein; drei Häuser sind eingestürzt, ein Riesenkrater. Und heute früh keine Spur von Minnie. David hat zwar immer noch Hoffnung, aber ich wußte gleich, mein lieber Ernest, daß ein elegischer Unterton in ihrem Miauen war ...»

Es war faszinierend, aber Rowe mußte weitermachen. Er hängte auf.

In der Telefonzelle wurde es erstickend heiß. Sechs Anrufe hatte er bereits erledigt; unter den vier restlichen mußte sich eine auffallende Stimme melden, und er würde Gewißheit haben. «Hier Polizeiwachstube Mafeking Road!» Sofort hängte er wieder auf. Nur noch drei Nummern! Entgegen jeder vernünftigen Überlegung war er fest überzeugt, daß unter diesen dreien eine ... Sein Gesicht glänzte feucht vom Schweiß. Er wischte es ab, doch gleich standen ihm wieder die Tropfen auf der Stirn. Mit einemmal packte ihn ein Gefühl der Beklemmung; die Trockenheit im Halse, das schwere Pochen seines Herzens warnten ihn, daß die Stimme, die er jetzt vernehmen würde, ihn vor eine furchtbare Entscheidung stellen mochte. Fünf Menschen waren bereits tot! Der Kopf schwindelte ihm vor Erleichterung, als sich eine Stimme meldete und sagte: «Hier Gas-, Licht- und Koksgesellschaft.» Immer noch konnte er aus der Zelle treten und alles Weitere Prentice überlassen. Denn wie wollte er wissen, daß die gesuchte Stimme nicht doch dem Beamten in der Telefonvermittlung der Hygienischen Backwaren A. G. gehörte? Oder vielleicht Ernests Freundin?

Doch wenn er sich an Prentice wandte, würde es ihm schwerfallen, sein Stillschweigen während entscheidender Stunden zu erklären. Schließlich war er doch kein kleiner Junge; er war ein Mann in reiferen Jahren. Nun hatte er den ersten Schritt getan und mußte den eingeschlagenen Weg weiter verfolgen. Und er zögerte, während ihm der Schweiß in die Augen troff. Zwei Nummern waren noch übrig: eine fünfzigprozentige Chance. Er sagte sich: «Ich probiere es mit der einen;

sagt sie mir gar nichts, dann gebe ich die Sache auf, wasche ich meine Hände in Unschuld.» Vielleicht hatten ihn im Schneideratelier Augen und Hirn getäuscht. Widerstrebend vollführte sein Finger die vertrauten Bogenbewegungen: B A T 271: welche der zwei noch verbliebenen Ziffern sollte er jetzt wählen? Mit dem Ärmel wischte er sich das Gesicht ab, dann drehte er die Wählscheibe.

Der ganze Mensch

1. Am Ziel

‹Muß ich – und noch dazu ganz allein?›
DER KLEINE HERZOG

I

Das Telefon klingelte unablässig weiter; Rowe konnte sich die leeren Räume vorstellen, die sich um das kleine, gemarterte Instrument ausbreiteten. Vielleicht war es die Wohnung einer jungen Angestellten, die morgens in die City ins Büro fuhr, eines Kaufmanns, der jetzt bereits in seinem Laden stand, oder eines Gelehrten, der zeitig aufbrach, um im Britischen Museum zu arbeiten; kurz, die Behausung eines Unschuldigen. Rowe hielt den Hörer ans Ohr; ein Klingelton, auf den niemand reagierte, war ihm willkommen. Er hatte sein möglichstes getan, also mochte das Telefon ruhig weiterrasseln.

Oder war die Wohnung doch nicht unschuldig? Gehörte sie einem Mann, der in wenigen Stunden fünf Menschenleben vernichtet hatte? Wie würde solch ein schuldbewußtes Zimmer aussehen? Gleich einem Hund nimmt ein Zimmer einige der Charakterzüge seines Besitzers an; ein Hund wird für ganz bestimmte Zwecke abgerichtet, und ebenso werden von einem Zimmer gewisse Eigenschaften gefordert – Behaglichkeit, Schönheit, eine vorteilhafte Lage. Dieses Zimmer aber würde ohne Zweifel auf völlige Anonymität abgestimmt sein. Sollte jemals die Polizei darin erscheinen, würde es kein Geheimnis preisgeben. Es würde keinen Tolstoj mit unvollständig ausradierten Bleistiftnotizen beherbergen, keine wie immer geartete persönliche Note aufweisen. Der gemeinsame Nenner des modernen Geschmacks würde seine Einrichtung bestimmen: einen Radioapparat würde es enthalten, ein paar Detektivromane, eine Reproduktion von van Goghs Sonnenblume. Während das Telefon weiterschrillte, malte er sich in recht glücklicher Laune das Bild eines solchen Zimmers aus. In den Schränken würde sich kein bezeichnender Gegenstand befinden, keine Liebesbriefe wären unter Taschentüchern verborgen, kein Scheckbuch würde in einer Schreibtischlade liegen; wäre wohl die Wäsche gemerkt? Keine Geschenke, von welcher Hand auch immer, würde es geben: kurzum, es wäre ein einsames Zimmer; alles, was es enthielt, würde Dutzendware aus einem Kaufhaus sein.

Plötzlich rief am anderen Ende eine wohlbekannte Stimme ein wenig atemlos ins Telefon: «Hallo, wer ist dort?» Rowe hängte sofort auf und dachte sich: «Wäre sie doch nur außer Hörweite gewesen, als es läutete, wäre sie unten im Erdgeschoß oder draußen auf der Straße gewesen!» Und hätte er nicht seiner Phantasie gestattet, ihr Spiel so lange weiterzutreiben, er wäre nie zur Erkenntnis gekommen, daß er eben Anna Helfs Nummer gewählt hatte.

Blindlings stürzte er aus der Telefonzelle. Er hatte zwischen drei Möglichkeiten zu wählen: die anständigste und vernünftigste wäre gewesen, sofort zur Polizei zu gehen. Die zweite Möglichkeit bestand darin, kein Wort über die Sache zu verlieren. Und die dritte – selbst hinzugehen und nachzuforschen. Er gab sich keinem Zweifel darüber hin, daß dies die Nummer war, die Cost angerufen hatte. Denn er erinnerte sich daran, daß Anna im Sanatorium von allem Anfang an seinen wirklichen Namen gewußt und daß sie erklärt hatte, es sei jetzt ihre «Aufgabe» – eine seltsame Formulierung –, ihn in der Heilanstalt zu besuchen. Dennoch zweifelte er nicht daran, daß es eine Lösung dieses Rätsels gab, allerdings eine Lösung, von der er nicht erwarten konnte, daß die Polizei sie finden werde. Er kehrte ins Hotel zurück und begab sich auf sein Zimmer, wobei er das Telefonbuch aus der Halle mitnahm. Es stand ihm eine langwierige Arbeit bevor. In der Tat benötigte er mehrere Stunden, um die Nummer zu finden. Die Zeilen verschwammen ihm vor den Augen, und er hätte sie um ein Haar übersehen. Die Anschrift lautete: 16, Prince Consort Mansions, Battersea – ein Name, der ihm gar nichts sagte. Mit einem sauersüßen Lächeln dachte er: «Natürlich! Ein schuldbewußtes Zimmer wird nur möbliert gemietet.» Dann warf er sich aufs Bett und schloß die Augen.

Fünf Uhr nachmittags war vorüber, ehe er sich zum Handeln aufraffen konnte, und dann tat er es ganz mechanisch. Er wollte nicht mehr grübeln; es hatte ja keinen Sinn, sich Gedanken zu machen, solange er nicht mit ihr gesprochen hatte. Ein Autobus der Linie 19 brachte ihn zum oberen Ende der Oakley Street, und eine Nummer 49 bis an die Albert Bridge. Er ging zu Fuß über die Brücke, ohne nachzudenken. Es war Ebbe, und unter den Speichern am Flußufer waren die Schlammbänke sichtbar. Am Kai fütterte jemand die Möwen; dieser Anblick bedrückte ihn in unerklärlicher Weise, und er eilte weiter, wieder ohne nachzudenken. Das verglimmende Sonnenlicht breitete seinen rosigen Schein über die häßlichen Ziegelmauern, und ein einsamer Hund trottete schnuppernd und mit trauriger Miene in den Park. Plötzlich sagte eine Stimme: «Ja, Arthur!» Er blieb stehen. Ein Mann mit einer Baskenmütze auf ungekämmtem grauem Haar und in der Drillichuniform eines Luftschutzwartes stand am Eingang eines Mietshauses. Jetzt fragte er zweifelnd: «Du bist doch Arthur, nicht wahr?»

Seit Rowes Rückkehr nach London hatten sich zahlreiche Erinnerungen wieder eingefunden; er erkannte da eine Kirche und dort ein Geschäft und die Art, wie Piccadilly in Knightsbridge überging. Er merkte kaum, wie sie ihren Platz als Teilstück der Erfahrung eines ganzen Lebens wieder einnahmen. Daneben aber gab es andere Erinnerungen, die schmerzlich um Einlaß ins Bewußtsein ringen mußten; irgendwo in seinem Geist hatten sie einen Feind, der sie ausschließen wollte und dabei häufig siegreich blieb. Kaffeehäuser, Straßenecken, Kaufläden wandten ihm plötzlich ein vertrautes Gesicht zu; doch er blickte zur Seite und eilte weiter, als wären sie die Szene eines Verkehrsunfalles.

Der Mann, der ihn eben angesprochen hatte, gehörte auch zu diesen Bildern, aber vor einem menschlichen Wesen kann man nicht in ähnlicher Weise die Flucht ergreifen wie vor einem Geschäftsportal.

«Das letzte Mal hattest du keinen Bart. Du bist doch Arthur, nicht wahr?»

«Ja – Arthur Rowe.»

Der Fremde sah verdutzt und ein wenig gekränkt drein. Er sagte: «Lieb von dir, daß du mich damals besucht hast.»

«Ich kann mich nicht entsinnen . . .»

Der beleidigte Blick des anderen verdüsterte sich noch weiter. «Am Tag des Begräbnisses», sagte er.

«Ich bitte um Entschuldigung. Ich hatte einen Unfall und verlor dadurch das Gedächtnis. Es stellt sich erst langsam und bruchstückweise wieder ein. Wer sind Sie denn?»

«Ich bin Henry – Henry Wilcox.»

«Und ich kam her – zu einem Begräbnis?»

«Ja, meine Frau war bei einem Luftangriff ums Leben gekommen. Du hast doch sicher in der Zeitung davon gelesen. Man gab ihr einen Orden. Hinterher war ich ein wenig besorgt, weil du wolltest, daß ich dir einen Scheck einlöse, und ich vergaß das. Aber du weißt ja, wie es bei einem Begräbnis zugeht; an so viele Dinge soll man da zugleich denken. Und ich war wohl auch ziemlich erschüttert.»

«Weshalb hast du dir denn Sorgen gemacht?»

«Weil es sehr wichtig gewesen sein muß. Es war mir völlig entfallen – und dann dachte ich mir, ich werde ihn schon sehen, wenn ich zurückkomme. Aber da warst du nicht mehr da.»

Rowe warf einen Blick auf das Zinshaus, vor dem sie standen. «War es hier?» fragte er.

«Ja.»

Er blickte über die Straße zum Parktor: dort stand ein Mann und fütterte die Möwen; ein Büroangestellter ging vorüber, in der Hand einen Koffer. Die Straße wankte ganz leicht unter seinen Füßen. «War es nicht ein langer Leichenzug?» fragte er.

«Ja. Die ganze Bereitschaft rückte aus, die Polizei und das Bergungskommando.»

«Richtig!» sagte jetzt Rowe. «Ich konnte damals nicht zur Bank gehen, um den Scheck zu kassieren. Ich meinte, die Polizei suche mich als

Mörder. Aber ich mußte zu Geld kommen, wenn ich verschwinden wollte. Deshalb kam ich zu dir. Vom Begräbnis hatte ich keine Ahnung. Ich dachte ausschließlich an den Mord.»

«Mein Lieber, du grübelst zuviel», erklärte Henry. «Was einmal geschehen ist, das ist eben geschehen.» Dabei blickte er ganz frohgemut die Straße hinab, auf der sich der Leichenzug bewegt hatte.

«Aber dieser Mord ist gar nie geschehen. Das weiß ich jetzt. Ich bin kein Mörder», beteuerte er.

«Natürlich bist du keiner, Arthur. Keiner deiner Freunde – ich meine, kein wahrer Freund – hat dich je für einen gehalten.»

«Ist denn soviel darüber geredet worden?»

«Na ja, freilich . . .»

«Das wußte ich gar nicht.» Er gab seinen Gedanken eine andere Richtung: die Kaimauer – das Gefühl grenzenlosen Kummers – der kleine Mann, der die Vögel fütterte – der schwere Koffer . . . Da verlor er den Faden, bis er sich an das Gesicht des Hotelangestellten erinnerte; und dann durchschritt er endlose Gänge, eine Tür tat sich auf, und Anna stand vor ihm. Sie hatten dieselbe Gefahr durchgemacht – an diesen Gedanken klammerte er sich jetzt; für alles gab es eine Erklärung! Es fiel ihm ein, wie sie ihm erzählte, er habe ihr das Leben gerettet. Jetzt verabschiedete er sich steif: «Also, leb wohl, Henry. Ich muß weiter.»

«Du, weißt du, es hat keinen Sinn, sein Lebtag lang einem Menschen nachzutrauern», sagte Henry. «Das ist krankhaft.»

«Ja. Leb wohl.»

«Leb wohl!»

2

Die Wohnung lag im dritten Stock. Rowe wünschte, die Treppe möge niemals enden, und als er schließlich klingelte, hoffte er, die Wohnung werde verlassen sein. Vor der Eingangstür stand auf dem kleinen, dunklen Treppenabsatz eine leere Milchflasche; ein Zettel steckte darin; er nahm ihn heraus und las, was darauf stand: «Bitte, morgen nur ein Viertelliter.» Er hielt ihn noch in der Hand, als die Tür aufging und Anna vor ihm stand. Im Tone tiefster Verzweiflung sagte sie: «Ach, du bist es!»

«Ja, ich.»

«Sooft es geläutet hat, fürchtete ich, du würdest draußen stehen.»

«Wie hätte ich dich denn finden sollen?»

«Mit Hilfe der Polizei», antwortete sie. «Sie überwacht seit gestern unser Büro.»

Er folgte ihr in die Wohnung. Solange er unter dem Bann eines seltsamen Abenteuers stand, hatte er sich dieses Wiedersehen ganz anders vorgestellt. Jetzt hatte ihr Verhalten etwas Unnatürliches, Gezwungenes an sich. Als sich die Tür hinter ihm schloß, fühlten sie sich nicht allein, sondern inmitten einer Schar von gemeinsamen Bekannten. Gleichsam um die andern nicht zu stören, sprachen sie nur im Flüsterton. «Ich kam auf deine Adresse dadurch, daß ich Costs Finger beim Wählen der Telefonnummer beobachtete. Er rief hier an, knapp bevor er Selbstmord beging.»

«Es ist grauenhaft. Ich wußte nicht, daß du dabei warst», entgegnete sie.

«‹Ich habe keine Hoffnung› – so sagte er. ‹Ich persönlich habe nicht die geringste Hoffnung.›»

Sie standen in der kleinen, geschmacklos eingerichteten, gedrängt vollen Diele, als ob es nicht der Mühe wert wäre, weiterzugehen. Es war eher ein Abschiednehmen als ein Wiedersehen – ein Abschiednehmen, begleitet von solchem Trennungsschmerz, daß es ganz formlos vor sich ging. Anna hatte dieselbe blaue Hose an wie seinerzeit im Hotel; er hatte vergessen, wie klein und zierlich ihre Gestalt war. Mit dem Schal, den sie um den Hals geknüpft trug, wirkte ihre Kleidung geradezu rührend improvisiert. Rings um die beiden gab es Tabletts aus Messing, kupferne Bettwärmer, Nippesfiguren, eine alte Eichentruhe, eine Schweizer Kuckucksuhr, verziert mit plumpem Rankenwerk in Holzschnitzerei. Rowe sagte: «Die vergangene Nacht war auch nicht schön. Da war ich auch dabei. Wußtest du schon, daß Dr. Forester tot ist und ebenso Poole?»

«Nein.»

«Und du bist nicht traurig? Ein solches Blutbad unter deinen Freunden?»

«Ncin, ich bin froh darüber.» Da erst wagte Rowe zu hoffen, und Anna fuhr voll Zärtlichkeit fort: «Du mein Lieber, in deinem Kopf, in deinem armen Kopf geht alles durcheinander. Du weißt nicht, wer dein Freund ist und wer dein Feind. So machen sie es ja immer, nicht wahr?»

«Sie haben dich dazu verwendet, mich dort draußen in der Anstalt des Dr. Forester zu beobachten, damit sie wissen, wann sich mein Gedächtnis wieder einstellt, nicht wahr? Dann hätten sich mich in den Krankentrakt gesteckt wie den armen Stone.»

«Du hast so recht und doch wieder nicht», gab sie ihm müde zur Antwort. «Ich glaube, wir werden das nie völlig aufklären können. Ich wollte genausowenig wie die anderen, daß dein Gedächtnis wiederkehre. Ich wollte nicht, daß du wieder zu leiden hättest.» Voll banger Sorge fügte sie die Frage hinzu: «Erinnerst du dich jetzt an alles?»

«Ich erinnere mich an vieles und habe viel dazugelernt; genug, um zu wissen, daß ich kein Mörder bin.»

«Gott sei Dank!» entfuhr es ihr.

«Aber du wußtest doch, daß ich keiner bin?»

«Ja, natürlich, das wußte ich», antwortete sie. «Ich wollte nur sagen, daß ich – ach, einfach, daß ich glücklich bin, weil du weißt, daß du kein Mörder bist.» Bedächtig fuhr sie fort: «Ich möchte dich glücklich wissen. Denn das solltest du immer sein.»

Darauf erwiderte er mit all der Zärtlichkeit, deren er fähig war: «Ich liebe dich, das weißt du doch – und möchte glauben, daß auch du mein Freund bist. Sag mir, wo sind die Fotografien?»

Aus dem abscheulich geschnitzten Uhrkasten schoß in diesem Augenblick ein buntbemalter Vogel hervor und verkündete durch zwei schrille Kuckucksrufe die halbe Stunde. Zwischen den beiden Tönen fand Rowe gerade Zeit zur Überlegung, daß bald wieder eine Nacht anbrechen werde. Würde auch sie von Grauen erfüllt sein? Das kleine Türchen an der Uhr klappte zu, während Anna ihre Antwort gab: «Er hat sie.»

«Er? Wer?»

«Mein Bruder.» Rowe hielt den Zettel mit der Nachricht für den Milchmann immer noch in der Hand. «Du liebst solche Nachforschungen, nicht wahr?» sagte Anna. «Als ich dich das erstemal sah, kamst du wegen des Kuchens ins Büro. Du warst so fest entschlossen, den Dingen auf den Grund zu gehen. Jetzt bist du auf dem Grund.»

«Ja, ich erinnere mich. Er schien so hilfreich, führte mich in das Haus . . .»

Sie nahm ihm die Worte aus dem Mund: «Er inszenierte für dich einen Mord und half dir beim Entkommen. Aber hinterher hielt er es für sicherer, dich beseitigen zu lassen. Das war meine Schuld. Du erzähltest mir, du habest einen Brief an die Polizei geschrieben, und ich sagte ihm das.»

«Warum?»

«Ich wollte nicht, daß er bloß deshalb Schwierigkeiten habe, weil er dich erschreckte. Ich hätte nie vermutet, daß er mit solcher Gründlichkeit vorgehen werde.»

«Aber du warst doch in dem Appartement, als ich mit dem Koffer ankam», hielt er ihr entgegen; das Rätsel schien ihm unlösbar. «Du wärest doch auch um ein Haar getötet worden.»

«Ja. Siehst du, er hatte es mir nicht vergessen, daß ich dich bei Mrs. Bellairs anrief. Das hast wieder du ihm gesagt. Ich stand nicht mehr auf seiner Seite – nicht, sobald es gegen dich ging. Er gab mir den Auftrag, mich mit dir im Hotel zu treffen und dich zu überreden, den Brief an die Polizei nicht aufzugeben. Und dann saß er einfach in einem anderen Zimmer und wartete.»

«Du lebst aber noch», sagte er im Ton einer Anklage.

«Ja, ich lebe noch. Das habe ich dir zu verdanken. Ich erhielt sogar eine Bewährungsfrist zugebilligt; er wird seine Schwester nicht umbringen, wenn er es nicht für unbedingt erforderlich hält. Das nennt er Familiensinn! Ich bedeutete ja nur deinetwegen eine Gefahr. Denn mein

Vaterland ist es nicht. Warum hätte ich wünschen sollen, dein Gedächtnis möge wiederkehren? Du warst ohne deine Erinnerung ein glücklicher Mensch. Und England ist mir verdammt gleichgültig. Ich will nur, daß du glücklich bist. Die Schwierigkeit liegt aber darin, daß mein Bruder so vieles erfühlt.»

«Das ist doch alles glatter Unsinn», entgegnete Rowe dickköpfig. «Warum lebe ich noch?»

«Weil mein Bruder sparsam ist. Sie sind alle sparsam. Wenn du das nicht begreifst, wirst du sie nie verstehen.» Dann brachte sie mit wehmütiger Ironie gleich einer Formel die Worte vor: «Ein Maximum an Terror auf ein Minimum an Zeit, gerichtet gegen die geringste Anzahl von Zielen.»

Rowe war völlig verwirrt; er wußte nicht, was er tun sollte. Erst jetzt lernte er die Lektion, die die meisten Menschen schon in frühester Jugend lernen, nämlich, daß sich die Dinge nie so entwickeln, wie man es erwartet hat. Das Ganze war plötzlich kein erregendes Abenteuer mehr, und er selbst war kein Held mehr; ja, es bestand sogar die Möglichkeit, daß es auch keine Tragödie war. Plötzlich merkte er, daß er noch immer den Zettel in der Hand hielt. «Er verreist?»

«Ja.»

«Mit dem Film natürlich.»

«Ja.»

«Wir müssen ihn daran hindern», entschied er. Dieses Wir, zum erstenmal mit dem Gefühlswert des deutschen Du gesprochen, sagte alles.

«Ja.»

«Wo ist er jetzt?»

«Hier in der Wohnung», antwortete sie.

Rowe kam es vor, wie wenn er die ganze Zeit mit größter Kraft gegen eine Tür gedrückt und eben erst entdeckt hätte, daß sie ohnehin offenstand. «Hier?» fragte er erstaunt.

Sie machte eine Bewegung mit dem Kopf. «Er schläft. Er hat einen anstrengenden Tag mit Lady Dunwoody und ihren Wollsachen hinter sich.»

«Er wird uns aber gehört haben.»

«Ach nein», meinte sie. «Wir sind hier außer Hörweite, und überdies hat er einen sehr gesunden Schlaf. Auch das ist Sparsamkeit. Möglichst tief schlafen und möglichst kurz . . .»

«Wie du ihn haßt!» rief er verwundert aus.

«Er hat alles so gründlich verdorben», erwiderte sie. «Er ist so ein feiner, begabter Mensch – und was hat er erreicht; nichts als diese grauenhafte Angst!»

«Wo ist er?»

«Da hinein geht es ins Wohnzimmer, und dahinter ist sein Schlafzimmer.»

«Kann ich das Telefon benützen?»

«Das ist nicht ratsam. Es steht im Wohnzimmer, und die Tür zum Schlafzimmer ist nur angelehnt.»

«Wohin fährt er denn?»

«Er hat die Erlaubnis zu einer Reise nach Irland bekommen, und zwar im Auftrage der Freien Mütter. Das Visum war nicht leicht zu kriegen, aber deine Freunde haben ja so gründlich aufgeräumt. Lady Dunwoody hat es zuwege gebracht. Er ist ihr für ihre Wollspenden immer so dankbar gewesen. Er fährt heute mit dem Abendzug. Sag, was wirst du unternehmen?»

«Das weiß ich noch nicht.»

Er sah sich ratlos im Vorzimmer um. Auf der Eichentruhe stand ein schwerer Kerzenleuchter aus Messing; er war auf Hochglanz poliert; kein Tropfen Wachs hatte ihn je verunreinigt. Rowe hob ihn auf. «Er hat versucht, mich zu töten», sagte er lahm.

«Er schläft. Das wäre auch Mord!»

«Ich werde nicht als erster zuschlagen.»

«Er war lieb zu mir, wenn ich mir die Knie aufschürfte; Kinder tun das immer ... Weißt du, das Leben ist grauenhaft, heimtückisch.»

Rowe stellte den Kerzenleuchter wieder hin.

«Nein, nimm ihn. Dir darf nichts geschehen. Schließlich ist er nur mein Bruder, nicht wahr?» sagte Anna im Ton unergründlicher Bitternis. «Bitte, nimm ihn!»

Als er keine Anstalten traf, ihrer Aufforderung nachzukommen, ergriff sie selbst den Leuchter; ihr Gesicht war starr, sein Ausdruck gleichsam einstudiert, zugleich kindlich und schauspielerhaft. Rowe meinte einem kleinen Mädchen zuzusehen, wie es die Rolle der Lady Macbeth spielt. Er empfand das Verlangen, sie vor dem Wissen zu schützen, daß solche Dinge im Leben tatsächlich möglich waren.

Sie ging voran und hielt den Leuchter senkrecht in die Höhe, als befinde sie sich auf einer Theaterprobe; erst bei der Aufführung würde die Kerze entzündet werden. Alles in der Wohnung war häßlich, Anna das einzige Schöne. So kam es, daß Rowe mehr denn je den Eindruck gewann, daß sie beide hier fremd waren. Die plumpe Einrichtung war offenbar von einer zweitrangigen Möbelfabrik aufgestellt, von einem offiziellen Einkäufer des Hausbesitzers zu tief reduzierten Preisen angekauft oder vielleicht gar telefonisch bestellt worden – Zusammenstellung Nr. 56a im Herbstkatalog. Nur ein Strauß Blumen, ein paar Bücher, eine Zeitung und eine Herrensocke mit Löchern deuteten an, daß hier Menschen wohnten. Die Socke ließ ihn innehalten; sie schien von langen, gemeinsam verbrachten Abenden zweier Menschen zu erzählen, die einander viele Jahre gut gekannt hatten. Zum erstenmal kam ihm der Gedanke: «Der Mann, der jetzt seinem Tod entgegengeht, ist ihr Bruder. Spione werden gehenkt wie Mörder, und in diesem Falle läuft es noch dazu auf dasselbe hinaus.» Dort drinnen lag Willi Helf, während draußen schon der Galgen aufgerichtet wurde.

Verstohlen schlichen sie durch das charakterlose Wohnzimmer auf die halboffene Tür zu. Anna stieß sie mit einer leichten Handbewegung ganz auf und trat dann zurück, damit er hineinblicken könne. Es war die zeitlose Gebärde einer Frau, die nach dem Abendessen einem Gast ihr schlafendes Kind zeigt.

Helf lag im Bett auf dem Rücken; die Jacke hatte er abgelegt, und sein Hemdkragen war offen. Er schlummerte tief und friedlich und war so wehrlos, daß er wie ein unschuldiger Mensch aussah. Das helle Gold seines Haares hing ihm in einer heißen Strähne ins Gesicht, als ob er sich nach einem anstrengenden Wettspiel hingeworfen hätte. Er sah sehr jung aus; wie er so dalag, schien er einer ganz anderen Welt anzugehören als Cost, der vor dem Spiegel verblutet war, oder als Stone in seiner Zwangsjacke. Rowe fühlte sich halb und halb zur Bemerkung getrieben: «Das ist doch alles nur Propaganda, nichts als gehässige Propaganda. Er wäre gar nicht dazu fähig ...» Das Gesicht erschien Rowe sehr schön, schöner als das seiner Schwester, das vom Ausdruck ihres Grams oder Mitleids entstellt sein mochte. Während er den Schläfer betrachtete, gewann er ein wenig Verständnis für die Macht, die Anmut, die Anziehungskraft des Nihilismus – für völlige Unbekümmertheit, für die Ablehnung aller Gesetze und den Mangel jeglicher Liebe. Das Leben wurde dadurch so einfach ...

Der junge Mann hatte gelesen, ehe er eingeschlafen war, denn ein Buch lag auf dem Bett und seine Hand zwischen den Seiten, um es am Zuklappen zu hindern. Das Ganze wirkte wie das Grabdenkmal eines jungen Studenten; wenn man sich niederbeugte, würde man auf der marmornen Buchseite die Inschrift lesen können, die für ihn gewählt worden war, einen Vers:

‹Denn Orpheus ist's. Seine Metamorphose
in dem und dem. Wir sollen uns nicht mühn
um andre Namen. Ein für alle Male
ist's Orpheus, wenn es singt ...›

Die Knöchel der Hand verdeckten die weiteren Worte. Rowe war es, wie wenn dieser Jüngling der einzige Gewalttäter in der Welt wäre und wie wenn allüberall Friede herrschte, solange er schlief.

Anna und er betrachteten ihn stumm; da erwachte er. Die meisten Menschen verraten sich beim Erwachen; manche fahren mit einem Aufschrei aus einem gräßlichen Traum empor, andere wieder werfen sich im Bett hin und her, schütteln den Kopf oder vergraben ihn in den Polstern, als ob sie sich scheuten, den Schlaf von sich zu streifen. Helf aber erwachte bloß; sekundenschnell zog er die Lider fest zusammen wie ein Kind, wenn seine Pflegerin im Kinderzimmer die Vorhänge zur Seite zieht und das Tageslicht einläßt. Doch dann waren sie plötzlich weit geöffnet, und der junge Mann blickte die beiden Betrachter völlig beherrscht an. Die hellen blauen Augen verrieten, daß er die Lage erfaßt hatte; es gab nichts zu erklären. Er lächelte, und Rowe ertappte sich dabei, daß er dieses Lächeln erwiderte. Eines solchen Kniffs bedient sich ein Knabe, wenn er sich plötzlich geschlagen gibt und alles eingesteht, so daß sein Streich harmlos und die Aufregung der Erwachsenen lächerlich erscheint. Es gibt Augenblicke einer solchen Kapitulation, in denen es viel leichter ist, seinen Feind zu lieben, als sich vor Augen zu halten, was er einem angetan hat.

«Die Fotografien . . .» begann Rowe unentschlossen.

«Die Fotografien – ja, die habe ich», gab Helf mit einem Lächeln unumwunden zu. Er mußte gewußt haben, daß alles aus war – sogar sein Leben; aber immer noch behielt er seinen frotzelnden Ton und die leicht veralteten Ausdrücke der Umgangssprache bei, die seinem Englisch eine ganz eigenartige Note verliehen. «Geben Sie jetzt zu», wandte er sich an Rowe, «daß ich Sie fein an der Nase herumgeführt habe. Aber augenblicklich bin ich es, der sauber in der Tinte sitzt.» Dann blickte er auf den Kerzenleuchter, den seine Schwester steif in der Hand hielt, und sagte amüsiert: «Ich ergebe mich.» Dabei legte er sich aufs Bett zurück, als hätten alle drei bloß ein Gesellschaftsspiel gespielt.

«Wo sind sie?»

«Ich schlage Ihnen ein Geschäft vor, einen kleinen Tauschhandel», erwiderte er darauf, als ob er ausländische Briefmarken gegen Karamelbonbons vertauschen wollte.

Rowe entgegnete: «Ich habe es nicht nötig, auf irgendeinen Schacher einzugehen. Sie sind erledigt!»

«Mein Schwester ist sehr in Sie verliebt, nicht wahr?» fragte Helf, der sich hartnäckig weigerte, den Ernst seiner Lage einzugestehen. Er fuhr fort: «Da werden Sie doch kaum die Absicht haben, Ihren künftigen Schwager aus dem Wege zu räumen?»

«Sie hätten bedenkenlos Ihre Schwester beseitigt!»

«Ach, das war eine tragische Notwendigkeit», erklärte er freimütig, aber wenig überzeugend. Dann begann er plötzlich zu grinsen und ließ dadurch seinen Mordversuch mit Hilfe des Koffers als ungefähr so wichtig erscheinen wie einen dummen Jungenstreich. Es schien fast, als werfe er den beiden anderen Mangel an Humor vor, als hätten sie sich so einen Ulk gar nicht zu Herzen nehmen dürfen.

«Seien wir doch vernünftig und zivilisiert und treffen wir ein Übereinkommen», schlug der junge Mann vor. «Anna, geh, stell den Leuchter weg! Selbst wenn ich wollte, könnte ich dir nicht weh tun.» Er traf keinerlei Anstalten, aufzustehen, sondern blieb seelenruhig auf dem

Bett liegen und führte den anderen seine Wehrlosigkeit gleichsam als Beweis seiner Unschuld vor.

«Es gibt keine Grundlage zu einem solchen Übereinkommen», erklärte Rowe. «Ich will die Fotografien haben, und die Polizei wird hernach Sie haben wollen. Sie haben ja auch mit Stone oder Jones nicht über die Bedingungen eines solchen Geschäfts verhandelt.»

«Davon hatte ich keine Ahnung!» verteidigte sich Helf. «Ich kann doch nicht die Verantwortung für alles tragen, was meine Leute tun. Rowe, das ist kein vernünftiger Standpunkt.» Ganz unvermittelt fuhr er fort: «Lesen Sie eigentlich Gedichte? Hier ist eines, das haargenau auf die Situation paßt . . .» Er richtete sich auf, ergriff das Buch und ließ es wieder aufs Bett fallen. Jetzt hielt er einen Revolver in der Hand, den er auf Rowe richtete. «Rühren Sie sich nicht! Sehen Sie: es gibt doch noch einiges zu besprechen.»

«Ich habe schon überlegt, wo Sie ihn wohl verborgen hielten», sagte Rowe.

«Jetzt können wir erst vernünftig über unser Tauschgeschäft reden. Wir sitzen nämlich beide in der Klemme.»

«So? Ich sehe noch immer nicht, was Sie zu bieten hätten», entgegnete Rowe. «Sie glauben doch nicht ernsthaft, daß Sie uns beide erschießen und dann immer noch nach Irland fahren können. Die Wände in diesem Haus sind papierdünn. Sie sind als Mieter hier bekannt. Die Polizei würde Sie im Hafen bereits erwarten.»

«Na, wenn ich schon sterben muß, dann könnte ich doch vorher noch ein kleines Blutbad veranstalten, meinen Sie nicht?»

«Das widerspräche aber Ihrem Grundsatz der Sparsamkeit.»

Halb im Ernst dachte der junge Mann über diesen Einwand nach und sagte dann mit einem Grinsen: «Freilich, aber glauben Sie nicht, daß es ein großartiger Abgang wäre?»

«Mir macht es nichts aus, auf welche Weise ich Ihnen Ihr Handwerk lege. Wenn es durch meinen Tod geschähe, so hätte ich damit etwas Nützliches erreicht.»

«Wollen Sie damit sagen, daß Ihr Gedächtnis zurückgekehrt ist?» fragte Helf.

«Ich weiß nicht, was das damit zu tun haben soll.»

«Sehr viel sogar. Ihre Lebensgeschichte ist geradezu sensationell. Ich habe mich eingehendst mit ihr befaßt und Anna auch. Ihre Vergangenheit erklärte mir so manches, was ich zunächst nicht verstand, als ich von Poole hörte, was für ein Mensch Sie sind, was für ein Zimmer Sie bewohnten. Sie waren die Sorte Mensch, von der ich glaubte, ich könnte mit ihr spielend fertig werden – bis Sie Ihr Gedächtnis verloren. Da nahm die Sache eine unerwartete Wendung. Sie hatten so viele Illusionen von Seelengröße, Heroismus, Selbstaufopferung, Patriotismus . . .» Helf grinste ihn an und fuhr fort: «Ich biete Ihnen folgenden Tausch an: meine Sicherheit gegen Ihre Vergangenheit. Ich sage Ihnen, was für ein Mensch Sie vorher waren. Kein Schwindel! Ich gebe Ihnen schon die nötigen Referenzen. Aber das wird nicht nötig sein. Ihr Verstand wird Ihnen auch so sagen, daß ich nichts erfinde.»

«Er lügt. Hör ihm gar nicht zu!» sagte Anna zu Rowe.

«Sie will es nicht hören. Sehen Sie? Macht Sie das nicht neugierig? Sie möchte Sie so haben, wie Sie sind, nicht so, wie Sie einmal waren.»

«Ich will nichts weiter als die Fotografien», entgegnete Rowe.

«Sie können die Zeitungsartikel über sich selber lesen. Sie waren einmal eine richtige Berühmtheit. Anna fürchtet sich, Sie könnten sich turmhoch über sie erhaben dünken, wenn Sie einmal alles wissen.»

«Wenn Sie mir die Fotografien geben ...» begann Rowe.

«... und wenn ich Ihnen Ihre Lebensgeschichte erzähle?» ergänzte Helf.

Er schien selbst etwas von Rowes Erregung zu verspüren; denn er verschob den Ellbogen, auf den er sich stützte, ein klein wenig, und sein Blick schweifte von den anderen sekundenlang ab. Da krachte sein Handgelenk, als Anna den Kerzenleuchter darauf niedersausen ließ, und der Revolver lag auf dem Bett. Blitzschnell ergriff sie ihn und sagte: «Jetzt hast du es nicht nötig, Arthur, mit ihm einen Handel einzugehen.»

Ihr Bruder wälzte sich stöhnend vor Schmerz auf dem Bett, und sein Gesicht wurde totenbleich. Auch Annas Antlitz war weiß. Im Augenblick meinte Rowe, sie werde vor ihrem Bruder auf die Knie sinken, seinen Kopf an ihre Schulter betten und ihm den Revolver in die unverletzte Hand drücken. «Anna», wisperte Helf, «Anna!»

«Willi!» Sie schwankte ein wenig auf den Beinen.

«Gib mir den Revolver!» sagte Rowe.

Sie warf ihm einen Blick zu, als sei er ein Fremder, der in diesem Zimmer nichts zu suchen hatte; ihre Ohren waren erfüllt vom Wimmern ihres Bruders. Als Rowe die Hand ausstreckte, wich sie vor ihm zurück, so daß sie schließlich neben dem Bett stand. «Geh hinaus!» sagte sie zu ihm, «geh hinaus und warte draußen!» In ihrem Leid waren sie wie Zwillinge. Anna richtete den Revolver auf Rowe und wiederholte mit einem Stöhnen: «Geh hinaus!»

«Laß dich nicht von ihm herumkriegen», warnte er sie. «Er hat dich zu töten versucht.» Als er aber die Familienähnlichkeit der Geschwister sah, klangen ihm seine eigenen Worte schal. Die beiden schienen einander so eng verwandt zu sein, daß keiner das Recht hatte, dem anderen ein Leid zuzufügen; es wäre nichts anderes als eine Form von Selbstmord gewesen.

«Bitte, sag nichts mehr», wandte sie sich an Rowe. «Es nützt ja doch nichts.» Schweiß bedeckte ihr Gesicht; Rowe kam sich hilflos vor.

«Versprich mir, daß du ihn nicht laufen lassen wirst.»

Sie zuckte die Achseln und erwiderte: «Ich verspreche es dir.»

Als er hinausging, schloß sie die Tür hinter ihm und versperrte sie. Dann konnte er geraume Zeit keinen Ton hören, ausgenommen das Knarren einer Schranktür und das Klirren von Porzellan. Er stellte sich vor, daß sie ihrem Bruder das verletzte Handgelenk verband. Wahrscheinlich konnte er in diesem Zustand gar nicht entrinnen, war er unfähig zur Flucht. Rowe kam auf den Gedanken, daß er Prentice anrufen und die Polizei veranlassen könnte, die Wohnung zu umstellen. Er selbst trug kein Verlangen mehr nach Ruhm; die Freude am Abenteuer war versiegt, und geblieben war das Wissen um menschliches Leid. Doch er hatte das Empfinden, daß ihm durch Annas Versprechen die Hände gebunden waren. Sollte das Leben weitergehen, dann mußte er zu ihr Vertrauen haben.

Eine Viertelstunde verging; im Zimmer wurde es dämmerig. Aus dem Schlafzimmer waren zuletzt gedämpfte Stimmen gedrungen; Rowe wurde es unbehaglich. Sollte es Helf doch noch gelingen, seine Schwester umzustimmen? Der Wartende wurde sich einer quälenden Eifersucht bewußt. Die beiden Geschwister waren einander so ähnlich gewesen, und er war von ihnen wie ein Fremder ausgeschlossen worden. Er trat ans Fenster und blickte in den Park hinab, der langsam in der Dunkelheit versank. Es gab so vieles, was noch in sein Gedächtnis zurückkehren mußte. Dieser Gedanke kam ihm gleich einer Drohung, ausgesprochen in Helfs zweifelndem Ton.

Da ging die Tür auf, Rowe trat vom Fenster zurück und merkte jetzt erst, wie dunkel es geworden war. Anna kam mit ungelenken Bewegungen auf ihn zu und sagte: «Da! Jetzt hast du, was du haben wolltest.» In dem Versuch, die Tränen zu unterdrücken, verzog sie das Gesicht zu einer entstellenden Grimasse. Es war eine Häßlichkeit, die Rowe fester an sie kettete, als dies ihrer Schönheit je gelungen wäre. «Nicht im gemeinsam erlebten Glück wächst die Liebe», dachte er, als ob ihm damit eine ganz neue Erkenntnis gekommen wäre, «sondern im gemeinsam erlebten Unglück.»

Anna fragte ihn: «Willst du den Film nicht – jetzt, da ich ihn dir verschafft habe?»

Er nahm die kleine Spule entgegen, ohne eine Spur von Triumph zu empfinden. «Wo ist er?» fragte er.

«Ihn brauchst du jetzt nicht mehr. Er ist am Ende», antwortete sie.

«Warum hast du ihn entkommen lassen?» herrschte er sie an. «Du hast mir doch dein Wort gegeben.»

«Ja, das habe ich dir allerdings gegeben», erwiderte sie. Mit den Fingern einer Hand machte sie eine flinke Bewegung; sie überkreuzte zwei von ihnen, und Rowe meinte einen Augenblick, sie wolle sich dieser Ausrede englischer Kinder für ein gebrochenes Versprechen bedienen.

«Warum?» fragte er nochmals.

«Ach, weißt du, auch ich mußte auf einen Handel eingehen», lautete ihre ausweichende Antwort.

Behutsam begann er, die Spule auszupacken; er wollte nur ein winziges Stückchen davon dem Licht aussetzen. «Er hatte doch nichts in der Hand, was er zum Tausch anbieten konnte», sagte Rowe währenddessen. Dann hielt er ihr den Inhalt des Päckchens auf der flachen Hand hin. «Ich weiß nicht, was er dir auszuhändigen versprach, aber das ist es nicht!»

«Er schwor aber, daß du das haben willst. Wie willst du das wissen?»

«Ich weiß nicht, wie viele Kopien die Bande anfertigte. Diese hier mag die einzige sein; vielleicht gibt es aber ein ganzes Dutzend. Ich bin aber sicher, daß es nur ein Negativ gibt.»

«Und das ist es nicht?» fragte sie.

«Nein.»

3

«Ich weiß nicht, was er dir zum Tausch anbieten konnte; jedenfalls hat er seinen Teil eurer Abmachung nicht eingehalten», sagte Rowe.

«Ich geb's auf», erwiderte Anna. «Was immer ich anrühre, geht schief. Tu, was du willst.»

«Dazu wirst du mir erst sagen müssen, wo er ist.»

Anna entgegnete: «Ich habe stets geglaubt, ich könnte euch beide behalten. Was mit der Welt geschieht, darum habe ich mich nie gekümmert. Schlechter, als es immer gewesen ist, könnte es auch jetzt nicht sein; und doch dreht sich die Kugel, diese elende Kugel, weiter. Aber die Menschen auf ihr, du, er ...» Sie setzte sich auf den nächstbesten Stuhl – einen ungepolsterten, glänzend polierten Stuhl, der so hoch war, daß ihre Füße den Boden nicht erreichten. «Er fährt von Paddington Station ab – um 7 Uhr 20. Er wird nie mehr zurückkommen, sagte er. Ich dachte mir, dann würdest du sicher sein.»

«Ach, ich kann schon auf mich aufpassen», entgegnete Rowe. Als sich aber ihre Blicke kreuzten, hatte er den Eindruck, daß er den Sinn von Annas Worten nicht voll erfaßt hatte. «Wo wird er wohl den Originalfilm haben? Im Hafen wird er auf alle Fälle genau durchsucht werden.»

«Ich weiß nicht. Er hat eigentlich nichts mitgenommen.»

«Vielleicht einen Spazierstock?»

«Nein, gar nichts. Er zog bloß seinen Rock an, nahm nicht einmal einen Hut mit. Ich glaube, er trägt ihn einfach in der Tasche.»

«Ich muß zum Bahnhof», drängte Rowe.

«Warum kannst du die Sache jetzt nicht der Polizei überlassen?»

«Bis ich zum richtigen Mann vordringe und ihm alles auseinandersetze, ist der Zug längst abgefahren. Wenn ich deinen Bruder am Bahnhof verpasse, dann rufe ich die Polizei an.» Plötzlich kamen ihm Bedenken; er fuhr fort: «Wenn er dir das erzählt hat, wird er natürlich nicht dort sein.»

«Das hat er mir eben nicht erzählt, sondern etwas ganz anderes, und das habe ich ihm nicht geglaubt. Also wird er wohl bei seinem ursprünglichen Plan bleiben. Darin besteht auch seine einzige Hoffnung, aus England hinauszukommen.»

Als Rowe zögerte, fragte sie ihn: «Weshalb willst du es nicht einfach der Polizei überlassen, ihn am anderen Ende zu verhaften? Weshalb willst du alles selbst tun?»

«Er könnte unterwegs aussteigen und verschwinden.»

«So darfst du nicht gehen! Er ist bewaffnet. Ich ließ ihm den Revolver.»

Rowe lachte laut auf. «Mein Gott! Du hast die Sache schön verpfuscht, gelt?»

«Ich wollte ihm eine letzte Chance bieten.»

«Mit einem Revolver kann man mitten in England nicht viel anfangen, außer ein paar arme Teufel umlegen.» Anna sah so klein und so erschöpft aus, daß sein Zorn im Nu verflogen war. «Es ist nur eine Patrone drinnen. Die wird er nicht vergeuden», meinte sie.

«Du bleibst hier», befahl ihr Rowe.

Sie nickte zustimmend und flüsterte kaum hörbar: «Leb wohl!»

«Ich bin gleich wieder da.» Darauf gab sie ihm keine Antwort, weshalb er es mit anderen Worten versuchte. «Dann wird das Leben für uns von neuem beginnen», sagte er, und Anna lächelte, aber dieses Lächeln wirkte wenig überzeugend, als wolle sie sagen, daß eigentlich er es sei, der des Trostes und der Aufrichtigkeit bedurfte, und nicht sie.

«Er wird mich schon nicht umbringen.»

«Das befürchte ich auch nicht.»

«Was dann?»

Sie blickte zu ihm mit jener Zärtlichkeit empor, die es erst in mittleren Lebensjahren gibt, als wären sie der ersten Leidenschaft entwachsen und hätten sie die abgeklärte Zuneigung einer längeren Ehe erreicht. «Ich befürchte nur, daß er redet», sagte sie.

«Ach, *mich* wird er nicht überreden», rief er ihr von der Tür aus spöttisch zu. Während er aber die Treppe hinabging, sagte er sich immer wieder: «Ich habe sie nicht recht verstanden.»

Über dem Hyde Park stocherten die Scheinwerfer in der Dunkelheit umher; Lichtflecken trieben gleich Wolken an der tiefhängenden Unterseite des Abendhimmels dahin; dadurch wirkte das Firmament seltsam beengt; seine Grenzen ließen sich gleichsam mit Strahlenbündeln abtasten. Aus den Häusern, an denen Rowe vorüberging, drangen Küchendünste; die Bewohner verzehrten früh ihr Abendessen, um vor dem Fliegeralarm damit fertig zu werden. Vor einem Schutzraum zündete ein Luftschutzwart eine Sturmlaterne an. Zu Rowe sagte er: «Die Vorwarnung ist schon da.» Die Streichhölzer gingen ihm immer wieder aus; er hatte keine Übung im Anzünden von Laternen. Der Mann machte überhaupt einen fahrigen Eindruck; offenbar hatte er zu viele einsame Nachtwachen in verlassenen Straßen hinter sich; er wollte plaudern. Aber Rowe hatte es eilig; er konnte nicht verweilen.

Jenseits der Brücke war ein Taxistandplatz, an dem noch ein Wagen wartete. «Wohin wollen Sie?» fragte ihn der Fahrer, und als Rowe ihm Paddington Station nannte, überlegte er eine Weile, den Blick gegen den Himmel gerichtet, gegen die Lichtflecke auf den Wolkenballen zwischen den wenigen Sternen, gegen einen farblosen, gerade noch sichtbaren Sperrballon. «Also, meinetwegen. Ich riskier's. Dort wird es auch nicht ärger sein als hier», meinte er.

«Vielleicht kommt überhaupt kein Angriff.»

«Doch. Die Vorwarnung ist schon da», entgegnete der Chauffeur, während der alte Motor mit lautem Geknatter ansprang.

Sie fuhren über den Sloane Square und durch Knightsbridge in den Hyde Park und dann die Bayswater Road entlang. Vereinzelte Fußgänger eilten nach Hause; Autobusse glitten eiligst an den Bedarfshaltestellen vorüber; die Vorwarnung war schon da; die Bars waren gedrängt voll. Vom Gehsteig aus riefen Passanten das Taxi an, und als ein rotes Stoppsignal es aufhielt, öffnete ein ältlicher Herr schnell den Wagenschlag und schickte sich an, einzusteigen. «Oh, Pardon! Ich dachte, es ist leer. Fahren Sie nach Paddington?»

«Ja, steigen Sie ein!» sagte Rowe.

«Möchte den Zug um 7 Uhr 20 erreichen», sagte der Fremde atemlos. «Habe ich Glück gehabt. Wir werden's gerade noch schaffen.»

«Ja, ich muß auch den Zug erreichen», erwiderte Rowe.

«Die Vorwarnung ist schon da.»

«Habe ich gehört.»

Ächzend fuhr das Auto in die immer dichter werdende Dunkelheit. «Hat es in Ihrer Gegend gestern Luftminen gegeben?» fragte der alte Herr.

«Ich glaube, nicht.»

«In unserer Nähe fielen gleich drei. Jetzt wäre es ungefähr Zeit für den Voralarm.»

«Ja, ungefähr.»

«Luftgefahr ist schon seit einer Viertelstunde», fuhr der redselige Fremde mit einem Blick auf die Uhr fort, als wolle er die Geschwindigkeit eines D-Zuges zwischen zwei Bahnhöfen errechnen. «Ah! Das hat wie die Abwehr geklungen, draußen über der Themsemündung.»

«Ich habe nichts gehört.»

«Ich gebe den Fliegern höchstens noch zehn Minuten», erklärte der alte Herr, die Taschenuhr immer noch in der Hand, während sie bereits in die Praed Street einbogen. Das Taxi schwenkte in die überdachte

Bahnhofszufahrt und hielt. Durch die verdunkelten Hallen trachteten die Inhaber von Monatskarten schleunigst dem nächtlichen Tod zu entrinnen. In der Hand die Aktentasche, rannten sie ernst und schweigsam auf die Vorortszüge zu, während die Bahnbeamten und Gepäckträger danebenstanden und ihnen mit einer Miene skeptischer Überlegenheit nachblickten. Sie empfanden Stolz darüber, daß sie sich in einem legitimen Angriffsziel befanden, den Stolz von Menschen, die nicht vom Platze weichen.

Der lange Zug stand dunkel am Bahnsteig 1. Die Zeitungskioske waren geschlossen, in den meisten der Abteile die Vorhänge herabgezogen. Für Rowe war dies ein neuartiger und doch auch wieder altbekannter Anblick. Er brauchte ihn nur einmal zu sehen, und schon nahm er, gleich dem Bild einer zerbombten Straße, unmerklich seinen Platz im Mosaik seiner Erinnerungen ein. Das war bereits das Leben, wie er es gekannt hatte.

Vom Bahnsteig aus war es unmöglich zu erkennen, wer sich im Zug befand. Jedes Abteil hütete ängstlich sein Geheimnis. Auch wenn die Vorhänge nicht herabgelassen gewesen wären, hätten die blauen Glühbirnen zu wenig Licht verbreitet, um zu zeigen, wer unter ihnen saß. Rowe war überzeugt, daß Helf erster Klasse reiste; als Flüchtling lebte er von geborgtem Geld, und als Freund und Vertrauter von Lady Dunwoody würde er sicher im entsprechenden Stil reisen.

Rowe ging also den Korridor der Wagen erster Klasse entlang. Die Abteile waren schwach besetzt; nur die wagemutigeren Besucher Londons blieben bis zu dieser späten Abendstunde in der gefährlichen Stadt. Er steckte den Kopf durch jede Abteiltür und sah sich sogleich dem beunruhigend starren Blick blauer Geistergestalten gegenüber.

Es war ein langer Zug, und die Schaffner warfen weiter vorne bereits die Türen zu, als Rowe endlich den letzten Waggon erster Klasse erreichte. Er war an ununterbrochene Fehlschläge schon so gewöhnt, daß er überrascht zurückfuhr, als er eine Abteiltür zur Seite schob und sich plötzlich Helf gegenübersah.

Er war nicht allein. In der anderen Ecke saß eine alte Dame, die Helfs Hände mit einer Wollsträhne gebunden hatte, von der sie den Faden abwickelte. Der junge Mann war durch das schwere, geölte Material für Seemannsstrümpfe förmlich gefesselt. Seine rechte Hand ragte steif daraus hervor; das Gelenk war bandagiert und notdürftig geschient, und die alte Dame wand mit größter Zartheit die Wolle rundum ab und zu einem Knäuel zusammen. Es war ein drolliger und zugleich ein trauriger Anblick. Rowe konnte erkennen, daß eine Rocktasche schwer herabhing; dort mußte der Revolver sein. Der Blick, den Helf ihm jetzt zuwandte, war weder unbekümmert noch belustigt, sondern sprach bloß von seiner Demütigung. Mit alten Damen hatte er immer schon gut umzugehen verstanden.

«Hier werden Sie wohl nicht mit mir reden wollen», meinte Rowe.

«Sie ist taub, stocktaub», erwiderte Helf.

«Guten Abend», sagte die alte Dame. «Ich höre, es ist schon Vorwarnung. Stimmt's?»

«Ja», antwortete Rowe.

«Gräßlich!» sagte die Dame und wickelte weiter ihre Wolle ab.

«Ich will das Negativ haben», sagte Rowe zu dem jungen Mann.

«Anna hätte Sie länger festhalten sollen. Ich sagte ihr noch, sie müsse mir genügend Vorsprung lassen. Es wäre für beide Teile besser gewesen», fügte er trübsinnig hinzu.

«Sie haben sie schon zu oft beschwindelt», entgegnete Rowe. Er setzte sich neben den jungen Mann und sah zu, wie die Wolle rund um seine Hände abgesponnen wurde.

«Was gedenken Sie zu tun?» fragte Helf.

«Warten, bis der Zug anfährt und dann die Notbremse ziehen.»

Plötzlich krachten in unmittelbarer Nähe des Bahnhofs die Abwehrgeschütze – einmal, zweimal, dreimal. Die alte Dame blickte fragend umher, als ob ein ganz schwaches Geräusch in die Stille, die sie umgab, eingedrungen wäre. Rowe griff blitzschnell in Helfs Rocktasche, zog den Revolver hervor und steckte ihn ein. «Wenn Sie gerne rauchen möchten, lassen Sie sich durch mich nicht stören», sagte die alte Dame.

«Ich glaube, wir sollten die Sache eingehend besprechen.»

«Es gibt nichts zu besprechen», erwiderte Rowe.

«Aber bedenken Sie doch! Es hätte wahrhaftig keinen Sinn, mich zu schnappen und nicht die Fotografien.»

Darauf begann Rowe: «Die Fotografien an sich sind nicht so wichtig. Sie sind . . .» Doch dann hielt er inne und sagte sich: «Natürlich sind sie wichtig. Wie will ich wissen, daß er sie nicht schon weitergegeben hat? Wenn sie versteckt sind, hat er vermutlich bereits mit einem anderen Agenten den Platz vereinbart. Und selbst wenn sie von einem Uneingeweihten gefunden werden, können sie doch noch Schaden stiften.» Deshalb sagte er: «Also gut, verhandeln wir.» In diesem Augenblick stimmten über dem Bahnhof die Sirenen ihr schauriges Geheul an. Aus weiter Ferne kamen dumpfe Schläge, wie das Aufklatschen eines Lederballes auf einer Wand; die alte Dame setzte ihre Arbeit unbekümmert fort. Rowe erinnerte sich an Annas Worte «Ich befürchte nur, daß er redet», und bemerkte plötzlich, wie Helf die Wollsträhne vor sich versonnen anlächelte, als ob das Leben immer noch die Macht besäße, ihn zu hemmungsloser innerer Heiterkeit zu reizen.

«Ich bin nach wie vor zu einem Tauschhandel bereit», erklärte Helf.

«Sie haben nichts mehr zu bieten.»

«Wissen Sie, eigentlich haben Sie auch nicht mehr viel zu bieten», entgegnete Helf. «Sie haben keine Ahnung, wo die Fotos sind . . .»

«Ich bin nur neugierig, wann die Sirenen losgehen werden», mischte sich die alte Dame in das Zwiegespräch der anderen. Helf bewegte die Handgelenke in der Wolle. Zu Rowe sagte er:

«Wenn Sie mir den Revolver zurückgeben, können Sie das Negativ haben . . .»

«So? Wenn Sie es mir auf der Stelle aushändigen können, dann müssen Sie es auch bei sich tragen. Es besteht also kein Grund zu einem Handel.»

«Wenn Sie sich das als Rache ausgesonnen haben, dann kann ich Sie nicht daran hindern. Ich dachte mir nur, Sie wollten Anna nicht in die Geschichte hineinziehen. Aber vergessen Sie nicht, daß sie mich entkommen ließ . . .»

«So!» sagte die alte Dame. «Jetzt sind wir gleich am Ende.»

«Wahrscheinlich würde man Anna nicht aufhängen», fuhr Helf fort. «Es würde allerdings ganz darauf ankommen, was für Aussagen ich mache. Vielleicht würde sie bloß bis Kriegsende in ein Internierungslager gesteckt und anschließend deportiert werden, wenn ihr den Krieg gewinnt. In meinen Augen», stellte er trocken fest, «ist sie eine Verräterin.»

«Her mit den Negativen, und dann reden wir erst weiter», sagte Rowe. Dieser Hinweis auf ein mögliches «Weiterreden» war wie eine Kapitulation. Mühevoll begann er sich die lange Kette von Lügen und Ausreden zurechtzulegen, die er Prentice gegenüber würde anwenden müssen, wenn er Anna retten wollte.

Plötzlich erschütterte eine Explosion den Zug, und die alte Dame meinte: «Na, jetzt fahren wir endlich ab!» Sie beugte sich vor und befreite Helfs Hände vom letzten Rest der Strähne. Mit einem sonderbar sehnsüchtigen Ton in der Stimme bemerkte Helf: «Die dort oben unterhalten sich gut!» Er glich einem todkranken Mann, der den sportlichen Vergnügungen seiner Altersgenossen Lebewohl sagt; nicht Angst, nur Bedauern empfindet er. Es war ihm nicht vergönnt, den Rekord an Vernichtung aufzustellen. Nur fünf Menschen waren tot, kaum nennenswert im Vergleich mit den Leistungen, die seine Freunde in den Lüften Nacht für Nacht vollbrachten. Er saß im fahlen Schein der blauen Lampe und war in Gedanken weit fort; wo immer Menschen töteten, dort bewegte sich sein Geist in dunkler kameradschaftlicher Verbundenheit.

«Her damit!» herrschte Rowe ihn an.

Helf überraschte ihn durch unerwartete Heiterkeit. Er schien doch nicht alle Hoffnung aufgegeben zu haben. Doch worauf hoffte er? Auf ein Entrinnen? Auf weitere Vernichtung? Mit einer vertraulichen Gebärde legte er Rowe seine linke Hand aufs Knie und sagte: «Ich werde noch mehr halten, als ich versprochen habe. Möchten Sie nicht Ihr Gedächtnis wiederhaben?»

«Ich will nur die Fotografien.»

«Aber nicht hier!» entgegnete Helf. «Ich kann mich doch nicht gut in Gegenwart einer Dame ausziehen. Steigen wir lieber aus!» sagte er.

«Gehen Sie wieder weg?» fragte die alte Dame.

«Wir, das heißt mein Freund und ich, haben beschlossen, die Nacht in London zu verbringen und uns den Spaß anzusehen.»

«Merkwürdig! Die Eisenbahner geben einem doch immer eine falsche Auskunft», meinte darauf die schwerhörige Dame ohne jeden Zusammenhang.

«Sie sind sehr liebenswürdig gewesen», verabschiedete sich Helf mit einer Verbeugung. «Ihre Liebenswürdigkeit war geradezu entwaffnend.»

«Oh, ich kann jetzt ganz gut allein weitermachen. Danke schön!»

Es war so, wie wenn Helf die Vollendung seiner eigenen Niederlage in die Hand genommen hätte. Zielbewußt ging er den Bahnsteig entlang, während Rowe ihm wie ein Kammerdiener folgte. Der Hauptstrom der Reisenden war verebbt; es gab für ihne keine Möglichkeit des Entrinnens. Durch das glaslose Dach der Bahnhofshalle konnten sie das Sperrfeuer der Abwehrgeschütze, scheinbar harmlose rote Sternchen, aufblitzen und gleich Streichhölzern wieder verlöschen sehen. Ein Pfiff ertönte, und der Zug begann langsam aus der verdunkelten Halle zu rollen; seine Bewegung hatte etwas Verstohlenes an sich. Nur ein paar Bahnbeamte, Helf und er selbst waren anwesend, um seine Abfahrt zu beobachten. Die Buffets waren geschlossen; auf der endlosen Länge des Bahnsteigs saß einsam ein betrunkener Soldat und erbrach zwischen seine Knie.

Helf ging immer noch voran; jetzt stieg er die Treppe zur unterirdischen Klosettanlage hinab. Dort war kein Mensch zu sehen; selbst die Wärterin hatte sich in den Bunker begeben. Oben krachten die Geschütze; hier unten waren die beiden allein mit dem Geruch von Desinfektionsmitteln, den grau schimmernden Waschbecken und den kleinen Warnungstafeln über venerische Krankheiten. Das Abenteuer, das sich Rowe einst als ein heldenhaftes Unternehmen ausgemalt hatte, sollte in einer Herrentoilette enden. Helf warf einen Blick in den trüben Wandspiegel und glättete sich das Haar.

«Was tun Sie denn da?» fragte ihn Rowe.

«Ach, bloß Lebewohl sagen», gab ihm Helf zur Antwort. Er zog seinen Rock aus, als wolle er sich die Hände waschen, und warf ihn Rowe zu. Dieser las auf dem Firmenschildchen des Schneiders die Worte «Pauling und Crosthwaite». «Sie werden den Film in der Schulter finden», erklärte Helf.

Die Schultern waren stark wattiert.

«Brauchen Sie ein Messer? Sie können Ihr eigenes zurückhaben», sagte Helf und hielt ihm sein Messer mit den vielen Werkzeugen hin.

Rowe schlitzte die Schulternaht auf und zog aus dem Wattepolster eine winzige Filmspule hervor; er erbrach das schwarze Papier, in das sie eingewickelt war, und zog ein kurzes Stückchen des Negativs hervor. «Ja, das ist endlich das richtige!» sagte er.

«Und was ist mit meinem Revolver?»

«Ich habe Ihnen nichts versprochen», erwiderte Rowe.

«Aber Sie werden mir doch meinen Revolver zurückgeben?» fragte Helf in ängstlicher Erwartung seiner Antwort.

«Nein.»

Mit einemmal sah Helf erschrocken und völlig überrascht drein. «Das ist ein hundsgemeiner Dreh!» rief er aus.

«Sie haben zu oft geschwindelt», erwiderte Rowe.

«Seien Sie doch vernünftig!» rief Helf. «Sie glauben wohl, ich will fliehen. Der Zug ist längst davongefahren. Und meinen Sie, ich käme davon, wenn ich Sie hier im Bahnhof umbringe? Keine hundert Meter weit würde ich kommen.»

«Wozu wollen Sie ihn dann haben?» fragte Rowe.

«Weil ich viel weiter fort möchte.» Leise fügte er hinzu: «Ich möchte mich nicht zum Krüppel schlagen lassen.» Er beugte sich mit ernster Miene vor, und der Spiegel hinter ihm zeigte Rowe ein blondes Haarbüschel, das er zu glätten vergessen hatte.

«Wir schlagen unsere Strafgefangenen nicht.»

«Nicht? Glauben Sie das wirklich?» fragte Helf. «Glauben Sie, Ihre Landsleute sind so verschieden von den meinen?»

«Ja.»

«Na, ich würde mich auf den Unterschied nicht verlassen», entgegnete Helf. «Ich weiß, was wir mit Spionen tun. Die Polizei wird glauben, man kann mich zum Reden bringen . . . man wird mich zum Reden bringen.» In seiner Verzweiflung brachte er wieder die kindische Redensart vor: «Ich möchte gerne tauschen.» Rowe fiel es schwer zu glauben, daß dieser junge Mann so viele Morde auf dem Gewissen hatte. Eindringlich fuhr Helf fort: «Rowe, ich gebe Ihnen Ihr Gedächtnis zurück. Es gibt sonst keinen Menschen, der es tut.»

«Anna», meinte Rowe.

«Die wird es Ihnen nicht erzählen. Rowe, überlegen Sie: sie ließ mich nur entkommen, um mich daran zu hindern . . . weil ich ihr drohte, ich würde es tun! Sie möchte Sie gerne so behalten, wie Sie sind.»

«Ist es wirklich so schlimm?» fragte Rowe. Furcht und unerträgliche Neugier bemächtigten sich seiner. Digby raunte ihm ins Ohr, daß er jetzt wieder der ganze Mensch sein könne; Annas Stimme aber warnte ihn davor. Er wußte, daß dies *der* große Augenblick seines Lebens war; man bot ihm seine vergessenen Jahre, die Frucht zwanzigjähriger Lebenserfahrung an. Seine Brust mußte sich weiten, mußte die Rippen auseinanderpressen, um für soviel Neues Platz zu schaffen. Rowe starrte düster vor sich hin; auf der Warnungstafel las er die Worte: «Private Behandlung täglich von . . .» Am äußersten Rande seines Bewußtseins donnerte das Sperrfeuer der Abwehr.

Helf schnitt ihm eine Grimasse. «Schlimm?» fragte er. «Unerhört wichtig ist es!»

Rowe schüttelte trübsinnig den Kopf. «Den Revolver können Sie nicht haben.»

Helf brach plötzlich in schallendes Gelächter aus; Hysterie und Haß klangen darin mit. «Ich wollte Ihnen eine letzte Gelegenheit bieten», sagte er. «Wenn Sie mir den Revolver gegeben hätten, hätte ich vielleicht mit Ihnen Erbarmen gehabt, wäre ich Ihnen dankbar gewesen, hätte ich mich wahrscheinlich bloß erschossen. So aber –» sein Kopf fuhr vor dem schäbigen Spiegel auf und ab – «werde ich es Ihnen unentgeltlich erzählen.»

«Ich will es gar nicht hören», entgegnete Rowe und wandte sich brüsk von ihm ab. In diesem Augenblick kam ein sehr kleiner Mann mit einem alten Homburghut auf dem Kopf wankend die Treppe herab und steuerte auf eine der Pissoirmuscheln zu. Der Hut reichte ihm über die Ohren hinab; er hatte ihn ganz waagerecht aufgesetzt, vermutlich mit Hilfe einer Wasserwaage. «Eine üble Nacht», sagte der Kleine, «eine üble Nacht!» Er war bleich und zeigte eine Miene erschrockenen Mißvergnügens.

Als Rowe die Stiege erreichte, kam eine schwere Bombe herabgesaust; sie trieb die Luft vor sich her wie eine Lokomotive. Der kleine Mann knöpfte eiligst seine Hose zu und duckte sich dabei, als ob er dadurch der Gefahr entrinnen könne. Helf saß am Rand des Waschbeckens und lauschte mit einem mißmutigen, sehnsüchtigen Lächeln, wie wenn er die Stimme eines Freundes vernähme, der sich für immer von ihm verabschiedete. Rowe stand abwartend auf der untersten Stufe, während über ihnen das Orgeln immer näher kam und unten der kleine Mann sich immer mehr zusammenkrümmte. Dann nahm das Brausen plötzlich wieder ab, und zu ihren Füßen schien sich der Boden ein wenig zu verschieben, als endlich die Explosion erfolgte. Danach herrschte völlige Stille; nur der Staub auf den Stufen bewegte sich ganz leicht. Fast unmittelbar darauf war auch schon die zweite Bombe unterwegs. In den erstarrten Stellungen einer Fotografie – sitzend, kauernd, stehend – warteten die drei Männer. Diese Bombe konnte nicht noch näher explodieren, ohne sie zu vernichten. Dann aber flog auch sie über sie hinweg, ihr Pfeifen nahm ab, und sie barst in einiger Entfernung.

«Wenn sie nur schon aufhörten!» sagte der Mann mit dem Homburghut. Zugleich brauste das Spülwasser in allen Muscheln. Der Staub hing wie ein Rauchschleier über den Treppenstufen, und ein Geruch wie von glühendem Metall erstickte den Gestank von Ammoniak. Rowe stieg langsam die Stufen hinauf.

«Wohin gehen Sie?» fragte Helf. «Zur Polizei?» rief er ihm in scharfem Ton nach. Als Rowe ihm keine Antwort gab, trat er vom Waschbecken zurück. «Sie können jetzt noch nicht gehen – erst müssen Sie von Ihrer Frau hören.»

«Von meiner Frau?» Rowe ging wieder hinab; jetzt gab es kein Entrinnen mehr; die verlorenen Jahre harrten seiner inmitten der Waschbecken. «Ich bin verheiratet?» fragte er im Tone der Verzweiflung.

«Sie *waren* verheiratet», verbesserte ihn Helf. «Erinnern Sie sich nicht mehr? Vergiftet haben Sie Ihre Frau. Ihre Alice», fügte er mit einem grellen Lachen hinzu.

«Eine furchtbare Nacht!» sagte der Mann mit dem Homburghut. Er hatte für nichts Ohren als für das dumpfe, ungleichmäßige Wummern der Bombermotoren über ihnen.

«Ja, man hat Sie wegen Mordes vor Gericht gestellt und Sie dann in eine Anstalt überwiesen. Sie finden das alles in den Zeitungen. Ich kann Ihnen die genauen Daten geben . . .»

Unvermittelt wandte sich der kleine Mann den beiden anderen zu, streckte in einer flehentlichen Geste die Hände aus und sagte mit Tränen in der Stimme: «Werde ich je nach Wimbledon hinauskommen?» Grelles weißes Licht strahlte durch den Staub, der in der Halle schwebte, und durch das glaslose Gerippe des Daches sah man die Leuchtkugeln in feurigem Glanz niedertropfen.

Es war nicht der erste Angriff, den Rowe erlebte; plötzlich vernahm er, wie Mrs. Purvis mit ihrem Bettzeug die Treppe hinabstapfte; an der Wand hing «Die Bucht von Neapel», und auf dem Bücherbrett stand «Der Raritätenladen»; die schmutzige Guilford Street streckte die Arme nach ihm aus, um ihn willkommen zu heißen; er war wieder daheim. «Was wird diese Bombe zerstören? Mit ein bißchen Glück vielleicht den kleinen Blumenladen am Marble Arch, die Sherrybar am Adelaide Crescent oder die Ecke der Quebec Street, wo ich so viele Stunden, so viele Jahre wartend stand . . .» Unendlich vieles mußte vom Erdboden verschwinden, ehe der Friede wieder in sein Herz einkehren konnte.

«Jetzt gehen Sie hin – zu Anna», forderte ihn eine Stimme auf, und er blickte durch den blau verdunkelten Raum zu dem Mann hinüber, der vor den Waschbecken stand und ihn verlachte.

«Sie hoffte, Sie würden sich nicht erinnern», höhnte Helf. Rowe mußte an eine tote Ratte denken, an einen Polizeimann, und dann blickte er um sich und sah, wie sich in allen Gesichtern des menschengefüllten Gerichtssaales das Mitleid spiegelte; der Richter hielt den Kopf gesenkt, aber Rowe konnte von den alten Fingern, die nervös mit einem Drehbleistift spielten, das Mitleid ablesen. Er wollte die Leute warnen: «Habt kein Mitleid mit mir! Das Mitleid ist grausam, das Mitleid vernichtet. Die Liebe ist in Gefahr, solange das Mitleid sie lauernd umschleicht.»

«Anna . . .» begann der junge Mann von neuem, und eine andere, ferne Stimme sprach am äußersten Saum von Rowes Bewußtsein mit unsäglichem Bedauern die Worte: «Und ich hätte noch den Zug um 6 Uhr 15 erreichen können!» Der furchtbare Prozeß der Wiederverknüpfung von Gegenwart und Vergangenheit ging weiter; seine Kirche hatte ihn einst den Wert des Bußetuns gelehrt; aber die Buße stellte nur für den Menschen selbst einen Wert da. Es schien ihm, daß es kein Opfer gab, das ihm helfen könnte, den Toten Sühne zu leisten. Die Toten standen außerhalb der Reichweite der Schuldigen. Und er war nicht darauf bedacht, die eigene Seele zu retten.

«Was werden Sie jetzt machen?» fragte eine Stimme. Es schwindelte ihn, weil sein Geist noch einen so weiten Weg zurücklegen mußte; er meinte durch einen endlosen Gang einem Mann namens Digby entgegenzuschreiten, der ihm so ähnlich war und doch ganz andere Erinnerungen besaß. Auch Digbys Stimme glaubte er zu vernehmen: «So. Und jetzt schließen wir beide die Augen . . .» Es gab Zimmer voll Blumen, er hörte das Geräusch rieselnden Wassers, und Anna saß bei ihm, gespannt, auf der Hut, bereit, seine Unwissenheit zu verteidigen. Eben sagte er: «Natürlich. Sie hatten einen Bruder . . . Jetzt entsinne ich mich . . .»

Eine andere Stimme sagte: «Es läßt etwas nach. Haben Sie nicht auch den Eindruck?»

«Was werden Sie jetzt machen?»

Das Ganze glich einem der Vexierbilder in einer Kinderzeitung: man blickt es fest an, und die Augen greifen aus dem Gewirr von Linien plötzlich einen Gegenstand heraus – etwa eine Vase mit Blumen; und dann verschiebt man den Blickpunkt und sieht nur die Konturen von Gesichtern. Die beiden Bilder wechseln ständig miteinander. Mit einemmal und in voller Deutlichkeit sah er Helf vor sich, wie er ihn im Schlaf beobachtet hatte – die anmutige Hülle eines Menschen, dessen gewalttätiger Sinn im Schlummer liegt. Er war doch Annas Bruder. Rowe ging zu den Waschbecken hinüber und sagte so leise, daß es der Mann mit dem Homburghut nicht hören konnte: «Also gut. Sie können ihn haben. Nehmen Sie ihn!»

Rasch drückte er Helf die Waffe in die Hand.

«Ich glaube, ich werde jetzt schnell davonrennen», sagte der kleine Mann. «Ich werde es wirklich riskieren. Was meinen Sie, meine Herren?»

«Hauen Sie schon endlich ab!» fuhr ihn Helf barsch an.

«Sie glauben also auch, ich soll es riskieren? Ja, vielleicht.» Er trippelte flink die Treppe hinauf und war verschwunden.

«Ich könnte Sie jetzt natürlich niederschießen», sagte Helf zu Rowe. «Aber wozu? Ihnen würde ich damit höchstens einen Gefallen erweisen und mich selbst dem rohen Gesindel Ihrer Polizei ausliefern. Wie ich Sie hasse!»

«Wirklich?» Er dachte nicht an Helf; seine Gedanken schwangen vielmehr zwischen zwei Frauen, die er liebte und bemitleidete, hin und her. Es schien ihm, daß er das Leben beider zerstört hatte.

«Alles ging wie am Schnürchen, bis Sie blödsinnigerweise in die Sache hineinstolperten», klagte der junge Mann. «Was hat Sie nur dazu veranlaßt, sich wahrsagen zu lassen? Sie hatten sowieso keine Zukunft.»

«Nein, die hatte ich nicht.» Jetzt erinnerte er sich des Wohltätigkeitsfestes in aller Deutlichkeit; er erinnerte sich, wie er um das Eisengitter gegangen und von drinnen die Musik gehört hatte. Von kindlicher Unschuld hatte er damals geträumt ... Mrs. Bellairs hatte in einem Zelt mit einem Vorhang überm Eingang gesessen ...

«Und daß Sie ausgerechnet auf diese eine Phrase kommen mußten: ‹Erzählen Sie mir nichts von meiner Vergangenheit. Sagen Sie mir lieber etwas über meine Zukunft›», sagte Helf.

Und dann war doch dieser Geistliche – Sinclair hieß er – auf dem Fest gewesen. Mit einem Gefühl schwerer Verantwortung fiel ihm plötzlich das alte Auto ein, das auf dem regennassen Kies der Auffahrt zum Sanatorium gestanden hatte. Er mußte sofort die Polizei anrufen und Prentice darauf aufmerksam machen. Wahrscheinlich besaß auch Sinclair eine Kopie des Films.

«Und dann zu allem Überfluß noch die Sache mit Anna. Warum sich eine Frau ausgerechnet in Sie verlieben soll, weiß der Teufel.» Rowe machte eine Bewegung, und Helf schrie ihn an: «Wohin gehen Sie?»

«Ich muß die Polizei anrufen.»

«Können Sie mir nicht noch fünf Minuten Zeit lassen?»

«Nein, nein, das ist unmöglich», antwortete Rowe. Der Prozeß war abgeschlossen; er war wieder das, was Digby immer hatte sein wollen – ein ganzer Mensch. Sein Hirn umschloß nun alles, was es je enthalten hatte.

Willi Helf stieß einen seltsam gurgelnden Laut aus, als ob es ihn plötzlich in der Kehle würgte. Mit raschen Schritten ging er auf eines der Klosettabteile zu; die bandagierte Hand hielt er steif vom Körper weg. Der Steinboden war feucht; er glitt aus, gewann aber sofort das Gleichgewicht wieder und begann an der Tür zu rütteln, die natürlich verschlossen war. Dann schien er nicht zu wissen, was er tun sollte; Rowe war es, als ob der andere hinter einer Tür verschwinden, sich irgendwo vergraben müsse. Helf wandte sich um und sagte flehentlich zu Rowe: «Geben Sie mir einen Penny!» Unterdessen begannen die Sirenen heulend die Entwarnung zu verkünden; der Ton schien von allen Seiten zu kommen, und Rowe meinte, daß selbst der Steinboden unter seinen Füßen mitheulte. Auf einmal merkte er wieder den scharfen Geruch von Ammoniak, der jetzt wie die Erinnerung an ein Traumerlebnis in sein Bewußtsein zurückkehrte. Helfs verzerrtes und totenbleiches Gesicht bettelte um Mitleid. Wiederum das Mitleid! Er hielt ihm einen Penny hin, warf ihm die Münze im letzten Augenblick zu und erklomm hastig die Treppe zum Bahnsteig; ehe er noch oben anlangte, krachte unten der Schuß. Er kehrte nicht um, sondern überließ es anderen, Helf zu finden.

4

Man kann nach einjähriger Abwesenheit in seine Wohnung zurückkehren, noch nicht die Tür hinter sich geschlossen haben und sich doch schon so zu Hause fühlen, als wäre man nie fortgewesen. Man kann aber auch nach wenigen Stunden heimkommen und alles so verändert finden, als wäre man selbst ein Fremder.

Er wußte natürlich, das dies nicht sein Heim war; das lag in der Guilford Street. Aber er hatte gehofft, daß er überall dort, wo Anna war, Frieden finden werde. Doch während er jetzt zum zweitenmal die Treppen emporstieg, erkannte er, daß es für sie beide zeit ihres Lebens keinen Frieden mehr geben werde.

Ein Fußmarsch von Paddington nach Battersea gibt reichlich Zeit zum Nachdenken. Lange bevor er zu Annas Wohnung hinaufstieg, wußte er schon, was er zu tun hatte. Eine Anspielung auf ein Schreckensministerium, die Johns seinerzeit gemacht hatte, kam ihm wieder in den Sinn. Jetzt hatte er das Empfinden, daß er zum ständigen Beamtenstab dieses Ministeriums zählte. Aber es war nicht das kleine Ministerium, von dem Johns gesprochen hatte, dem begrenzte Ziele wie das Gewinnen eines Krieges oder die Änderung einer Verfassung gesteckt waren, sondern es war ein Ministerium, so allumfassend wie das Leben, dem alle Liebenden dieser Erde angehörten. Wenn man liebte, dann fürchtete man. Das war ein Umstand, den Digby vergessen hatte, während er voll froher Zuversicht inmitten duftender Blumen und eleganter Journale saß.

Die Tür stand offen – wie er sie verlassen hatte –, und es kam ihm beinahe als Hoffnungsstrahl der Gedanke, daß Anna vielleicht in den Luftangriff hinausgelaufen und nun für immer verloren war. Wenn man eine Frau liebte, dann durfte man sich nicht darüber freuen, daß sie für den Rest ihrer Tage an einen Mörder gekettet sein würde.

Doch sie war da – nicht dort, wo er sie verlassen hatte, sondern im Schlafzimmer, wo sie ihren schlummernden Bruder betrachtet hatten. Sie lag mit dem Gesicht nach unten und mit geballten Fäusten auf dem Bett. «Anna!» rief er leise.

Jetzt wandte sie den Kopf zur Seite; sie hatte geweint, und ihr Gesichtsausdruck war so verzweifelt wie der eines Kindes. Überwältigende Zärtlichkeit und überwältigende Liebe beseelten ihn mit einemmal und auch der Wunsch, sie um jeden Preis zu beschützen. Als unschuldigen und glücklichen Menschen hatte sie ihn besitzen wollen – Digby hatte sie geliebt. Deshalb mußte er ihr geben, was sie haben wollte. Ganz leise sagte er: «Dein Bruder ist tot. Er hat sich erschossen»; aber ihr Ausdruck veränderte sich nicht. Es schien ihr nichts zu bedeuten – die Gewalttätigkeit, Verderbtheit und Jugendfrische waren dahin, ohne daß sie sie eines weiteren Gedankens für wert erachtete. Sie fragte bloß in herzergreifender Bangigkeit: «Was hat er dir gesagt?»

«Er war tot, bevor ich ihn erreichen konnte», antwortete Rowe. «Sowie er mich sah, wußte er, daß alles verloren war.»

Der Ausdruck quälender Angst wich aus ihrem Antlitz; was blieb, war die gespannte Aufmerksamkeit, die ihm schon früher aufgefallen war – die Miene eines Menschen, der ständig auf der Wacht ist, um ihn zu beschützen . . .

Er setzte sich aufs Bett und legte ihr die Hand auf die Schulter. «Meine Liebste», sagte er. «Ich habe dich so unsagbar lieb.» Damit verpflichtete er sich und auch sie zu einem Leben ewiger Lüge; aber nur er wußte dies.

«Ich dich auch», flüsterte sie, «ich dich auch!»

Geraume Zeit saßen sie da, ohne sich zu rühren oder ein Wort zu sagen. Sie standen am Vorabend ihrer schwersten Prüfung, wie zwei Forschungsreisende, die endlich vom höchsten Gipfel eines Gebirgszuges unten in der Tiefe die grenzenlose, gefahrdrohende Ebene vor sich sehen. Ein Leben lang mußten sie jeden Schritt vorsichtig bedenken, durften sie niemals sprechen, ohne sich ihre Worte zweimal zu überlegen. Wie Feinde mußten sie einander beobachten, weil sie einander so innig liebten. Niemals würden sie erfahren, was es heißt, sich nicht vor dem Entdecktwerden fürchten zu müssen; und Rowe kam der Gedanke, daß man vielleicht sogar den Toten Sühne leisten könnte, wenn man um der Lebenden willen genug litt.

Behutsam versuchte er es mit einer altbewährten Phrase: «Du meine Liebe, ich bin so glücklich», und vernahm voll Zärtlichkeit ihre rasche und doch vorsichtige Antwort: «Du, ich auch.» Er hatte das Gefühl, daß man den Wert des Glücks vielleicht doch überschätzen konnte . . .

Eine geheimnisvolle Mordserie in New York - ein atemberaubendes Duell zwischen Jäger und Gejagtem

LAWRENCE SANDERS

Die erste Todsünde

Mitternacht in New York: In einer Straße der vornehmen Upper East Side wird ein Mann ermordet aufgefunden. Der Tote war ein einflußreicher Politiker, der lautstark für Recht und Ordnung eintrat. Aber dieses Verbrechen ist nur das erste Glied in einer Kette von Morden ohne erkennbares Motiv, die die ganze Stadt in Schrecken versetzen.

Der Leser dieses großen Romans um ein Verbrechen und seine Bestrafung, um den Kampf zwischen Polizist und Mörder wird mit Männern und Frauen diesseits und jenseits des Gesetzes konfrontiert, mit Opfern des Zufalls und der Umstände. Er wird hineingerissen in einen Strudel von Ehrgeiz, Hochmut und Stolz, Sex, Liebe und Leidenschaft.

Roman. 540 Seiten. Gebunden

Rowohlt

858/1